"나에게 앤은 실제 인물이며, 언젠가는 꼭 만날 것이라 믿는다.
해 질 무렵 연인의 오솔길에서 상상에 잠길 때, 달빛 내리는 자작나무 길을 거닐 때
내 곁에 서 있는 앤을 발견할 것이다."

Lucy Maud
Montgomery

앤의 꿈의 집

빨간 머리 앤 전집 5

ANNE'S HOUSE
OF DREAMS

앤의 꿈의 집

루시 모드 몽고메리 | 유보라 그림 | 오수원 옮김

현대
지성

- Laura Agnew(1874-1932). 몽고메리가 프린스앨버트에서 아버지와 함께 살았을 때 친하게 지냈던 친구다. 두 사람은 40년 동안 편지를 주고받았다.

옛 일 을
회 상 하 며 ,
로 라 •에 게

주요 등장인물

앤 셜리(앤 블라이드)

많은 이들의 축복을 받으며 길버트와 결혼한 뒤 글렌세인트메리 마을과 포윈즈곶 사이에 있는 '꿈의 집'에 신혼집을 꾸린다. 첫아이를 잃고 절망에 빠지기도 하지만, 몸과 마음을 추스르고 짐 선장, 레슬리, 코닐리어 등과 교제하며 즐겁게 살아간다. 레슬리와 오언이 서로에게 마음을 열 수 있도록 결정적인 도움을 준다.

길버트 블라이드

학업을 마치고 앤과 결혼한 뒤 글렌세인트메리 마을 부근에 보금자리를 마련한다. 의사로 일하면서 마을 사람들에게 좋은 평판을 얻는다. 새로운 치료법을 시도하고, 의사의 의무와 현실 사이에서 고민하기도 한다.

레슬리 무어

아름답고 똑똑하지만, 어머니의 강요로 원치 않는 결혼을 한 뒤 사고를 당해 지능이 낮아진 남편을 돌보며 힘겹게 살아가는 여인이다. 앤의 이웃에 살며 우연한 계기로 앤과 친해진다.

제임스 보이드(짐 선장)

오랫동안 배를 타다가 나이가 들어서 그만두고 등대지기로 일한다. 블라이드 부부를 비롯해 마을 사람들과 친하게 지낸다. 누구에게나 친절하고 말솜씨가 뛰어나다. 살면서 겪은 일을 '인생 일지'에 기록하고 오언 포드에게 넘겨준다.

코닐리어 브라이언트

앤의 이웃에 사는 미혼의 중년 여성이다. 직설적이고 독립적인 성격이며 남자를 무척 싫어한다. 마음씨가 따뜻해서 가난한 가정의 아이들을 도와준다. 바느질과 요리 솜씨가 뛰어나다.

오언 포드

레슬리의 집에서 하숙하는 신문기자다. 레슬리와 사랑에 빠지며 짐 선장의 인생 일지를 책으로 펴낸다.

수전 베이커

앤과 길버트의 집에서 일하는 가정부다. 충직하고 다정한 성격의 노처녀로 앤을 무척 좋아한다.

데이비드 (데이브) 블라이드

길버트의 종조할아버지다. 글렌세인트메리 마을에서 50년간 의사로 일하다가 길버트에게 자리를 물려준다.

딕 무어

레슬리의 남편이다. 뇌 손상을 입어서 지능이 낮아졌다. 길버트의 권유로 치료를 받은 뒤 정체가 드러난다.

차례

일러두기

1. 각주는 독자의 이해를 돕기 위해 역자가 단 것이다.
2. 어린아이의 말투나 글처럼 저자가 일부러 문법에 맞지 않는 단어 혹은 문장을 쓴 부분은 우리 문화에 걸맞은 표현으로 변형해서 옮겼다.
3. 성경에 있는 표현을 옮길 때는 우리말 역본 중 개역개정판을 기준으로 삼았고, 다른 역본을 사용할 경우 출처를 밝혔다.

1장

—

초록지붕집 다락방에서

"이제 기하학이랑은 영영 이별이야. 배우는 것도, 가르치는 것도 모두 안녕. 어우, 정말 속 시원하다!"

앤 셜리는 너덜너덜해진 유클리드 기하학 책을 분풀이라도 하듯 커다란 상자에 탁 소리가 나도록 던져 넣고 뚜껑을 힘껏 닫았다. 그런 다음 그 위에 털썩 걸터앉아 건너편에 있는 다이애나 라이트를 아침 하늘 같은 회색 눈동자로 바라보았다.

초록지붕집 앤의 방도 여느 다락방처럼 그늘지고, 비밀스러운 분위기가 감돌며, 즐거움이 넘쳤다. 앤이 앉은 창가의 활짝 열린 창문으로 향기롭고 따뜻한 햇살을 품은 8월 오후의 바람이 불어왔다. 집 밖에서는 포플러잎이 서로 몸을 부딪치며 바스락거렸고, 그 너머 숲에는 마법이 깃든 연인의 오솔길이 구불구불 뻗어나갔으며, 오래된 과수원에는 장밋빛 사과가 가지마다 주렁주렁 열려 있었다. 그 위로 펼쳐진 푸른 하늘에는 눈처럼 하얀 뭉게구름이 거대한 산맥을 이루었다. 또 다른 창으로는 흰 구름 아래 아름다운 세인트로렌스만이 그림처럼 내다보였다. 푸른 바다 위에 보석처럼 떠 있는 섬이 바로 이곳 프린스에드워드섬이었다. 원래는 아벡웨이트섬*이었지만 어감이 부드러운 그 이름은 오래전에 잊히고 지금은 지극히 평범한 이름으로 불리고 있었다.

3년 만에 만난 다이애나는 제법 가정주부티가 났다. 그럼에도 비탈길 과수원집 정원에서 앤과 영원한 우정을 맹세했던 어린 시절처럼 까만 눈동자는 여전히 반짝였고 뺨은 장미처럼 발그레했으며 보조개도 무척 귀여웠다. 그리고 다이애나의 품에서 잠든 아기는 검은 곱슬머리 때문에 더 깜찍해 보였다. 에이번리 사람들은 이 아이를 '꼬마 앤 코델리아'라고 불렀다. 그들은 다이애나가 딸의 이름을 '앤'으로 지을 거라 짐작했다. 하지만 가운데 이름인 '코델리아'에 대해서는 고개를 갸웃했다. 라이트 집안과 배리 집안의 조상 혹은 친척 중에 그런 이름은 없었기 때문이다. 하면 앤드루스 부인은 다이애나가 삼류소설에서 본 이름을 아이한테 붙였을 거라고 멋대로 추측하고는, "어쩌자고 프레드마저 그걸 말리지 않았는지 모르겠네"라고 하면서 혀를 끌끌 찼다. 하지만 다이애나와 앤은 아기 이름이 앤 코델리아인 이유를 잘 알고 있었다.

다이애나가 과거를 떠올리며 미소 지었다.

---

* 원주민인 믹맥족이 오래전에 붙인 이름으로 '파도 위의 안식처'라는 뜻이다.

"넌 예전부터 기하학이라면 질색했잖아. 이제 더는 가르치지 않아도 되니까 좋겠네."

"그래도 기하학만 빼면 가르치는 건 늘 재미있었어. 서머사이드에서 보낸 3년도 꽤 즐거웠지. 하먼 앤드루스 아주머니라면 미지의 세상으로 날아가느니 차라리 현세의 고뇌를 참고 견디는 편이 낫다는 햄릿의 말을 명심하라고 하시겠지만."

여전히 쾌활하고 듣기 좋으면서도 상냥하고 성숙한 기운까지 더해진 앤의 웃음소리가 다락방을 가득 메웠다. 아래층 주방에서 자두절임을 만들던 마릴라는 앤의 웃음소리를 듣고 빙긋 미소를 지었다. 그러다가 문득 앞으로는 저 사랑스러운 소리를 자주 들을 수 없다는 생각에 한숨이 나왔다. 앤과 길버트 블라이드의 결혼 소식은 마릴라의 인생에 다시없을 기쁨을 안겨주었다. 하지만 기쁨의 이면에는 슬픔의 그림자가 드리우기 마련이다. 서머사이드에서 지내는 동안 앤은 주말마다 꼬박꼬박 집에 돌아왔고, 방학 때는 함께 지냈다. 하지만 이제 결혼하고 나면 일 년에 두어 번밖에 오지 못할 게 뻔했다.

결혼한 지 벌써 4년째에 접어든 다이애나가 차분하고 확신에 찬 목소리로 말했다.

"앤드루스 아주머니 말은 조금도 신경 쓸 필요 없어. 결혼 생활이란 건 좋을 때도 있고, 나쁠 때도 있거든. 모든 일이 술술 풀리지만은 않는다는 걸 너도 알잖아. 그래도 이거 하나는 확실해. 너랑 맞는 남자랑 결혼하면 행복한 인생을 살 수 있어."

앤의 얼굴에 미소가 스쳤다. 인생을 오래 산 듯한 다이애나의 말투는 언제 들어도 웃음이 났다.

'결혼 생활을 4년쯤 하면 나도 저렇게 되려나? 그래도 유머 감각만큼은 망가지지 않도록 지켜야겠어.'

"어디서 살지는 정했어?"

다이애나는 꼬마 앤 코델리아를 엄마답게 능숙한 동작으로 고쳐 안으며 물었다. 다이애나의 이런 모습을 볼 때마다 말로 표현할 수 없을 만큼 달콤한 꿈과 희망과 순수한 기쁨으로 가슴이 벅차올랐지만, 한편으로는 낯설고 묘한 아픔도 느꼈다.

"안 그래도 그 얘기를 하고 싶어서 오늘 네게 와달라고 전화한 거야. 그런데 에이번리에 전화가 들어왔다는 게 난 아직도 실감이 안 나. 한갓지고 정겨운 고향 땅에 전화라니! 그렇게 현대적인 물건은 이곳과 어울리지 않는 것 같아."

"그게 다 에이번리 마을 개선협회 덕분이지, 뭐. 개선협회가 전화선을 놓자고 끝까지 밀어붙이지 않았다면 어림도 없는 일이었을걸? 그걸 막으려고 다 된 일에 찬물을 끼얹으며 반대하는 사람들이 오죽 많았어야지. 그래도 개선협회는 끝까지 포기하지 않았어. 설립자인 네 공이 커. 앤, 너는 에이번리를 위해 참 대단한 일을 한 거야. 개선협회 모임 때마다 엄청 재미있었잖아! 마을 공회당에 파란 페인트를 칠한 일도 그렇고, 저드슨 파커 아저씨가 자기 집 담장에 제약 회사 광고를 유치하겠다고 해서 난리가 났던 일도 잊을 수 없어."

"하지만 다이애나, 나는 전화가 개통된 게 고마워해야 할 일인지는 잘 모르겠어. 물론 편리하기는 하지. 우리가 촛불을 깜박이면서 신호를 보냈던 것과는 비교할 수조차 없으니까! 린드 아주머니도 늘 '에이번리는 시류를 잘 따라가야 해'라고 말씀하셔. 하지만 나는 해리슨 아저씨 말에도 살짝 공감이 가. 전화를 '현대의 불편한 물건'이라고 하셨거든. 전화기 때문에 에이번리가 오염되는 건 보고 싶지 않아. 에이번리는 즐거웠던 어린 시절처럼 늘 그대로였으면 좋겠어. 어리석고 감상적이고 이루어질 수 없는 생각이라는 거 나도 알아. 지혜롭고 실용적이고 가능한 생각을 해야겠지. 해리슨 아저씨도 인정하다시피 전화는 엄청 좋은 물건이긴 해. 전화할 때마다 내 말을 대여섯 명이 엿듣는 것 같다는 게 문제지만."

다이애나는 한숨을 쉬었다.

"나도 그게 짜증 나더라. 전화할 때마다 누군가가 슬쩍 수화기를 집어 드는 소리가 들려서 기분이 언짢았어. 사람들이 그러는데, 하먼 앤드루스 아주머니가 주방에 전화를 설치해달라고 했대. 그래야 저녁을 먹다가도 벨이 울리면 수화기를 집어 들고 남의 통화를 엿들을 수 있겠지. 오늘도 너랑 통화하는데, 파이네 집의 특이한 시계 종소리가 들리는 거야. 조시나 거티가 엿듣고 있었던 게 분명해."

"아, 그래서 네가 '초록지붕집에 새 시계를 들여놨어?'라고 물어봤구나. 안 그래도 네가 그 말을 하자마자 수화기를 기분 나쁘게 탁 내려놓는 소리가 들리더라니. 그처럼 거칠게 전화를 끊는 사람들은 에이번리에서 파이네 가족밖에 없을 거야. 그러든지 말든지 신경 쓰지 말자. 린드 아주머니가 늘 하시는 얘기 있잖아. '파이네 집 사람들은 예전에도 그랬고 앞으로도 영원히 그럴 거다, 아멘.' 이제 즐거운 얘기나 하자. 다이애나, 우린 드디어 신혼집을 정했어!"

"어머, 어디야? 이 근처면 좋겠다!"

"아쉽게도 근처는 아니야. 여기서 100킬로미터쯤 떨어진 포윈즈 항구에 자리를 잡기로 했거든."

"100킬로미터라고? 나한테는 1,000킬로미터나 마찬가지야. 내가 제일 멀리 가본 곳이라고는 샬럿타운 정도잖아."

"나중에 꼭 놀러와. 이 섬에서 가장 아름다운 항구거든. 거기에 글렌세인트메리라는 작은 마을이 있는데, 길버트의 종조할아버지인 데이비드 블라이드 선생님이 그곳에서 50년 동안 의사로 일하셨어. 그분이 은퇴하시면 길버트가 그 일을 물려받을 거야. 그런데 데이비드 선생님은 지금 사는 집에 계속 머무르실 거라서 우린 집을 따로 찾아야 돼. 아직 어떤 집인지, 정확히 어디에 있는지는 나도 몰라. 아무튼 나는 언제나 가구가 잘 갖춰진 자그마한 집을 상상해왔잖아. 예를 들면 스페인에 있는 작고 기분 좋은 성 같은 집 말이야."

"신혼여행은 어디로 갈 거야?"

"아무 데도 안 가. 아, 다이애나. 그렇게 질겁할 것까진 없어. 그러니까 꼭 하면 앤드루스 아주머니 같잖아. 그분이라면 금전 여유가 없는 사람들이 신혼여행을 안 가는 건 합리적인 결정이라고 하면서, 제인은 유럽으로 신혼여행을 갔다고 뻐기시겠지? 하지만 나는 여행을 가는 대신 포윈즈의 사랑스러운 집에서 신혼을 보내고 싶어."

"결혼식 때 들러리는 안 두기로 한 거야?"

"해줄 만한 사람이 없는걸. 너랑 필, 프리실라, 제인은 다 결혼했고, 스텔라는 멀리 밴쿠버에서 아이들을 가르치고 있잖아. 그외에는 마음이 맞는 친구가 없어. 내 결혼식에 아무나 들러리로 세울 수는 없지."

다이애나가 걱정스레 물었다.

"면사포는 쓸 거지?"

"물론이지! 면사포를 써야 신부가 된 기분이 들 테니까. 예전에 매슈 아저씨를 따라 초록지붕집에 오면서 했던 말이 있어. 내가 너무 못생겨서 외국인 선교사가 아니라면 나랑 결혼할 사람이 없을 거라고 했지. 선교사는 식인종들 사이에서 목숨 걸고 살아야 하니까 결혼할 여자의 외모까지 까다롭게 고를 여유가 없을 거라고 생각했거든. 그런데 프리실라랑 결혼한 선교사를 너도 봤어야 돼. 우리가 이상형으로 그려온 남편의 모습 그대로였어. 정말 잘생기고 신비로운 분위기였지. 결혼식 날 정장을 쪽 빼입은 모습을 봤는데 내가 본 신랑 중에 가장 멋졌어. 그는 프리실라의 '황금처럼 빛나는 천상의 아름다움'에 넋을 잃은 듯했지. 물론 프리실라가 사는 일본엔 식인종도 없고."

다이애나는 기쁨의 한숨을 내쉬었다.

"어쨌든 앤, 네 웨딩드레스는 환상적으로 아름다워. 그걸 입으면 여왕처럼 보일 거야. 넌 키도 크고 날씬하잖아. 어쩜 그렇게 군살이 하나도 없니? 난 그동안 살이 더 쪘어. 이러다가 허리마저 없어져버릴 판이야."

"통통한 것도 날씬한 것도 다 타고나는 것 같아. 서머사이드에서 집으로 돌아왔을 때, 하면 앤드루스 아주머니가 말씀하시더라. '어머나 앤, 너는 여전히 빼짝 말랐구나!' 넌 아마 그런 말을 들을 일은 없을 거야. '날씬하다'는 낭만적인 표현이지만 '빼짝 말랐다'라고 하면 완전히 다른 느낌이잖아."

"앤드루스 아주머니는 네 혼수 얘기도 하셨어. 네 혼수가 제인만큼 된다는 건 인정하면서도, 제인은 백만장자랑 결혼했는데 너는 모아둔 돈도 없는 가난한 의사와 결혼한다는 말을 굳이 입에 담더라."

"내 드레스가 괜찮기는 하지. 나는 예쁜 것들이 좋아. 내가 처음 가졌던 예쁜 원피스가 아직도 기억나. 학교 발표회 때 입으라고 매슈 아저씨가 주신 거였는데, 갈색 글로리아 옷감으로 된 원피스였어. 그 전까지는 볼품없는 옷들만 갖고 있었거든. 매슈 아저씨한테 원피스를 받은 날 저녁, 전혀 새로운 세상에 발을 내디딘 기분이었어!"

"그날 저녁에 길버트가 〈라인강 변의 빙겐〉이라는 시를 암송했잖아. 길버트는 너를 바라보면서 '누이가 아닌, 또 다른 여인이 있습니다'라고 읊었지.* 그날 넌 네가 떨어뜨린 분홍색 장미를 길버트가 자기 가슴 주머니에 꽂아서 분통을 터뜨렸지? 그때만 해도 네가 길버트랑 결혼할 줄은 상상도 못 했지 뭐야."

"맞아, 그랬지. 결국 그것도 피할 수 없는 운명일 거야."

앤은 웃으며 다이애나와 함께 다락방 계단을 내려갔다.

---

* 다른 날에 일어난 일을 다이애나가 혼동했다(『초록지붕집의 앤』 참고).

2장

꿈의 집

초록지붕집이 이렇게 들썩거렸던 적은 이제껏 없었다. 심지어 마릴라까지도 얼굴에 표가 날 만큼 흥분해 있었는데, 그것만으로도 경이로운 사건이었다.

마릴라는 레이철 린드 부인에게 변명하듯 말했다.

"이 집에서 처음 있는 결혼식이네요. 어렸을 때 나이 지긋한 목사님 한 분이 이렇게 말씀하셨죠. '생명의 탄생, 결혼, 죽음을 경험해야 비로소 진짜 집이 될 수 있다.' 죽음은 있었어요. 부모님과 매슈 오라버니가 여기서 세상을 떠났으니까. 생명의 탄생도 있었어요. 오래전 우리가 이 집으로 이사 오고 나서 얼마 뒤 남자 일꾼을 한 명 뒀는데, 그의 아내가 아기를 낳았거든요. 하지만 결혼은 없었어요. 앤이 이 집에서 결혼한다니 꿈만 같아요. 지금도 14년 전 매슈 오라버니가 데려온 어린아이 같은데,

언제 이렇게 컸는지 모르겠네요. 그날 얼마나 놀랐던지, 아직도 생생하게 기억나요. 착오가 일어나지 않아서 계획대로 남자아이가 왔다면 어떻게 되었을까, 그 아이는 어떤 인생을 살아갔을까 생각해보기도 해요."

"실수가 행운으로 이어졌다고 봐야죠. 내가 지금과는 다르게 생각했던 적도 있잖아요. 처음 만난 날 앤이 생난리를 피웠던 걸 생각하면, 어휴! 그 뒤로 이래저래 달라진 게 많네요."

린드 부인은 한숨을 쉬더니 곧바로 기운을 냈다. 결혼식이 순조롭게 치러진다면 지난 일쯤은 곱게 묻어둘 것이다.

"앤에게 침대보 두 장을 줄 생각이에요. 담배 줄무늬랑 사과 잎사귀 무늬로요. 앤이 그러는데 요즘 그런 무늬가 유행한다네요. 뭐, 유행이든 아니든 손님방 침대에 깔기에는 멋진 사과 잎사귀 무늬 침대보만 한 게 없죠. 표백은 좀 해야겠지만요. 토머스가 세상을 떠나고 나서 무명 가방에 넣어뒀으니 누렇게 변색됐을 거예요. 결혼식까지는 아직 한 달 정도 여유가 있으니까 표백하면 괜찮아지겠죠."

한 달밖에 안 남았구나! 마릴라는 한숨을 내쉬다가 금세 기운을 되찾고 곧 뿌듯해하며 말했다.

"나는 다락방에 보관해둔 브레이디드 러그* 여섯 장을 앤에게 줄 생각이에요. 앤이 그걸 달라고 할 줄 몰랐어요. 요즘 누가 그런 구닥다리 깔개를 갖고 싶어 할까 했는데, 신혼집 바닥에 그걸 꼭 깔고 싶대요. 예쁘긴 해요. 내가 제일 좋은 천으로 무늬를

• 좁게 자른 천 또는 굵은 실을 엮거나 꼬아 만든 깔개

맞춰 꼬아 만든 거니까요. 지난 몇 해 동안 겨울마다 참 잘 썼어요. 한 해 동안 쟁여놓고 먹을 수 있도록 자두절임도 넉넉하게 만들어줘야겠어요. 참 이상하죠? 지난 3년 동안 자두나무에 꽃이 안 펴서 잘라버릴까 했는데 지난봄에 하얀 꽃이 보이더니만 어느 때보다 자두가 많이 열렸어요."

"앤과 길버트가 결국 결혼까지 갔네요! 정말 잘됐어요. 그렇게 되도록 해달라고 내가 늘 기도했잖아요. 앤이 킹즈포트 남자와 맺어지지 않아서 얼마나 다행인지 몰라요. 물론 그 청년은 부자고 길버트는 가난하지만, 그래도 길버트는 우리 섬에서 태어나고 자랐으니까요."

린드 부인은 자기의 기도가 반드시 응답받는다는 투로 말했다. 마릴라도 흡족해했다.

"그럼요. 앤의 짝이 길버트 블라이드라서 다행이에요."

어릴 때부터 지금까지 죽 길버트를 지켜보면서 늘 마음 한구석에 떠올랐던 생각이 있었지만 차라리 죽었으면 죽었지 마릴라는 그걸 입 밖에 낼 순 없었다. 오래전 마릴라가 고집스럽게 자존심을 내세우지 않았더라면 길버트는 그녀의 아들이 되었을지도 모른다. 그래서인지 길버트와 앤의 결혼이 오래전 자기 실수를 바로잡는 일로 여겨졌고, 오랫동안 속앓이해온 일이 좋은 쪽으로 끝난 것 같아 마음이 놓였다.

앤은 어찌나 행복한지 겁이 날 지경이었다. 신은 인간이 지나치게 행복해하는 꼴을 보기 싫어한다는 미신이 있는데, 적어도 사람 중에는 남의 행복을 시샘하는 부류가 꼭 있다. 보랏빛 어스름이 깔린 어느 저녁, 그런 쪽에 속한 두 명이 앤을 감싼 행복의 무지갯빛 거품을 터뜨리고자 초록지붕집에 찾아왔다. 앤이 의사와 결혼하는 것을 삶이 준 대단한 보상이라고 여기거나, 길버트가 풋내기 시절처럼 앤한테 푹 빠져 있다고 착각한다면 정신을 차리게 해주는 것이 의무인 양 여기는 사람들이었다. 하지만 그들은 적이 아니라 도리어 앤을 무척 좋아하는 사람들이었다. 다른 누군가가 앤을 공격하려 들면 자기 자식처럼 감싸줄 터였다. 다만 인간의 본성은 한결같기 어려운 법 아니겠는가!

앤을 찾아온 손님들은 그 둘을 포함해 총 셋이었다. 일간지 『데일리 엔터프라이즈』에 따르면 결혼 전 이름이 제인 앤드루스였던 잉글리스 부인과 그녀의 어머니 하먼 앤드루스 부인 그리고 재스퍼 벨 부인이었다. 제인은 몇 년간 아웅다웅하면서 결혼 생활을 했지만 성품은 여전히 온화했고 얼굴에는 웃음 주름이 기분 좋게 패여 있었다. 레이철 린드 부인이 한 번씩 비꼬는 것처럼, 백만장자와 결혼했지만 행복하게 살았고 엄청난 부를 누리면서도 좋은 성품을 그대로 지켰다. 전처럼 차분하고 상냥했으며, 오랜 친구의 행복을 함께 기뻐하고 앤의 혼수가 마치 비단과 보석으로 장식한 자기의 값비싼 혼수에 견줄 만하다는 듯 세세한 부분까지 관심을 보였다. 어린 시절 절친 사총사 중 한 명이었던 모습 그대로였다. 제인은 유별나게 똑똑하지도 않았고 귀담아들을 만한 조언도 할 줄 몰랐지만, 남의 감정을 상하게 하는 말은 절대 하지 않았다. 드물고 귀한 재능이었다.

하먼 앤드루스 부인은 참으로 놀랍다는 감정을 얼굴에 애써 드러내며 말했다.

"길버트가 네게 했던 약속을 무르진 않았구나. 블라이드 가문 사람들은 한번 내뱉은 말을 무슨 일이 있어도 지킨다니까. 어디 보자. 앤, 네가 스물다섯 살이지? 내가 아가씨였을 땐 그 나이면 한물가기 시작한다고 여겼지. 다행히 너는 아직 젊어 보이는구나. 빨간 머리들이 대체로 그렇긴 해."

"요즘은 빨간 머리가 유행이에요."

앤은 애써 웃어 보였지만 목소리는 차가웠다. 그동안 유머 감각을 길러온 덕분에 여러 번 위기를 넘기기는 했지만 아직도 누가 빨간 머리를 들먹이면 마음이 상했다.

"하긴, 앞으로 또 얼마나 요상한 게 유행할지 누가 알겠니? 그나저나 혼수가 아주 예쁘더구나. 네 사회적 지위에도 잘 맞는 것 같고. 제인, 그렇지? 앤, 우린 네가 행복했으면 좋겠어. 진심으로 그러길 빈다. 약혼 기간이 길면 끝이 좋지 않은 경우가 많기는 해. 너희야 뭐 어쩔 수 없는 상황이었지만."

그러자 재스퍼 벨 부인이 침울한 목소리로 끼어들었다.

"의사 노릇을 하기에는 길버트가 너무 젊어서 걱정이에요. 사람들은 젊은 의사를 잘 믿질 못하잖아요."

재스퍼 벨 부인은 이 정도면 양심에 거리낌 없이 해야 할 말을 다 했다고 여겼는지 입을 꾹 다물었다. 그녀는 늘 너저분한 검은 깃털이 달린 모자를 쓰고 머리카락 몇 가닥을 목에 늘어뜨린 채로 다녔다.

예쁜 혼수를 준비하면서 들떠 있던 앤의 마음은 그들의 말을 듣자마자 잠시 어두워졌다. 하지만 마음속 깊은 곳에 자리 잡은 행복은 조금도 흔들리지 않았다. 그리고 얼마 후 길버트가 찾아오자 앤은 벨 부인과 앤드루스 부인의 기분 나쁜 말 따위는 잊고 길버트와 함께 산책하러 나갔다. 앤이 초록지붕집에 처음 왔을 때 묘목에 불과했던 개울가의 자작나무들은 어느새 황혼과 별들로 장식된 요정 궁전의 높다란 상아색 기둥처럼 튼튼하게 자라났다. 두 사람은 자작나무 그림자를 가만가만 밟고 걸으면서 신혼집과 앞으로 함께 살아갈 나날들에 관한 이야기를 다정하게 나누었다.

"앤, 우리의 보금자리를 드디어 찾아냈어!"

"어머, 어디야? 설마 마을 안은 아니지? 그런 데는 별로 가고 싶지 않거든."

"마을 안은 아니야. 마땅한 집이 없더라고. 우리가 살 곳은 항구 해변에 있는 작고 하얀 집이야. 글렌세인트메리 마을과 포윈즈곶 사이에 있어. 외진 곳이긴 한데 전화를 놓으면 문제없을 거야. 무엇보다 경치가 참 아름다워. 저녁마다 석양이 깔리고 푸른 항구가 그림같이 펼쳐진 광경을 집 앞에서 볼 수 있어. 멀지 않은 곳에 모래언덕도 있는데, 바닷바람이 불면 파도 부스러기들이 덮쳐와 그곳을 흠뻑 적시더라고."

"집은? 우리의 첫 집이잖아. 어떻게 생겼어?"

"크지는 않지만 둘이 살기엔 충분해. 거실에는 벽난로가 있고 식당 창문으로 항구를 볼 수 있어. 작은 방은 내 사무실로 쓰면 될 것 같아. 60년쯤 된 집인데 포윈즈에서 제일 오래됐다고 들었어. 그래도 15년 전엔가 수리를 싹 했대. 지붕널을 갈고 회반죽을 바르고 바닥도 새로 깔았다던데, 깔끔하게 잘해놨어. 소개해준 사람 말로는 처음부터 잘 지은 집이래. 왠지 그 집에 관련된 낭만적인 이야기가 있을 것 같아서 물어봤더니, 내게 그 집을 빌려준 사람은 잘 모른다고 하더라. 대신 그런 옛이야기를 들려줄 만한 사람은 짐 선장밖에 없다고 귀띔해줬지."

"짐 선장? 그게 누군데?"

"포윈즈곶의 등대지기야. 너도 포윈즈 등대의 불빛을 보면 좋아할 거야. 빙글빙글 돌아가는 회전식 조명인데, 황혼 무렵이면 별처럼 아름다운 빛을 내거든. 우리 집 거실 창문과 현관문 너머로도 볼 수 있어."

"그럼 집주인은 누구야?"

"음, 글렌세인트메리 장로교회가 소유한 집인데 관리인을 통해서 빌렸어. 전 주인은 엘리자베스 러셀이라는 할머니였대. 그분이 지난봄에 돌아가셨는데, 가까운 친척이 없어서 교회에 집을 유산으로 남기셨나 봐. 할머니가 쓰던 가구가 아직 남아 있어서 내가 거의 다 샀어. 워낙 오래된 가구들이라 관리인은 어디에 팔 수도 없다고 생각한 모양이야. 그래서 헐값에 샀지. 그마을 사람들은 무늬가 들어간 천이 있거나 거울과 이런저런 장식이 달린 가구를 좋아하는 것 같아. 러셀 할머니의 가구는 아주 멋져서 네 맘에 쏙 들 거야."

앤은 가만히 고개를 끄덕였다.

"음, 지금까지 들은 얘기로는 아주 만족해. 하지만 사람은 가구만으로 살 수 없는 법이지. 길버트, 내게 아직 중요한 얘기를 하지 않은 것 같아. 그 집 주변에 나무는 있지?"

"그럼, 잔뜩 있지. 누가 나무의 요정 아니랄까 봐! 집 뒤쪽에는 전나무 숲이 넓게 펼쳐졌고 길가에는 포플러나무가 두 줄로 늘어서 있어. 사랑스러운 정원 주변에는 하얀 자작나무가 둥글게 모여 있지. 현관문을 열면 정원이 보여. 출입구가 하나 더 있는데, 전나무 두 그루 사이로 난 작은 대문이야. 경첩은 이쪽 줄기에, 걸쇠는 저쪽 줄기에 붙어 있지. 두 전나무의 큰 가지들이 머리 위로 아치를 이루고 있어."

"와, 정말 좋아! 나무 없는 곳에서는 살 수 없거든. 내 안의 생기가 말라붙을지도 몰라. 근처에 개울이 있는지는 묻지 않을게. 개울까지 바라는 건 욕심일 테니까."

"개울도 있어. 정원 한쪽 모퉁이를 가로질러서 흐르지."

앤은 더없이 만족한 듯 길게 숨을 내쉬었다.

"길버트! 그곳이 바로 내가 바라던 '꿈의 집'이야."

3장

꿈의 땅에서

"앤, 결혼식에 누굴 초대할지 정했니? 아무리 허물없이 지내는 관계라 해도 이때쯤에는 청첩장을 보내야 해."

레이철 린드 부인이 테이블 냅킨에 부지런히 헴스티치*를 하며 말했다.

"너무 많이 초대하진 않을 거예요. 우리가 결혼하는 모습을 꼭 보고 싶어 하는 사람들만 부르려고요. 길버트의 가족, 앨런 목사님과 사모님 그리고 해리슨 아저씨 부부요."

마릴라가 무뚝뚝하게 말했다.

"허, 네가 해리슨 씨를 가장 친한 친구 중 하나로 꼽을 줄은

---

* 천의 씨실을 풀고 날실을 몇 가닥씩 묶어서 만드는 가장자리 장식으로 옷, 수건, 이불, 책상보 등을 만들 때 많이 쓴다.

생각도 못 할 시절이 있었는데."

앤은 지난 일을 떠올리며 웃었다.

"그러게요. 처음 만났을 때가 생각나요. 그땐 절대 가까워질 수 없다고 생각했죠. 하지만 거듭 만날수록 사이가 점점 좋아지더니 지금은 무척 친해졌어요. 참, 라벤더 아주머니와 폴도 결혼식에 올 거예요."

"올여름에 여길 오기로 한 거냐? 유럽에 가는 줄 알았는데."

"지난번에 보낸 편지에 결혼한다는 얘기를 했더니 마음을 바꿨대요. 오늘 폴의 답장을 받았어요. 유럽에 가는 것보다 제 결혼식이 우선이라면서, 꼭 참석하겠다네요."

린드 부인이 말했다.

"그 아이는 늘 너를 우러러봤었지."

"그 아이가 어느새 열아홉 살 청년이 됐어요, 린드 아주머니."

"시간이 참 쏜살같구나."

린드 부인만의 멋지고 독창적인 표현이었다.

"넷째 샬로타도 같이 오기로 했어요. 폴한테 들었는데 남편이 허락해주면 온다고 했대요. 샬로타가 요즘도 커다랗고 파란 리본을 매고 다니는지, 남편이 그 아이를 샬로타라고 부르는지 레오노라라고 부르는지도 궁금해요. 샬로타가 결혼식에 꼭 오면 좋겠어요. 라벤더 아주머니가 결혼할 때도 같이 참석했잖아요. 라벤더 아주머니의 가족이 다음 주면 메아리 오두막에 도착할 거래요. 그리고 필과 조 목사도 오기로 했어요."

린드 부인이 엄하게 나무랐다.

"앤, 성직자 이름을 그렇게 줄여서 부르면 못쓴다."

"아내인 필도 그렇게 부르는걸요?"

"저런, 신성한 일을 하는 남편에게 존경심을 갖고 좀 더 예의를 갖춰야 할 텐데…."

앤이 놀리듯 말했다.

"어머, 아주머니도 그동안 목사님들을 신랄하게 비판하신 적이 있잖아요?"

"나야 어디까지나 경건하게 비판할 뿐이지. 목사님의 이름을 약칭으로 부른 적은 없잖니."

앤은 웃음이 나오려는 걸 참았다.

"다이애나와 프레드, 꼬마 프레드와 어린 앤 코델리아도 올 거고, 제인도 오기로 했어요. 스테이시 선생님과 제임시나 아주머니, 프리실라, 스텔라도 오면 좋을 텐데 아무래도 힘들 것 같아요. 스텔라는 밴쿠버에 있고, 프리실라는 일본에 있거든요. 스테이시 선생님은 결혼한 뒤 캘리포니아에서 살고 계세요. 제임시나 아주머니는 뱀을 무서워하면서도 따님이 선교하는 모습을 보겠다면서 인도에 가셨어요. 제가 좋아하는 사람들이 세계 곳곳에 흩어져 있으니 서운한 마음이 들어요."

린드 부인이 엄숙하게 말했다.

"하느님이 그렇게 의도하신 건 아니다. 암, 그렇고말고. 내가 젊었을 때는 다들 자기가 태어난 곳이나 그 근처에서 자라 결혼하고 자리를 잡았어. 네가 이 섬에 신혼집을 꾸려서 정말 다행이야. 길버트가 대학을 졸업한 뒤 세상 끄트머리에 가서 살겠다고 고집부리면서 너까지 끌고 갈까 봐 걱정했거든."

"린드 아주머니, 다들 자기가 태어난 곳에서 뿌리를 내리면

머지않아 그곳은 온통 사람들로 북적거리지 않을까요? 생각만 해도 답답한걸요."

"아이고, 앤. 말싸움은 하기 싫다. 난 너처럼 대학을 졸업하지 않았잖아. 아무튼 결혼식은 몇 시지?"

"정오에 하기로 정했어요. 사회부 기자들이 말하는 식으로 하자면 '정각 12시'예요. 그때 결혼식을 하면 저녁 기차를 타고 글렌세인트메리로 갈 수 있어요."

"결혼식은 응접실에서 할 거니?"

"아뇨. 비가 온다면 모를까 그럴 일은 없을 거예요. 푸른 하늘을 머리에 이고 찬란한 햇빛이 내리쬐는 과수원에서 하려고요. 솔직히 제가 정말 원하는 시간과 장소가 있긴 해요. 장엄한 태양이 떠오르기 시작하는 6월의 새벽 무렵, 장미가 만발한 정원에서 결혼식을 올리는 게 제 꿈이거든요. 한번 상상해보세요. 그 시간에 사뿐사뿐 걸어 나가 저를 기다리는 길버트의 손을 잡고 둘이 함께 너도밤나무 숲 한가운데로 들어가는 거예요. 초록색 잎을 매단 나뭇가지들이 아름다운 교회처럼 천장을 이룬 그곳에서 식을 올리는 거죠."

마릴라는 터무니없는 소리라는 듯 콧방귀를 뀌었고, 린드 부인은 충격을 받아 어안이 벙벙해졌다.

"앤, 그건 아주 심하다고 할 만큼 특이하구나. 누군가의 눈을 피해서 몰래 결혼하는 거랑 다를 게 없잖니. 하면 앤드루스 부인이 들으면 뭐라고 할지 생각만 해도 끔찍해!"

린드 부인의 말에 앤은 한숨을 쉬었다.

"아, 그게 문제예요. 앤드루스 아주머니의 눈치가 보여서 하지 못하는 일이 너무 많잖아요. '어쩌면 그럴 수 있지? 맙소사, 어떻게 저런다니.' 늘 이렇게 말씀하는 분인데 말이죠. 앤드루스 아주머니가 뭐라고 하든 상관하지 않는다면 우리 마을 사람들은 참 멋진 일들을 할 수 있을 거예요!"

"아무리 세월이 흘러도 난 너를 좀처럼 이해할 수 없구나."

린드 부인이 투덜거리자 마릴라가 겸연쩍어했다.

"앤은 낭만적인 걸 좋아하잖아요."

"그러게요. 뭐, 결혼 생활을 하다 보면 그놈의 낭만도 그만 찾게 되겠죠."

린드 부인이 스스로 위로하듯 한 말이었다.

웃으며 집을 나간 앤은 연인의 오솔길로 향했고 그곳에서 길버트를 만났다. 두 사람은 결혼 생활이 낭만을 찾는 병을 치료해줄지도 모른다고 바라지 않았고, 반대로 낭만을 잃을까 봐 두려워하지도 않았다.

그다음 주에 메아리 오두막 가족이 찾아오면서 초록지붕집은 한바탕 북적거렸다. 라벤더는 3년이라는 세월이 무색하게도 거의 변하지 않았지만 폴은 달랐다. 앤은 깜짝 놀라 입이 딱 벌어졌다. 키가 180센티미터를 훌쩍 넘는 훤칠한 이 청년이 정말 에이번리 학교에 다녔던 꼬마 폴이란 말인가?

"폴, 너를 보니까 내가 나이를 먹은 게 실감 난다. 세상에, 너를 이처럼 올려다보게 될 줄은 정말 몰랐어!"

"선생님은 절대 늙지 않을 거예요. 젊음의 샘을 발견하고 그 물을 마신 행운아니까요. 선생님도 그렇고, 라벤더 어머니도 마찬가지예요. 그래서 저는 선생님이 결혼한 뒤에도 블라이드 아주머니라고 부르지 않을 거예요. 제게는 언제까지나 선생님이 거든요. 제게 가장 귀한 가르침을 주신 선생님이요. 참, 보여드릴 게 있어요."

폴은 자작시가 빼곡하게 적힌 공책을 내밀었다. 아름다운 상상이 마음껏 날아다니고 있었다. 이런 시들이 아직 발표되지 않은 걸 보면, 잡지 편집자들의 안목을 심히 의심하지 않을 수 없었다. 앤은 기쁜 마음으로 폴의 시를 읽었다. 하나같이 매력 있을 뿐 아니라 앞으로 더 좋은 작품이 나오리라고 기대하게 만드는 글이었다.

"폴, 너는 유명해질 거야. 난 유명한 제자를 두는 게 꿈이었어. 대학 총장도 좋겠지만 위대한 시인이 된 제자가 훨씬 좋지. 언젠가는 내가 유명 시인 폴 어빙을 회초리로 때려가며 가르쳤다고 자랑할 날이 오겠지? 아, 그런데 내가 널 체벌한 적은 한 번도 없잖아. 안타깝게 기회를 놓쳤어! 물론 쉬는 시간에 교실 밖으로 나가지 못하게 하는 벌을 준 적은 있었지만."

"선생님이야말로 유명 작가가 되실 것 같은데요. 지난 3년 동안 선생님이 쓰신 작품들을 읽어봤어요."

"아니. 나는 내 한계를 알아. 내가 쓸 수 있는 건 아이들이나 좋아하고 편집자들이 수고비를 보내줄 정도의 적당히 예쁘고 상상력이 가미된 이야기뿐이지. 대단한 작품은 어림도 없어. 내가 세상에 영원히 이름을 남길 수 있는 유일한 기회는 네 회고록 한쪽 구석에 등장하는 게 고작일 거야."

넷째 샬로타는 이제 머리에서 파란 리본을 떼어냈지만 얼굴에 가득했던 주근깨는 여전했다.

"셜리 아가씨, 제가 양키*와 결혼할 줄은 생각도 못 했어요. 그래서 사람 앞날은 모르는 거라니까요. 양키인 게 그 사람 잘 못도 아니잖아요. 그렇게 태어난 걸 어쩌겠어요."

"샬로타, 양키와 결혼했으니 너도 양키잖아."

"어머, 저는 아니에요! 양키 열두 명과 결혼한다고 해도 제가 양키가 될 일은 없어요! 물론 톰은 아주 좋은 사람이에요. 저는 두 번 다시 기회가 없을까 봐 그가 처음 제게로 다가왔을 때 뻣뻣하게 굴지 않으려고 노력했죠. 톰은 술도 안 마시고, 일이 너무 많아 눈코 뜰 새 없이 바빠도 성질을 부리지 않아요. 모든 면을 고려해봤을 때 남편으로 이만하면 됐다 싶어요."

"남편이 너를 레오노라라고 부르니?"

"아니요. 그랬다면 저는 다른 사람을 부른다고 착각했을걸요? 물론 결혼식 때는 그렇게 불렀죠. '레오노라, 당신을 아내로 맞이합니다'라고 선언해야 했으니까요. 그런데 그 순간 톰이 아내로 맞이하겠다는 사람이 제가 아닌 것 같지 뭐예요. 제가 잘못된 결혼을 하는 건가 싶어 더럭 겁이 나더라고요. 아무튼 저는 늘 의사랑 결혼하고 싶다는 생각을 했어요. 아이들이 홍역이나 크루프**를 앓을 때 남편이 의사면 마음이 놓일 테니까요. 하지만 톰은 의사가 아니라 벽돌공이에요. 그래도 성격이 참 좋아

---

* 당시 미국 사람을 낮잡아 이를 때 양키(Yankee)라고 불렀다. 본디 뉴잉글랜드 원주민의 이름으로, 독립전쟁 때에는 영국인이 미국인을, 남북전쟁 때는 남군이 북군을 조롱하여 이르던 말에서 유래했다.

** 후두의 가장자리에 섬유소성의 가막(假膜)이 생기는 급성 염증으로 목소리가 쉬고 호흡 곤란을 일으킨다.

요. '톰, 셜리 아가씨의 결혼식에 다녀와도 될까요? 나는 꼭 갈 생각이지만 당신이 허락해주면 더 좋겠어요'라고 물었더니, 톰은 '당신 좋을 대로 해, 샬로타. 그러는 게 나도 마음이 편하니까'라고 했어요. 이만하면 정말 상냥한 남편이잖아요."

결혼식 전날에 필리파와 조 목사도 초록지붕집에 도착했다. 앤과 필리파는 호들갑을 떨며 인사를 나눈 뒤 흥분이 가라앉자 밀린 이야기와 앞으로의 계획을 쏟아내기 시작했다.

"앤 여왕님, 너는 여전히 여왕 같아. 나는 애들을 낳고 나서 몸매가 망가졌어. 볼품없이 말라버렸지. 미모가 예전의 절반도 안 된다니까. 그래도 조는 여전히 날 좋아하긴 해. 이제 우리 부부의 외모는 별반 다를 게 없어졌어. 어쨌든 네가 길버트와 결혼하다니, 정말 잘됐어! 지금 보니까 로이 가드너는 이 자리에 안 어울렸을 것 같아. 사실 네가 로이와 헤어졌을 때 엄청 실망했거든. 네가 너무 심하게 굴긴 했잖아."

앤이 웃으며 말했다.

"로이는 이제 다 잊은 것 같던데?"

"뭐, 그렇긴 하지. 로이도 귀엽고 착한 여자랑 결혼했으니까. 결국 모든 일이 순리대로 풀리게 마련인가 봐. 조가 그렇게 말했고 성경에도 그렇게 적혀 있으니까. 이 정도면 권위 있는 해석 아니겠니?"

"앨릭이랑 알론조는 어떻게 지내? 결혼했어?"

"앨릭은 했는데, 알론조는 아직이야. 너랑 얘기하다 보니까 패티의 집에서 살던 시절이 생각난다. 정말 재미있었는데."

"요즘 패티의 집에 가본 적 있니?"

"응, 자주 가. 패티 아주머니와 마리아 아주머니는 여전히 벽난로 앞에 앉아서 뜨개질을 하셔. 아참, 그러니까 생각나네. 그분들이 네게 전해달라면서 결혼 선물을 주셨어. 앤, 어떤 선물인지 한번 알아맞혀봐."

"그걸 어떻게 알겠니. 그런데 내가 결혼하는 걸 그분들은 어떻게 아셨어?"

"내가 말씀드렸지. 지난주에 다녀왔거든. 이야기를 듣고 두 분 다 엄청 좋아하시더라. 이틀 전 패티 아주머니가 집에 잠깐 들러달라고 편지를 보내셨어. 그래서 갔더니 네게 전해주라면서 선물을 맡기시는 거야. 앤, 패티의 집에서 네가 제일 갖고 싶었던 게 뭐였는지 기억나?"

"설마 패티 아주머니가 그 도자기 개들을 선물로 주신 건 아니겠지?"

"딱 맞혔네. 지금 내 여행 가방에 편지랑 같이 들어 있어. 잠깐만 기다려봐. 여기로 가져올게."

셜리 양에게

결혼 소식을 듣고 마리아와 내가 얼마나 기뻐했는지 몰라요. 앞날에 좋은 일만 가득하길 바랄게요. 우린 미혼이지만 누가 결혼하는 걸 굳이 반대하지는 않아요. 결혼 선물로 도자기 개들을 보냅니다. 애당초 셜리 양에게 남겨줄 생각이었어요. 당신이 이 아이들을 얼마나 아끼는지 잘 아니까요. 하지만 마리아도 그렇고 나도 별일 없으면 꽤 오래 살 것 같으니, 당신이 젊을 때 넘겨주는 게 낫겠다 싶었죠. 곡은 오른쪽에, 마곡은 왼쪽에 놓는 걸 잊지 말아줘요.

패티 부인의 편지를 읽고 앤은 몹시 기뻐했다.

"꿈의 집 난롯가에 도자기 개들이 앉아 있는 모습을 보게 되다니! 이렇게 멋진 선물을 받으리라고는 생각도 못 했어."

그날 저녁 초록지붕집은 다음 날 있을 결혼식 준비로 분주했다. 땅거미가 질 무렵 앤은 조용히 집에서 빠져나왔다. 처녀 시절의 마지막 날을 기념해 혼자 소박한 순례를 할 생각이었다. 앤은 포플러나무 그늘이 드리워진 매슈의 무덤을 찾아갔다. 그곳에서 옛 추억을 떠올리며 영원히 잊을 수 없는 매슈 아저씨의 사랑을 되새겼다.

"아저씨가 살아 계셨다면 내일 얼마나 좋아하실까. 하지만 아저씨도 하늘에서 기뻐하고 계실 거야. '우리가 죽은 이들을 잊지 않는 한 그들은 죽지 않은 것입니다'라는 구절을 어디선가 읽은 적이 있어. 아저씨도 내가 잊지 않는 한 내 안에서 영원히 살아 계실 거야."

앤은 준비해 간 꽃을 매슈의 무덤 앞에 놓아두고 긴 언덕을 천천히 내려갔다. 빛과 그림자가 유쾌하고 풍성하게 어우러진 우아한 저녁이었다. 서쪽에 진홍색과 호박색으로 물든 고등어 구름**이 떴고 그 사이로 풋사과처럼 푸르른 하늘이 길쭉길쭉하

* 영국 작가 조지 엘리엇(1819-1880)이 한 말이다.
** 높은 하늘에 그늘 없는 희고 작은 구름 덩이가 촘촘히 흩어져 나타나는 권적운(卷積雲)의 별칭이다.

게 들여다보았다. 그 너머로는 해 질 녘 바다가 희미하게 반짝거렸고, 황갈색 해변으로 파도의 목소리가 끝없이 밀려들었다. 섬세하고 아름다운 시골의 고요 속에 앤이 익숙하게 알고 오랫동안 사랑해온 언덕과 들판과 숲이 펼쳐졌다.

블라이드네 집 앞을 지날 때 길버트가 곁으로 다가와 말했다.

"역사는 반복되는 거야. 우리가 처음 이 언덕을 같이 내려갔던 날 기억하니? 처음으로 함께 걸은 길이기도 했지."

"응. 그날 내가 매슈 아저씨의 무덤에 갔다가 땅거미 질 무렵 집으로 돌아가고 있을 때, 네가 대문 밖으로 나왔잖아. 나는 오랫동안 꼿꼿이 세웠던 자존심을 누르고 네게 말을 걸었지."

"덕분에 내 앞에 천국이 펼쳐졌어. 그 순간부터 내일이 기대되더라고. 그날 저녁 초록지붕집 앞까지 너를 바래다주고 돌아오면서 나보다 행복한 사람은 세상에 없다는 생각이 들었어. 앤에게 용서를 받았으니까."

"도리어 네가 날 용서해준 거야. 나는 은혜도 모르는 못된 아이였잖아. 네 덕분에 목숨을 건졌으면서도 왠지 네게 빚진 기분이 드는 게 무척 싫었다니까! 그런 내가 이런 행복을 누려도 될지 모르겠어."

길버트는 웃으면서 소녀처럼 여린 앤의 손을 꼭 잡았다. 앤의 손가락에는 그가 준 약혼반지가 빛나고 있었다. 반지에 진주알이 박혀 있었다. 앤은 다이아몬드 반지는 싫다고 했다.

"나는 다이아몬드가 영롱한 보라색이라고 상상해왔는데, 실제로 보니 그게 아니더라고. 그때 얼마나 실망했던지, 다이아몬드 반지를 끼면 아마도 그날의 기분을 계속 떠올리게 될 거야."

"하지만 전해 내려오는 얘기로는 진주가 눈물을 의미한다는데, 괜찮겠어?"

"그건 걱정할 필요 없어. 눈물은 슬플 때뿐만 아니라 행복할 때도 흘리잖아. 마릴라 아주머니가 나더러 초록지붕집에서 살아도 된다고 하셨을 때랑 매슈 아저씨가 난생처음 예쁜 원피스를 선물해주셨을 때 그리고 네가 장티푸스로 열이 펄펄 끓다가 회복되었다는 얘기를 들었을 때 나는 정말 행복해서 눈물이 났어. 그러니까 약혼반지는 진주로 해줘. 길버트, 난 인생의 기쁨과 마찬가지로 슬픔도 기꺼이 받아들이면서 살 거야."

하지만 오늘 밤 이 연인의 가슴속은 슬픔 한 자락 없이 오롯한 기쁨으로 가득 찼다. 내일은 그들의 결혼식이 있는 날이었고, 포윈즈 항구의 안개 낀 보랏빛 해변에서는 꿈의 집이 그들을 기다리고 있었다.

4장

초록지붕집의 첫 신부

결혼식 날 아침, 잠에서 깬 앤은 지붕 아래 난 작은 창으로 눈을 찡긋하는 햇살과, 방 안의 커튼을 신나게 흔드는 9월의 산들바람을 맞이했다.

'햇빛이 환하게 쏟아지네! 정말 다행이야.'

앤은 행복해서 날아갈 것 같았다.

이 작은 방에서 처음 잠을 자고 눈을 떴던 날 아침이 생각났다. 그날도 오래된 벚나무인 눈의 여왕이 피운 꽃잎 사이로 반짝이는 햇살이 방에 흘러들었다. 하지만 전날 밤의 슬픔이 너무 컸던 터라 그날 아침에는 아름다운 햇빛을 보고도 행복하지 않았다. 이후 오랫동안 이 작은 방은 유년 시절의 아름다운 꿈과 처녀 시절의 상상으로 채워졌다. 몇 년간 떠나 있기도 했지만 이 방으로 돌아올 땐 늘 기분이 좋았다. 길버트가 장티푸스에 걸려 사경을 헤맬 때 앤은 밤새 창문 앞에 무릎을 꿇고 앉아 지독한 가슴앓이를 했다. 약혼을 한 날 밤에도 이 창문 옆에 앉아 행복감을 마음껏 누렸다. 이 외에도 얼마나 많은 기쁨과 슬픔의 기도를 이곳에서 올렸던가! 그런데 오늘 앤은 이 방을 영원히 떠나야 했다. 더는 앤의 방도 아니었다. 앤이 떠나고 나면 열다섯 살 도라가 이 방을 물려받을 것이다. 누구보다 앤이 바라던 바였다. 이 작은 방은 유년기와 청소년기를 보내는 소녀의 신성한 공간이다. 아내로서 새로운 삶을 시작하기 전 이 방에 깃든 추억의 문이 닫히고 있었다.

그날 오전 내내 초록지붕집은 부산하고 들뜬 분위기였다. 다이애나가 일손을 돕기 위해 꼬마 프레드와 어린 앤 코델리아를 데리고 일찌감치 도착했다. 초록지붕집의 쌍둥이 데이비와 도라는 재빨리 다이애나의 아이들을 데리고 정원으로 나갔다.

"앤 코델리아가 옷을 버리지 않도록 조심하렴."

그들 뒤에 대고 다이애나가 걱정스럽게 주의를 주자 마릴라가 나섰다.

"도라가 돌봐줄 테니 안심해도 된다. 아직 어리지만 내가 아는 어떤 엄마보다 분별력 있고 신중하단다. 여러모로 날 놀라게 만드는 아이야. 내가 키운 어느 말괄량이와는 아주 다르지."

마릴라는 닭고기를 넣은 샐러드 너머로 앤을 바라보며 미소 지었다. 말은 그렇게 하면서도 마릴라는 누구보다도 그 말괄량이를 아끼고 사랑했다.

린드 부인은 소리가 들리지 않을 만큼 아이들이 멀리 가 있는 걸 확인하고 입을 열었다.

"쌍둥이는 정말 착한 애들이에요. 도라는 여성스럽고 집안일도 잘 거들잖아요. 데이비도 말쑥한 소년으로 자랐고요. 어렸을 때는 골칫거리 망나니 같더니만."

마릴라도 인정했다.

"데이비가 이 집에 오고 나서 처음에는 정말 정신이 없었죠. 여섯 달쯤 지나니까 비로소 적응이 되더라고요. 요즘 데이비는 농사일에 관심이 많아졌는지 내년에는 농장 운영을 해보고 싶다네요. 배리 씨가 더는 우리 농장을 빌리지 않겠다고 하니, 나도 이제 일손을 새로 구해볼까 생각하던 중이었어요."

다이애나는 큼직한 앞치마를 비단 옷 위에 두르며 말했다.

"앤, 결혼식을 올리기에 정말 좋은 날씨야. 이튼 백화점에서 주문해도 이보다 더 좋은 날을 받을 순 없을 거야."

"이 섬의 돈이 이튼 백화점으로 죄다 흘러 들어가고 있어 걱정이구나. 에이번리의 젊은 여자들이 백화점에서 펴낸 상품 안내서를 성경처럼 떠받드는 것도 문제야. 일요일인데 성경은커녕 그놈의 안내서나 들여다보고 있지 뭐냐."

린드 부인이 못마땅하다는 투로 말했다. 기업의 문어발식 경영에 반감을 가진 그녀는 틈만 나면 백화점을 깎아내렸다. 다이애나도 맞장구를 쳤다.

"그러게요. 애들도 상품 안내서를 재미있게 보더라고요. 프레드와 앤 코델리아도 시간 가는 줄 모르고 거기 실린 사진들을 들여다본다니까요."

그러자 린드 부인이 엄하게 말했다.

"나는 이튼 백화점의 상품 안내서 없이도 열 명이나 되는 자식을 잘만 키웠어."

그때 앤이 쾌활한 목소리로 끼어들었다.

"자, 이튼 백화점의 상품 안내서 때문에 다투지들 마세요. 오늘은 제게 무척 중요한 날이잖아요. 저만큼 다른 사람들도 행복했으면 좋겠어요."

"나도 네가 늘 행복하길 바란단다."

린드 부인은 이렇게 말하며 한숨을 쉬었다. 그녀는 진심으로 앤이 행복하길 바랐고 그렇게 될 거라 믿었지만, 행복을 대놓고 과시했다가 신의 섭리를 거슬러 불운을 겪게 될까 봐 염려했다. 그래서 앤이 조금은 자중해야 한다고 여겼다.

9월의 정오가 되자 초록지붕집의 첫 신부 앤은 집에서 직접 짠 카펫이 깔린 낡은 계단을 찬찬히 내려왔다. 날씬한 몸매에 반짝이는 두 눈, 면사포를 쓰고 장미 부케를 한 아름 든 모습이 무척 아름답고 행복해 보였다. 아래층에서 기다리던 길버트는 신부를 올려다보며 감탄했다. 그는 오랜 시간 끈기 있게 기다린 끝에, 붙잡기 어려웠던 앤을 드디어 아내로 맞이했다. 그래서인지 이 장면은 신부의 아름다운 투항처럼 느껴졌다.

'앤을 아내로 맞이할 자격이 내게 있을까? 앤의 바람대로 행복하게 만들어줄 수 있을까? 앤의 기대를 저버리면, 앤이 생각하는 남편의 기준에 못 미치면 어쩌지?'

상념에 젖은 길버트에게 앤이 손을 내밀었다. 길버트는 앤과 눈을 맞춘 순간 확신이 샘솟으면서 의심은 완전히 사라져버렸다. 두 사람은 서로에게 속해 있었다. 앞으로 그들 앞에 무슨 일이 일어난다 해도 변치 않는 사실이었다. 둘이 함께하는 한 그

무엇도 두렵지 않을 것이다.

그들은 찬란한 햇빛이 쏟아지는 오래된 과수원에서, 오랫동안 알고 지내온 다정한 친구들에게 둘러싸여 결혼식을 올렸다. 앨런 목사가 주례를 맡았고 조 목사가 기도했다. 훗날 레이철 린드 부인이 지금까지 들어본 것 중에서 최고로 아름다운 결혼 기도였다고 단언할 만큼 멋진 기도였다. 9월에는 새들이 좀처럼 지저귀지 않는 법인데 이날만은 달랐다. 길버트와 앤이 차례로 결혼 서약을 하는 동안 새 한 마리가 사람들의 눈에 띄지 않는 나뭇가지에 앉아 아름다운 노래를 불렀다.

앤은 새의 노랫소리를 듣고 감동받았다. 길버트는 이렇게 좋은 날 어째서 온 세상의 새들이 환희에 찬 노래를 부르지 않을까 의아해했다. 폴은 새소리를 듣고 시를 썼는데, 이는 훗날 그의 첫 시집에서 가장 사랑받는 작품이 되었다. 넷째 샬로타는 새소리를 그토록 흠모하는 앤의 앞날에 행운이 따른다는 의미로 확신하고 기뻐했다. 새는 결혼식 내내 지저귀다가 모든 순서를 마칠 무렵 작고 떨리는 아름다운 소리로 노래를 끝맺었다. 과수원 한가운데 자리 잡은 초록지붕집에서 오후 시간이 이토록 활기차고 기분 좋았던 적은 없었다. 에덴동산의 첫 결혼식 이후로 때마다 되풀이된 해묵은 농담과 격언이 다 나왔는데, 다들 처음 듣는 멋지고 대단한 얘기인 양 한껏 즐거워했다. 웃음과 기쁨이 가득한 자리였다.

마침내 앤과 길버트가 폴이 모는 마차를 타고 카모디역으로 출발해야 할 시간이 되었다. 쌍둥이가 미리 준비해둔 쌀과 낡은 신발을 가져오자 넷째 샬로타와 해리슨 씨가 그것을 신랑과 신부에게 던졌다.* 한바탕 소동이 끝난 뒤 마릴라는 문간에 서서 점점 멀어져가는 마차를 조용히 바라보았다. 마차는 미역취로 뒤덮인 언덕에 길게 뻗은 길을 따라 달려갔다. 길 끝에 다다르자 앤은 고개를 돌려 마지막으로 손을 흔들었다.

앤은 그렇게 떠났다. 초록지붕집은 이제 앤의 집이 아니었다. 14년 동안 살면서 종종 집을 비울 때도 있었지만, 그때마저 앤의 빛과 생기가 넘쳐나던 곳이었다. 앤을 태운 마차가 시야에서 사라진 뒤 집을 향해 돌아서는 마릴라의 얼굴은 무척 어두웠고, 삽시간에 늙어버린 듯했다.

그래도 그날은 다이애나와 그녀의 어린 자녀, 메아리 오두막 가족과 앨런 목사 부부가 두 노부인 곁에 남아서 앤이 떠난 날 저녁의 적적함을 달래주었다. 모두 식탁에 둘러앉아 평온하고 즐거운 분위기 속에서 그날 있었던 일들을 시시콜콜 나누며 저녁을 먹었다. 그 시각 앤과 길버트는 글렌세인트메리에 도착해 기차에서 내리고 있었다.

- 서양에는 결혼을 축하하고 행운이 깃들기를 바라는 의미로 신랑 신부에게 쌀과 신발을 던지는 풍습이 있다.

5장

꿈의 집으로

역에 도착하니 데이비드 블라이드 선생이 보낸 마차가 기다리고 있었다. 역까지 마차를 몰고 온 소년은 눈치껏 자리를 피해주겠다는 듯 싱긋 미소를 지으며 떠났다. 덕분에 단둘이 마차를 타고 빛나는 황혼을 헤치며 신혼집을 향해 나아갔다.

마을 뒤편 언덕을 올랐을 때 눈앞에 펼쳐진 아름다운 풍경을 앤은 평생 잊지 못할 것이다. 그들의 신혼집은 아직 보이지 않았지만 장미와 은으로 장식한 거울처럼 반짝이는 포윈즈 항구가 눈에 들어왔다. 아래로 눈길을 옮기니 높고 가파른 붉은색 사암 절벽과 모래톱 사이에 항구 입구가 보였다. 모래톱 너머에는 잔잔하고 소박한 바다가 저녁놀에 잠겨 꿈을 꾸는 듯했다. 모래언덕과 항구 해변이 만나는 후미진 곳에 자리한 작은 어촌은 실안개 속에서 마치 커다란 오팔처럼 떠 있었다.

하늘은 보석 박힌 컵처럼 황혼의 빛을 쏟아냈다. 바람은 싸하게 쏘는 바다 내음을 머금고 기분 좋게 불어왔다. 어스름이 젖은 바닷가 특유의 풍경이었다. 전나무가 무성하게 자란 항구 해안을 따라 돛단배 몇 척이 바닷물 위를 떠다녔다. 저 끄트머리에 자리한 작고 하얀 교회의 종탑에서 종소리가 울려 퍼졌다. 부드럽고 꿈결처럼 달콤한 종소리가 바다의 속삭임과 뒤섞여 귓가에 맴돌았다. 해협 절벽 끝에 선 커다란 회전 등대는 북쪽의 맑은 하늘을 향해 금색 불빛을 쏘았다. 희망의 별처럼 따뜻하고 부드럽게 깜빡이는 빛이었다. 멀리 수평선을 따라 지나가는 증기선에서 회색 리본처럼 구불구불 연기가 피어올랐다.

앤이 나지막하게 말했다.

"아, 정말 아름답다. 길버트, 난 포윈즈가 참 마음에 들어. 그런데 우리 집은 어디 있어?"

"아직은 보이지 않아. 저 만을 따라 자라는 자작나무들에 가려져 있거든. 우리 집은 글렌세인트메리 마을에서 3킬로미터쯤 떨어진 곳에 있고 등대까지는 2킬로미터 정도야. 이웃은 별로 없어. 가까이에 집이 한 채 있는데, 누가 사는지는 몰라. 그래서 하는 말인데, 내가 일하는 동안 당신이 외롭지 않을까?"

"걱정 마. 저 불빛과 근사한 풍경이 있잖아. 그런데 길버트, 혹시 저 집에는 누가 사는지 알아?"

"글쎄? 왠지 우리랑 마음이 맞는 사람들은 아닐 것 같아."

크고 튼튼해 보이는 그 집은 선명한 초록색으로 칠해져 있어서 주변 풍경과 어우러지지 못하고 홀로 도드라졌다. 집 뒤에는 과수원이 있고 집 앞 잔디밭은 말끔히 손질되어 있었다. 하지만 전체적인 느낌은 왠지 헛헛하고 무언가 빠진 듯했다. 지나치게 잘 정돈된 탓이 아닐까 싶었다. 전체적인 분위기며 집, 헛간, 과수원, 정원, 잔디밭, 오솔길이 살풍경할 만큼 깔끔했다.

앤도 고개를 끄덕였다.

"맞아. 집을 저런 색으로 칠하는 사람과 가까워질 순 없을 것 같네. 전에 에이번리 마을회관을 파란색 페인트로 칠한 것처럼 어쩌다 실수로 저렇게 된 게 아니라면 뭔가 이상하잖아. 왠지 저 집에는 아이도 없을 것 같아. 토리 도로에 사는 콥 자매의 집보다 깨끗하잖아. 저렇게 깔끔한 집은 처음 봐."

자작나무 사이사이로 멋진 전나무가 듬성듬성 자라고 있었다. 전나무 줄기 사이로 추수를 앞두고 누렇게 물든 밭과 어슴푸레 빛나는 황금 모래언덕 그리고 푸른 바다가 살짝살짝 보였다. 항구 해변을 따라 구불구불 뻗어나간 불그스름하고 촉촉한 길에는 그들 말고 아무도 없었다. 그러다가 그들의 신혼집을 가리고 있는 자작나무 숲에 다다르기 직전 앤은 누군가를 발견했다. 키가 크고 연푸른 무늬 원피스를 입은 여자였다. 그녀는 눈처럼 하얀 거위 떼를 몰고 벨벳처럼 부드러운 초록색 언덕 마루를 통통 튀듯 가벼운 걸음걸이로 내려오고 있었다.

앤과 길버트가 지나갈 때쯤 거위 떼와 함께 울타리 문을 나선 여자는 걸쇠에 손을 얹은 채로 가만히 서서 그들을 바라보았다. 두 사람에게 관심이 있어 보였지만 몹시 궁금해하는 것 같지는 않았다. 그런데 앤은 아주 잠깐이었지만 그녀의 시선에서 은근한 적대감을 느꼈다. 무엇보다 그녀는 헉 소리가 날 만큼 아름다웠다. 어디서든 시선을 끌 만한 미모였다. 잘 익은 밀처럼 금빛을 머금고 윤기가 흐르는 풍성한 머리카락을 땋아서 화관처럼 둘렀으며, 푸른 눈동자는 별처럼 반짝였다. 입고 있는 원피스는 평범했지만 몸매는 보기 좋았으며 입술은 허리춤에 두른 양귀비 꽃다발처럼 붉었다.

"길버트, 방금 우리가 지나친 곳에 있던 여자는 누구야?"

앤이 나지막하게 묻자 신부에게만 온통 시선이 가 있던 길버트가 대답했다.

"응? 난 아무도 못 봤는데."

"울타리 문 옆에 서 있던 여자 말이야. 아니, 뒤돌아보지 마! 그 여자가 우릴 계속 보고 있어. 저렇게 예쁜 얼굴은 처음 봐."

"여기 있는 동안 그렇게 아름다운 여자를 본 기억이 없는걸? 글렌세인트메리 마을에 예쁜 여자가 몇 명 있긴 하지만 빼어나다고 추켜세울 정도는 아니었어."

"저기 있잖아. 아직 저 여자를 못 본 모양이네. 봤으면 기억할 텐데. 저런 얼굴은 한 번 보면 잊을 수 없거든. 그림에서나 볼 법한 얼굴이야. 머리카락도 어찌나 아름다운지! 브라우닝의 시에 나오는 '황금 밧줄'이나 '아름다운 뱀'*이 떠올라!"

"포윈즈에 놀러온 사람일 수도 있어. 여름 동안 큰 호텔에 머물면서 항구에서 시간을 보내는 사람이 많다고 하던데."

"흰 앞치마를 두르고 거위 떼를 몰고 있었는걸?"

"재미 삼아 할 수도 있지. 앤, 저길 봐. 우리 집이야."

고개를 든 앤은 적대적인 눈빛으로 쏘아보는 아름다운 여자

• 영국 시인 로버트 브라우닝(1812-1889)의 시 〈곤돌라에서〉에 나온 표현들이다.

에 대한 생각은 잠시 잊었다. 신혼집을 보자마자 앤의 눈과 영혼에 기쁨이 차올랐다. 그 집은 마치 항구 해변에 오도카니 자리 잡은 크림색 조가비 같았다. 집 앞으로 난 길에는 높다란 포플러나무들이 하늘을 배경으로 장엄한 보랏빛 윤곽을 드러내며 늘어서 있었다. 집 뒤의 어둑어둑한 전나무 숲은 바닷바람의 날카로운 숨결을 가로막아 정원을 보호해주었다. 전나무 숲 사이를 통과한 바람은 오래도록 기억에 남을 만한 음악을 연주했다. 여느 숲과 마찬가지로 저 전나무 숲도 후미진 곳에 온갖 비밀을 품고 있다가 기어이 그 안까지 찾아 들어오는 이에게만 살짝 보여줄 것 같았다. 숲은 진한 초록색 팔을 내뻗어 호기심 어린 혹은 무심한 시선을 가려주었다.

모래톱 너머에서 밤바람이 점차 거세게 춤추기 시작했다. 앤과 길버트가 포플러나무 사이로 난 길을 따라 올라가는 동안 항구 저편의 어촌이 보석처럼 반짝였다. 작은 집의 문이 열리고 바깥의 어스름 속으로 따뜻한 벽난로 불빛이 흘러나왔다. 길버트는 앤을 마차에서 안아 내려 정원으로 이끌었다. 두 사람은 가지 끝이 불그스레해진 전나무들 사이로 나 있는 작은 대문을 지나고, 깔끔한 붉은 길을 올라가 사암 계단으로 향했다.

"우리 집에 온 걸 환영해."

길버트가 속삭였다. 두 사람은 손을 잡고 꿈의 집 문지방을 나란히 넘어갔다.

6장

짐 선장

데이비드, 약칭해서 데이브 선생 부부가 신랑 신부와 인사를 나누려고 신혼집에 와 있었다. 데이브 선생은 몸집이 크고 하얀 구레나룻을 기른 유쾌한 할아버지였으며, 그의 아내는 날씬하고 아담한 몸매에 장밋빛 뺨과 은발이 눈에 띄는 노부인이었다. 부인은 앤을 진심으로 따뜻하게 맞아주었다.

"만나서 정말 반갑다. 많이 피곤하겠구나. 우리가 저녁 식사를 준비해놨어. 짐 선장이 네게 주려고 송어 한 마리를 가져왔거든. 짐 선장님, 어디 계세요? 아, 말을 보러 가셨나 보네. 위층에 올라가서 짐을 내려놓고 오렴."

부인을 따라 위층으로 올라간 앤은 눈을 반짝이며 방 안 곳곳을 둘러보았다. 초록지붕집과 분위기가 비슷하고 고풍스러운 느낌도 있었다. 앤은 새집이 무척 마음에 들었다.

"러셀 할머니도 나와 마음이 맞는 분이었을 거야."

그 방에는 창문이 두 개 있었다. 지붕창 너머로는 항구와 모래톱, 포윈즈 등대의 불빛이 내다보였다.

쓸쓸한 요정 나라의 위험한 바다 거품을 향해 열려 있는
마법의 여닫이창*

앤이 나지막하게 시를 인용했다. 지붕창 너머로 가을빛이 물든 골짜기와 그곳에 흐르는 개울이 내다보였다. 개울에서 위쪽으로 약 2킬로미터 떨어진 곳에는 되는 대로 지은 듯한 낡은 집 한 채가 있었다. 집 주변에 큼직한 버드나무들이 자라고 있어서, 창문이 나뭇가지 사이로 살짝살짝 황혼의 풍경을 내다보는 듯 느껴졌다. 저 집에는 누가 살고 있을까? 가장 가까이 사는 이웃이니 부디 좋은 사람들이길 바랐다. 문득 앤은 하얀 거위 떼를 몰고 가던 아름다운 여자를 떠올렸다.

"길버트는 그 여자가 외지인일 거라고 했지만, 내 생각엔 이곳 사람이 맞아. 그녀는 이곳 바다와 하늘, 항구의 일부라는 느낌이 들었거든. 포윈즈의 특징이 핏속에 흐르는 사람이겠지."

아래층으로 내려가니 길버트가 거실 벽난로 앞에 서서 낯선 노인과 이야기를 나누고 있었다. 앤이 들어가자 둘은 동시에 고개를 돌려 그녀를 바라보았다.

"앤, 이분은 보이드 선장님이셔. 선장님, 제 아내입니다."

---

* 영국 시인 존 키츠(1795-1821)의 시 〈나이팅게일에게 부침〉의 한 구절

다른 사람에게 앤을 아내라고 소개한 것이 처음인 길버트는 무척 뿌듯해 보였다. 노선장은 앤에게 힘줄 돋은 손을 내밀었다. 둘은 마주 보며 미소 지었고 그 순간부터 친구가 되었다. 서로가 마음이 맞는 친구임을 첫눈에 알아본 것이다.

"만나서 반가워요, 블라이드 부인. 여기 살았던 첫 번째 신부만큼 행복하길 바라요. 그보다 더 행복하긴 힘들 겁니다. 그런데 남편분이 날 제대로 소개하지 않았네요. 다들 '짐 선장'이라고 부르죠. 부인도 처음부터 그 호칭을 입에 붙여두도록 하세요. 정말 고운 신부네요. 부인을 보고 있으니 내가 새신랑이라도 된 듯한 기분이에요."

웃음꽃이 핀 가운데 데이브 부인은 짐 선장에게 같이 저녁을 먹자고 권했다.

"초대해주셔서 감사합니다. 기쁜 마음으로 응해야죠, 데이브 부인. 평소에는 거울에 비친 못생기고 늙은 내 모습을 보며 혼자 먹을 때가 많아요. 친절하고 예쁜 숙녀들과 한 식탁에서 식사할 기회가 별로 없죠."

지나치게 빤한 칭찬으로 느껴질 수도 있지만, 우아하고 온화하며 상대를 존중하는 말투였다. 또한 그의 눈빛은 상대방을 마치 왕의 찬사를 듣는 여왕처럼 대우하는 듯했다.

짐 선장은 고매한 정신과 소박한 마음을 지닌 노인이었다. 하지만 눈빛과 마음만은 늘 청춘이었다. 큰 키에 등이 약간 굽었지만 한눈에 봐도 힘과 끈기가 대단하다는 걸 알 수 있었다. 깔끔하게 면도한 구릿빛 얼굴에는 깊은 주름살이 새겨졌고 말갈기처럼 숱 많은 철회색 머리카락은 어깨까지 내려왔다. 그는 움

푹 들어간 푸른 눈을 빛내며 꿈을 꾸기도 하고, 잃어버린 소중한 것을 찾듯 아쉬운 눈빛으로 바다를 바라보기도 했다. 앤은 짐 선장이 무엇을 찾는지 나중에야 알게 되었다.

짐 선장의 외모는 볼품없는 편이었다. 여윈 턱, 다부진 입, 고지식한 이마는 결코 매력적이라고 할 수 없었다. 게다가 그동안 겪어온 숱한 고생과 슬픔이 몸과 영혼에 절절히 새겨져 있었다. 처음 봤을 때 앤은 그를 평범한 노인이라 여겼다. 거친 외모 속에 깃든 빛나는 영혼이 그를 더욱 아름답게 만들어주고 있다는 생각은 미처 하지 못했다.

그들은 유쾌한 분위기 속에서 식탁에 둘러앉았다. 난롯불이 9월 저녁의 한기를 몰아냈지만 부엌 창문을 통해 바닷바람이 제멋대로 불어왔다. 항구와 야트막한 보랏빛 언덕의 풍경은 몹시 아름다웠다. 식탁에는 데이브 부인이 차린 별미가 가득했지만 압권은 큰 접시에 담긴 송어였다.

짐 선장이 말했다.

"블라이드 부인, 먼 길을 왔으니 더 맛있을 겁니다. 두 시간 전까지만 해도 글렌 연못에서 헤엄치던 싱싱한 놈이죠."

데이브 선생이 물었다.

"짐 선장, 오늘 밤에 등대는 누가 지킵니까?"

"조카 앨릭이 할 겁니다. 나 못지않게 잘하죠. 그건 그렇고, 저녁 식사에 초대해주셔서 정말 기쁘네요. 사실 오늘 점심을 시원찮게 먹어서 배가 꽤 고팠거든요."

그 말을 듣고 데이브 부인이 걱정스레 말했다.

"등대에서 일할 땐 거의 굶다시피 하는 모양이네요. 끼니를 거를 때도 많겠죠."

"아니요, 잘 챙겨 먹고 있습니다. 정말이에요. 사실 거의 왕처럼 살죠. 어젯밤에 글렌에 갔다가 스테이크를 1킬로그램이나 사 들고 돌아왔어요. 오늘 한번 제대로 차려 먹으려고요."

"아니, 그럼 스테이크는 어떻게 된 거죠? 집으로 오는 길에 잃어버리셨나요?"

짐 선장은 겸연쩍은 표정으로 대답했다.

"아뇨. 어제 자려고 누웠는데 성질 고약하고 가엾은 개 한 마리가 하룻밤 재워달라고 찾아왔지 뭡니까. 해변에 사는 어떤 어부네 집 개인 것 같은데, 발이 아파 보이더군요. 그 녀석을 도저히 내쫓을 수 없어서 현관 앞 베란다에 들이고 낡은 가방을 놓아주었죠. 그 위에서 자라고요. 그러고는 나도 자러 갔습니다. 그런데 도저히 잠이 안 오는 거예요. 생각해보니까 그 개가 배고파하는 표정이었어요."

"그래서 스테이크를 개한테 줬다는 거군요. 전부 다요."

데이브 부인이 나무라듯 말하자 짐 선장은 어쩔 수 없었다는 표정을 지었다.

"달리 줄 게 없었거든요. 개가 좋아할 만한 다른 음식이 있어야 말이죠. 두 입 만에 깡그리 먹어 치운 걸 보면 어지간히 배가 고팠던 모양이에요. 그러고 났더니 점심 때 먹을 게 없더라고요. 있는 거라고는 감자뿐이었죠. 개는 오늘 아침 자기 집으로 돌아갔습니다. 채식주의자는 아니었나 봐요."

"그까짓 개 때문에 배를 쫄쫄 곯다니요!"

"누군가가 애지중지하며 기르는 개일 수도 있잖습니까. 겉모습만으로 판단해서는 안 되니까요. 나처럼 그 개도 내면이 아름다울 수 있겠죠. 일등항해사는 그 개를 싫어했어요. 개한테 사납게 굴더라고요. 편견 때문에 그런 겁니다. 고양이가 개를 어떻게 생각하는지는 뻔한 것 아니겠습니까? 어쨌든 점심은 대충 때웠지만 이처럼 좋은 분들과 한 자리에서 멋진 식사를 하게 되어 기쁩니다. 좋은 이웃을 둔 덕분이죠."

"개울 위쪽 버드나무 사이에 있는 집에는 누가 사나요?"

앤의 물음에 짐 선장은 잠시 생각하다가 대답했다.

"딕 무어 부인이 살죠. 그리고 남편도요."

앤은 짐 선장의 말투를 토대로 딕 무어 부인의 모습을 머릿속으로 그려보며 미소 지었다.

'왠지 이곳의 레이철 린드 부인쯤 되지 않을까?'

짐 선장이 이야기를 계속했다.

"이 부근에는 이웃이 별로 없어요. 항구 이쪽에는 집이 거의 없거든요. 이곳 땅은 대부분 글렌 너머에 사는 하워드 씨 소유인데 목초지로 세를 놓고 있죠. 항구 저쪽에는 사람들이 꽤 많이 삽니다. 대부분 매캘리스터 집안이에요. 무심코 돌을 던지면 그들 중 한 명이 맞을 정도라니까요. 요전에 리언 블랙키어를 만나 얘기를 나눴어요. 리언이 여름내 항구에서 일했거든요. 그가 이렇게 말하지 뭡니까. '저쪽에는 온통 매캘리스터 성을 가진 사람들이 살고 있어. 닐 매캘리스터, 샌디 매캘리스터, 윌리엄 매캘리스터, 앨릭 매캘리스터, 앵거스 매캘리스터. 이러다 데빌*

---

* 이 집안을 희화화하려고 '악마'(devil)라는 이름을 붙였다.

매캘리스터까지 거기 사는 거 아닌지 몰라'라고요."

다 같이 왁자하게 웃고 난 뒤 데이브 선생이 말했다.

"엘리엇과 크로퍼드라는 성을 가진 사람의 수도 그에 못지않을 겁니다. 길버트, 이쪽 포윈즈 사람이 즐겨 하는 말이 있어. '주님, 엘리엇 집안의 자만심, 매캘리스터 집안의 자부심, 크로퍼드 집안의 허영심으로부터 우리를 구하소서.' 참 우습지?"

짐 선장이 대거리했다.

"좋은 분들도 많아요. 윌리엄 크로퍼드와 여러 해 배를 같이 탔는데 용감하고 참을성 있고 진실한 사람입니다. 저쪽 포윈즈 사람들은 머리가 좋아요. 어쩌면 그래서 이쪽 사람들이 그들을 헐뜯는 것일 수도 있어요. 자기보다 똑똑한 사람을 보면 화가 치밀기 마련이잖아요."

그 말에 항구 저쪽 사람들과 40년 가까이 사이가 좋지 않은 데이브 선생도 웃으며 한발 물러섰다.

"길을 따라 800미터 정도 가면 멋진 에메랄드빛 집이 있잖아요. 거기에는 누가 살고 있습니까?"

길버트가 묻자 짐 선장이 환하게 웃으며 대답했다.

"코닐리어 브라이언트의 집이에요. 조만간 여기 와서 두 분이 장로교인인지 확인하려고 들 겁니다. 만약 감리교인이면 다신 안 올 거예요. 아주 질색하거든요."

데이브 선생이 흐뭇하게 웃으며 맞장구를 쳤다.

"아무튼 성격이 참 특이해요. 글쎄, 남성혐오증이 깊게 뿌리박혔다니까요!"

길버트가 농담을 건넸다.

"남자를 신 포도[*]로 보는 건가요?"

길버트의 농담에 짐 선장은 진지하게 말했다.

"아뇨, 그건 아닙니다. 코닐리어는 젊었을 때 남자를 자기 뜻대로 고를 만한 입장이었어요. 지금이야 늙은 홀아비들이 들으면 기겁할 말만 골라서 하지만요. 남자와 감리교인에게 지독한 악의를 품고 사는 것 같아요. 포윈즈에서 가장 혀가 매섭지만, 한편으로는 심장이 따뜻한 여자이기도 해요. 이웃에게 말썽이 생기면 뭐든 도와주려고 친절하게 나서죠. 다른 여자를 험담하는 법도 없고요. 코닐리어가 가엾은 남자들을 그런 식으로 몰아붙인다고 해도 우리는 늙어서 낯짝이 두꺼우니 충분히 버틸 수 있을 겁니다."

데이브 부인이 말했다.

"코닐리어가 선장님에 대해서는 늘 좋은 말만 하던데요."

"그러게요. 그런데 왠지 마음에 걸려요. 내게 뭔가 안타까운 구석이 있어서 그러나 싶네요."

---

* 『이솝 우화』에서 여우가 손이 닿지 않는 곳에 있는 포도를 보며 시고 맛이 없을 것으로 생각해 포기했다는 데서 비롯된 표현으로, 자기가 가질 수 없는 것에 대해 가치를 애써 낮게 평가하는 행동을 가리킨다.

7장

선생님의 신부

저녁 식사를 마치고 벽난로 앞에 둘러앉았을 때 앤이 물었다.

"짐 선장님, 이 집에 살았던 첫 번째 신부는 누구였어요?"

길버트도 말을 보탰다.

"이 집에 얽힌 사연을 들었는데, 그 신부와도 관련이 있습니까? 선장님께 물어보면 이야기해줄 거라고 하던데요."

"예, 알아요. 학교 선생님의 아내가 이 섬에 왔을 때 어떤 일이 있었는지 기억하는 사람은 이제 포윈즈에서 나밖에 없을 겁니다. 그분은 30년 전에 돌아가셨지만 절대 잊을 수 없죠."

앤이 궁금한지 재우쳐 말했다.

"어떤 사연인가요? 이 집에 살았던 여자분들 이야기를 전부 알고 싶어요."

"음, 모두 셋이었어요. 엘리자베스 러셀, 네드 러셀의 아내 그리고 선생님의 신부요. 엘리자베스 러셀은 어질고 똑똑했죠. 네드의 아내도 좋은 여자였고요. 하지만 선생님의 신부는 앞의 두 사람과 아주 달랐습니다.

지금 말하고 있는 선생님의 이름은 존 셀윈이었어요. 글렌 마을 학교에서 학생들을 가르치려고 영국에서 오셨죠. 그때 내 나이는 열여섯이었습니다. 그분은 그 전까지 프린스에드워드섬 학교에 있었던 부랑자 같은 선생들과 질적으로 달랐어요. 기존 선생들은 똑똑하긴 했지만 술독에 빠져 있었거든요. 멀쩡할 땐 읽기, 쓰기, 수학을 제대로 가르치다가도 술에 취하면 학생들한테 고래고래 소리나 질러댔죠.

하지만 존 셀윈은 건강하고 잘생긴 젊은 교사였어요. 우리 아버지 집에서 하숙했는데 나이가 열 살 어린 나를 친구처럼 대해 줬답니다. 같이 책을 읽고 산책도 하면서 이런저런 얘기를 많이 나눴으니까요. 존 선생님은 지금까지 세상에 나온 시라는 시는 전부 알고 있는 것 같았죠. 저녁마다 해변을 산책하면서 내게 시를 암송해주었거든요. 아버지는 그런 건 다 시간 낭비라고 여기는 분이었지만, 내가 시에 맛을 들여 바다로 나갈 생각을 접길 바라서인지 아무 말도 하지 않으시더라고요. 하지만 아버지 뜻대로 되진 않았어요. 어머니 집안에 바다로 나가 사는 사람들이 많아서 저도 그 기질을 물려받았으니까요. 그래도 존 선생님의 시 낭송을 듣는 게 참 좋았어요. 그때 선생님에게 배운 시 몇 구절이 아직까지도 기억난다니까요. 세월이 거의 60년이나 흘렀는데도!"

벽난로에서 타오르는 불꽃을 물끄러미 바라보며 조용히 지난

날을 추억하던 짐 선장은 한숨을 푹 쉬며 이야기를 이어갔다.

"어느 봄날 저녁, 모래언덕에서 존 선생님을 만났어요. 왠지 기대에 부푼 모습이었죠. 오늘 저녁 부인을 집으로 데려온 블라이드 선생처럼요. 그래서 블라이드 선생을 보자마자 그분이 생각난 거예요. 존 선생님은 고향에서 애인이 찾아올 거라고 했어요. 그 말을 듣고 기분이 썩 좋지만은 않더라고요. 유치한 이기심 때문이었겠죠. 애인이 오면 선생님이 전처럼 나랑 시간을 보낼 수 없을 테니까요. 물론 체면 때문에 내색하지는 않았습니다. 선생님은 애인 이야기를 해주셨어요. 이름은 퍼시스 리인데 삼촌이 아프지만 않았어도 이 마을로 함께 왔을 거라더군요. 부모님을 여의고 줄곧 삼촌 집에서 살았는데 자기를 길러준 분을 외면할 순 없었던 거죠. 그러다가 삼촌마저 세상을 떠나자 선생님과 결혼하려고 오는 거랬어요. 당시만 해도 여자 혼자 오기에는 만만치 않은 여정이었죠. 요즘처럼 증기선도 없었으니까요.

전 선생님에게 물었습니다.

'언제쯤 도착하실까요?'

'로열윌리엄호를 타고 6월 20일에 출발한다더구나. 7월 중순쯤이면 여기 도착할 거야. 목수 존슨에게 퍼시스와 함께 살 집을 지어달라고 해야겠어. 오늘 퍼시스의 편지를 받았는데 봉투를 뜯기도 전에 좋은 소식이라는 걸 알았어. 며칠 전 밤에 퍼시스를 봤거든.'

당최 무슨 소리인지 모르겠더라고요. 선생님이 설명해주시긴 했지만, 완전히 이해할 순 없었죠. 선생님은 자기가 어떤 재능, 어쩌면 저주일 수도 있는 능력을 타고났다고 했어요. 그 능력의

실체는 본인도 모른다더군요. 그분의 고조할머니도 그런 능력을 갖고 있었는데 사람들이 마녀로 몰아서 불에 태워 죽였다고 했어요. 어쩌다 한 번씩 괴상한 주문 같은 게 걸리면 무아지경에 빠진다던데, 의사 선생, 그런 게 정말 있습니까?"

"무아지경에 빠져 무언가를 본다고 말하는 사람들이 있긴 합니다. 의학보다는 심리학 쪽에 가깝죠. 존 셀윈 선생님은 구체적으로 어떤 상태였나요?"

길버트가 대답하자 데이브 선생이 회의적으로 한마디 했다.

"꿈을 꾼 거겠지."

짐 선장이 천천히 대답했다.

"특이한 꿈을 꾼다고 했어요. 난 그저 선생님이 해준 얘기를 가감 없이 전할 뿐입니다. 그분은 지금 일어나는 일과 앞으로 일어날 일을 꿈에서 본다고 했어요. 어떤 꿈이냐에 따라 안심이 될 때도, 두려워질 때도 있다고 했죠. 그리고 나흘 전 벽난로 앞에서 불을 바라보며 앉아 있다가 무아지경에 빠졌답니다. 영국의 익숙한 방이 보였는데 퍼시스가 그곳에서 선생님을 향해 두 손을 내밀었대요. 기쁘고 행복한 표정으로 말이죠. 그래서 그녀에게 좋은 소식이 오리라는 걸 알았다고 합디다."

데이브 선생은 콧방귀를 뀌었다.

"다 꿈이지, 뭐."

"그럴지도 모르죠. 아마 그럴 겁니다. 나도 선생님한테 그렇게 말했어요. 그래야 내 마음도 편할 테니까요. 선생님이 그런 걸 본다니, 생각만 해도 꺼림칙하고 이상하잖아요. 그런데 선생님은 이렇게 말했어요.

'꿈을 꾼 게 아니야. 하지만 이 얘기를 다신 하지 말자. 너도 자꾸만 이런 걸 신경 쓰다 보면 더는 나랑 친하게 지내고 싶지 않을 테니까.'

난 무슨 일이 있어도 선생님하고 사이가 멀어질 일은 없을 거라고 대답했죠. 하지만 선생님은 고개를 저었어요.

'그래. 하지만 이 능력 때문에 많은 친구를 잃었어. 그들 탓이 아니야. 때론 나도 이런 내가 낯설거든. 내가 가진 능력은 신성한 힘과 연관되어 있겠지. 그게 선한 쪽인지 악한 쪽인지 누가 알겠니? 사람들은 하느님이든 악마든 신성한 존재에게 너무 가까이 다가가는 걸 두려워해.'

선생님은 정확히 이렇게 말했답니다. 어제 들은 것처럼 생생하게 기억납니다. 무슨 뜻인지는 모르겠지만요. 의사 선생은 어떻게 생각하세요?"

"본인도 무슨 말인지 모르고 한 것 같은데요."

데이브 선생이 투덜거리자 앤이 나지막하게 말했다.

"저는 무슨 뜻인지 알 것 같아요."

앤은 오랫동안 그랬던 것처럼 입을 꼭 다물고 반짝거리는 눈으로 짐 선장의 말에 귀를 기울였다. 짐 선장은 앤을 향해 미소를 지으며 이야기를 이어나갔다.

"얼마 지나지 않아 글렌과 포윈즈 마을 사람들은 존 선생님의 신부가 여기에 오기로 했다는 사실을 알게 됐어요. 다들 선생님을 아꼈기 때문에 자기 일처럼 기뻐했죠. 그리고 선생님이 살게 될 새집, 바로 이 집에 관심을 보였어요. 집터는 선생님이 직접 고르신 거예요. 항구가 내다보이고 파도 소리가 들리는 곳을 찾으신 거죠. 집 앞에 정원도 만들었는데 양버들나무는 선생님이 아니라 네드 러셀 부인이 심었어요. 정원에 두 줄로 자라는 장미 덤불은 당시 글렌 학교에 다니던 어린 여학생들이 선생님의 신부를 위해 직접 심은 거예요. 분홍 장미는 신부의 뺨, 하얀 장미는 신부의 이마, 붉은 장미는 신부의 입술 같다고 선생님이 말씀하셨죠. 평소에 시구절을 즐겨 인용하는 분이라 말씀하실 때도 꼭 시를 낭송하듯이 하셨어요.

마을 사람들은 너나없이 집 꾸미는 일을 도우려고 선생님에게 소소한 선물을 보냈어요. 보다시피 부유한 러셀 가족이 여기 살면서 제법 좋은 가구를 들여놓았지만, 이 집에 처음 들어온 세간은 전부 소박했어요. 그래도 이 작은 공간에는 사랑이 넘쳤답니다. 마을 여자들은 누비이불이며 식탁보며 수건까지 만들어서 보내줬어요. 남자들은 신부를 위해 옷장과 식탁을 만들어줬고요. 심지어 눈이 먼 마거릿 보이드 할머니도 모래언덕에 자라는 향긋한 풀을 따다가 작은 바구니를 만들어 선물했어요. 훗날 선생님의 부인은 거기에 손수건을 담아두셨죠.

그렇게 신부를 맞이할 준비를 마쳤어요. 커다란 벽난로에 불을 지필 장작까지 준비해놓은 상태였죠. 그때는 이 벽난로가 없었어요. 이건 15년 전 엘리자베스 러셀 할머니가 설치한 거니까요. 전에 있던 것은 안에서 황소를 구워도 될 만큼 컸어요. 그 후 난 여러 번 이 자리에 앉아 긴 이야기를 풀어놓곤 했습니다. 오늘 저녁처럼 말이죠."

또다시 정적이 흘렀다. 짐 선장은 마치 앤과 길버트가 모르는 과거의 사람들을 만나고 있는 것 같았다. 오래전 결혼식이 끝나

고 이 난로 앞에 함께 둘러앉아 웃고 떠들던 사람들, 교회 묘지
나 넘실거리는 바다에서 영원히 잠든 사람들을 바라보는 눈빛
이었다. 이 집에서 아이들은 활짝 웃으며 뛰놀았다. 겨울 저녁
이면 친구들이 모여 춤을 추고 음악을 들으며 한가로이 이야기
를 주고받았다. 청년들과 아가씨들은 미래를 꿈꾸었다. 이렇듯
짐 선장에게 이 집은 추억으로 가득한 곳이었다.

"이 집은 7월 1일에 다 지었어요. 존 선생님은 그때부터 날짜
를 헤아리기 시작했죠. 우린 선생님이 해변에 나가 거니는 모습
을 종종 봤어요. 우리끼리는 '신부 될 분이 곧 오겠네'라고 속닥
거리기도 했습니다.

7월 중순이 되도록 퍼시스 리는 오지 않았어요. 하지만 아무
도 걱정하지 않았죠. 당시에는 배가 도착 예정일보다 며칠, 심
지어 몇 주까지 늦는 게 흔한 일이었으니까요. 그런데 로열윌리
엄호는 한 주, 두 주, 석 주가 지나도록 깜깜무소식이었어요. 무
슨 일이 있나 싶어 점점 초조해지더군요. 어느 순간부터는 존
셀윈 선생님의 눈을 똑바로 쳐다볼 수 없었습니다."

짐 선장은 목소리를 낮추며 말을 이었다.

"블라이드 부인, 그때 난 선생님의 눈을 봤어요. 화형을 당했
다는 그분 고조할머니의 눈빛이 딱 이랬을 듯싶어요. 선생님은
별말씀이 없었지만 수업 시간에도 넋이 나간 듯 보였고 학교가
파하면 서둘러 해변으로 가셨어요. 몇 날 며칠을 밤부터 새벽까
지 해변에서 서성이곤 하셨죠. 사람들은 선생님이 저러다 미치
는 것 아니냐고 수군거렸어요. 그러다가 두 달이 지나 9월 중순
이 되도록 신부가 도착하지 않자 다들 희망을 잃었어요. 모두들

영원히 못 올 거라고 여겼죠.

그리고 사흘 동안 큰 폭풍우가 몰아쳤어요. 폭풍이 물러간 날 저녁에 해변으로 내려가 봤더니 선생님이 팔짱을 끼고 커다란 바위에 몸을 기댄 채 바다를 바라보고 계셨어요. 가서 말을 걸었죠. 그런데 대답을 안 하시는 겁니다. 내 눈에는 안 보이는 무언가를 보고 있는 듯한 눈빛이었어요. 얼굴은 죽은 사람처럼 굳어 있었고요.

나는 겁에 질린 아이처럼 소리쳤어요.

'선생님, 선생님. 깨어나세요. 깨어나셔야 해요.'

그러자 선생님의 눈동자에서 괴상하고 무시무시한 기운이 점차 사라지는 것 같더군요. 선생님은 고개를 돌려 나를 쳐다봤는데, 그때의 얼굴은 내가 마지막 항해를 떠나는 날까지 절대 잊지 못할 겁니다.

선생님이 말했어요.

'다 잘될 거야. 로열윌리엄호가 이스트포인트를 돌아서 오고 있는 걸 봤어. 그녀는 새벽녘에 여기 도착할 거야. 내일 밤에는 우리 집 벽난로 앞에서 신부와 함께 앉아 있겠지.'

선생님이 정말 그 장면을 봤다고 생각해요, 의사 선생?"

짐 선장이 돌연히 묻자 길버트가 조심스레 대답했다.

"하느님만이 아시겠지만, 위대한 사랑과 크나큰 고통은 우리가 모르는 기적을 만들어내기도 하지요."

앤은 진지하게 말했다.

"분명히 보셨을 거예요."

"다 헛소리죠."

68 ✄ 69

데이브 선생이 터무니없다는 듯 한마디 했다. 하지만 평소처럼 확신이 담긴 목소리는 아니었다.

짐 선장이 엄숙히 말했다.

"다음 날 동틀 무렵에 로열윌리엄호가 포윈즈 항구로 들어왔어요. 글렌 마을과 바닷가에 사는 사람들이 전부 신부를 맞이하러 부두로 나갔습니다. 선생님은 밤새 그 자리에서 바다를 보고 있었죠. 로열윌리엄호가 물길을 지나서 오는 모습을 보며 다들 환호했습니다."

짐 선장의 눈이 빛났다. 마치 60년 전 비바람에 부서진 배가 찬란한 아침노을을 헤치며 포윈즈 항구를 향해 다가오는 풍경을 바라보는 듯했다.

앤이 물었다.

"퍼시스 리가 그 배에 타고 있었어요?"

"네, 선장의 아내랑 같이 있었죠. 폭풍이 연달아 몰아친 데다 먹을 것도 다 떨어져서 고초가 이만저만이 아니었나 봅니다. 퍼시스 리가 부두로 내려서자마자 존 셀윈 선생님은 그녀를 품에 안았어요. 환호하던 마을 사람들은 끝내 울음을 터뜨렸죠. 나도 울었다니까요. 그 일을 스스로 인정하기까지 몇 년이나 걸렸습니다. 남자애들은 자기가 울었다는 사실을 창피해하잖아요."

앤이 다시 물었다.

"퍼시스 리는 미인이었어요?"

"글쎄요. 미인이라고 해도 좋을지는 모르겠어요. 그것까지 따져본 적은 없었으니까요. 별로 중요한 건 아니잖아요. 그분은 매력적이고 정도 많았어요. 호감을 가질 수밖에 없는 여인이었죠. 크고 맑은 갈색 눈과 숱이 많고 윤기가 흐르는 갈색 머리, 영국인 특유의 피부, 보기만 해도 기분이 좋아졌거든요. 두 사람은 그날 저녁 우리 집에서 촛불을 밝히고 결혼식을 올렸어요. 이웃이 다 참석했고, 결혼식이 끝난 뒤에는 바로 이 집에 모였죠. 마침내 셀윈 부인이 벽난로에 불을 피우자 우리는 두 사람만 두고 집을 나섰어요. 존 선생님이 본 환영 속 풍경처럼요. 참 신기하면서 희한한 일이죠? 그것 말고도 온갖 이상한 일들을 다 보고 살았답니다."

말을 마친 짐 선장은 현자처럼 고개를 저었다.

낭만적인 기분에 취한 앤이 물었다.

"정말 멋진 이야기예요. 둘은 이 집에서 얼마나 살았어요?"

"15년이요. 두 분이 결혼하고 얼마 뒤에 난 배를 탔습니다. 철딱서니 없는 망나니처럼 집을 떠나버렸죠. 항해를 마치고 돌아올 때마다 우리 집보다 먼저 이 집에 들러서 셀윈 부인에게 항해할 때 겪은 일을 들려드렸어요.

두 분은 15년 동안 참 행복하게 사셨습니다. 아마도 행복해지는 재능을 갖고 있었던 것 같아요. 왜, 그런 사람들 있잖아요. 무슨 일이 닥치든 우울한 기분을 오랫동안 속에 담아두지 않고 금세 떨쳐버리는 사람들이요. 둘 다 혈기 왕성하다 보니 한두 차례 언쟁을 하기는 했지만요. 셀윈 부인이 특유의 귀여운 목소리로 웃으면서 이런 말씀을 하신 적 있어요.

'존과 말다툼을 할 때는 기분이 상하지만 그래도 다투고 나서 화해할 수 있는 멋진 남편이 있으니 참 행복해.'

그분들이 샬럿타운으로 이사 가고 나서 네드 러셀이 이 집을 샀고 신부를 데려왔어요. 내 기억에 그들은 명랑한 젊은 부부였어요. 1년쯤 뒤에 앨릭의 누이인 엘리자베스 러셀 양이 와서 함께 살았는데, 그녀도 참 유쾌한 사람이었어요. 이 집 벽에는 웃음과 좋은 기억들이 잔뜩 스며들어 있을 겁니다. 그러니까 블라이드 부인은 이 집에 살게 된 세 번째 신부예요. 그중 가장 아름다운 분이기도 하고요."

짐 선장은 제비꽃처럼 섬세하면서도 해바라기처럼 눈부신 칭찬을 해주었고, 앤은 그것을 당당하게 받아들였다. 그날 밤 앤은 최고로 아름다웠다. 신부답게 볼은 장밋빛으로 물들고 눈에는 사랑의 빛이 깃들었다. 무뚝뚝한 데이브 선생도 앤을 마음에 들어 하면서 마차를 타고 집으로 돌아가는 동안 아내에게 "길버트의 빨간 머리 아내가 참 아름답던데"라고 말했다.

시간이 흘렀고, 짐 선장이 자리에서 일어났다.

"이만 등대로 돌아가야겠습니다. 저녁 잘 먹고 재미있게 놀다 갑니다."

앤이 말했다.

"종종 놀러 오세요."

"그 초대를 내가 얼마나 기쁜 마음으로 받아들일지 아실까 모르겠네요."

짐 선장의 장난스러운 말에 앤이 미소 지었다.

"진심으로 하는 말이냐고 물어보신 거겠죠? 학창 시절에 자주 했듯이 '맹세코' 진심으로 드린 말씀이에요."

"그럼 또 놀러오겠습니다. 아무 때나 와서 성가시게 할지도 몰라요. 가끔은 내가 있는 등대에도 들러줘요. 거기엔 일등항해사 말고 대화 상대가 없어요. 그 친구가 사교성이 좋기는 해요. 얘기도 잘 들어주는 편이고. 그런데 매캘리스터 집안사람들처럼 잘 잊어버리는 데다 말수도 적어요. 부인은 젊고 나는 늙었지만 우리의 영혼은 아마 같은 나이일 겁니다. 코닐리어 브라이언트의 말처럼, 우린 둘 다 '요셉*을 아는 자'들이니까요."

앤은 어리둥절했다.

"요셉을 아는 자라고요?"

"코닐리어는 세상 사람들을 두 부류로 나눠요. 요셉을 아는 자와 요셉을 모르는 자죠. 눈빛만으로도 말이 통하고, 세상사에 대한 생각이 같으며, 농담이 잘 통하면 요셉을 아는 자에 속한다고 하네요."

앤의 눈이 반짝거렸다.

"아, 알겠어요. 제가 '마음이 맞는 친구'라고 부르는 것 같은 개념이군요."

"맞아요. 그게 뭔진 모르겠지만 아무튼 그럴 겁니다. 오늘 저녁 부인이 여기 도착했을 때 난 이렇게 혼잣말을 했어요. '그래, 저 사람도 요셉을 아는 자구나.' 기분이 좋더라고요. 요셉을 아는 자가 아니면 아무리 같이 앉아 오랜 시간을 보낸다 해도 도무지 마음 한구석이 채워지질 않으니까요. 요셉을 아는 자는 세상의 소금 같은 존재예요."

---

* 구약성경에 나오는 인물이며 '꿈꾸는 자'로 많이 언급된다. 형들에게 절 받는 꿈을 꾸고는 미움을 받아 이집트에 노예로 팔려가 고난을 겪지만, 왕의 꿈을 바르게 해몽해서 총리가 되고 훗날 곤궁에 빠진 가족을 구한다.

앤과 길버트는 손님들을 배웅하러 현관문을 열었다. 때마침 달이 뜨고 있었다. 달빛 아래 포윈즈 항구는 꿈처럼 아련하고 황홀한 마법의 장소로 변해갔다. 아무리 거센 폭풍우라도 휩쓸어갈 수 없는 마법의 안식처 같았다. 신비로운 기운을 지닌 사제들처럼 길을 따라 근엄하게 서 있는 양버들나무의 가지 끝이 은빛으로 물들었다.

짐 선장은 나무들을 향해 긴 팔을 흔들며 말했다.

"나는 양버들나무를 좋아해요. 나무들 중에 공주라고 할 만하죠. 요즘은 별로 인기가 없지만요. 사람들은 양버들나무가 꼭대기부터 죽어가기 시작해서 나중에는 꼴사나워진다고 해요. 목이 부러질 각오를 하면서 봄마다 부지런히 사다리를 놓고 올라가 가지치기를 해주지 않으면 그 꼴이 나는 건 사실이죠. 난 양버들나무의 끄트머리가 지저분해지지 않도록 늘 가지치기를 했어요. 엘리자베스가 저 나무들을 무척 좋아했거든요. 위엄 있고 도도해 보여서 좋다던데요. 양버들나무는 아무하고나 친하게 지내지 않아요. 단풍나무가 평범한 사람들을 위한 나무라면 양버들나무는 상류층을 위한 나무라고 할 수 있죠."

데이브 부인이 남편의 마차에 올라타며 말했다.

"참 아름다운 밤이네요."

짐 선장이 맞장구쳤다.

"원래 밤은 아름다운 법이죠. 하지만 포윈즈 위로 달이 떠오르면 여기가 천국보다 더 아름답다는 생각이 들어요. 달은 내게 정말 좋은 친구예요. 어렸을 때부터 달을 사랑했죠. 여덟 살 꼬마였을 때 이런 일도 있었습니다. 저녁 무렵에 정원에 나가 있다가 잠이 들었는데, 아무도 나를 찾으러 오지 않은 거예요. 한밤중에 눈을 뜨고 보니 정말 무섭더라고요. 시커먼 그림자들 사이에서 괴상한 소리도 들려왔어요! 오금이 저려 꼼짝할 수조차 없었답니다. 조그만 벌레처럼 그 자리에 웅크리고 앉아 덜덜 떨었어요. 드넓은 세상에 의지할 사람 하나 없이 혼자만 남은 기분이 들더군요. 그때 문득 사과나무 가지 사이로 오랜 친구처럼 나를 내려다보는 달을 봤어요. 그 순간 마음이 놓이는 거예요. 벌떡 일어서서 달을 올려다보며 사자처럼 용감하게 집으로 걸어갔죠. 머나먼 바다로 항해를 나갔을 때도 거의 매일 밤 갑판에 서서 달을 바라봤어요. 자, 이제 그만 입 다물고 집으로 가라고 내쫓지 그래요?"

한바탕 웃음이 터지고 기분 좋은 밤이 저물어갔다. 앤과 길버트는 손을 꼭 잡고 정원을 거닐었다. 정원 한쪽 구석을 끼고 흐르는 개울이 자작나무 그림자 속에서 오목하고 맑은 웅덩이를 이루었다. 웅덩이 가장자리를 따라 피어난 양귀비도 달빛에 젖어들었다. 존 셀윈 선생의 신부가 손수 심은 꽃들이 지금껏 남아 어둑한 공기 속으로 달콤한 향기를 내뿜었다. 신성한 과거의 아름다움과 축복처럼 느껴지는 향기였다. 앤은 어둠 속에서 걸음을 멈추고 작은 가지를 하나 집어 들었다.

"어둠 속에서 풍겨오는 꽃향기가 참 좋아. 꽃들의 영혼이 느껴지거든. 아, 길버트, 이 작은 집은 내가 늘 꿈꿔오던 곳이야. 무엇보다 우리가 여기서 신혼 시절을 보낸 첫 번째 부부가 아니라서 더 좋아!"

8장

코닐리어 브라이언트의 방문

9월의 포윈즈 항구는 황금빛 안개와 보랏빛 아지랑이에 뒤덮여 있었다. 낮에는 햇빛이 깊게 스며들었고 밤에는 달빛으로 가득한 하늘에서 별들이 반짝거렸다. 폭풍우가 심술을 부리거나 거센 바람이 불어닥치지도 않았다. 앤과 길버트는 그들의 보금자리를 깔끔하게 가꾸며 살았다. 해변에 나가 산책을 하고, 항구 근처 바다에서 작은 배를 탔으며, 포윈즈와 글렌 부근 혹은 고사리가 무성하게 자라는 항구 끄트머리 주변의 외딴 숲길을 마차로 돌아다니기도 했다. 한마디로 말해, 두 사람은 세상 모든 연인이 부러워할 만큼 달콤한 신혼을 보냈다.

"지금 바로 숨을 거둔다 해도 지난 4주 동안 누렸던 행복을 생각하면 충분히 가치 있는 삶이었다고 할 수 있을 것 같아. 이렇게 완벽한 4주는 두 번 다시 없을 거야. 더 바랄 것 없을 만큼 행복했어. 바람이며 날씨, 동네 사람들, 꿈의 집까지, 모든 것이 우리의 신혼을 멋지게 만들어줬지. 우리가 여기 온 뒤로는 비도 한 번 안 왔잖아."

앤이 말하자 길버트가 농을 걸었다.

"말다툼조차 안 했지."

"글쎄. 그건 나중으로 미룰수록 더 커지는 즐거움이겠지. 여기서 신혼을 보내기로 결정하기를 정말 잘한 것 같아. 우리의 추억이 낯선 곳 여기저기에 흩어져 있지 않고 꿈의 집에 언제까지나 오롯이 머물게 됐잖아."

두 사람의 신혼집에는 앤이 에이번리에서 느끼지 못했던 낭만과 모험의 기운이 깃들어 있었다. 에이번리에서도 바다가 보였지만 그 풍경은 앤의 삶 속에 깊숙이 들어오지 않았다. 포윈즈에서는 바다가 앤을 둘러싸고 끝없이 불러댔다. 바다는 날마다 조금씩 모습을 바꾸었고, 홀리는 듯 속삭이는 소리가 앤의 귓가를 맴돌았다. 부두에는 매일같이 배들이 들어왔으며, 해가 질 무렵이면 지구 반 바퀴 거리의 어느 항구를 향해 다시 나아갔다. 어선들은 아침에 흰 날개를 달고 물길을 따라 바다로 갔다가 저녁이면 생선을 그득 싣고 돌아왔다. 선원들과 어부들은 불그스름하고 구불구불한 항구 길을 따라 부푼 마음으로 경쾌하게 돌아다녔다. 언제든 모험이나 여행을 떠날 준비가 되어 있는 듯 보였다. 이렇듯 포윈즈는 에이번리에 비해 더 재미있고 덜 조용하며 늘 들떠 있었다. 변화의 바람이 자주 마을 사람들을 휩쓸고 지나갔다. 바다는 언제나 사람들을 해변으로 불렀고, 그 부름에 응하지 않은 사람들까지도 늘 가슴이 두근거리고 몸이 들썩였으며 그 속에 담긴 신비와 가능성을 동경했다.

"왜 이곳 사람들이 바다로 나갈 수밖에 없는지 알 것 같아. 우리도 늘 해가 저무는 저 너머로 항해하고 싶은 마음이 들잖아. 하물며 그런 욕구를 타고난 사람이라면 어떨까? 짐 선장님도 아마 그것 때문에 바다로 나가셨을 거야. 수로를 빠져나가는 배와 모래톱 위로 날아오르는 갈매기를 볼 때면 나도 배를 타고 싶고, 날갯짓을 해서라도 멀리 날아가고 싶다는 생각이 들곤 해. 그저 쉴 곳을 찾으려고 잠깐 날아보는 게 아니라 폭풍우 한가운데로 곧장 뛰어들고 싶기도 해."

길버트가 느긋하게 말했다.

"앤, 당신은 내 곁에 있어야지. 나는 당신이 폭풍우 한가운데로 날아 들어가도록 내버려두진 않을 거야."

그들은 늦은 오후를 즐기며 붉은 사암으로 된 문간에 걸터앉았다. 육지와 바다, 하늘이 두루 고요했다. 은빛 갈매기가 두 사람의 머리 위로 날아올랐다. 수평선을 따라 분홍색 구름이 얇고 기다랗게 걸려 있었다. 고요한 공기 속으로 바람과 파도 소리가 중세 음유시인의 노래처럼 부드럽게 퍼져나갔다. 그들과 항구 사이에 펼쳐진 목초지에는 옅은 색 과꽃이 바람에 흩날렸다.

"밤새 환자들을 돌보는 의사는 모험심을 느낄 여유도 없을 것 같아. 어젯밤에 잠을 푹 잤으면 당신도 지금 나처럼 마음껏 상상의 나래를 펼칠 준비가 됐을 텐데, 정말 안쓰러워."

"앤, 나는 어젯밤에 맡은 일을 잘 해냈어. 하느님의 도움으로 생명을 구해냈지. 내가 생명을 구했다고 자신 있게 말한 건 이번이 처음이야. 그동안은 옆에서 거들기만 했거든. 앨런비 씨의 집에서 밤새 죽음과 씨름하지 않았다면, 부인은 아침이 밝기 전에 숨을 거뒀을 거야. 앤, 어젯밤에 나는 포윈즈에서 아무도 시도해본 적 없는 치료법을 썼어. 병원이 아닌 곳에서 그런 방식으로 치료한 의사는 나밖에 없을 거야. 지난겨울 킹즈포트 병원에서 처음 시도한 치료법이지. 더는 손써볼 수 없는 상태라 난 위험을 감수했고 결국 성공했어. 덕분에 좋은 아내이자 어머니였던 분의 목숨을 구해서 앞으로 오랫동안 행복하게 사시도록 해드렸지. 오늘 아침 마차를 타고 집으로 돌아올 때 항구 위로 떠오르는 태양을 보며 이 직업을 선택하게 해주셔서 감사드린다고 기도했어. 나는 승리했어. 인간의 삶을 파괴하는 죽음에 맞서 싸워 이긴 거야! 기억나? 오래전에 우리가 나중에 뭘 하고 싶은지 이야기한 적이 있잖아. 내가 꿈꿔왔던 미래가 바로 이런 거였어. 오늘 아침 그 꿈을 마침내 이뤄냈어."

"실현된 꿈이 그것뿐이야?"

앤은 길버트가 어떤 대답을 할지 알면서도 다시 듣고 싶었다.

"앤, 다 알잖아."

길버트는 그녀의 눈을 바라보며 미소 지었다. 지금 이 순간 포윈즈 항구 해변의 작고 하얀 집 문간에 걸터앉은 그들은 세상에서 가장 행복한 부부였다.

갑자기 길버트가 조금 달라진 목소리로 물었다.

"우리 집 쪽으로 오고 있는 게 돛을 활짝 펼친 배 맞아?"

그쪽으로 고개를 돌린 앤이 벌떡 일어섰다.

"코닐리어 브라이언트나 무어 부인 같은데."

"난 진료실로 갈게. 미리 얘기해두는데 만약 코닐리어가 맞으면 무슨 말을 하는지 진료실에서 엿들을게. 그분에 대해 들은 얘기가 있거든. 적어도 지루하진 않을 거야.”

“무어 부인일 수도 있어.”

“체형을 보면 무어 부인 같진 않아. 며칠 전에 무어 부인이 정원에서 일하는 걸 봤어. 거리가 멀어 확실하지는 않지만 무어 부인은 저분보다 날씬해. 그리고 우리와 가장 가까이에 사는 이웃인데도 아직 여길 한 번도 찾아오지 않았잖아. 그런 걸 보면 그다지 사교적인 성격은 아닌 듯해.”

“린드 아주머니 같으면 호기심에 못 이겨 일찌감치 이 집에 찾아오셨을걸? 그분은 그런 성향이 아닌가 봐. 아무튼 지금 이쪽으로 오고 있는 사람은 코닐리어가 맞는 것 같아.”

앤이 예상한 대로였다. 부피가 상당한 일감을 들고 온 걸 보면 인사치레로 잠시 머물다 갈 생각은 아닌 듯했다. 앤이 문 앞에서 맞이하자 코닐리어는 머리에 쓰고 있던 챙 넓은 햇빛 차단용 모자를 벗었다. 바짝 끌어모아 올린 금발에 고무 끈으로 모자를 묶어 고정해놓았다. 9월의 산들바람이 불고 있기는 했지만, 굳이 그럴 필요는 없어 보였다. 코닐리어는 모자 핀 같은 건 쓰지 않았다! 어머니가 그랬던 것처럼 그녀도 모자를 고정할 때 고무 끈이면 충분하다고 생각했다.

둥근 얼굴에 말간 피부, 불그레한 낯빛, 쾌활한 갈색 눈동자를 지닌 그녀에게서 식상한 노처녀의 모습은 찾을 수 없었다. 특히 앤은 그녀의 표정을 보자마자 그녀가 마음 맞는 친구임을 본능적으로 알아보았다. 앤은 사고방식과 차림새 모두 유별난 이 여인을 좋아하게 될 것 같다는 느낌을 받았다.

초콜릿색 바탕에 큼직한 분홍 장미들이 여기저기 그려진 실내복 위로 파란색과 흰색 줄무늬 앞치마를 걸치고 남의 집을 방문할 수 있는 사람은 코닐리어가 유일할 것이다. 게다가 그런 차림으로도 자신감 있고 편안해 보였다. 아마 왕자의 신부에게 초대받아 궁전에 간다고 해도 지금처럼 당당한 모습일 것이다. 천연덕스러운 얼굴로 장미 무늬 치맛자락을 대리석 바닥에 끌면서 왕자의 신부에게 다가가, 왕자든 농부든 남자를 차지한 게 그리 대단한 일은 아니라고 차분히 일깨워줬을 것 같았다.

코닐리어는 가져온 짐을 펼쳐놓으며 말했다.

"블라이드 부인, 일감을 좀 가져왔어요. 이걸 서둘러 끝내야 해서 숨 돌릴 겨를도 없거든요."

앤은 코닐리어의 살집 좋은 허벅다리 위에 펼쳐진 하얀 옷을 놀란 눈으로 바라보았다. 앙증맞은 주름을 넣고 단을 덧대어 무척 예쁘게 만든 아기 옷이었다. 코닐리어는 안경을 고쳐 쓰고 정교한 솜씨로 수를 놓으며 입을 열었다.

"이건 글렌에 사는 프레드 프록터의 부인에게 줄 아기 옷이에요. 곧 여덟째 아기가 태어날 예정인데 아기 옷을 미처 준비하지 못했대요. 지금껏 첫아이의 옷을 물려주었거든요. 아기를 낳을 때마다 새 옷을 지어 입힐 시간도, 기운도, 정신도 없어서겠죠. 그녀는 거의 순교자처럼 살고 있어요. 정말이라니까요. 프록터와 결혼할 때 나는 그렇게 될 줄 알았어요. 못됐지만 매력 있는 남자거든요. 그런데 결혼한 뒤로 매력은커녕 줄곧 못된 짓만 일삼고 있어요. 술만 퍼마시고 가족을 돌보지 않죠. 남자들이 다 그렇잖아요? 이웃들이 도와주지 않았으면 프록터 부인은 아이들을 번듯하게 입히지도 못했을 거예요."

앤이 나중에 듣기로 프록터 부부의 아이들이 옷을 번듯하게 입도록 신경 써주는 이웃은 코닐리어뿐이었다.

"여덟째 아기가 태어날 거라는 얘기를 듣고 좀 도와줘야겠다 싶었어요. 이게 마지막 바느질이라 오늘 안에 끝내고 싶어서 여기까지 가져왔네요."

"옷이 정말 예뻐요. 저도 바느질감을 가져올 테니 같이 해요. 그런데 바느질 솜씨가 정말 좋으시네요!"

코닐리어는 덤덤하게 대답했다.

"내가 이 근방에서 바느질을 제일 잘하기는 해요. 그럴 수밖에 없죠. 아마 애를 백 명쯤 낳았다고 해도 바느질을 지금보다 더 많이 하진 못했을 거예요. 정말이라니까요. 남의 집 여덟째 아기에게 입힐 옷에 자수까지 놓고 있으니 나 같은 바보가 어디 있겠어요? 하지만 여덟째로 태어나는 게 그 아기 잘못은 아니잖아요. 부모가 무척 고대해온 아기처럼 예쁜 옷 하나쯤은 갖게 해주고 싶어요. 사실 가난한 집일수록 아기를 별로 반기지 않잖아요. 그래서 그런 집 애들이 옷이라도 잘 입기를 바라는 마음에 이렇게 만들어서 가져다주곤 해요."

"어떤 아기든 그 옷을 입으면 무척 좋아할 거예요."

앤은 코닐리어를 좋아하게 될 것 같은 느낌이 강하게 들었다.

"그동안 내가 왜 이 집에 오지 않았는지 궁금하죠? 요즘 추수 철이라 바빴어요. 일꾼을 여럿 고용했는데, 남자들이 다 그렇듯 먹을 것만 축내면서 일은 설렁설렁 해치우는 거예요. 어제는 로더릭 매캘리스터 씨 부인의 장례식에 참석해야 했어요. 두통이

심해서 장례식에 가도 집중하지 못할 것 같았지만, 부인의 연세가 백 살인 데다가 그분 장례식에는 꼭 가겠다고 마음먹었거든요. 그러니 어쩔 수 없었죠."

진료실 문이 살짝 열려 있는 것을 알아챈 앤이 물었다.

"장례식은 잘 마쳤나요?"

"아, 그럼요. 대단한 장례식이었어요. 부인이 워낙 발이 넓거든요. 마차가 120대 넘게 줄지어 들어왔어요. 재미있는 일도 한두 건 있었고요. 조 브래드쇼 씨 때문에 웃겨 죽는 줄 알았지 뭐예요. 그는 평소 교회 문턱도 잘 안 넘을 만큼 신앙심 없는 사람인데 장례식장에서 〈주 예수 넓은 품에〉라는 찬송가를 열정적으로 부르더라고요. 그는 노래 부르는 걸 워낙 좋아해서 장례식마다 꼭 참석해요. 브래드쇼 부인은 평소 일에 치여 그런지 노래하는 걸 별로 안 좋아하는 데 말이죠. 조는 어쩌다 한번 부인에게 선물을 사주겠다고 나가서는 새로 나온 농기계나 사들고 집으로 돌아오는 사람이에요. 남자들이 다 그렇죠. 교회에 가지도 않는 남자한테 뭘 기대하겠어요? 하다못해 감리교회도 안 나가는 사람인데요. 블라이드 선생님 부부가 여기로 이사 오고 첫 번째 주일날 장로교회에 온 걸 보면서 속으로 감사했어요. 나는 장로교인이 아닌 의사는 취급도 안 하거든요."

앤이 장난스레 말했다.

"지난 주일 저녁에는 감리교회에도 다녀왔어요."

"아, 블라이드 선생님이 어쩌다 한번은 감리교회에도 가서야 한다고 생각해요. 그러지 않으면 감리교인들을 제대로 치료할 수 없을 테니까요."

앤이 대담하게 말했다.

"저희는 감리교회에서 들은 설교에 감명받았어요. 그 교회 목사님은 제가 들어본 것 중에 가장 아름다운 기도를 하셨죠."

"아, 그분도 기도 정도는 할 수 있겠죠. 하지만 기도를 가장 잘하는 사람은 사이먼 벤틀리 씨예요. 항상 술에 절어 있거나, 그렇지 않으면 술을 찾아 돌아다니는 사람인데, 취기가 오를수록 점점 기도를 잘하더라고요."

"감리교회 목사님은 생김새도 멀끔하시던데요."

앤은 진료실의 길버트가 들으라고 일부러 짓궂게 말했다.

"뭐, 봐줄 만은 하죠. 아, 그런데 뭐랄까 여자 같은 면이 있어요. 어떤 여자든 자기를 쳐다보면 사랑에 빠질 거라고 생각한다니까요. 유대인처럼 여기저기 떠돌아다니는 감리교회 목사가 뭐 그리 대단하다고! 두 분은 내 충고를 명심하고 감리교인들과 깊이 엮이지 않길 바랄게요. '장로교인이면 장로교인답게 살자' 가 내 좌우명이에요."

앤이 정색하며 물었다.

"장로교인뿐만 아니라 감리교인도 천국에 갈 수 있다고 생각해보신 적은 없나요?

코닐리어는 엄숙하게 대답했다.

"그건 우리가 결정할 일이 아니에요. 저 위에 계신 하느님의 손에 달렸죠. 천국에서는 어떻게 될지 모르겠지만 세상에 사는 동안에는 감리교인과 엮이고 싶지 않네요. 이곳 감리교회 목사는 결혼도 안 했어요. 지난번 목사는 기혼자이긴 했지만 부인이 참 어리석고 방정맞은 사람이었죠. 부인이 철이 들 때까지 좀

더 기다렸다가 결혼하지 그랬냐고 그 목사한테 말한 적도 있어
요. 그랬더니 자기가 데리고 살면서 철들게 해주고 싶었다는 거
예요. 남자들이 다 그렇죠, 뭐."

"사람이 언제 철드는지 아는 건 참 어려운 일 같아요."

앤은 이 말을 하며 웃었다.

"그렇죠. 맞는 말이에요. 태어날 때부터 철든 사람이 있고, 여
든이 되어서도 유치하게 구는 사람이 있으니까요. 정말이에요.
아까 말한 로더릭 매캘리스터 씨의 부인도 죽을 때까지 철이 들
지 않은 사람이었어요. 백 살이 되어서도 열 살 때처럼 철부지
에다가 여전히 어리석었죠."

"철이 안 들어서 그렇게 오래 사셨나 봐요."

"그럴지도 몰라요. 어리석게 백 살까지 사느니 사리 분별 잘
하면서 오십 살까지만 살고 싶네요."

"누구나 그렇다면 세상이 얼마나 재미없겠어요?"

코닐리어는 사소한 말장난조차 혐오하는 사람이었다.

"매캘리스터 부인은 밀그레이브 집안 출신인데, 밀그레이브
집안사람은 원래 분별력이 없어요. 부인의 조카인 에버니저 밀
그레이브는 수년째 제정신이 아니에요. 자기는 이미 죽었는데
아내가 땅에 묻어주지 않았다면서 분노를 터뜨리곤 하죠. 나 같
으면 얼른 묻어버렸을 거예요."

코닐리어의 표정이 워낙 단호해서 그녀가 삽을 들고 땅을 파
는 모습이 눈앞에 또렷이 그려졌다.

"남편 노릇을 잘하고 사는 남자들은 본 적 없으신가요?"

"있죠. 저쪽에 꽤 많아요."

그녀는 열린 창문 너머, 항구 맞은편의 작은 교회 묘지를 향해 손을 흔들며 대답했다.

"살아 있는 사람들 중에서 봤는지 물어본 거예요."

코닐리어는 마지못해 인정했다.

"아, 몇 명은 있어요. 하느님 안에서 불가능은 없으니까요. 어렸을 때부터 가정교육을 제대로 받고 자란 남자가 없진 않아요. 가뭄에 콩 나듯 하지만요. 엉덩이를 때려서라도 똑바로 키워낸 경우죠. 부인의 남편인 블라이드 선생님도 내가 들은 얘기를 종합해보면 나쁘지 않은 남자 축에 속해요."

코닐리어는 안경 너머로 앤을 예리하게 바라보며 덧붙였다.

"세상에 부인의 남편만 한 남자는 없다고 생각하죠?"

앤은 망설임 없이 대답했다.

"그럼요. 한 명뿐이에요."

코닐리어는 한숨을 푹 쉬었다.

"아, 전에도 그런 말을 하는 신부가 있었어요. 제니 딘이라는 여자인데, 그녀도 결혼할 때 자기 남편이 세상에 둘도 없는 남자라고 생각했어요. 그녀가 옳았죠. 그런 놈은 세상에 다시는 없을 테니까요! 그놈은 제니의 인생을 짓이겨놨어요. 그리고 제니가 병들어 죽어가는 동안 두 번째 신붓감에게 구애를 하고 다녔지 뭐예요.

남자들이 하는 짓이란 게 뻔해요. 하지만 블라이드 선생님에 대한 부인의 믿음은 틀리지 않을 거예요. 평판이 좋거든요. 처음엔 걱정이 이만저만 아니었어요. 이 동네 사람들은 세상에 의사가 데이브 선생님 한 명밖에 없는 줄 알고 살아왔으니까요.

그래서 젊은 의사가 적응을 잘 못할 줄 알았는데, 괜한 염려였네요. 데이브 선생님은 눈치가 좀 없잖아요. 누가 목을 매단 집에 가서도 밧줄에 대해 수다를 떨 분이죠. 하지만 사람들은 배가 아프면 기분 나빴던 것도 싹 잊는다니까요. 만약 데이브 선생님이 의사가 아니라 목사였다면 사람들은 절대 그분을 용서하지 않았을 거예요. 배가 아픈 것보다 영혼이 아픈 게 더 심각하지만, 아무도 그렇게 생각하지 않잖아요. 우리 둘 다 장로교인이고 근처에 감리교인이 없으니 좀 물어볼게요. 우리 목사님을 어떻게 생각해요? 솔직히 말해봐요."

"글쎄요, 제 생각에는…."

앤이 머뭇거리자 코닐리어는 고개를 끄덕였다.

"그래요. 나도 같은 생각이에요. 우리가 그분을 교회로 모셔 오면서 실수를 저질렀어요. 얼굴이 길고 폭 좁은 묘비처럼 생겼잖아요. 이마에는 꼭 '누구누구를 성스럽게 기억하며'라고 적혀 있을 것 같고요. 그분이 부임하고 처음으로 한 설교를 난 절대 못 잊을 거예요. 본인한테 제일 잘 맞는 일을 하고 살아야 한다는 내용이었죠. 주제는 좋았는데 정말 괴상한 예를 들었지 뭐예요! '소 한 마리와 사과나무 한 그루가 있다고 칩시다. 사과나무를 외양간에 묶어두고, 소를 다리가 흙 밖으로 나오도록 과수원에 심으면 어떻게 될까요? 사과나무에서 우유를 얻을 수 있고 소에서 사과를 딸 수 있겠습니까?' 이런 설교를 들어본 적 있나요? 그날 그 자리에 감리교인이 없었던 게 어찌나 다행인지, 들었으면 신랄한 야유를 퍼부었겠죠. 가장 마음에 안 드는 점은 누가 무슨 말을 해도 다 옳다고 하는 거예요. 누가 '당신은 악당이야'라고 해도 그분은 특유의 부드러운 미소를 지으면서 '네, 그렇죠'라고 할걸요? 목사라면 모름지기 줏대가 있어야 하잖아요. 어쨌든 나는 그분을 멍청이라고 생각해요. 이건 어디까지나 우리끼리 하는 얘기예요. 근처에 감리교인이 듣고 있으면 나는 그 목사님을 아주 대단한 분이라고 칭찬해요. 목사 부인의 옷이 너무 화려하다고 생각하는 분들도 있지만, 나는 그런 얼굴을 한 남자랑 같이 살려면 기분 전환을 할 만한 게 필요하지 않겠느냐고 두둔하죠. 나는 여자들의 옷차림을 두고 험담하지 않아요. 남편이 지독한 구두쇠라서 아내의 옷차림에 대해 왈가왈부하지만 않으면 다행이라고 생각하니까요. 내가 옷을 신경 써서 입는 편도 아니고요. 여자들은 남자한테 잘 보이려고 옷을 차려입지만 나는 그런 짓을 절대 하지 않아요. 덕분에 평온한 삶을 살고 있죠. 그게 다 남자들이 뭐라고 생각하든 눈곱만큼도 신경 쓰지 않기 때문이랍니다."

"왜 그렇게 남자들을 싫어하세요?"

"무슨 말씀을! 싫어하지 않아요. 그럴 가치조차 없잖아요. 그저 경멸할 뿐이죠. 댁의 남편이 지금처럼만 한다면 나도 좋아할 것 같아요. 블라이드 선생님 빼고 내가 세상에서 쓸모 있다고 생각하는 남자는 데이브 선생님이랑 짐 선장님뿐이에요."

앤은 진심으로 동의했다.

"맞아요! 짐 선장님은 참 멋진 분이에요."

"좋은 분이기는 한데 좀 짜증스러운 면이 있어요. 무슨 소리를 해도 절대 화를 안 내요. 내가 20년 동안 그분의 화를 돋우려고 애썼지만 늘 평온했다니까요. 그러니 부아가 치밀 수밖에요.

그분하고 결혼하려다가 만 여자는 아마 하루에 두 번씩 화를 내
는 남자에게 시집갔을 거예요."

"그 여자분이 누군가요?"

"그건 나도 몰라요. 짐 선장님이 어떤 여자한테 잘 보이려고
애쓰더라는 얘기는 한 번도 못 들어봤네요. 나는 선장님이 나이
가 지긋할 때부터 봐왔어요. 지금은 일흔여섯이죠. 그분이 평생
독신으로 사는 이유를 들어본 적은 없지만 짐작 가는 건 있어
요. 선장님은 평생 항해를 해왔어요. 5년 전까지도 바다에 나가
셨죠. 안 가본 곳이 없을 거예요. 엘리자베스 러셀 할머니하고
는 평생 친구로 지내셨는데 둘 사이에 연애 감정은 없었다고 해
요. 엘리자베스 할머니는 기회가 꽤 많았을 텐데도 줄곧 독신으
로 살았어요. 젊었을 땐 대단한 미인이었다는군요. 영국 왕세자
가 이 섬에 왔을 때 할머니는 샬럿타운의 삼촌 댁에 머물고 있
었어요. 삼촌이 당시 정부 관리여서 엘리자베스도 왕세자가 여
는 무도회에 초대받았대요. 무도회에 참석한 여자들 중에서 엘
리자베스 할머니가 군계일학이었죠. 왕세자와도 춤을 췄다고
하더라고요. 그러지 못한 여자들은 분통을 터뜨렸어요. 자기들
이 엘리자베스 할머니보다 계급이 높으니 응당 왕세자와 춤을
출 줄 알았는데, 무시당하니까 화가 난 거죠. 엘리자베스 할머
니는 그 시간을 늘 자랑스러워했어요. 못된 인간들은 엘리자베
스 할머니가 쓸데없이 눈만 높아져서 결혼을 못 한 거라고 떠들
어댔어요. 왕세자와 춤을 췄으니 평범한 남자가 눈에 들어오겠
냐는 거죠. 하지만 사실은 달랐어요. 엘리자베스 할머니가 예전
에 이유를 말해줬어요. 성질이 못된 편이라 자기는 어떤 남자와

도 화목하게 살 자신이 없다고요. 성격이 대단한 건 맞아요. 화가 나면 위층으로 올라가서는 서랍에 든 물건을 죄다 꺼내 찢어 버리곤 했으니까요. 하지만 나는 정말 결혼하고 싶은 마음이 있으면 그런 건 문제가 안 된다고 말해줬어요. 남자만 화를 내고 살라는 법도 없잖아요. 안 그래요, 블라이드 부인?"

앤이 한숨을 푹 쉬었다.

"저도 패나 못됐어요."

"그래야 돼요. 그래야 남한테 짓밟히지 않아요. 정말이에요! 아, 정원에 삼잎국화가 핀 것 좀 봐요! 정원이 참 멋져요. 가엾은 엘리자베스가 늘 지극정성으로 정원을 가꿨죠."

"그러게요. 옛날에 유행했던 꽃들이 가득 피어 있어서 저도 참 좋아요. 정원 얘기가 나왔으니 말인데, 저 뒤쪽 전나무 숲 너머에 있는 땅을 파서 산딸기 덤불을 심어줄 사람이 필요해요. 길버트는 이번 가을에 너무 바빠서 그 일을 할 시간이 없거든요. 일을 맡길 만한 분이 있을까요?"

"흐음, 글렌에 사는 헨리 해먼드가 그런 일을 주로 해요. 부탁하면 해준다고 할 거예요. 일 자체보다는 얼마를 받을 수 있냐에 더 관심이 많은 사람이긴 하지만, 남자들이 다 그렇잖아요. 그런데 이해력이 딸리는 편이라 누가 무슨 말을 하면 5분 정도 가만히 서서 곱씹어야 알아들어요. 어렸을 때 아버지가 던진 나무 그루터기에 맞아서 그렇게 됐다고 하더라고요.

그루터기를 무기 삼아 던지다니, 대단하죠? 남자가 하는 짓이 다 그렇죠 뭐! 그루터기에 맞아 그 꼴이 되긴 했지만 그 일을 맡기라고 추천할 만한 사람은 헨리뿐이에요. 지난봄 우리 집 페인트칠도 헨리한테 맡겼는데 일을 참 잘해줬어요. 어때요? 부인이 보기에도 칠이 아주 잘되지 않았어요?"

그때 벽시계가 5시를 알리는 종을 울렸다. 덕분에 앤은 질문에 굳이 대답을 안 해도 되었다.

"애고머니, 시간이 벌써 이렇게 됐네. 좋아하는 일을 하다 보면 시간이 쏜살같이 흐른다니까요! 그만 돌아갈게요."

"왜 벌써 가세요! 좀 더 계시면서 저희랑 차도 같이 마셔요."

"예의상 해본 말이에요, 아니면 진심으로 같이 차를 마시자는 뜻이에요?"

"물론 진심이죠."

"그럼 좀 더 있을게요. 부인은 요셉을 아는 자인 것 같네요."

앤은 믿음을 가진 사람만이 알아보는 미소를 지으며 말했다.

"우리가 앞으로 친구가 될 것 같은 느낌이 들어요."

"그러게요. 친구를 고를 수 있어서 참 다행이죠. 친척은 고르지도 못하고 그저 받아들여야 하잖아요. 교도소에 다녀오지나 않으면 다행이죠. 나는 친척이 별로 없어요. 6촌 이내로는 아예 없고요. 그래서 좀 외로움을 타요, 블라이드 부인."

코닐리어의 목소리에서 애달픔이 느껴졌다.

앤이 충동적으로 말했다.

"저를 앤이라고 불러주세요. 그게 편할 것 같네요. 포윈즈에서는 제 남편을 빼고 다들 저를 블라이드 부인이라고 부르는데, 그런 호칭으로 불리면 왠지 거리감이 느껴져요. 부인의 이름이 제가 어릴 때 갖고 싶어 했던 이름과 비슷한 거 아세요? 저는 '앤'이라는 이름을 싫어한 나머지 상상 속에서 저를 '코델리아'

로 부르곤 했어요."

"나는 앤이라는 이름이 좋아요. 우리 어머니 이름이기도 하거든요. 내 생각에는 구식 이름이 제일 듣기 좋고 예뻐요. 차를 마실 거면 젊은 의사 선생님도 나오라고 하세요. 내가 여기 온 뒤로 줄곧 진료실 소파에 누워서 내 이야기를 들으며 배를 잡고 웃는 중일 텐데요."

코닐리어의 대단한 통찰력에 놀란 앤은 미처 부인하지도 못하고 물었다.

"어떻게 아셨어요?"

"아까 길을 따라 오면서 블라이드 선생님이 부인 옆에 앉아 있는 걸 봤어요. 그럴 때 남자들이 어떻게 하는지 다 알아요. 드디어 옷을 완성했네요. 이제 여덟째 아기가 언제 태어나든 걱정 없겠어요."

9장

포윈즈곶의 저녁

9월 말이 되어서야 앤과 길버트는 약속대로 포윈즈 등대를 방문할 수 있었다. 전에도 여러 번 가보려 했지만 번번이 일이 생겨 계획이 틀어졌다. 그동안 짐 선장은 앤과 길버트의 작은 집을 몇 번이나 들렀다.

"블라이드 부인, 내가 원래 격식을 차릴 줄 몰라요. 나야 여기 놀러오면 좋죠. 두 분이 등대를 찾아오지 않았다고 해서 서운하진 않습니다. 요셉을 아는 자들끼리 그런 식으로 거래하듯 따지면 안 되니까요. 내가 시간이 나면 여기로 오는 거고 두 분이 올 수 있을 땐 그렇게 하는 거죠. 어디서든 한자리에서 즐겁게 이야기 나눌 수 있으면 됩니다."

곡과 마곡은 패티의 집에서처럼 이 작은 집 벽난로의 운명을 좌우하듯 위엄 있고 침착하게 앉아 있었다. 짐 선장은 곡과 마곡을 무척 마음에 들어했다.

"이놈들 참 귀엽지 않습니까?"

그는 블라이드 부부의 집을 드나들 때 늘 곡과 마곡에게 정중히 인사했다. 이 집을 지키는 정령인 그들에게 예의를 갖춰야 화를 사지 않는다고 여기는 듯했다.

"이 작은 집을 참 완벽하게 꾸며놨네요. 전보다 훨씬 좋아졌어요. 셀윈 부인이 당신과 비슷한 취향이었죠 그분도 집을 잘 꾸미고 살았지만 당시에는 이렇게 예쁘고 아기자기한 커튼이나 그림, 장식품이 없었어요. 엘리자베스도 과거 속에서 살던 사람이고요. 그런데 부인은 이 집에 미래의 기운을 불어넣었어요. 여기 있으면 굳이 대화를 하지 않고 이렇게 앉아 그림과 꽃만 바라봐도 참 기분이 좋아요. 후하게 대접받는 느낌이에요. 집이 예뻐서 그런 거겠죠? 정말 아름다워요."

짐 선장이 앤에게 말했다. 그는 아름다움에 대한 갈증이 있었다. 아름다운 것을 듣거나 보면 가슴속 깊은 곳에서 미묘한 기쁨이 샘솟아 인생을 환하게 만들어주는 듯했다. 그래서 자기의 볼품없는 외모를 무척 아쉬워했다.

한번은 그가 뜬금없이 이런 말을 했다.

"나더러 좋은 사람이라고들 합니다만, 가끔 이런 생각이 들어요. 하느님이 내 성격의 절반만 좋게 해주시고 나머지 반은 외모에 보태셨으면 좋았겠다고요. 하지만 좋은 선장이 갖춰야 할 덕목이 무엇인지 잘 알아서 만드셨을 거라 생각합니다. 못생긴 사람도 있고, 블라이드 부인처럼 예쁜 사람도 있는 거죠. 물론 예쁜 사람은 드물긴 하지만."

어느 날 저녁, 앤과 길버트는 드디어 포윈즈 등대에 가려고 길을 나섰다. 낮부터 회색 구름과 안개가 끼기 시작했지만 해가 넘어가면서 다행히 하늘은 진홍색과 황금색으로 물들어 장관을 이뤘다. 항구 너머 서쪽 언덕에 불타는 듯 시뻘건 저녁 해가 잠기고 그 위로 호박색을 띤 수정처럼 맑은 하늘이 펼쳐졌다. 북쪽 하늘은 황금빛을 머금은 비늘구름으로 뒤덮였다. 종려나무가 늘어선 남쪽 항구로 향하는 배의 하얀 돛에도 붉은빛이 비쳤다. 배 너머로 보이는 풀잎 하나 없이 새하얗게 빛나는 모래언덕은 연분홍색으로 물들었다. 저녁 햇살은 오른쪽 계곡 위쪽의 버드나무 사이에 서 있는 오래된 집을 비췄다. 잠깐이었지만 그 집 여닫이창이 고풍스러운 교회의 창문보다 화려하게 빛났다. 고요한 회색 하늘에서 번져나가는 그 빛은 마치 칙칙한 껍데기 속에 갇혀 있던 활기찬 영혼이 피처럼 붉은 생각을 사방으로 흩뿌리는 듯했다.

앤이 말했다.

"개울 위쪽의 오래된 집은 늘 외로워 보여. 지금껏 지켜봤지만 아무도 찾아오지 않았잖아. 진입로가 위쪽 길로 열려 있기는 한데 저 집에 드나드는 사람은 없는 것 같아. 걸어서 15분 거리에 사는 이웃을 아직까지 못 만났다는 것도 이상하지 않아? 우리가 무어 씨 부부를 교회에서 봤을 수도 있겠지만 얼굴을 모르니 누가 누군지 알 수 없네. 가장 가까이에서 사는 이웃이 사교적이지 않아서 속상해."

길버트가 웃으며 말했다.

"요셉을 아는 자들이 아닌가 보지. 전에 당신이 지나가다가 봤다는 엄청 아름다운 여자가 누구인지 알아냈어?"

"아니. 그 여자에 관해 물어봐야 하는데 깜빡했어. 그 후로 본 적이 없거든. 당신 말대로 마을 사람이 아닐 수 있겠다 싶어. 아, 해가 이제 완전히 넘어갔어. 저기 등대가 보여."

어스름이 짙어지고 등대의 환한 불빛이 들판과 항구, 모래톱, 만의 어둠을 가르며 원을 그렸다.

"왠지 저 불빛이 나를 꽉 붙잡아서 머나먼 바다로 보내버릴 것만 같아."

등대의 불빛을 온몸에 흠뻑 받고 선 앤이 말했다. 등대에 가까워지자 끝없이 빙글빙글 돌아가는 휘황한 불빛의 원 안으로 들어가게 되어 마음이 놓였다.

들판을 가로질러 등대를 향해 뻗은 좁은 길로 접어들자 한 남자가 등대 밖으로 나오는 게 보였다. 외모가 너무 특이해서 앤과 길버트는 잠시 그를 멍하니 바라보았다. 키가 크고 어깨가 떡 벌어졌으며 이목구비도 멀쩡한 남자였다. 매부리코에 정직해 보이는 회색 눈이 돋보였고, 마치 잘사는 농부가 제일 좋은 옷을 입고 외출 나온 듯한 차림이었다. 여기까지 보면 포윈즈나 글렌 주민이라 여길 만했다. 그런데 특이하게도 곱슬곱슬한 갈색 턱수염이 가슴을 지나 무릎까지 내려왔고, 평범한 중절모 아래로 숱 많은 갈색 곱슬머리가 폭포처럼 흘러내렸다.

그가 뒤로 점점 멀어지자 길버트가 나지막하게 물었다.

"앤, 데이브 할아버지가 '스콧법 약간'*이라고 부르는 술을 아

---

* 　스콧법(Scott Act)은 1901년에 제정되어 1948년 프린스에드워드섬을 마지막

까 집에서 나한테 준 레모네이드에 집어넣은 건 아니겠지?"

앤은 수수께끼 같은 남자가 저만치 멀어지고 있었지만 혹시 들을까 봐 웃음을 꾹 참으며 대답했다.

"안 넣었어. 그런데 저 남자는 누구지?"

"나도 몰라. 짐 선장님은 등대에 저런 유령을 데리고 계신 모양이니 앞으로는 여기 올 때 주머니에 칼이라도 넣고 와야겠어. 선원 같지는 않아. 선원이라면 저렇게 특이한 모습인 것도 이해돼. 아마 항구 건너편에 사는 사람일 거야. 데이브 할아버지가 그쪽 동네에는 괴짜들이 산다고 하셨어."

"데이브 할아버지는 편견을 갖고 계신 것 같아. 글렌 교회에 나오는 항구 건너편 사람들을 당신도 봐서 알잖아. 다들 좋은 분들이던데. 아, 길버트. 저기 좀 봐. 정말 아름답지?"

포윈즈 등대는 만(灣)을 향해 뻗은 붉은 사암 절벽 위에 서 있었다. 수로를 중심으로 한쪽에는 은빛 모래밭이 펼쳐져 있고, 다른 쪽에는 깎아지른 듯한 붉은 절벽 아래 자갈 깔린 작은 만을 따라 길고 굽이진 해변이 뻗어나갔다. 폭풍우와 별의 마법과 신비로움을 간직한 해변이었다. 이런 곳에는 짙은 고독의 기운이 배어 있게 마련이다.

숲은 고독과 거리가 멀다. 서로 속삭이고 손짓하는 다정한 생명들로 넘쳐난다. 하지만 바다는 공유할 수 없는 거대한 슬픔으로 영원히 신음하면서도 그 고통을 끝없이 속으로 삼키는 강인

으로 폐지된 캐나다의 금주법을 말한다. 변호사이자 정치인인 로버트 윌리엄 스콧(1825-1913) 경이 초안을 작성했다.

한 영혼이다. 우리는 바다의 무한한 신비를 꿰뚫을 수 없다. 그저 근처를 서성이며 경외감 가득한 눈빛으로 넋 놓고 바라볼 뿐이다. 숲은 백 가지 목소리로 우리를 부르지만 바다는 오직 한 가지 목소리만 낸다. 장엄한 음악으로 우리 영혼을 끌어당겨 삼키는 강력한 울림이다. 숲은 인간적이나 바다는 대천사들처럼 웅장하다.

등대에 도착해서 보니 짐 선장은 등대 바깥에 놓인 벤치에 앉아 장난감 스쿠너°를 앞에 두고 마무리 작업에 한창이었다. 모형인데도 장비를 제대로 갖추고 있었다. 짐 선장은 특유의 부드럽고 자연스러운 태도로 그들을 반갑게 맞았다.

"블라이드 부인, 오늘은 종일 날씨가 좋네요 제일 좋은 때를 골라 방문한 거예요. 석양이 조금은 남아 있으니 잠시 바깥에 앉아 있을까요? 글렌 마을에 사는 종손자 조에게 줄 장난감을 만드는 중이에요. 이제 거의 다 끝났습니다. 조에게 배를 만들어주기로 약속했는데, 애 엄마가 마땅찮아해서 기분이 좀 언짢았어요. 조가 이 장난감을 가지고 놀다가 나중에 바다로 나가겠다고 할까 봐 걱정하는 것 같아요. 하지만 어쩌겠어요. 조에게 이미 약속을 해버렸는데 말이죠. 어른이 되어 가지고 아이와 약속을 해놓고 어길 순 없잖습니까. 자, 와서 앉아요. 오래 걸리진 않을 겁니다. 한 시간 정도면 충분해요."

해변에서 부는 바람이 해수면에 은빛 잔물결을 길게 일으켰다. 반짝이는 그림자들이 마치 투명한 날개처럼 잔물결을 따라

• 2개 혹은 4개의 돛대에 세로돛을 단 서양식 범선

곳에서 이리저리 퍼져나갔다. 해가 저물자 갈매기들이 모여 앉은 곳과 모래언덕 위로 보랏빛을 머금은 어둠의 커튼이 드리워졌다. 비단처럼 부드러운 증기가 희미하게 하늘을 뒤덮었다. 수평선을 따라 구름 함대가 정박한 가운데 어느새 개밥바라기*가 빛을 내며 나타나 모래톱을 내려다보았다.

짐 선장은 이 풍경의 주인이라도 된 듯 애정과 자부심이 담긴 말투로 말했다.

"경치가 정말 멋지죠? 시장하고 멀리 떨어져 있어서 좋지 않습니까? 여긴 물건을 사고팔며 이익을 남기는 곳이 아니에요. 저 너른 바다와 하늘이 다 무료니까요. 돈을 내지 않아도 다 볼 수 있습니다. 곧 달이 떠오를 거예요. 저 바위와 바다, 항구 위로 해가 떠오르는 장면은 아무리 봐도 질리지 않아요. 볼 때마다 경이롭죠."

얼마 후 달이 떠올랐다. 그들은 세상사나 서로에 대한 이야기를 멈추고 마법 같은 풍경을 가만히 바라보았다. 잠시 후 다 같이 탑처럼 솟은 등대로 올라갔다. 짐 선장은 거대한 설비를 어떻게 작동하는지 직접 보여주면서 차근차근 설명해주었다. 이어서 들어간 식당에는 벽난로가 있었는데, 그 안에서 젖은 나무가 바다를 닮은 푸른 불꽃을 뿜어내며 타고 있었다.

짐 선장이 말했다.

"내가 직접 만들었죠. 정부에서는 등대지기들한테 벽난로같이 호화로운 물건을 내주지 않거든요. 장작이 만들어내는 불꽃

•   저녁 무렵 서쪽 하늘에 보이는 '금성'을 이르는 말

색깔 좀 봐요. 앞으로 저걸 쓰고 싶으면 말해요. 아무 때나 한 묶음 가져다줄게요. 자, 그럼 차를 내올 테니 앉아요."

짐 선장은 의자에 올라가 있는 덩치 큰 오렌지색 고양이를 다른 데로 보내고 신문을 치운 뒤 앤에게 의자를 내주었다.

"내려와, 일등항해사. 소파가 네 자리잖아. 나중에 시간 나면 이 신문에 실린 소설을 마저 읽어야 하니 안전하게 치워둬야겠네요. 제목이 「미친 사랑」인데, 썩 흥미가 있는 건 아니지만, 이 여류 작가가 대체 얼마나 길게 늘여 쓸 생각인지 지켜보려고요. 지금 62장째 읽고 있는데, 주인공들이 결혼까지 가려면 아직 멀었어요. 조가 오면 해적 이야기를 읽어줘야 해요. 순진한 어린애가 피 냄새 나는 이야기를 좋아하는 게 참 희한하죠?"

앤이 말했다.

"제 고향 집에 있는 꼬마 데이비도 그랬어요. 피가 낭자한 이야기를 엄청 좋아하더라고요."

짐 선장이 내온 것은 꿀차였다. 차가 참 맛있다고 앤이 칭찬하자 짐 선장은 태연한 척했지만 어린아이처럼 좋아하는 기색이 표정에 드러났다. 그는 기분 좋게 말했다.

"크림을 듬뿍 넣는 게 비결이죠."

짐 선장은 올리버 웬델 홈스°에 대해 들어본 적은 없지만 홈스의 유명한 격언인 "관대한 사람은 조그마한 크림 단지를 좋아하지 않는다"에는 동의하는 듯했다.

° 미국의 소설가이자 의학자(1809-1894)다. 생리학 교수를 지냈으며 의학 지식을 반영한 수필집 「아침 식탁의 독재자」로 널리 알려졌다.

차를 마시며 길버트가 말했다.

"여기로 오다가 특이한 분이 등대에서 나오는 걸 봤어요."

짐 선장이 싱긋 웃었다.

"마셜 엘리엇 말이군요. 좀 어리석은 면이 있기는 하지만 멋지고 대단한 사람이에요. 그 사람이 왜 그렇게 싸구려 구경거리를 자처하고 다니는지 궁금할 겁니다."

앤이 물었다.

"혹시 현대판 나사렛 사람이나 과거에서 온 히브리인 예언자 같은 건가요?"

"둘 다 아닙니다. 그가 괴상한 꼴로 다니는 이유는 정치 때문이에요. 엘리엇, 크로퍼드, 매캘리스터 집안은 전부 정치에 과하게 빠져 있죠. 태어날 때부터 자유당인지 보수당인지를 선택하고 죽을 때까지 그 당을 쭉 지지합니다. 그들이 죽어서 천국에 가면 어떻게 지낼지 참 궁금해요. 거긴 정치 같은 게 없을 테니까요. 마셜 엘리엇은 태어날 때부터 자유당원이었어요. 나도 자유당을 지지하지만 마셜은 도가 지나쳐요. 15년 전 치열한 선거를 치렀는데, 마셜은 자유당을 위해 죽기 살기로 싸웠어요. 자유주의자들이 승리할 거라고 철석같이 믿었죠. 자유당이 집권할 때까지는 면도도 안 하고 머리도 안 자르겠다고 집회 때 자리에서 일어나 맹세까지 했어요. 그런데 이후 자유당은 계속 집권을 못 했어요. 그래서 두 분이 오늘 마셜의 그런 꼴을 보게 된 겁니다. 약속은 꼭 지키는 사람이거든요."

앤이 물었다.

"그분의 아내는 남편을 어떻게 생각할까요?"

"마셜은 총각이에요. 하지만 아내가 있었더라도 맹세를 깨진 않았을 겁니다. 엘리엇 가문 사람들은 고집이 엄청 세거든요. 마셜의 형제인 알렉산더 엘리엇은 아끼는 개가 죽자 그 개를 교회 묘지에 묻고 싶어 했어요. '다른 기독교인들처럼' 하겠다는 거였는데 당연히 거절당했죠. 그러자 알렉산더는 교회 묘지 담장 바깥에 개를 묻었고, 그 후 다시는 교회에 나가지 않았어요. 일요일마다 가족을 마차에 태워 교회까지 데려다준 뒤 자신은 개 무덤 옆에 앉아 예배 시간 내내 성경을 읽었어요. 소문으로는 자기가 죽으면 개 옆에 묻어달라고 아내에게 부탁했다더군요. 그의 아내는 참 순한 사람인데 그 말을 듣고는 불같이 화를 냈어요. 자기는 나중에 개 옆에 묻히고 싶지 않다고요. 그러면서 당신이 마지막 안식처를 아내가 아니라 개 옆에 마련하는 게 소원이라면 마음대로 하라고 했대요. 알렉산더 엘리엇은 고집이 노새 못지않았지만, 아내를 아끼는 사람이라 체념하고 이렇게 말했답니다. '그래, 나를 어디에 묻든지 당신 마음대로 해. 하지만 가브리엘 천사의 나팔 소리가 울려 퍼지면 우리 개는 다른 사람들처럼 무덤에서 일어날 거야. 우리 개는 망할 엘리엇이나 크로퍼드, 매캘리스터 집안 못지않게 대단한 기백을 가진 놈이거든.' 이것이 그가 마지막으로 남긴 말이었습니다. 우리야 마셜의 특이한 모습에 익숙하지만 처음 보는 사람들은 기겁하죠. 나는 마셜이 열 살 때부터 알고 지냈어요. 지금은 쉰 살쯤 됐을 겁니다. 참 좋은 친구죠. 오늘도 같이 대구 낚시를 하고 왔어요. 요즘은 그 재미로 살아요. 송어도 잡고 대구도 잡고…. 전에는 이렇지 않았어요. 이런저런 일을 많이 했죠. 내 인생을 기록한 일지에 다 적혀 있어요."

앤이 그의 인생 일지에 대해 물어보려는데 일등항해사가 짐 선장의 무릎으로 훌쩍 뛰어오르는 바람에 말을 꺼내지 못했다. 일등항해사는 얼굴이 보름달처럼 둥글고, 눈은 선명한 초록색이며, 큼직한 앞발은 흰색 털로 덮인 고양이였다. 짐 선장은 일등항해사의 벨벳처럼 보드라운 털을 부드럽게 쓰다듬었다.

"이 녀석을 만나기 전까지는 사실 고양이를 별로 좋아하지 않았어요."

짐 선장의 말에 맞장구치듯 일등항해사가 가르랑댔다.

"내가 이 녀석의 목숨을 구해줬죠. 생명을 구하면 사랑하게 되나 봅니다. 구해줬으니 돌보는 게 마땅히 해야 할 일이기는 해요. 세상에는 끔찍할 정도로 생각 없이 사는 사람들이 있습니다. 항구에 여름 별장을 가진 도시 사람들 가운데도 수두룩해요. 아무 생각 없이 저지르는 일만큼 잔인한 게 또 있을까요? 정말 생각이라고는 없는 작자들이죠. 그들은 여름이면 별장에서 고양이를 기르며 먹이도 주고 예뻐해줍니다. 목에 리본이나 장식을 달아 인형처럼 꾸미기도 하고요. 그러다 가을이 되면 고양이야 여기서 굶어죽든 얼어 죽든 내버려두고 도시로 돌아가버려요. 그런 꼴을 보면 피가 들끓을 정도로 화가 납니다. 지난겨울에 해변에서 가여운 어미 고양이가 죽어 있는 걸 봤어요. 뼈와 가죽만 남은 어미의 시체 옆에 새끼 고양이 세 마리가 있더라고요. 어떻게든 새끼들을 보호하려다가 죽은 거겠죠. 가엾게도 뻣뻣한 발로 새끼들을 감싼 채 죽어 있었어요. 눈물이 흐르면서 욕이 절로 나오더군요. 그 불쌍한 새끼 고양이들을 집으로 데려와 먹인 다음 잘 돌봐줄 만한 집을 찾아서 보냈습니다. 어미 고양이를 버리고 간 여자가 올여름에 또 왔길래 항구 너머 그 여자의 별장으로 찾아가 내 생각을 말해줬어요. 지나친 간섭이라고 볼 수도 있겠지만, 선한 의도를 갖고 있다면 그 정도는 해야 한다고 생각합니다."

길버트가 물었다.

"그 여자가 뭐라고 하던가요?"

"자기는 전혀 생각을 못 했다고 울면서 주절거리더라고요. 내가 말했죠. '심판의 날 주님 앞에서 불쌍한 어미 고양이를 죽게 한 일에 대해 그렇게 핑계를 대면 통할 것 같습니까? 주님께서는 당신한테 생각을 하며 살라고 머리를 달아주셨을 텐데요.' 그렇게까지 말했으니 또다시 고양이들을 굶어 죽게 내버려두고 떠나는 짓은 하지 않겠죠."

"이 아이도 버려진 고양이였어요?"

앤은 이렇게 물으며 일등항해사에게 살짝 손을 뻗었다. 고양이는 자세를 낮추며 앤의 손길에 몸을 맡겼다.

"맞아요. 어느 추운 겨울 망할 리본 장식 때문에 나뭇가지에 매달려 있는 걸 발견했죠. 거의 굶어 죽기 직전이었어요. 그때 이 녀석의 눈을 봤어야 합니다, 블라이드 부인! 새끼 고양이가 나뭇가지에 묶인 채로 버티고 있었어요. 리본을 풀어줬더니 가엾게도 작고 빨간 혀로 내 손을 핥더군요. 지금처럼 유능한 뱃사람 같은 모습이 아니었어요. 어린 모세처럼 작고 순한 아기고양이였지요. 9년 전 일이네요. 고양이치고는 꽤 오래 살았죠. 그 오랜 시간 동안 나와 함께한 좋은 친구입니다."

"저는 선장님이 개를 기르실 줄 알았습니다."

길버트의 말에 짐 선장은 고개를 저었다.

"전에는 개를 길렀어요. 워낙 좋아해서 그랬는지 그 녀석이 죽고 나니까 다른 개를 들일 마음이 안 생기더라고요. 내게는 그야말로 진정한 친구였으니까요. 블라인드 부인이라면 내 마음을 이해할 겁니다. 일등항해사도 내겐 친구예요. 난 이 녀석을 좋아합니다. 고양이답게 짓궂고 장난기가 있어서 더 사랑스럽죠. 하지만 난 그 개를 사랑했어요. 그래서 개를 잃은 알렉산더 엘리엇의 심정에 공감하고 있습니다. 좋은 개는 악의가 없어요. 그러니 고양이보다 사랑스러운 거겠죠? 고양이도 개 못지않다고 하는 사람도 있는데 그건 말도 안 된다고 생각해요. 이런, 나 혼자 너무 떠들었네요. 좀 말리지 그랬어요? 누구한테든 말할 기회가 생기면 이렇게 자제를 못 한다니까요. 차를 다 마셨으면 소소하고 재미난 물건들을 보여줄게요. 예전에 세상 여기저기를 돌아다닐 때 모은 것들이죠."

짐 선장의 '소소하고 재미난 물건들'은 무척 흥미로운 수집품들이었다. 흉물스럽거나 진기한 것도 있었고 아름다운 것도 있었다. 물건마다 놀라운 사연이 깃들어 있었다.

달빛이 쏟아지는 저녁, 열린 창문 너머로 은빛 바다가 그들을 부르며 절벽 아래 바위에 부딪쳐 흐느끼는 가운데, 아름다운 빛을 내는 장작불 앞에 앉아 옛이야기를 듣는 동안 앤은 가슴이 벅차올랐다. 이 시간을 영원히 잊지 못할 듯했다.

짐 선장은 허세를 부리지 않았지만, 그가 얼마나 용감하고 진실하며 재치 있고 이타적인 사람인지는 충분히 짐작할 수 있었다. 그는 작은 방에 앉아 청중을 위해 각 물건에 얽힌 이야기를 들려주었다. 눈썹을 치켜올리고, 입술을 비틀고, 손짓을 하고, 적절한 단어를 사용해가면서 사건이 일어난 상황과 등장인물을 세밀하게 묘사했다.

짐 선장의 모험 이야기 가운데 몇 개는 너무 놀라워서 앤과 길버트는 짐 선장이 귀가 얇은 자기들에게 허풍을 떠는 게 아닌가 의심하기도 했다. 하지만 나중에 알고 보니 그의 이야기는 전부 사실이었다. 타고난 이야기꾼인 짐 선장은 안타까운 사건까지 생생하고 실감 나게 들려주었다.

앤과 길버트는 짐 선장의 이야기를 들으며 웃음을 터뜨리기도 하고 몸을 떨기도 했다. 앤은 어느 순간 울고 있었다. 짐 선장은 앤을 바라보며 흡족한 표정을 지었다.

"나는 사람들이 그런 식으로 울 때 기분이 좋습니다. 내가 이야기를 잘했다는 칭찬이니까요. 하지만 내가 본 일과 한 일을 제대로 설명했는지는 자신이 없네요. 인생 일지에 전부 적어두기는 했는데, 사실 난 글재주가 없어서요. 적절한 단어로 내용을 정리했으면 꽤 멋진 책이 됐을 거예요. 적어도 「미친 사랑」보다는 나을 겁니다. 종손자 조도 해적 이야기만큼이나 내 이야기를 좋아했을 테고요. 한창때 모험을 좀 했습니다. 아직도 그러고 싶은 마음은 굴뚝같아요. 이젠 늙어서 쓸모없게 된 몸이지만 한 번씩 저 먼바다로 나가 영원토록 모험을 하고 싶은 갈망이 솟구쳐오르죠."

그 말을 들은 앤이 꿈꾸듯 말했다.

"선장님도 율리시스처럼 '일몰 너머 서쪽 별들이 물에 잠기는 곳을 향해 죽을 때까지 항해하고”* 싶은 마음이신가 보네요.”

“율리시스요? 아, 그가 주인공인 책을 읽어본 적 있어요. 맞아요. 딱 그런 기분이에요. 나처럼 늙은 선원들은 다들 그런 기분으로 살아요. 어차피 나는 육지에서 죽을 운명입니다. 글렌 마을에 사는 윌리엄 포드라는 노인은 평생 바다에 들어가지 않았어요. 점쟁이가 그에게 물에 빠져 죽을 거라고 예언했다는군요. 그런데 어느 날 기절했다가 외양간 여물통에 얼굴을 처박고 익사했죠. 아, 두 분은 이제 가야겠네요. 조만간 또 놀러와요. 실은 자주 놀러오면 좋겠어요. 다음번에는 블라이드 선생도 얘기 좀 해요. 내가 알고 싶어 하는 얘기를 잔뜩 가지고 있을 것 같군요. 여기 있으면 종종 외로워집니다. 엘리자베스 러셀이 세상을 떠난 뒤로 더 외로움을 타네요. 우리 둘은 죽이 참 잘 맞았는데.”

짐 선장은 늙어가면서 느끼는 비애를 털어놓았다. 친구들을 한 명씩 저세상으로 떠나보내야 하는 자의 슬픔이었다. 오랜 친구들의 자리는 젊은 친구들로 메울 수 없었다. 젊은 친구들이 아무리 요셉을 아는 자라고 해도 마찬가지였다. 앤과 길버트는 조만간 다시 놀러오겠다고 약속했다.

집으로 걸어가며 길버트가 말했다.

“참 보기 드문 노인이지?”

“저렇게 소박하고 다정한 성격을 가진 분이 모험 가득한 거친 인생을 살아오셨다는 게 상상이 안 가.”

“며칠 전 바닷가에서 짐 선장님을 봤으면 충분히 상상이 갔을

---

* 영국 시인 앨프리드 테니슨(1809-1892)의 시 〈율리시스〉의 한 구절

걸? 피터 고티에의 배를 타는 선원 한 명이 해변을 지나가는 어떤 여자에게 음란한 말을 했거든. 짐 선장님이 눈에 불을 켜고 그 못된 놈을 나무라셨어. 완전히 다른 사람 같더라. 주저리주저리 늘어놓는 게 아니라 딱 필요한 말씀만 하셨어. 정곡을 찔렀지. 짐 선장님은 본인 앞에서 누가 여자에게 나쁜 말을 하면 내버려두실 분이 아닌 것 같아."

"어째서 지금까지 혼자 사시는 걸까? 결혼하셨으면 지금쯤 아들들은 배를 타고 바다에 나가고 손주들이 무릎에 올라앉아 이야기를 듣고 있을 텐데. 딱 어울리잖아. 그런데 지금은 곁에 고양이 한 마리뿐이니…."

하지만 앤의 생각은 틀렸다. 짐 선장은 더 많은 것을 갖고 있었다. 바로 추억이었다.

10장

레슬리 무어

"오늘 저녁에는 바닷가로 산책 나갈 거야."

10월의 어느 날 저녁, 앤은 곡과 마곡에게 말했다. 길버트가 항구에 가고 없어서 집에는 달리 말할 상대가 없었다. 앤은 마릴라 커스버트의 손에서 자란 사람답게 작은 집을 먼지 하나 없이 깔끔하게 청소했다. 그러고 나니 개운한 마음으로 해변에 갈 수 있을 것 같았다. 앤은 때로는 길버트와, 때로는 짐 선장과, 가끔은 혼자 이런저런 생각을 정리하면서 즐거운 기분으로 바닷가를 걷곤 했다.

이제 막 무지갯빛으로 피어나기 시작한 달콤하고 새로운 꿈을 곱씹기에는 바닷가 산책만 한 것이 없었다. 부드러운 안개로 뒤덮인 항구의 해변과 언제나 바람이 부는 은빛 모래사장도 좋았지만 앤이 제일 사랑하는 곳은 따로 있었다. 바로 절벽과 동굴, 파도에 닳고 닳은 바윗덩어리가 늘어선 바위 해변이었다. 그곳에는 물에 잠긴 자갈들이 빛을 받아 반짝이는 작은 만도 있었다. 오늘 저녁 앤은 홀로 그곳을 산책하기로 마음먹었다.

지난 사흘 내내 바람과 비와 함께 가을 폭풍이 휘몰아쳤다. 거센 파도가 우레 같은 소리를 내고 바위를 후려치면서 하얀 파도 거품이 모래톱으로 밀려와 안개 낀 포윈즈 항구의 푸르른 평화를 깨뜨렸다. 폭풍이 지나가고 나니 해변은 한결 깨끗해졌다. 바람 한 점 불지 않았지만 여전히 잔잔한 파도는 끝없이 모래사장과 바위로 밀려와 하얀 거품을 만들어놓았다. 조용하고 평화로운 바다에서 파도만이 유일하게 부산했다.

"아, 몇 주 동안 폭풍우 때문에 마음 졸이며 살았지만 잘 견뎌 낸 보람이 있네."

앤은 절벽 위에 서서 넘실대는 파도를 바라보며 기분 좋게 말했다. 그런 다음 가파른 길을 따라 절벽 아래 작은 만으로 내려갔다. 그곳에서는 오직 바위와 바다, 하늘만 있을 뿐 앤의 모습은 보이지도 않았다.

"춤추고 노래해야지. 갈매기가 소문낼 일도 없고, 누가 나를 볼 수도 없을 거야. 마음 내키는 대로 해야지."

치맛자락을 붙잡은 앤은 발에 거품을 쳐올리는 파도를 피해 단단한 모래 길을 걸으며 제자리에서 빙그르르 돌아보았다. 어린아이처럼 웃으며 움직이다 보니 어느새 동쪽으로 뻗은 작은 곶에 다다랐다. 갑자기 앤은 우뚝 멈춰 서서 얼굴을 붉혔다. 그곳에 앤 혼자만 있는 게 아니었다. 지금까지 그녀가 춤추는 모습을 지켜본 사람이 있었던 것이다.

금발에 바다처럼 파란 눈을 가진 여자가 바위에 걸터앉아 있었다. 튀어나온 바위에 반쯤 가려져 있던 곳이었다. 여자는 묘한 표정으로 앤을 똑바로 쳐다보았다. 의아해하는 것 같기도 하고 공감하는 듯하면서도 약간은 부러움이 담긴 눈빛이었다. 모자를 쓰지 않고 진홍색 리본으로만 묶은 여자의 머리카락은 로버트 브라우닝의 시에 나오는 '아름다운 뱀'보다 찬란했다. 짙은 색감의 평범한 원피스를 입었는데 선명한 붉은색을 띤 비단 허리띠 덕분에 고운 몸매가 드러났다. 무릎에 포갠 두 손은 일로 단련된 듯 다소 거칠고 갈색으로 그을렸지만 목과 뺨은 크림처럼 하얬다. 서쪽 하늘에 낮게 걸린 구름 사이로 저물어가는 햇살이 그녀의 머리카락을 내리비췄다. 참으로 신비롭고 열정적이며 말로 표현할 수 없는 매력을 드러내고 있었다. 앤은 바다의 정령을 보는 듯한 기분이 들었다.

"아, 제가 미쳤다고 생각하시겠네요."

앤은 말을 더듬으면서도 침착하려 애썼다. 어린아이처럼 제멋대로 춤추는 모습을 이토록 우아한 여자에게 들키다니, 블라이드 선생 부인이라면 품위 있는 모습만 보일 거라고 다들 생각할 텐데… 망했다!

"아니요. 전혀요."

여자는 길게 말하지 않았다. 목소리에 어떤 감정도 없었다. 사람을 약간 꺼려하는 태도 같았는데 눈빛은 또 달랐다. 열정적이면서 소심하고, 반항적이면서 애원하는 듯한 감정이 담겨 있었다. 곧장 그 자리를 떠나려던 앤은 여자의 눈빛에 매료되어 그녀 곁에 가서 나란히 앉았다. 그리고 언제나 상대의 믿음과

호감을 얻어냈던 특유의 미소를 지으며 여자에게 말을 걸었다.

"우리 서로 소개할까요? 난 앤 블라이드예요. 항구 해변 위쪽의 저 작고 하얀 집에 살아요."

여자가 딱딱하게 덧붙였다.

"알아요. 난 레슬리 무어라고 해요. 딕 무어의 아내예요."

앤은 놀라서 말문이 막혔다. 앤은 딕 무어의 부인이 포윈즈의 평범한 주부일 거라고 상상해왔다. 하지만 여자는 머릿속에 그렸던 모습과 달랐을 뿐 아니라 유부녀처럼 보이지도 않았다. 앤은 정신을 차리기가 힘들어 말까지 더듬었다.

"그, 그럼 개울 위쪽의 회색 집에 사시겠네요?"

"네, 진즉에 찾아뵀어야 했는데 여태 그러지 못했네요."

여자는 지금까지 앤과 길버트의 집을 방문하지 않은 것에 대해 어떤 설명이나 핑계도 대지 않았다.

앤은 놀란 마음을 가라앉히며 말했다.

"꼭 놀러오세요. 가까이 살고 있으니 친구로 지내면 좋겠어요. 포윈즈의 유일한 단점은 이웃이 별로 없다는 거죠. 그것만 아니면 완벽한 곳인데."

"여기가 마음에 드나 봐요?"

"마음에 들고말고요! 정말 좋아요. 지금까지 본 곳 중에서 가장 아름다운 곳이에요."

"난 잘 모르겠네요. 가본 데가 별로 없어서."

레슬리 무어는 천천히 말을 이었다.

"그래도 여기가 무척 아름다운 곳이라는 생각은 늘 해왔어요. 나도 여길 조… 좋아해요."

레슬리는 수줍어하면서도 열정적인 눈으로 앤을 보았다. 아가씨라는 호칭이 더 잘 어울릴 것 같은 이 묘한 여자는 마음이 내키면 수다를 꽤 잘 떨 것 같았다. 레슬리가 말했다.

"나는 이 바닷가에 종종 내려오곤 해요."

"나도요. 우리가 그동안 안 마주친 게 놀라워요."

"블라이드 부인이 나보다 이른 저녁에 여길 오기 때문일 거예요. 나는 늘 느지막이, 해가 거의 다 지고 나서 오거든요. 특히 폭풍우가 지나간 후에 바다 구경을 하는 게 좋아요. 너무 차분하고 잔잔한 바다는 별로예요. 격하게 파도가 부서지고 요란한 소리를 내는 바다가 좋죠."

"난 어떤 모습이든 바다라면 다 좋아요. 포윈즈의 바다는 고향에 있는 연인의 오솔길처럼 느껴져요. 오늘 저녁에는 특히 더 자유롭고 길들여지지 않은 모습이네요. 마치 내 마음에서 격하게 빠져나온 무언가를 보는 것 같아요. 아까 내가 해변에서 멋대로 춤춘 것도 그래서예요. 물론 아무도 없는 줄 알았죠. 코닐리어 브라이언트가 그걸 봤다면 블라이드 선생님의 미래에 어둠이 드리워졌다고 생각했을걸요?"

"코닐리어를 아세요?"

레슬리는 이렇게 물으며 웃었다. 웃음소리가 듣기 좋았다. 갑자기 속에서 끓어올랐다가 아기처럼 귀엽게 터뜨리는 웃음 같았다. 앤도 덩달아 웃었다.

"그럼요. 몇 번이나 내가 사는 '꿈의 집'에 오셨어요."

"꿈의 집이요?"

"아, 네. 길버트랑 내가 우리 집에 붙인 이름이에요. 사랑스럽지만 조금은 바보 같기도 하죠. 우리끼리만 그렇게 부르는데 나도 모르게 입에서 나왔네요."

레슬리는 경탄하며 말했다.

"러셀 할머니의 작고 하얀 집이 이제 두 분의 꿈의 집이 되었네요. 나도 한때는 꿈의 집이 있었어요. 집이 아니라 성이었죠."

레슬리는 이 말을 하며 웃었다. 웃음 속에 담긴 상냥함이 비꼬는 듯한 말투 때문에 퇴색되었다.

앤이 말했다.

"나도 예전에는 성에 사는 꿈을 꿨어요. 여자들은 다 그럴 걸요. 그러다 '방 여덟 개짜리 집에 만족하자'로 소박해지는 거죠. 원하던 왕자와 함께 살 수 있으니 그 정도로 만족하자는 식으로요. 부인은 정말 성에 살았을 것 같아요. 엄청 아름답잖아요. 실례가 되는 말일지도 모르지만, 부인을 보고 감탄할 수밖에 없었어요. 지금까지 본 여인 중에서 제일 아름다우니까요."

그녀는 대뜸 제안했다.

"앞으로 친구로 지내려면 그냥 레슬리라고 불러줘요."

"그럴게요. 친구들은 날 앤이라고 불러요."

"나도 내가 아름답다는 걸 알고 있어요."

레슬리는 바다를 바라보며 속마음을 털어놓았다.

"하지만 나는 내가 미인인 게 싫어요. 저기 어촌에 사는 평범한 갈색 머리 여자였다면 좋았을 텐데…. 참, 코닐리어에 대해 어떻게 생각해요?"

갑작스럽게 화제가 바뀌니 앤은 좀 더 깊이 있는 이야기를 나눌 수 없게 된 기분이 들었다.

"다정한 분인 것 같아요. 지난주에 길버트와 저를 집으로 초대하셨는데, 상다리가 휠 정도로 음식을 차려놓았더라고요."

레슬리가 미소를 지었다.

"신문의 결혼식 기사에서 그런 표현을 본 적 있어요."

"코닐리어의 집 식탁이 정말로 삐걱거리면서 그대로 주저앉을 지경이었다니까요. 우리 같은 평범한 두 사람을 위해 음식을 그렇게나 많이 준비하다니 믿기지 않았어요. 레몬파이만 빼놓고 상상할 수 있는 모든 파이를 만들어서 차려놓았어요. 10년 전 샬럿타운에서 열린 대회에서 레몬파이로 상을 받았는데, 명성에 금이 갈까 봐 두려워서 그 후로 레몬파이는 절대 만들지 않는다더군요."

"그래서 그분이 흡족해할 정도로 많이 드셨어요?"

"저는 그렇게 못 먹었죠. 대신 길버트가 엄청 먹어서 그분이 무척 좋아했어요. 얼마나 많이 먹었는지는 말하지 않을게요. 코닐리어는 남자들이 죄다 성경보다는 파이를 좋아한다고 했어요. 난 그분이 참 좋아요."

"나도 그래요. 나랑 제일 친한 친구예요."

앤은 속으로 의아하게 여겼다. 그렇게 친한 친구라면 코닐리어는 어째서 딕 무어 부인에 대해 한 마디도 안 했을까? 코닐리어는 포윈즈나 그 근처에 사는 사람들에 대해 세세한 것까지 거침없이 얘기했던지라 의외였다.

잠시 침묵이 흐른 뒤 레슬리는 그들이 앉아 있는 뒤쪽 바위 틈새로 흘러든 빛줄기가 저 아래 짙은 초록색 물웅덩이를 비추는 아름다운 풍경을 손으로 가리켰다.

"참 아름답죠? 여기 와서 저것만 보고 집으로 돌아가도 대만족이에요."

앤도 같은 생각이었다.

"빛과 그림자가 이 해변에 그리는 풍경은 정말 경이로워요. 우리 집 바느질 방 창문 너머로 항구가 내다보이거든요. 창가에 앉으면 눈이 호강해요. 색깔과 그림자의 모양이 시시각각 달라지더라고요."

레슬리가 불쑥 물었다.

"혼자 있을 때 외로운 적은 없어요? 한 번도요?"

"글쎄요? 잘 모르겠어요. 살면서 외로움을 탔던 적이 별로 없어서요. 혼자 있어도 꿈과 상상, 다른 사람인 척하기 같은 놀이를 하거든요. 때로는 혼자 있는 걸 즐기기도 해요. 이런저런 생각을 마음껏 할 수 있으니까요. 물론 우정을 나누는 것도 아주 좋아하죠. 사람들과 즐겁고 소소한 시간을 보내면 재밌잖아요. 아, 가끔이라도 좋으니 우리 집에 놀러오지 않으실래요? 꼭 한번 와주세요."

앤은 웃으며 덧붙였다.

"나에 대해 알게 되면 아마 날 좋아하게 될 거예요."

"부인이 나를 좋아하게 될지는 모르겠어요."

레슬리는 울적한 말투였다. 인사치레 같은 건 할 줄 모르는 듯했다. 달빛 아래 파도 거품이 만들어낸 화관을 멍하니 바라보는 레슬리의 눈에는 그림자가 드리워졌다.

"좋아하게 되고말고요. 그리고 아까 해 질 녘에 해변에서 춤을 춘 것 때문에 날 무책임한 사람으로 넘겨짚진 말아주세요.

시간이 지나면 나도 품위를 지키게 될 테니까요. 아직 신혼이라 아가씨 같은 기분이거든요. 가끔은 아이 같기도 하고요."

"나는 결혼한 지 12년 됐어요."

앤은 깜짝 놀랐다.

"내 또래로 보이는데요! 아주 어렸을 때 결혼했나 봐요."

"열여섯 살 때 했어요. 지금은 스물여덟 살이에요. 이제 집으로 돌아가야겠어요."

레슬리는 모자와 외투를 집어 들고 일어섰다.

"나도요. 길버트가 집에 왔을 것 같아요. 오늘 저녁에 우리 둘 다 해변에 오길 잘했네요. 이렇게 만났으니까요."

레슬리가 대꾸를 하지 않아서 앤은 조금 무안했다. 우정을 나누자고 마음을 열고 손을 내밀었는데, 상대는 완전한 거절까지는 아니지만, 편안하게 받아들이지 않은 듯했다. 그들은 말없이 절벽을 올라가 초원을 가로질렀다. 초원에는 깃털처럼 가볍고 색이 바랜 들풀이 달빛 아래에서 크림색 벨벳 카펫처럼 펼쳐져 있었다. 해변 길에 다다르자 레슬리가 고개를 돌리며 말했다.

"나는 이쪽으로 가요. 블라이드 부인, 언제 우리 집에 놀러오지 않을래요?"

레슬리 무어가 마지못해 한 말인 것 같아서 앤은 다소 냉담하게 대답했다.

"진심으로 초대하시는 거라면 갈게요."

"아, 물론이죠. 진심이고말고요."

레슬리는 지금까지 매여 있던 속박에서 갑작스레 벗어난 듯 열정적으로 말했다.

"그럼 갈게요! 잘 자요, 레슬리."

"잘 자요, 블라이드 부인."

곰곰이 생각에 잠긴 채 집으로 걸어 돌아온 앤은 길버트에게 해변에서 있었던 일들을 털어놓았다.

길버트가 놀리듯 물었다.

"딕 무어 부인은 요셉을 아는 자가 아닌가 봐?"

"꼭 그렇지는 않은 것 같아. 예전에는 요셉을 아는 자였던 것 같은데 어떤 일 때문에 달라진 것 같아 보이기도 해."

앤은 생각에 잠긴 표정으로 말을 이었다.

"여기 사는 다른 여자들이랑은 확실히 달라. 달걀과 버터 같은 소소한 일상을 나눌 수 있는 분위기가 아니야. 무어 부인은 레이철 린드 아주머니 같을 거라고 상상했는데 번지수를 잘못 짚었네! 길버트, 혹시 딕 무어 씨를 만난 적 있어?"

"아니. 농장에서 일하는 남자들을 몇몇 보기는 했는데 그중 누가 딕 무어 씨인지는 모르겠어."

"남편 얘기를 한 번도 안 했어. 행복하게 사는 것 같지 않아."

"당신에게 들은 얘기로 추측해보자면, 자신의 마음을 분별할 수 없을 만큼 어릴 때 결혼했고, 자기가 잘못된 결정을 내렸다는 걸 너무 늦게 깨달았을 수도 있겠지. 흔히 일어나는 비극이야. 미인일수록 그렇게 되기 쉬워. 무어 부인도 그래서 마음속에 씁쓸함과 분노가 차 있을지도 몰라."

"확실히 알 때까지는 함부로 판단하지 말자. 그렇게 흔한 경우는 아닌 것 같아. 당신도 직접 만나 보면 그 부인이 얼마나 매력적인지 알게 될 거야. 미모도 대단하지만 무언가 다른 게 있어. 천성은 친구를 넉넉하게 품을 수 있는 사람일 것 같아. 어떤 이유에서인지 몰라도 모두와 벽을 쌓고 자신의 가능성마저도 꽃 피우지 못하도록 꽁꽁 묶어버린 듯해. 해변 길에서 무어 부인과 헤어지고 나서 줄곧 생각한 끝에 내린 결론이야. 코닐리어에게 무어 부인 이야기를 물어봐야겠어."

11장

레슬리 무어가 살아온 이야기

어느 쌀쌀한 10월의 오후, 꿈의 집 벽난로 앞에 놓인 흔들의자에 앉아 있던 코닐리어가 마침내 입을 열었다.

"두 주 전에 여덟째 아기가 태어났어요. 딸이에요. 프레드 프록터는 아들이 아니라며 화를 냈죠. 딱히 아들을 원한 것도 아니에요. 만약 남자아이가 태어났어도 자기는 딸을 원했다며 화를 냈을걸요? 그 집에는 딸 넷과 아들 셋이 있으니 여덟째 아기가 아들이든 딸이든 무슨 차이가 있겠어요. 괜히 불평을 해대는 거죠. 남자들이 원래 그렇잖아요. 여덟째 아기는 좋은 옷을 입혀놓았더니 정말 귀엽더라고요. 까만 눈에 조그마한 손이 얼마나 사랑스러운지 몰라요."

"저도 가서 봐야겠어요. 아기를 엄청 좋아하거든요."

말로는 도저히 표현할 수 없을 만큼 사랑스럽고 신성한 존재인 아기를 볼 생각에 앤은 미소를 지었다.

"아기가 정말 예쁜 건 사실이에요. 하지만 어떤 사람들은 감당하기 어려울 만큼 아이를 많이 낳아요. 정말이에요. 글렌에 사는 내 가엾은 사촌 플로라는 자식이 열한 명이나 되는데 노예나 다름없이 살고 있다니까요! 플로라의 남편은 3년 전에 자살했어요. 딱 남자다운 짓거리죠!"

앤은 충격을 받았다.

"어머나, 어쩌다 그랬대요?"

"뭐가 마음에 안 들었는지 스스로 우물에 뛰어들었어요. 속이 다 시원하죠, 뭐! 그 남자는 타고난 폭군이었어요. 하필 거기서 자살하는 바람에 우물만 못 쓰게 됐죠. 가엾은 플로라는 그 우물에서 다시 물을 퍼다 쓸 엄두도 못 냈어요! 그래서 우물을 새로 파야 했는데 비용이 어마어마하게 들었고 물은 잘 나오지도 않았어요. 항구 앞바다에 몸을 던졌더라면 그렇게 골치 아플 일도 없었을 거 아니에요? 참 한심한 남자예요! 내가 기억하기로 포윈즈에서는 두 명이 자살했어요. 또 한 사람이 바로 레슬리 무어의 아버지 프랭크 웨스트였죠. 그나저나 레슬리는 아직 이 집에 놀러오지 않았나 봐요?"

앤은 귀를 쫑긋 세우며 말했다.

"아직이에요. 며칠 전 밤에 해변에서 산책하다가 레슬리를 우연히 만나긴 했어요."

코닐리어가 고개를 끄덕였다.

"잘됐네요. 부인이 레슬리와 친하게 지내면 좋겠어요. 만나보니까 어때요?"

"엄청 아름다운 분이던데요."

"아, 그건 그렇죠. 포윈즈에서 레슬리보다 아름다운 여자는 없을 거예요. 머리카락 봤어요? 풀면 발목까지 내려가요. 사람은 어때요? 마음에 들었어요?"

앤은 머뭇거리며 대답했다.

"그분이 저를 받아들인다면, 그분을 무척 좋아하게 될 것 같기는 해요."

"레슬리가 부인을 받아들이지 않았다는 뜻이군요. 부인을 밀어내고 거리를 뒀겠죠. 가엾은 레슬리! 그녀가 어떻게 살아왔는지 알면 왜 그런 반응을 보였는지 이해가 될 거예요. 그녀는 가시밭길을 걸어왔어요. 삶이 비극 그 자체예요!"

코닐리어는 몇 번이나 같은 말을 되풀이했다.

"저, 실례가 아니라면 그분 이야기를 전부 해주실 수 있나요?"

"아이고, 포윈즈에 사는 사람들이라면 가여운 레슬리의 사연을 다 알아요. 비밀도 아니죠. 하지만 속내는 본인 말고는 아무도 모를 거예요. 레슬리는 사람들과 속을 터놓고 지내질 못하니까요. 아마 이 마을에서 내가 레슬리와 제일 친할걸요? 아무리 친해도 나한테 힘들다는 불평 한 마디 안 하지만요. 혹시 딕 무어는 만나봤나요?"

"아뇨."

"음, 그럼 처음부터 다 얘기해줄게요. 듣고 나면 어떻게 된 상황인지 이해할 거예요. 아까도 말했다시피 레슬리의 아버지 이름은 프랭크 웨스트예요. 똑똑하긴 했는데 남자들이 다 그렇듯 뭘 하려는 의욕이 없었어요. 아, 프랭크는 머리가 상당히 좋아서 그 덕을 보긴 했죠! 대학에 진학했으니까요. 그런데 2년 정도 다니다가 건강이 확 나빠졌어요. 원래 웨스트 가문 사람들 중에는 폐결핵 환자가 많았어요. 결국 프랭크는 고향으로 돌아와 농장을 꾸려가기 시작했어요. 그리고 항구 건너편에 살던 로즈 엘리엇과 결혼했죠. 로즈는 포윈즈에서 알아주는 미인이었어요. 레슬리가 엄마의 미모를 물려받았나 봐요. 하지만 엄마보다 정신이 열 배는 똑바로 박혀 있어요. 외모도 훨씬 낫고요. 나는 우리 여자들이 서로 도우면서 살아야 한다고 생각하는 사람이에요. 남자들 손아귀에서 힘들게 살고 있으니, 여자들끼리는 상처 주면 안 되죠. 부인도 내가 다른 여자에 대해 험담하는 걸 못 봤을 거예요.

하지만 로즈 엘리엇에 대해서는 욕을 안 할 수가 없어요. 자기밖에 모르는 인간이었죠. 게으르고 이기적인 데다 걸핏하면 징징대기나 했어요. 일머리 없는 프랭크가 농장을 제대로 돌보지 못해 그 집은 엄청 가난했어요. 허구한 날 감자로 끼니를 때울 정도로요. 자식이 둘 있었는데 레슬리 말고 다른 한 명은 케네스였어요. 레슬리는 어머니의 미모와 아버지의 머리를 물려받았고 부모한테는 없는 장점도 많았어요. 아마도 할머니인 웨스트 부인을 닮아서 그럴 거예요. 참 대단한 분이었거든요.

레슬리는 어렸을 때 영특하고 다정하고 명랑했어요. 다들 레슬리를 좋아했죠. 아버지도 레슬리를 아꼈고 레슬리도 아버지를 무척 따랐어요. 레슬리가 즐겨 쓰던 표현대로라면, 부녀가 죽이 아주 잘 맞았죠. 아마도 레슬리 눈에는 자기 아버지가 완벽해 보였을 거예요. 물론 그도 남자라서 어쩔 수 없이 몹쓸 구석은 있었지만요.

그런데 레슬리가 열두 살 때 끔찍한 사건이 일어났어요. 레슬리는 남동생 케네스를 엄청 예뻐했어요. 레슬리보다 네 살 어렸는데 참 귀여운 녀석이었죠. 어느 날 케네스가 건초를 가득 싣고 헛간으로 들어가던 마차에서 떨어져 바퀴에 깔리는 바람에 죽고 말았지 뭐예요. 바퀴가 그 어린 것의 몸뚱이를 깔아뭉갰는데 하필 헛간 위층에 있던 레슬리가 그걸 봤어요. 레슬리는 비명을 질렀죠. 그 집에서 일하던 일꾼은 태어나서 그런 비명은 처음 들었다고 했어요. 가브리엘 천사의 나팔 소리가 들려오는 날까지 귓속에서 영원히 그 소리가 울릴 것 같다고 했을 정도니까요. 하지만 그 일 이후 레슬리는 동생의 죽음에 관한 일로 소리를 지르거나 운 적이 없어요. 딱 그때뿐이었죠. 레슬리는 헛간 위층에서 건초 더미로, 거기에서 다시 헛간 바닥으로 뛰어내렸어요. 아직 몸에 온기가 남아 있는 동생의 피투성이 시신을 품에 안았죠. 레슬리가 동생을 놓으려고 하지 않아서 사람들이 강제로 떼어놓아야 했어요. 그 일 때문에 사람들이 나를 부르러 왔어요. 차마 더는 얘기를 못 하겠네요."

코닐리어는 다정한 갈색 눈에서 흐르는 눈물을 손으로 닦고는 씁쓸한 침묵 속에서 조용히 바느질을 했다. 그렇게 몇 분이 지나서야 다시 이야기가 이어질 수 있었다.

"케네스는 항구 너머 묘지에 묻혔고, 얼마 후 레슬리는 학교로 돌아가 공부를 계속했어요. 레슬리는 케네스의 이름을 다시는 입에 올리지 않았죠. 그날 이후 지금까지도 나는 레슬리가 동생 이름을 말하는 걸 들어본 적 없어요. 상처가 아직 아물지 않은 모양이에요. 하지만 그 일이 일어났을 때 레슬리는 어린아이였고 아이들에게는 시간이 약이죠. 세월이 흐르자 레슬리는 다시 웃음을 되찾았어요. 정말 예쁜 웃음소리였죠. 요즘은 자주 들을 수 없지만요."

"그날 저녁에 저도 한 번 들었어요. 무척 아름다웠죠."

"프랭크 웨스트는 케네스가 죽은 후로 줄곧 사는 게 내리막이었어요. 원래 강한 사람도 아닌 데다 아들의 죽음에 큰 충격을 받은 탓이겠죠. 레슬리를 아끼기는 했지만 아들을 무척 좋아했거든요. 프랭크는 몹시 우울해하면서 일도 하지 않고 맥이 풀린 채 지냈어요. 그러다가 레슬리가 열네 살 되던 해에 거실에서 자살했어요. 램프를 거는 고리에 목을 맨 거죠. 참 남자다운 짓 아닌가요? 그날은 그의 결혼기념일이기도 했어요. 때도 아주 잘 골랐죠? 죽은 아버지를 발견한 사람은 가여운 레슬리였어요. 그날 아침 꽃병에 꽂을 싱싱한 꽃을 들고 노래를 부르면서 거실로 들어갔다가, 숯처럼 시커먼 얼굴로 천장에 매달려 있는 아버지를 발견한 거죠. 얼마나 끔찍했을까요?"

앤은 몸서리를 쳤다.

"그러게요, 정말 소름이 끼치네요. 어린아이가 그런 일을 겪어야 했다니 너무 가여워요!"

"레슬리는 동생 케네스의 장례식 때 그랬듯 아버지의 장례식 때도 울지 않았어요. 로즈는 두 번의 장례식 때 모두 악을 쓰고 울면서 난리를 쳤지만 레슬리는 어머니를 진정시키고 위로하느라 애를 먹었죠. 나도 그렇고 다들 로즈에게 넌더리를 냈어요. 그런데 레슬리는 끈기 있게 로즈를 보살폈죠. 어머니를 무척 사랑했으니까요. 가족을 워낙 사랑하니, 가족이 잘못을 저지를 리 없다고 생각하는 거죠. 어쨌든 사람들은 프랭크 웨스트를 케네스의 무덤 옆에 묻었고 로즈는 남편의 무덤 앞에 커다란 묘비를 세웠어요. 프랭크의 키보다 더 높다란 묘비였어요. 진짜 그랬어요! 그런데 가격이 로즈가 감당할 만한 수준이 아니라서 묘비 때문에 농장을 저당 잡히고 말았어요. 얼마 후 레슬리의 할머니인 웨스트 부인이 돌아가시면서 레슬리에게 돈을 약간 남기셨는데, 퀸스 전문학교에서 1년 동안 공부할 만큼은 됐어요. 레슬리는 퀸스를 졸업해 교사로 일하며 돈을 벌어서 레드먼드 대학에 진학하기로 결심했죠. 그건 레슬리의 아버지가 꿈꿨던 일이기도 했어요. 생전에 프랭크는 자기가 못 이룬 꿈을 레슬리가 이루길 바랐죠. 레슬리는 야망이 있었고 머리도 좋았어요. 퀸스 전문학교에 입학해 2년 과정을 1년 만에 마치고 수석으로 졸업했죠. 그리고 고향으로 돌아와 글렌 학교에 교사 자리를 얻었어요. 그때 레슬리는 참으로 행복해했고 희망에 찬 모습이었어요. 활기가 넘치고 열정이 가득했죠. 그때의 레슬리와 지금을 비교하면, 아 정말이지, 남자들은 몹쓸 것들이라니까요!"

코닐리어는 일격에 사람 목을 자르게 한 네로 황제라도 되는 양 거칠게 실을 끊어냈다.

"그해 여름에 딕 무어가 레슬리의 인생에 끼어들었어요. 딕 무어의 아버지인 애브너 무어가 글렌 마을에서 상점을 운영했는데, 딕은 어머니한테서 바다로 나가길 좋아하는 기질을 물려받았죠. 여름이면 배를 타고 나가 바다를 돌아다니다가 겨울이면 아버지의 상점에서 점원으로 일했어요. 그는 덩치가 크고 잘

생긴 편이었지만 영혼은 참 못난 사람이었어요. 탐나는 게 있으면 무엇이든 손에 넣어야 직성이 풀렸죠. 그리고 그걸 손에 넣으면 관심을 뚝 끊어버리고요. 누가 남자 아니랄까 봐. 아, 날씨가 좋을 때는 날씨 탓을 하며 투덜거리지 않았고, 매사가 순조로울 때는 유쾌하고 온화하게 처신하긴 했어요. 하지만 워낙 술을 좋아했고 평판도 안 좋았어요. 어촌에 애인이 있다는 소문도 돌았고요. 한마디로 레슬리의 발을 닦아줄 주제도 못 되는 남자였던 거죠. 게다가 감리교인이었어요! 딕은 레슬리에게 반해서 미친 듯이 쫓아다녔어요. 처음에는 레슬리의 미모에 혹했는데 레슬리가 그에게 말도 안 붙이니까 반드시 차지하겠다고 결심한 거죠. 결국 뜻을 이뤘고요."

"어떻게요?"

"아주 사악한 방법을 썼어요! 난 그 일 때문에 로즈 웨스트를 절대 용서할 수 없어요. 애브너 무어가 로즈 웨스트의 농장을 저당 잡아 두었는데 이자가 몇 년치 밀려 있었어요. 딕은 로즈를 찾아가서 레슬리가 자기랑 결혼하지 않으면 아버지에게 말해 저당 잡은 농장을 처분하도록 만들겠다고 협박했어요. 로즈는 겁에 질려 까무라치기도 하고 울며불며 난리를 피웠죠. 그러고는 레슬리에게 이 집에서 쫓겨나면 자기는 살 수 없다고 애원했어요. 남편과 신혼을 보낸 집에서 쫓겨나면 가슴이 찢어질 것 같다고 호소한 거예요. 물론 집에서 쫓겨나면 비참한 기분이 들기는 하겠지만 그렇다고 딸에게 희생을 강요하는 건 너무 이기적인 짓 아닌가요? 로즈가 바로 그렇게 한 거예요.

레슬리는 어머니를 너무 사랑해서 어머니의 고통을 덜어줄 수만 있다면 뭐든 할 사람이었고, 결국 시키는 대로 했어요. 딕 무어와 결혼한 거예요. 당시에는 레슬리가 왜 딕 무어 같은 놈과 결혼하는지 진짜 이유를 몰랐어요. 한참이 지나서야 로즈가 레슬리를 들들 볶아서 딕과 결혼하게 만들었다는 걸 알았죠. 뭔가 잘못됐다는 걸 느끼긴 했어요. 내가 알기로 레슬리는 딕이 아무리 들이대도 무시했거든요. 그러던 레슬리가 순식간에 마음을 바꿀 리 없잖아요. 딕이 잘생기고 늠름한 편이기는 해도 레슬리가 좋아할 만한 남자는 아니었거든요. 당연히 멀쩡한 결혼식이 아니었죠. 로즈가 결혼식에 초대해서 가기는 했는데, 괜히 갔다 싶었어요. 남동생 장례식과 아버지 장례식 때 내가 레슬리의 얼굴을 봤잖아요. 그런데 결혼식에서 본 레슬리는 꼭 자기 장례식에 온 것 같은 얼굴을 하고 있었어요. 그런데도 로즈는 뭐가 좋은지 넋 빠진 여자처럼 헤실헤실 웃고 있더라니까요. 기가 막혀서, 원!

레슬리와 딕은 웨스트가의 농장에 새살림을 차렸어요. 로즈가 사랑하는 딸과 도저히 떨어져 살 수 없다고 난리를 쳤거든요! 그 집에서 겨울을 났죠. 그러다가 이듬해 봄에 로즈는 폐렴에 걸려 세상을 떠났어요. 1년 전에 죽었어야 했는데 말이에요! 그런 어머니가 세상을 떠났는데, 레슬리는 그 일로 크게 상심했어요. 사랑받을 가치가 있는 사람은 사랑을 받지 못하는데 그럴 가치도 없는 사람들은 절절한 사랑을 받으니 정말 웃기지 않아요? 딕은 얼마 지나지 않아 조용한 결혼 생활에 진저리를 냈어요. 남자가 다 그렇죠 뭐. 딕은 밖으로 싸돌아다니기 시작했어요. 그러던 어느 날 친척들을 만나고 오겠다면서 아버지의 고향인 노바스코샤로 건너갔어요. 딕은 그곳에서 레슬리에게 편지를 보냈어요. 사촌인 조지 무어와 함께 아바나*행 배를 타고 바다로 나가겠다는 내용이었어요. 그 배의 이름은 '네자매호'였고 9주 동안 항해할 예정이었어요.

레슬리 입장에서는 차라리 다행이었죠. 물론 본인이 그런 말을 한 적은 없지만요. 결혼한 날부터 지금까지 쭉 레슬리는 차갑고 도도했어요. 나를 제외한 모든 사람에게 거리를 뒀죠. 다행히도 나한테는 거리를 안 둬요. 나는 온갖 일이 벌어진 후에도 레슬리와 늘 친하게 지냈어요."

"레슬리도 당신이 제일 친한 친구라고 하더라고요."

"어머, 그랬어요?"

코닐리어는 기분 좋은 목소리로 말을 이었다.

"그 말을 들으니 고맙네요. 가끔은 레슬리가 나랑 정말 친하게 지내고 싶은 건지 의문스러울 때가 있어요. 표현을 워낙 안 하거든요. 부인은 생각보다 레슬리의 마음을 잘 녹인 것 같네요. 안 그랬으면 그 정도 얘기도 안 했을걸요? 아, 레슬리는 정말 상처가 많고 가여운 사람이에요! 딕 무어를 볼 때마다 칼로 찔러 죽여버리고 싶은 충동이 든다니까요."

코닐리어는 다시 눈물을 닦아냈다. 유혈이 낭자한 장면을 상상하면서 분노가 누그러졌는지 이야기를 계속했다.

"레슬리는 그렇게 혼자가 됐어요. 딕이 떠나기 전 농장에 씨앗을 뿌려놓았고 그 후 시아버지인 애브너가 농장 일을 돌봤죠.

---

* 쿠바의 수도로 멕시코만에 접한 서인도제도 최대의 항구도시다.

여름이 다 지나가도록 네자매호는 돌아올 기미가 보이지 않았어요. 노바스코샤에 사는 무어 가문 사람들이 알아봤더니, 네자매호는 아바나에 도착해 화물을 하역한 뒤 다른 화물을 싣고 포윈즈로 다시 출발했다는 거예요. 네자매호에 대해 알아낸 사실은 그게 전부였어요. 시간이 흐르면서 사람들은 딕 무어가 죽었을 거라고 말하기 시작했어요. 대부분 그렇게 믿었죠. 확신까지는 아니었지만요. 수년간 사라졌다가 어느 날 갑자기 항구에 나타나는 남자들도 있었으니까요. 레슬리도 딕이 죽었다고는 생각 안 했어요. 결과적으로 레슬리의 생각이 옳았고요. 정말 안타깝게도 그렇게 됐어요! 다음해 여름 짐 선장님이 아바나에 갔어요. 짐 선장님이 항해를 아예 그만두기 전의 일이에요. 본인이 나서서 수소문해봐야겠다고 생각하신 것 같아요. 짐 선장님도 남 일에 참견하길 좋아하거든요. 남자들이 다 그렇죠. 짐 선장님은 아바나에서 선원들이 머무는 하숙집과 그들이 드나들 만한 곳을 돌아다니면서 네자매호에 탔던 사람들의 행방을 알아봤어요. 잠자는 개는 그냥 둬야 하는데 쓸데없는 짓을 한 거죠! 그렇게 돌아다니다가 엉뚱한 하숙집에서 딕 무어를 찾아냈어요. 턱수염을 잔뜩 길렀지만 보자마자 딕 무어인 걸 알아보겠더래요. 짐 선장님은 그의 수염을 깎고 확인했죠. 틀림없이 딕 무어였어요. 그런데 몸은 딕 무어가 맞지만 정신과 영혼은 아니더래요. 그런 놈에게 무슨 영혼씩이나 있을까 모르겠지만요!"

"딕 무어에게 무슨 일이 있었어요?"

"그건 아무도 몰라요. 딕 무어가 살고 있던 하숙집 사람들 얘기로는 일 년 전쯤 아침에 딕이 엉망진창인 몰골로 문 앞에 쓰러져 있었대요. 머리를 크게 다쳤다나 봐요. 술에 취해서 싸우다가 그랬던 모양이죠. 아마 그게 맞을 거예요. 그들은 만신창이가 된 딕을 일단 집에 들였어요. 딕은 간신히 목숨을 부지했지만 몸이 나은 후에도 정신은 돌아오지 않았어요. 과거도 기억하지 못하고, 지적인 능력도 없고, 생각 하나 제대로 할 수 없는 상태가 되어버린 거죠. 사람들은 딕이 대체 누구인지 알아내려고 애를 쓰다 결국 포기해버렸대요. 그가 자기 이름조차 모르고, 간단한 단어 몇 개만 할 줄 아는 상태였으니 그럴 만도 했죠. 그때 딕이 '친애하는 딕에게'로 시작해서 '레슬리'라고 서명한 편지를 갖고 있긴 했지만, 봉투가 없으니 주소를 알 수도 없었다나 봐요. 그래서 그때까지 딕을 데리고 있었던 거예요. 몇 가지 허드렛일을 가르쳐 하숙집 일꾼으로 쓴 거죠. 그러다 짐 선장님 눈에 띈 거고요.

짐 선장님이 딕을 집으로 데려왔어요. 그런 상황에서는 어쩔 수 없다는 걸 알지만, 난 정말 쓸데없는 짓을 했다고 선장님한테 핀잔을 주곤 해요. 짐 선장님은 딕이 집으로 돌아가 익숙한 환경에서 아는 얼굴들을 보면 기억이 되살아날 거라고 생각했대요. 하지만 아무런 소용이 없었어요. 그때부터 지금까지 쭉 딕은 저 개울 위쪽에 있는 집에서 살아요. 지금도 어린애 같은 상태예요. 가끔 말썽을 피울 때도 있지만 대부분은 멍하니 낄낄대거나 아이처럼 까불죠. 누가 지켜보고 있지 않으면 아무 데나 제멋대로 가버리곤 해요. 레슬리는 딕이라는 짐을 11년 동안 혼자 짊어지고 살아왔어요.

딕이 집으로 돌아오고 얼마 지나지 않아 애브너 무어가 세상을 떠났는데 알고 보니까 거의 파산한 상태였어요. 재산 정리를 하고 보니까 레슬리와 딕에게 남은 건 웨스트 농장뿐이었어요. 레슬리는 농장을 존 워드에게 임대해줬고 그 임대료로 생활을 겨우 꾸려가고 있어요. 여름이면 하숙을 치기도 했는데, 요즘 사람들은 호텔과 여름 별장이 있는 항구 건너편에 머무는 걸 더 좋아해서 그나마도 수입을 올리기 어려워졌어요. 레슬리의 집은 수영을 즐길 수 있는 해변에서 너무 멀리 떨어져 있거든요. 그 모자란 놈에게 꼼짝없이 발이 묶여버린 거예요. 한때 레슬리가 품었던 꿈과 희망도 다 사라졌고요! 그게 어떤 삶인지 상상할 수 있을 거예요. 아름답고 기백도 있고 자존심도 강하고 똑똑한 여자가 죽은 것이나 다름없는 삶을 살고 있으니 마음이 어떻겠어요?"

"정말 딱하네요. 참 가여워요!"

앤은 지금이 누구보다 행복한 상황이라 더욱 미안했다. 다른 사람은 비참하게 사는데 자기만 이렇게 행복해도 되는 걸까?

"바닷가에서 레슬리가 무슨 말을 했고 어떻게 행동했는지 말해줄 수 있어요?"

코닐리어는 앤의 대답을 집중해서 들으며 주의 깊게 고개를 끄덕였다.

"부인은 레슬리가 뻣뻣하고 차갑다고 생각한 것 같은데, 내가 보기에는 부인이 레슬리의 마음을 멋지게 녹여낸 것 같네요. 레슬리도 부인에게 마음이 끌린 것 같고요. 정말 잘됐어요. 부인이 레슬리를 많이 도와줄 수 있을 것 같아요. 젊은 부부가 이 집에 와 살게 됐다는 얘기를 들었을 때 다행이라고 생각했거든요.

레슬리한테도 친구가 생기지 않을까 기대했어요. 부인이 진정으로 요셉을 아는 자라면 레슬리의 친구가 되어주세요."

앤은 잘해보고 싶은 마음이 샘솟았다.

"저도 그러고 싶어요. 레슬리만 허락한다면요."

코닐리어가 단호하게 말했다.

"아뇨. 레슬리가 허락을 하든 말든 꼭 레슬리의 친구가 되어주세요. 레슬리가 때로는 뻣뻣하게 굴더라도 너무 신경 쓰지 말아요. 레슬리가 어떤 삶을 살아왔고 지금 어떻게 살고 있는지만 기억해요. 딕 같은 인간들은 무지하게 명이 길어요. 딕은 집으로 돌아오고 나서 살이 엄청 쪘어요. 전에는 그래도 날씬한 편이었는데. 어쨌든 레슬리와 친구로 지내주면 좋겠어요. 부인은 할 수 있을 거예요. 그런 쪽으로 재능이 있는 분 같으니까요. 너무 예민하게 굴지만 않으면 돼요. 혹시 레슬리가 집에 놀러오는 걸 원하지 않는 것처럼 보여도 신경 쓰지 말아요. 어떤 여자들은 딕 때문에 소름이 끼친다면서 그와 같이 있기 싫어해요. 레슬리도 그걸 잘 알죠. 그러니까 레슬리를 최대한 자주 이 집으로 놀러오게 해주면 좋겠어요. 어차피 레슬리는 집을 오래 비우진 못해요. 딕을 혼자 두고 다닐 수가 없어서요. 그랬다가는 집을 다 태워 먹을 수도 있거든요. 딕이 침대에 누워 잠이 드는 밤 시간이 레슬리에겐 유일한 자유 시간이에요. 딕은 늘 일찌감치 잠자리에 들고 다음 날 아침까지 죽은 듯이 자곤 해요. 부인이 저녁 때 해변에서 레슬리를 만날 수 있었던 것도 그래서였을 거예요. 레슬리가 해변에 나갈 수 있는 시간은 그때뿐이니까요."

"레슬리를 도울 수 있다면 뭐든 할게요."

이곳에 온 날 거위 떼를 몰고 언덕을 내려오는 모습을 봤을 때부터 앤은 레슬리에게 관심이 있었다. 코닐리어의 설명 덕분에 레슬리에 대한 관심이 천 배쯤 더 커졌다. 레슬리의 미모와 슬픔, 외로움은 거부할 수 없는 매력이 되어 앤을 끌어당겼다. 앤은 레슬리 같은 사람을 처음 보았다. 지금까지 사귄 동성 친구들은 전부 앤처럼 멀쩡하고 정상적이며 유쾌한 여자들이었다. 근심 걱정이 있다고 해봐야 누구나 겪는 일반적인 일이거나 가족과의 사별이 전부였다. 하지만 레슬리 무어는 그 친구들과는 달랐다. 여성으로서 삶에 큰 좌절과 비극을 겪었지만 무척 매력적인 인물이었다. 앤은 잔인한 족쇄에 발이 묶여 감옥에 갇힌 외로운 영혼에게 다가가 진한 우정을 나누고 싶었다.

그래도 안심이 안 되는지 코닐리어가 덧붙였다.

"이 점을 명심해요. 레슬리가 교회에 잘 안 가더라도 신앙심 없다거나 감리교인이라고 오해하지는 말아요. 딕은 멀쩡했을 때도 좀처럼 교회에 안 갔지만, 레슬리는 지금 딕을 데리고 교회에 갈 수 없어서 그러는 거예요. 레슬리가 누구보다 믿음이 강한 장로교인이라는 점을 잊지 말아요."

12장

레슬리, 찾아오다

몹시 추운 10월의 어느 날 저녁, 레슬리가 꿈의 집에 놀러왔다. 달빛에 물든 안개가 항구를 떠다니다가 바다 쪽 협곡을 따라 은색 리본처럼 구불구불 펼쳐졌다. 현관문을 열고 나온 사람이 길버트인 걸 알고 괜히 왔다고 생각하는 순간, 남편 뒤에서 나타난 앤이 곧장 레슬리를 집 안으로 데리고 들어갔다.

앤이 쾌활하게 말했다.

"이렇게 와줘서 정말 기뻐요. 오후에 퍼지˚를 너무 많이 만들었지 뭐예요. 그래서 벽난로 앞에 앉아 수다를 떨면서 같이 먹을 사람이 오길 바라던 참이었어요. 짐 선장님도 오실 거예요. 오늘 오시기로 했거든요."

~~~~~~

˚ 설탕, 버터, 우유로 만든 연한 사탕

"아니요. 짐 선장님은 지금 우리 집에 계세요. 선장님 덕분에 여기 올 수 있었어요."

레슬리는 석연치 않다는 듯이 대답했다.

"나중에 선장님을 만나면 고맙단 말씀을 드려야겠네요."

앤이 벽난로 앞으로 안락의자들을 끌어다놓으며 말하자 레슬리는 얼굴을 살짝 붉히며 변명했다.

"아, 여기 오기 싫었다는 뜻이 아니라 한 번쯤은 와야겠다고 생각하고 있었는데… 집을 나서기가 쉽지 않았어요."

"무어 씨 혼자 두고 오는 게 쉬운 일은 아니겠죠."

앤은 담담하게 말했다. 딕 무어 이야기를 안 하려고 애쓰기보다는 한 번씩 편하게 언급하는 게 최선이라고 생각해둔 터였다. 그리고 앤의 판단이 맞았다. 무언가에 얽매인 듯했던 레슬리의 태도가 부드러워졌다. 앤이 자기 사정을 얼마나 아는지 가늠할 수 없었는데, 굳이 구구절절 설명할 필요가 없다는 것을 깨닫자 마음이 한결 가벼워졌기 때문이다.

레슬리는 모자와 외투를 벗어서 앤에게 건넨 뒤 마곡 옆의 커다란 안락의자에 아가씨처럼 얌전히 앉았다. 매력적이면서 사려 깊은 옷차림이었다. 늘 그렇듯이 하얀 목에 제라늄처럼 붉은 기가 돌았다. 아름다운 금발이 녹아내린 듯 따뜻한 벽난로 불빛에 반짝거렸다. 바다를 닮은 푸른 눈동자에는 부드러운 웃음과 매혹적인 기운이 깃들었다. 이 작은 꿈의 집에서 레슬리는 과거의 쓰라린 고통을 모두 잊고 평범한 아가씨로 돌아갔다. 이 집에 가득한 사랑의 기운이 레슬리를 둘러쌌다. 건강하고 행복한 부부의 우정도 느껴졌다. 레슬리는 자기를 둘러싼 마법을 느끼며 기꺼이 마음을 열었다. 코닐리어와 짐 선장이 지금 이 자리에 있었더라면 그녀를 알아보지 못했을 정도였다. 대화에 굶주린 듯 열정적으로 이야기하고 상대의 말에 귀를 기울이는 이 활기찬 여자가 바닷가에서 만났던 차갑고 반응 없던 여자와 같은 사람이라는 사실을 앤은 도무지 믿을 수 없었다.

두 창문 사이에 놓인 책장들을 바라보는 레슬리의 눈은 유난히 반짝거렸다. 앤이 말했다.

"책이 많지는 않아요. 하지만 제게는 친구 같은 존재들이죠. 아주 오랫동안 여기저기서 사 모은 거예요. 우리는 책을 먼저 읽고 나서 사요. 요셉을 아는 자에 속하는 책인지부터 알아봐야 되거든요."

레슬리가 웃음을 터뜨렸다. 오랜 세월 이 작은 집에 메아리쳤던 온갖 기쁨과 꼭 닮은 아름다운 웃음소리였다.

레슬리가 말했다.

"아버지 집에 책이 몇 권 있었어요. 책이 많지 않아서 같은 책을 여러 번 읽다 보니 내용을 거의 외울 정도였어요. 글렌 마을에 순회도서관이 있기는 한데, 파커 씨에게 책을 골라주는 위원회 사람들은 요셉을 아는 자가 좋아할 만한 책이 무엇인지 모르는 것 같아요. 아마 그런 거엔 관심도 없겠죠. 마음에 드는 책을 찾기 힘들어서 지금은 포기했어요."

"우리 집 책장을 편하게 둘러보세요. 읽고 싶은 책이 있으면 언제든 빌려줄게요."

"내 앞에 진수성찬을 차려놓았네요."

레슬리의 목소리에는 기쁨이 담겨 있었다. 그때 벽시계가

10시를 알리는 종을 치자 레슬리는 마지못해 일어섰다.

"그만 가야겠어요. 시간이 이렇게 늦은 줄도 몰랐어요. 짐 선장님은 한 시간 정도는 후딱 가버린다고 말씀하셨는데, 두 시간이나 여기 죽치고 있었네요. 아, 정말 즐거운 시간이었어요."

레슬리는 솔직하게 마지막 말을 덧붙였다.

앤과 길버트가 말했다.

"자주 놀러와요."

레슬리는 벽난로 불빛을 배경으로 일어선 부부를 바라보았다. 레슬리가 꿈꾸었고 앞으로도 영원히 그렇게 되길 바랄 만큼 젊음과 희망이 가득하고 행복한 부부였다. 다음 순간 레슬리의 얼굴과 눈에서 반짝이던 빛이 꺼져버렸다. 활기찬 아가씨는 사라지고, 초대에 차갑게 응하면서 가여울 정도로 서둘러 자리를 떴던 여자, 기만당해 족쇄에 발이 묶인 여자로 돌아왔다.

앤은 싸늘한 안개가 깔린 어둠 속으로 레슬리가 사라질 때까지 바라보다가 환하게 빛나는 난롯가로 천천히 돌아왔다.

"길버트, 정말 사랑스럽지 않아? 특히 머리카락이 마음에 들어. 코닐리어 말로는 머리를 풀면 발까지 닿을 정도래. 루비 길리스의 머리카락도 아름다웠지만 레슬리의 머리카락은 뭔가 달라. 한 올 한 올 살아 있는 금실 같아."

"그래, 정말 아름답더라."

진심이 고스란히 담긴 말로 들려서 길버트가 조금만 더 건조하게 말해줬더라면 좋았겠다고 앤은 생각했다.

"길버트, 내 머리카락도 레슬리의 머리카락처럼 금발이었다면 더 좋았을까?"

"지금 색깔 그대로가 좋아."

길버트는 납득이 갈 만한 이유를 덧붙였다.

"당신 머리카락이 금발이거나 다른 색깔이었더라면 전혀 앤 같지 않았을 거야."

"빨간색이어야 한다는 말이지?"

앤은 울적하면서도 만족스러웠다.

"그래. 우유처럼 흰 피부에 온기를 더해주고, 반짝이는 녹회색 눈동자에 어울리는 빨간 머리카락. 금발은 내 심장과 생명과 이 집의 주인, 나의 앤 여왕에게는 어울리지 않아."

그러자 앤은 너그럽게 말했다.

"좋아. 그렇다면 당신이 레슬리의 금발을 실컷 칭찬하더라도 눈감아줄게."

13장

유령이 나올 것 같은 저녁

레슬리가 방문하고 일주일쯤 지난 어느 날 저녁, 앤은 정식 초
대를 받지는 않았지만 들판을 가로질러 개울 위의 집에 찾아가
보기로 마음먹었다. 만에서 흘러들어온 회색 안개가 항구를 감
싸고 글렌 마을과 골짜기를 뒤덮으며 가을의 목초지에 무겁게
내려앉았다. 안개 너머로 바다가 흐느끼며 몸서리를 쳤다. 앤은
포윈즈의 새로운 면모를 보게 되었다. 괴이하고 신비로우며 매
혹적인 풍경이었지만 지켜보고 있으면 외로워졌다. 길버트는
일 때문에 내일까지 출장이었다. 샬럿타운에 있는 의료 회의에
참석한다고 했다. 앤은 여자 친구와 우정을 나누며 한 시간 정
도 시간을 함께 보내고 싶었다. 짐 선장과 코닐리어도 '좋은 분
들'이지만 때로는 또래와의 시간도 필요했다.

　"아, 다이애나가 보고 싶다. 필리파나 프리실라, 스텔라가 우

리 집에 놀러와 함께 수다를 떨면 정말 즐거울 텐데! 오늘 밤에는 금세라도 유령이 나올 것 같아. 수의처럼 드리워진 안개가 걷히면, 포윈즈에서 출항했다가 끝장난 배가 바다에 수장된 선원들을 갑판에 싣고 항구로 다시 들어오는 모습이 보이지 않을까? 저 안개 속에 수많은 비밀이 숨어 있겠지. 포윈즈에서 살았던 유령들이 잿빛 베일 너머에서 나를 쳐다보고 있을지도 몰라. 이 집에 살다가 세상을 하직한 숙녀들이 언젠가 이곳에 다시 찾아온다면 꼭 오늘 같은 밤을 택하지 않을까? 여기 계속 앉아 있으면 그 유령들 가운데 하나가 내 맞은편에 있는 길버트의 의자에 앉아 있는 모습을 보게 될 거야. 오늘 밤에 이 집은 전혀 명랑한 분위기가 아니야. 곡과 마곡조차 보이지 않는 유령들의 발소리에 귀를 기울이고 있는 것처럼 느껴져. 오래전 유령의 숲에서 그랬던 것처럼, 이번에도 내가 펼쳐놓은 상상에 놀라 겁을 집어먹기 전에 레슬리의 집으로 도망쳐야겠어. 꿈의 집은 오래전 주인들과 시간을 보내도록 내버려두자. 방 안에 불을 피워뒀으니 그 정도면 그분들을 환영하는 내 선의가 충분히 전해졌겠지? 그럼 내가 돌아오기 전에 다들 왔던 곳으로 돌아가실 거고 이 집은 다시 내 집이 될 거야. 오늘 밤에는 이 집에서 과거의 유령들이 모임을 가질 게 분명해."

이런 상상을 하니 등줄기를 따라 오싹 소름이 끼쳤지만 웃음이 나기도 했다. 앤은 곡과 마곡에게 손으로 입맞춤을 날린 뒤 레슬리에게 줄 새로 나온 잡지 몇 권을 팔에 끼고 안개 속으로 조용히 걸어 들어갔다.

예전에 코닐리어가 이렇게 말한 적이 있었다.

"레슬리는 책이랑 잡지를 무척 좋아하는데 거의 읽지 못해요. 새로 사거나 구독할 여유가 없거든요. 정말 눈물 나게 가난해요. 농장 임대료로 어떻게 하루하루를 버텨내는지 의문일 정도니까요. 물론 레슬리가 가난한 살림 때문에 힘들다며 불평한 적은 한 번도 없었지만 그게 어떤 생활인지 내가 잘 알거든요. 레슬리는 평생 가난에 시달려왔어요. 자유롭고 야망이 있던 시절에는 가난도 큰 문제가 아니었겠지만 지금은 견디기 무척 힘들 거예요. 정말이에요. 그래도 부인과 함께 저녁 시간을 보낸 뒤로 레슬리가 밝고 명랑해진 것 같아 다행이기는 해요. 짐 선장님이 그날 레슬리의 집에 가서 억지로 모자와 외투를 입히고 집 밖으로 내보냈다고 하셨어요. 가급적 빨리 레슬리를 한번 만나러 가봐요. 시간을 끌면 레슬리는 부인이 딕 때문에 안 오는 거라고 생각하면서 다시 자기만의 껍데기 속으로 기어 들어가고 말 거예요.

딕은 해를 끼치는 사람이 아니에요. 덩치 큰 어린애나 다름없죠. 그런데 바보같이 헤헤거리고 낄낄 웃어대는 그의 모습이 거슬린다는 사람들도 있어요. 다행히 나는 상관없지만요. 나는 예전에 제정신일 때보다는 지금의 딕 무어가 차라리 낫다고 생각해요. 주님이 다 아시니 굳이 길게 얘기할 필요는 없겠죠. 얼마 전에 청소를 도와주러 레슬리의 집에 갔다가 도넛을 튀겼거든요. 딕이 평소처럼 도넛을 하나 얻어먹으려고 내 주변에서 어슬렁거렸어요. 그러다가 방금 튀겨내서 엄청 뜨거운 도넛을 하나 집어 들더니 허리를 굽히고 있는 내 목덜미에 척 얹고는 깔깔대면서 웃더라고요. 정말이지, 팬에 담긴 끓는 기름을 그놈 머리에 부어버리고 싶은 걸 간신히 참았어요."

앤은 어둠 속을 빠르게 걸어가는 동안 코닐리어가 잔뜩 화가
난 모습을 상상하며 웃었다. 하지만 웃음은 그날 밤과 어울리지
않았다. 버드나무들 사이에 있는 레슬리의 집에 도착했을 무렵
이 되자 앤은 다시 차분해졌다. 사방이 고요하고 현관 쪽은 어
두웠다. 마치 집 안에 아무도 없는 것 같았다. 살그머니 옆으로
돌아가 옆문 쪽으로 향했다. 베란다와 연결된 옆문은 작은 거실
로 이어졌다. 앤은 그곳에서 조용히 걸음을 멈췄다.

옆문이 열려 있었다. 희미하게 불이 켜진 거실에서 레슬리 무
어가 두 팔을 탁자에 올려놓고 엎드려 있었다. 나지막하지만 격
하게 흐느끼고 있었다. 심적 고통이 너무 커서 영혼까지 찢어지
는 듯한 울음이었다. 시커먼 늙은 개가 레슬리 옆에 엎드려 있
었다. 주인의 마음을 헤아리려 애쓰는 개의 커다란 눈에서 연민
과 헌신이 비쳤다. 당황한 앤은 뒤로 물러섰다. 고통스러워하는
레슬리를 방해해서는 안 되겠다는 생각이 들었다. 무어라 표현
할 수 없이 안타까워 앤의 가슴도 찢어지는 듯했다. 만약 지금
안으로 들어가면 레슬리는 영원히 마음의 문을 닫아걸 것이다.
그렇게 되면 레슬리에게 어떤 도움을 줄 수도 없고 그녀와 우정
을 나누지도 못할 게 뻔했다. 고통에 몸부림치는 저 자존심 강
한 여자는 절망에 빠진 자신을 무턱대고 찾아온 타인을 결코 용
서하지 않을 것임을 앤은 본능적으로 알아챘다.

앤은 소리 없이 베란다에서 물러나 마당을 가로질렀다. 어둠
속에서 누군가의 목소리가 들리더니 희미한 불빛이 보였다. 대
문 앞에서 앤은 두 남자와 마주쳤다. 네모진 등을 든 사람은 짐

선장이었고 다른 한 명은 딕 무어가 분명해 보였다. 딕은 넙데데하고 둥글며 불그스름한 얼굴에 눈이 공허해 보이는 사내로 몸집이 비둔했다. 흐릿한 불빛 아래에서도 앤은 그 남자의 눈이 특이하다는 인상을 받았다.

짐 선장이 물었다.

"거기 블라이드 부인인가요? 아이고, 이런 밤에 혼자 돌아다니면 안 됩니다. 안개 속에서 헤매다가 길을 잃기 십상이에요. 딕을 집에 들여보내고 나올 테니 조금만 기다려요. 등을 들고 집까지 바래다드리죠. 부인이 안개 속에서 르포스곶 너머를 헤매고 다닌 걸 블라이드 선생이 알면 안 되잖아요. 40년 전에 어떤 여자가 그러고 다닌 적이 한 번 있기는 합니다."

잠시 후 앤의 곁으로 돌아온 짐 선장이 말했다.

"레슬리를 만나러 왔나 보네요."

"안으로 들어갈 수 없었어요."

앤이 조금 전에 본 광경을 말하자 짐 선장은 한숨을 쉬었다.

"안됐어요. 정말 마음이 아프네요! 레슬리는 좀체 울지 않는 걸로 알고 있어요. 용감하게 잘 견뎌내고 있었거든요. 그런데 울기까지 했다면 속이 무척 상한 모양이네요. 슬픔이 북받친 가난한 여자에게 이런 밤은 견디기 힘들죠. 그동안 겪은 온갖 고통과 두려움이 죄다 밀려올 테니까요."

앤은 몸을 떨며 맞장구를 쳤다.

"주변이 온통 유령들로 가득한 것 같아요. 그래서 집을 나와 여기로 온 거예요. 사람의 손을 잡고 사람 목소리를 듣고 싶어서요. 오늘 밤에는 인간 아닌 존재가 무수히 돌아다니는 것 같아요. 사랑스런 우리 집도 유령들로 가득해요. 그 유령들이 저를 집 밖으로 밀어낸 것이나 다름없죠. 그래서 저와 같은 사람 곁에 있고 싶어서 도망치듯 이곳으로 온 거예요."

"안으로 들어가지 않길 잘한 겁니다. 레슬리가 좋아하지 않았을 거예요. 나도 여기서 부인을 만나지 않았더라면 딕을 데리고 집 안으로 들어갔을 텐데, 그러면 당연히 레슬리가 속상해했겠죠. 실은 종일 딕을 데리고 다녔어요. 레슬리를 조금이라도 돕고 싶어서 가끔씩 그렇게 합니다."

"그런데 그 사람 눈이 좀 특이하던데요."

"알아챘어요? 맞아요. 한쪽 눈은 파란색이고 다른 쪽 눈은 녹갈색이에요. 딕의 아버지도 그랬어요. 무어 집안 내력이죠. 쿠바에서 딕 무어를 찾았을 때 그 특이한 눈을 보고 알아봤어요. 그동안 수염도 기르고 살도 뒤룩뒤룩 찐 터라 눈이 아니었으면 마주쳤더라도 그냥 지나갔을 겁니다. 아시겠지만, 쿠바의 아바나에서 딕을 찾아 고향으로 데려온 게 바로 나예요. 코닐리어는 쓸데없는 짓을 했다고 타박하지만 내 생각은 달라요. 당연히 했어야 하는 일이죠. 알면서도 거기 내버려두고 오는 건 말이 안되니까요. 달리 생각할 여지도 없었어요. 하지만 레슬리를 생각하면 마음이 아파요. 스물여덟 살밖에 안 됐는데 여든 먹은 할망구보다 더 많은 눈물로 세월을 보내고 있으니, 원!"

짐 선장과 앤은 잠시 아무런 말없이 걷기만 했다. 이윽고 앤이 다시 입을 열었다.

"짐 선장님, 저는 등을 들고 걷는 걸 좋아하지 않아요. 빛이 퍼져나간 원 가장자리의 어둠 너머에 괴상한 무언가가 있을 것 같은 느낌이 들어서요. 교활하고 사악한 존재들이 그림자 속에 숨어서 적대적인 눈빛으로 저를 노려보는 것만 같아요. 어렸을 때부터 그런 생각을 해왔어요. 이유가 뭘까요? 등 없이 어둠 속에 있을 때는 아무리 사방이 컴컴해도 으스스한 느낌이 없고 겁이 나지도 않거든요."

"나도 비슷한 느낌을 받아요. 어둠은 가까이에 있을 때는 친구가 되어주지만, 우리가 등을 켜서 밀어내려 하면 적으로 돌변하죠. 하지만 이제 안개가 걷히고 있습니다. 서쪽에서 바람이 기분 좋게 불어오네요. 집에 도착할 때쯤에는 하늘에 별도 떠 있을 겁니다."

마침내 그들은 안개를 빠져나왔다. 앤은 꿈의 집에 다시 들어갔다. 벽난로 안에는 붉은 잉걸불*이 여전히 빛나고 있었다. 꿈의 집을 방문했던 유령들은 모두 떠나고 없었다.

---

* 불이 이글이글하게 핀 숯덩이 혹은 다 타지 않은 장작불

14장

11월의 하루하루

꽤 여러 주 동안 포윈즈 항구의 해변을 물들였던 아름다운 가을 빛이 부드러운 회색과 푸른색으로 점차 변해갔다. 언덕에서는 늦가을의 정취가 물씬 났다. 들판과 해변은 며칠 동안 내린 안개비로 부옇게 흐려졌고, 밤마다 폭풍의 기운을 머금은 우울한 바닷바람이 불어와 마을을 온통 뒤흔들어놓았다. 자다가 한 번씩 깬 앤은 엄혹한 북쪽 해변으로 배가 밀려 올라오는 일이 없기를, 어둠을 밝히는 충실한 등대의 빛이 배들을 항구까지 안전하게 인도해주기를 기도했다.

"11월이 되면 이제 다시는 봄이 오지 않을 것 같은 기분이 들 때가 있어."

앤은 서리를 맞아 보기 흉해진 화분들 때문에 속이 상해서 한숨을 푹 쉬었다. 셀윈 부인이 가꾼 작고 활기찬 정원은 황량해졌고, 양버들나무와 자작나무도 짐 선장의 말처럼 앙상한 가지만 남았다. 하지만 작은 집 뒤쪽의 전나무 숲은 언제나처럼 굳세게 푸르렀다.

11월과 12월에도 환한 햇빛이 쏟아지고 보랏빛 아지랑이가 피어오르는 아름다운 날이 이어졌다. 그런 날이면 항구는 한여름처럼 쾌활하게 반짝이며 춤을 추었고, 작은 만은 부드러운 푸른빛으로 물들어 폭풍과 거센 바람은 오래전에 지나간 꿈처럼 느껴졌다.

앤과 길버트는 등대에서 가을날의 저녁 시간을 보내는 날이 많아졌다. 그곳은 언제나 유쾌한 공간이었다. 동풍이 우울한 단조의 노래를 부르고 바다는 잿빛이 되어 생기라고는 전혀 찾아볼 수 없었음에도, 등대 주변에는 언제나 햇빛이 숨어 있는 것처럼 느껴졌다. 아마 황금빛 털로 뒤덮인 고양이 일등항해사가 당당하게 활보하고 있기 때문일 것이다. 수컷인 이 녀석은 몸집이 엄청 큰 데다 눈부시게 빛났기 때문에 태양과 견줄 만했다. 일등항해사의 가르랑대는 소리는 짐 선장의 등대 벽난로에 둘러앉은 사람들의 웃음과 대화에 자연스럽게 어우러졌다. 짐 선장과 길버트는 고양이나 왕에 관한 것 외에도 다양한 소재로 길고 고매한 대화를 나누곤 했다.

"블라이드 선생, 나는 어떤 문제든 해결까지는 못 하더라도 깊게 생각하는 걸 좋아합니다. 이해가 안 가는 문제는 아예 언급조차 하지 않는 편이 낫다고 아버지가 말씀하셨지만, 그런 식이면 우리가 무슨 얘기를 나눌 수 있을까요? 신들이 우리 대화를 들으면 웃음을 터뜨리겠죠. 하지만 우리는 신이 아니라 한낱 인간에 불과하다는 사실을 명심하고 선과 악을 구분할 줄 알면 되는 거 아니겠습니까? 우리의 논쟁은 자신에게나 다른 누군가에게 해를 입히지 않으니까요. 그런 의미에서 오늘 저녁에 다시 한번 '어디서, 왜, 어디로'를 중심으로 논쟁해봅시다."

그들이 논쟁하는 동안 앤은 곁에서 얘기를 듣거나 이런저런 상상을 했다. 때로는 레슬리가 등대에 와서 함께 어울릴 때도 있었다. 앤과 레슬리는 으스스한 황혼 녘에 바닷가를 산책하거나 등대 아래 바위에 앉아 있다가 어둠이 등을 떠밀면 유쾌한 벽난로 앞으로 자리를 옮겼다. 짐 선장은 그들에게 차를 내주고는 "육지와 바다 이야기 그리고 오래전 잊힌 거대한 세상에 관한 무수한 이야기들"●을 들려주곤 했다.

레슬리는 등대 모임을 무척 즐거워했고 재치 있는 말과 아름다운 웃음소리, 눈을 반짝이며 경청하는 자세로 자리를 빛냈다. 레슬리가 모임에 참석한 날에는 대화에 특유의 맛과 향기가 더해졌다. 그래서 그녀가 없으면 다들 아쉬워했다. 이야기를 하지 않고 듣고만 있어도 레슬리는 다른 이들에게 영감을 주는 존재였다. 레슬리 앞에서 짐 선장은 이야기를 더욱 구수하게 풀어냈고, 길버트는 더 재치 있게 의견을 내놓았으며, 앤은 다양한 상상이 담긴 말들을 쏟아낼 수 있었다.

어느 날 밤 집으로 돌아가면서 앤은 길버트에게 말했다.

"레슬리는 포윈즈에서 멀리 떨어진 어느 사교계의 지식인 모임에서 리더 역할을 해야 어울릴 사람 같아. 그런데 여기서 인

● 미국 시인 헨리 롱펠로(1807-1882)의 시 〈두루미 처형〉의 한 구절

생을 아깝게 낭비하고 있어."

"전에 우리가 그런 얘기를 했을 때 짐 선장님과 당신이 했던 얘기 생각 안 나? 창조주는 우주가 돌아가는 법칙을 우리만큼 잘 아실 테니, '아깝게 낭비하는 인생' 같은 건 없다고 결론지었 잖아. 물론 일부러 자기 인생을 낭비하는 사람은 제외해야겠지. 당연히 레슬리는 그런 부류가 아니고. 어쩌면 누군가는 레드먼 드 대학을 나온 학사요 출판사 편집자들이 칭송하는 당신이야 말로 포윈즈 같은 시골 마을의 풋내기 의사 부인으로 살면서 인 생을 낭비한다고 생각할 수 있어."

"길버트!"

앤이 소리쳤지만 길버트는 멈추지 않았다.

"만약 로이 가드너와 결혼했으면 당신이야말로 포윈즈에서 멀리 떨어진 어느 사교계의 지식인 모임에서 리더 역할을 하고 있을 수도 있겠지."

"길버트 블라이드!"

"당신이 한때 그와 사랑에 빠졌던 건 사실이잖아."

"길버트, 어쩜 그렇게 비열하고 못된 말을 할 수 있어? 만약 코닐리어가 들었으면 '남자들이 다 그렇지 뭐'라고 했을 거야. 나는 한순간도 로이 가드너를 사랑한 적 없어. 성에서 여왕으로 사느니 꿈의 집에서 당신의 아내로 살며 꿈을 이뤄가길 원한다 는 걸 잘 알잖아."

길버트는 말이 아닌 다른 방식으로 대답을 대신했다. 그리고 그때 두 사람은 가여운 레슬리가 성도 아니고 꿈을 이룰 수 있 는 집도 아닌 곳을 향해 외로이 들판을 가로지르고 있다는 사실을 어느새 잊고 말았다.

서글프고 어두운 바다 위로 달이 떠올라 바다의 풍경을 바꿔 놓았다. 달빛은 아직 항구에 닿지 않았고, 그림자에 잠긴 항구 너머에는 무언가가 도사리고 있는 듯했으며, 후미진 만은 보석처럼 반짝이는 빛을 머금고 있었다.

"집에서 나온 빛이 어둠을 뚫고 뻗어나가는 모습 좀 봐! 항구 너머로 길게 이어진 빛들이 꼭 목걸이 같아. 글렌 마을의 빛들도 정말 예뻐! 아, 길버트, 저기 우리 집이 보여. 집에 불을 켜놓고 나오길 잘했네. 컴컴한 집으로 돌아가고 싶지 않았거든. 우리 집에서 흘러나오는 불빛 좀 봐! 정말 사랑스럽지?"

"지상의 수많은 집들 가운데 하나일 뿐이지만, 우리 집에서 나오는 저 빛은 우리에게 험한 세상의 등대나 다름없어 보여. 자기 집이 있고 그 집에서 사랑스러운 빨간 머리 아내와 함께 사는 남자에게 더 바랄 게 뭐가 있겠어?"

앤이 기분 좋게 속삭였다.

"글쎄, 한 가지쯤은 더 바랄 게 있을지도 모르지. 아, 길버트. 봄이 어서 오면 좋겠어!"

15장

───

포윈즈의 크리스마스

처음에 앤과 길버트는 크리스마스를 보내러 고향 에이번리에
다녀올 계획이었지만 결국 포윈즈에 머물기로 결정했다. 앤이
"우리 부부의 첫 크리스마스는 꿈의 집에서 보내고 싶어"라고
말했기 때문이다.

　이번에는 마릴라와 레이철 린드 부인 그리고 쌍둥이가 포윈
즈로 와서 함께 크리스마스를 보내기로 했다. 마릴라는 지구를
빙 돌아서 온 것 같은 얼굴이었다. 그녀는 지금껏 집에서 100킬
로미터 넘게 떨어진 곳에 가본 적도 없고, 초록지붕집이 아닌
다른 곳에서 크리스마스 만찬을 먹어본 적도 없었다.

　린드 부인은 어마어마한 양의 자두푸딩을 가져왔다. 그녀는
대학을 졸업한 젊은 여자가 크리스마스 자두푸딩을 제대로 만
들 수 있을 거라고 믿지 않았지만, 앤의 집에 직접 와보고는 살

림 솜씨가 제법이라며 인정해줬다.

도착한 날 밤, 린드 부인은 손님방에서 마릴라에게 말했다.

"앤이 살림을 곧잘 하네요. 아까 빵 보관 상자와 쓰레기통을 들여다봤어요. 나는 주부의 살림 솜씨를 그 두 가지로 판단하거든요. 쓰레기통에는 버리면 안 될 게 들어 있지 않았고 곰팡이가 핀 빵도 없었어요. 마릴라가 잘 가르친 데다 대학까지 다녔으니 그런 거겠죠. 어쨌든 내가 선물로 준 담배 줄무늬 침대보는 이 침대에 두었고 마릴라가 준 크고 동그란 깔개는 거실 벽난로 앞에 깔아뒀더라고요. 그래서인지 이 집이 아주 편안하게 느껴지네요."

앤이 본인 집에서 맞이한 첫 번째 크리스마스는 바라던 대로 기쁘고 즐거웠다. 날씨도 맑고 화창했다. 크리스마스이브에는 첫눈이 조금 내리면서 세상을 아름답게 바꿔놓았다. 너른 바다를 향해 열린 항구는 언제나처럼 반짝였다.

짐 선장과 코닐리어는 앤의 크리스마스 만찬에 참석했다. 레슬리와 딕도 초대했지만 레슬리는 이맘때 늘 아이작 웨스트 삼촌 댁에서 보낸다는 핑계를 대며 오지 않았다.

코닐리어가 앤에게 말했다.

"레슬리 입장에서는 그러는 편이 나을 거예요. 낯선 사람들이 있는 곳에 딕을 데려올 수 없을 테니까요. 크리스마스가 되면 레슬리는 늘 힘들어해요. 아버지가 살아 있을 때 크리스마스를 즐겁게 보내곤 했으니 더 그럴 거예요."

코닐리어와 린드 부인은 서로를 마음에 들어 하지 않는 듯했다. 아마도 하늘에 두 개의 태양이 떠 있을 수 없기 때문일 것이다. 그렇다고 서로 툭탁거리며 부딪치지는 않았다. 린드 부인이 주방에서 앤과 마릴라가 식탁 차리는 것을 돕는 동안, 길버트는 짐 선장과 코닐리어 옆에서 대화를 거들었다. 아니, 거든다기보다는 짐 선장과 코닐리어 덕분에 즐거운 시간을 가졌다고 해야 옳을 것이다. 오랜 친구인 두 사람은 언제나 그렇듯 서로를 콕콕 질러가며 대화를 이어갔기 때문이다.

짐 선장이 말했다.

"여기서 크리스마스 만찬을 즐기는 건 정말 오랜만이에요. 러셀 할머니는 이맘때면 샬럿타운에 친구들을 만나러 가곤 했어요. 이 집에서 처음 크리스마스 만찬이 열렸을 때 나도 참석했습니다. 셀윈 부인이 요리를 했죠. 벌써 60년 전 일이네요. 그날도 딱 오늘 같았어요. 언덕마다 하얗게 눈으로 덮였지만 항구는 6월처럼 푸르렀죠. 당시 나는 소년이라 그때껏 한 번도 만찬에 초대받은 적이 없었어요. 그러다 보니 괜히 소심해져 제대로 먹지도 못했죠. 지금은 다 극복했지만요."

"남자들은 다 그래요."

열심히 바느질을 하던 코닐리어가 슬쩍 끼어들었다. 그녀는 크리스마스라고 해서 멍하니 손 놓고 있을 사람이 아니었다.

휴일에도 아기들은 태어나는 법이다. 머지않아 글렌세인트 메리 마을의 어느 가난한 집에 새 식구가 생길 예정이었다. 코닐리어는 그 집에 바글거리는 아이들을 위해 이미 넉넉하게 음식을 보내두었다. 그래야 양심에 거리낌 없이 편하게 식사할 수 있어서였다.

짐 선장이 설명했다.

"코닐리어, 그거 알아? 남자의 마음을 얻는 제일 빠른 길은 위장을 만족시키는 거야."

"그렇겠죠. 남자가 마음이라는 걸 갖고 있다면요. 수많은 여자가 요리를 하다가 죽는 것도 그래서잖아요. 불쌍한 아멜리아 백스터도 그중 하나였어요. 작년 크리스마스 아침에 죽었죠. 결혼 후 처음으로 20명분의 음식을 차리지 않아도 되는 유일한 크리스마스였어요. 아멜리아에게는 정말 즐거운 변화였을 거예요. 아멜리아가 죽은 지 1년이 지났으니 곧 남편 호러스 백스터가 다른 여자한테 눈독을 들인다는 소문이 들려오겠죠."

"이미 들었어."

짐 선장은 길버트를 향해 눈을 찡긋하며 말을 이었다.

"그가 얼마 전 일요일에 장례식용 검은 옷에 풀 먹인 목깃이 달린 셔츠를 입고 집으로 찾아오지 않던가?"

"아뇨. 안 왔어요. 올 필요도 없죠. 그 사람이 총각이었을 때라면 또 몰라. 남의 손 탄 남자는 싫어요. 호러스 백스터 얘기가 나왔으니 말인데, 작년 여름 그 사람이 경제적으로 곤란할 때 주님께 도와달라고 기도했더니 마누라가 죽어서 보험금을 타게 됐다는 거예요. 그게 기도에 대한 응답이었다네요. 역시 남자라 말을 그따위로 한다니까요."

"코닐리어, 호러스가 그렇게 말했다는 증거라도 있어?"

"감리교 목사가 한 말이에요. 그것도 증거라고 친다면요. 로버트 백스터도 같은 얘기를 했는데, 난 그의 말은 증거로 인정할 수 없어요. 로버트 백스터는 사실을 있는 그대로 말하는 사람이 아니니까요."

"아이고, 코닐리어. 로버트는 사실대로 말하는 편이야. 다만 생각이 자꾸 바뀌는 통에 지조가 없어 보일 뿐이지."

"너무 자주 그러니까 하는 말이에요. 하지만 그런 이유로 누군가를 용서하고 믿어줄 수는 없죠. 특히 로버트 백스터는 절대 못 믿어요. 그는 마거릿과 결혼식을 올리고 나서 바로 다음 일요일 장로교회에 갔을 때 성가대가 봉헌 찬송가로 〈보라, 신랑이 온다〉를 불렀다는 이유로 장로교를 버리고 감리교로 개종해버렸어요. 예배 시간에 늦은 사람에게 딱 어울리는 곡이구먼! 그는 성가대가 자기를 모욕하려고 일부러 그 찬송가를 불렀다고 우겨댔어요. 자기가 뭐 그렇게 대단한 사람이라고 그러는지, 원! 그 집 식구는 항상 자기네가 꽤나 중요한 사람들인 것처럼 착각해요. 로버트의 형제인 엘리파렛은 악마가 늘 자기 근처에 있다고 여겼지만 내 생각은 달라요. 악마가 괜히 그런 사람 옆에 붙어서 시간을 낭비하겠어요?"

"글쎄, 잘 모르겠네. 엘리파렛은 너무 오래 혼자 살았어. 개나 고양이도 기르지 않았잖아. 사람이 혼자 살면서 주님과 함께하지 않으면 악마가 붙기 쉬워. 엘리파렛은 누구와 함께 있을 것인지 선택해야 했을 거야. 만약 악마가 라이프* 백스터 근처에 있었다면 그건 그가 악마를 곁에 두고 싶어 했기 때문이겠지."

"남자들이란!"

코닐리어가 복잡한 주름 장식을 만드느라 조용히 집중하고 있는데 짐 선장은 아무렇지 않게 감리교회 얘기를 꺼내서 일부

---

* 엘리파렛의 약칭

러 그녀를 자극했다.

"지난주 일요일 아침 감리교회에 갔었어."

"그냥 집에서 성경책을 읽는 게 나았을 텐데요."

"무슨 소리야. 장로교회에서 설교가 없는 날 감리교회에 가는 게 뭐 어때서. 지금까지 76년 동안 장로교인으로 살았어. 그런 내가 새삼스럽게 감리교인이 될 리 없잖아."

코닐리어가 엄숙하게 말했다.

"좋지 않은 본보기를 보이는 거니까 그렇죠."

짐 선장이 짓궂게 말을 더했다.

"게다가 멋진 노래를 듣고 싶기도 했어. 감리교회 성가대는 실력이 좋잖아. 그건 당신도 인정할 거야. 우리 교회 성가대는 둘로 찢어진 다음부터 아주 형편없어졌지."

"노래 좀 못 부르면 어때요? 우리 성가대는 최선을 다하고 있다고요. 까마귀가 짖어대나 나이팅게일이 지저귀나 하느님이 다르게 보실 것도 아니고요."

짐 선장이 살살 약을 올렸다.

"아이고, 코닐리어. 전지전능하신 하느님의 음악적 안목은 그 것보다는 높지 않을까 싶은데."

웃음이 나오려는 걸 꾹 참고 있던 길버트가 물었다.

"우리 교회 성가대에 무슨 문제가 있었습니까?"

짐 선장이 설명했다.

"3년 전 교회를 짓는 일 때문에 문제가 터졌어요. 새 건물을 어디다 지을 것인지를 놓고 갈등이 생겼죠. 두 후보지 사이의 거리가 200미터도 안 되는데 그 문제로 어찌나 격하게 싸워대는지. 누가 들으면 1킬로미터는 떨어져 있는 줄 알았을 겁니다. 그 문제로 패거리가 셋으로 나뉘었어요. 동쪽에 짓자는 사람들, 남쪽에 짓자는 사람들 그리고 원래 있던 자리에 두자는 사람들이요. 잠자리에 들어서도, 선상에서도, 교회에서도, 시장에서도 그 문제로 엄청 싸워댔어요. 3대에 걸친 케케묵은 갈등까지 죄다 끄집어내면서 야단들이었죠. 그 일 때문에 세 쌍이나 헤어졌다니까요. 그 문제를 해결해보겠다고 회의는 또 얼마나 자주 했는지! 코닐리어, 루터 번스 노인이 일어나서 연설했던 거 기억나? 그때 정말 거세게 자기 의견을 내놓았잖아."

"까놓고 말하자면, 의견을 내놓았다기보다는 처음부터 끝까지 얼굴이 벌게져서 악만 써댔죠. 어쩔 수 없었을 거예요. 무능력한 사람들이 모여 앉아 떠들고 있으니 오죽했겠어요. 남자들로 구성된 위원회에 뭘 기대해요? 교회 건축 위원회 회의는 자그마치 스물일곱 번이나 열렸어요. 마지막 회의 때도 아무런 결론을 못 냈죠. 그러다 별안간 서두르더니 예전 건물을 부숴놓기만 했잖아요. 덕분에 우리는 모여서 예배할 교회도 없는 신세가 되었고요."

"그때 감리교인들이 자기네 교회를 쓰라고 내줬잖아."

코닐리어는 짐 선장의 말은 들은 척도 하지 않고 하던 이야기를 계속했다.

"우리 여자들이 나서지 않았으면 글렌세인트메리 교회는 아직까지 첫 삽도 뜨지 못했을 거예요. 남자들한테 쓸데없이 싸움질이나 하고 있을 거면 우리가 나서서 교회를 세우겠다고 말했어요. 감리교인들한테 비웃음을 사는 것도 하루 이틀이지, 열불이 나서 참을 수 있어야죠. 우리는 회의를 딱 한 번 열었고 선거를 해서 위원회를 구성한 뒤 당장 모금에 나섰어요. 그리고 그대로 밀어붙였죠. 남자들이 시비를 걸어오면, 당신들이 교회를 짓겠다고 2년 동안 헛짓거리만 했으니 이제 우리 차례라고 쏘아붙였어요. 남자들은 대꾸도 못 하더라고요. 정말이라니까요. 그리고 6개월 뒤에 교회가 완성됐어요. 우리가 단단히 결심한 걸 보고는 남자들도 이러면 안 되겠다 싶었는지 드디어 싸움을 멈추고 일을 시작했어요. 우리한테 이래라저래라 참견하는 것도 그만뒀죠. 여자들이 설교를 하거나 장로가 될 수는 없어도 교회를 짓고 건축비 모금 정도는 충분히 할 수 있어요."

"감리교인들은 여자가 설교하도록 허용하던데."

짐 선장의 말에 코닐리어가 그를 노려보았다.

"선장님, 제 말은 감리교인들이 상식이 없다는 게 아니에요. 그들이 진실한 믿음을 가지고 있는지 의심스럽다는 거죠."

길버트가 물었다.

"코닐리어, 당신은 여자들도 투표권을 행사할 수 있어야 한다고 생각하시죠?"

코닐리어는 콧방귀를 뀌었다.

"나는 투표권을 달라고 애걸복걸할 생각 없어요. 정말이에요. 투표권을 얻어봤자 남자들 뒤치다꺼리나 해야 할 테니까요. 가만히 보니까 남자들은 세상을 엉망진창으로 만들어놓고 도저히 해결이 안 되겠다 싶으니까 여자들한테 투표권을 준다고 선심 쓰면서 골 아픈 문제를 떠넘기려 수작을 부리는 것 같아요. 남자들 하는 짓이 그렇죠. 여자들은 마음이 넓어서 다 참아줄 뿐이에요. 정말 그렇다니까요!"

짐 선장이 은근히 물었다.

"성경에 나오는 욥은 어때?"

코닐리어는 의기양양하게 받아쳤다.

"욥이라고 하셨어요? 참을성 많은 남자를 찾는 게 하도 어려우니 그런 사람이 한 명이라도 나오면 성경에 기록이라도 해서 잊히지 않게 하려는 거죠. 욥이라는 이름을 가졌다고 참을성이 많은 건 아니에요. 항구 너머에 사는 욥 테일러라는 노인은 참을성이라고는 눈곱만치도 없으니까요."

"코닐리어, 욥 테일러는 살면서 너무나 많은 시련을 겪었어. 아무리 당신이라도 그 노인의 부인 편을 들 순 없을 거야. 그 부인 장례식 때 윌리엄 매캘리스터 노인이 했던 이야기가 아직도 기억나. '이 여자가 기독교인인 것은 맞지만 성질머리는 악마나 다름없어'라고 말했잖아."

"남편이 시험에 드는 데 그녀가 일조하기는 했죠. 그렇다고 부인이 죽었을 때 욥 노인이 한 말을 정당화할 수는 없어요. 장례식이 끝나고 욥은 묘지에서부터 우리 아버지와 함께 마차를 타고 집으로 돌아갔어요. 가는 내내 말 한 마디 없다가 집 근처에 다 왔을 때 크게 한숨을 쉬면서 이렇게 말하더래요. '믿기 어렵겠지만 오늘이 내 인생에서 가장 행복한 날이야!' 남자 아니랄까 봐 말하는 싸가지 좀 보라고요."

"욥의 아내가 불쌍하기는 하지만 그녀도 남편을 참 힘들게 들볶기는 했잖아."

"아무리 그래도 예의는 지켜야 하는 건 아닌가요? 마누라가 죽어서 신나더라도 속마음을 포윈즈 사람들한테 다 내보일 필요는 없었다고요. 그러고는 얼마 뒤에 새장가를 들었어요. 그 결혼이 행복했는지는 모르겠네요. 두 번째 부인이 욥을 손아귀에 쥐고 흔들었으니까요. 본인 마음에 안 들면 남편을 집에서 내쫓기까지 했어요! 그녀가 결혼하자마자 제일 먼저 뭘 했는지 아세요? 욥에게 첫 번째 부인의 묘비를 세우게 하고는 거기에 자기 이름을 새길 자리도 남겨놓게 했어요. 욥에게 두 번째 부인의 묘비를 세우라고 다그칠 세 번째 부인이 없을 것 같아서 그렇게 한 거라던데요?"

"테일러네 얘기가 나왔으니 말인데, 의사 선생. 글렌 마을에 사는 루이스 테일러 부인은 어때요?"

짐 선장의 물음에 길버트가 대답했다.

"천천히 나아지고는 있는데 일을 너무 많이 하세요."

그러자 코닐리어가 설명을 덧붙였다.

"그렇죠. 그녀의 남편도 일을 지독하게 열심히 해요. 대회에 돼지를 내보내 상을 받으려고 혈안이 됐어요. 돼지를 잘 길러내기로 유명하잖아요. 자식보다 돼지를 더 아낀다고 하더라고요. 그 남자가 길러낸 돼지가 최고인 건 맞는데, 그 집 애들 상태는 그렇지 못해요. 여자가 워낙 가난한 집 출신이라 잘 먹지도 못하고 살았는데, 임신하고 아이들을 기르는 동안에도 제대로 못 먹은 거예요. 돼지는 크림을 먹고 있는데 자식은 우유 찌꺼기나 먹었다니까요."

짐 선장이 말했다.

"가슴 아픈 얘기예요. 이번에는 나도 코닐리어의 말에 동의합니다. 루이스 테일러는 정말 그래요. 자식이 누려야 할 것을 빼앗아 돼지한테 준 거죠. 가엾은 그 집 애들을 볼 때마다 화가 치밀어서 며칠 동안 입맛이 떨어질 정도예요."

그때 앤이 주방에서 길버트를 손짓해 불렀다. 길버트가 오자 앤은 주방 문을 가만히 닫고 아내로서 해야 할 말을 했다.

"길버트, 짐 선장님이랑 코닐리어를 골리는 짓은 그만해. 여기서 다 들었어. 이제 그만…."

"앤, 코닐리어는 그런 식의 대화를 무척 즐거워하던걸? 어떤 분인지 당신이 더 잘 알잖아?"

"그렇다고 둘이서 그녀를 몰아붙일 필요는 없잖아. 그리고 만찬 준비가 다 됐어. 린드 아주머니가 거위 고기를 썰게 내버려둬선 안 돼. 당신이 못 미더워서 직접 하려고 드실 거야. 잘할 수 있다는 걸 보여드려."

"물론이지. 지난달에 그림까지 봐가면서 고기 써는 법을 연구했거든. 대신 내가 칼을 잡았을 때 말 걸면 안 돼. 그랬다가는 머릿속이 뒤죽박죽되어 망쳐버릴지도 몰라. 당신이 예전에 기하 공부를 할 때 선생님이 숫자를 바꿔서 문제를 내는 바람에 낭패를 봤던 일을 떠올려보라고."

그날 밤 길버트는 거위 요리를 훌륭하게 썰었다. 린드 부인까지도 아주 잘했다고 인정해주었고, 다들 맛있게 먹었다. 첫 번째 크리스마스 만찬을 성공적으로 치러낸 앤은 주부로서 자부심을 느끼며 행복해했다.

즐거운 만찬은 오래도록 이어졌다. 마침내 식사가 끝나고 그들은 붉은 불꽃이 타오르는 벽난로 앞에 모여 앉았다. 짐 선장은 붉은 태양이 포윈즈 항구 너머로 낮게 가라앉고, 양버들나무의 길고 푸릇한 그림자가 길에 쌓인 눈에 드리워질 때까지 이야기를 들려주었다.

마침내 짐 선장이 말했다.

"자, 이제 그만 등대로 돌아가야겠습니다. 지금 나가면 해가 저물기 전에 도착할 수 있겠죠. 블라이드 부인, 덕분에 이번 크리스마스는 참 아름다운 시간이었습니다. 데이비, 집으로 돌아가기 전에 한번 들르려무나!"

데이비가 초대를 반기며 기뻐했다.

"저도 돌로 만든 신들을 보고 싶어요!"

16장

등대에서 보낸 새해 전야

크리스마스가 지나자 초록지붕집 사람들은 집으로 돌아갔다. 마릴라는 봄에 다시 와서 한 달 정도 머무르겠다고 굳게 약속했다. 새해가 오기 전 눈이 더 내렸고 항구는 얼어붙었지만 하얀 눈이 쌓인 들판 너머 작은 만에는 여전히 파도가 넘실거렸다. 묵은해의 마지막 날은 추웠지만 사람들에게 감동이라도 주려는 듯 눈부시게 환한 햇빛이 쏟아졌다.

물론 사랑스러운 날씨는 아니었다. 하늘은 날이 설 정도로 창백했고, 다이아몬드처럼 반짝이는 눈송이가 끝없이 내렸다. 나무들은 잎사귀 하나 없이 앙상했지만 뻔뻔하게도 여전히 아름다운 척 당당히 서 있었다. 눈 덮인 언덕은 유리로 된 창을 쏘아 올리듯 햇빛을 반사했다. 그림자마저도 여느 때와 달리 날카롭고 윤곽이 또렷했다. 환한 빛을 받아 모든 것이 원래보다 열 배는 더 멋지고 매력적으로 보였지만, 흉한 풍경 역시 열 배는 더 흉측해졌다. 눈에 보이는 모든 것이 극단적으로 멋지든지 흉하든지 둘 중 하나가 되고 만 것이다.

이 화려한 풍경 속에는 부드럽게 섞이거나 애매모호하거나 잡힐 듯 말 듯한 느낌은 없었다. 그런 가운데 유일하게 개성을 지킨 것은 전나무뿐이었다. 본래 신비롭고 그림자가 진 나무라서 쨍한 햇빛이 침입해도 전혀 흔들리지 않았다.

하지만 시간이 흐르면서 전나무 역시 시들어가기 시작했고, 날이 갈수록 아름다움을 잃어가는 모습이 애처롭기까지 했다. 하늘을 향해 꼿꼿하게 서서 반짝이던 나뭇가지 끄트머리는 옆으로 둥글게 휘었고, 안타깝게도 색마저 바랬다. 허옇던 항구는 부드러운 회색과 분홍색으로 물들고 저 멀리 보이는 언덕은 자주색으로 변해갔다.

앤이 말했다.

"올해가 아름답게 저물어가는구나."

앤과 레슬리, 길버트는 등대에서 짐 선장과 함께 새해를 맞이하려고 포윈즈곶으로 걸어가는 중이었다. 해가 저물면서 남서쪽 하늘에 금빛으로 찬란히 빛나는 개밥바라기가 걸렸다. 개밥바라기는 자매 행성인 지구에 최대한 가까이 다가온 듯했다. 앤과 길버트는 그날 처음으로 그 아름다운 행성이 드리운 그림자를 보았다. 지상에 하얀 눈이 깔려 있을 때만 볼 수 있는 희미하고 신비로운 그림자였다. 그 광경은 똑바로 쳐다보면 보이지 않았고 곁눈질해야만 눈에 들어왔다.

앤이 나지막하게 말했다.

"꼭 그림자의 영혼 같지 않아요? 바로 옆에 있는 것 같아서 돌아보면 사라져버리잖아요."

레슬리가 대답했다.

"금성의 그림자를 볼 수 있는 기회가 일생에 단 한 번뿐이라는 얘길 들은 적 있어요. 그걸 본 해에는 인생에서 가장 경이로운 선물을 받게 된대요."

레슬리의 목소리는 다소 딱딱하게 굳어 있었다. 금성의 그림자가 자기한테 선물 따위를 줄 리 없다고 미리 체념한 것처럼 들렸다. 그와 반대로 앤은 부드러운 황혼의 빛 속에 서서 잔잔한 미소를 지었다. 신비로운 그림자가 자신에게 어떤 선물을 약속할지 짐작이 갔기 때문이다.

등대에 도착하니 그들보다 앞서 마셜 엘리엇이 와 있었다. 처음에 앤은 긴 머리에 턱수염을 덥수룩하게 기른 이 괴상한 남자가 그들만의 친숙한 모임에 불쑥 끼어든 것이 달갑지 않았다. 하지만 마셜 엘리엇은 자신도 요셉을 아는 자들 중 하나임을 당당하게 입증했다. 그는 재치 있고 똑똑했으며 책을 많이 읽은 사람이었다. 게다가 이야기를 재미있게 풀어내는 재주 또한 짐 선장 못지않았다. 마셜이 묵은해를 보내고 새해를 맞이하는 이날 모임에 끼겠다고 하자 다들 환영했다.

짐 선장의 어린 종손자 조도 할아버지와 함께 새해를 맞이하려고 등대에 와 있었다. 조는 소파에 누워 잠이 들었고 그 아래에 일등항해사가 커다란 황금색 몸을 둥글게 말고 엎드려 있었다.

짐 선장은 기뻐하며 말했다.

"정말 귀여운 녀석이죠? 블라이드 부인, 나는 저 아이가 잠든 모습을 바라보고 있으면 기분이 좋아져요. 세상에서 제일 예쁜 장면이 아닐까 싶어요. 조는 등대에 놀러와서 하룻밤 지내는 걸 무척 좋아해요. 내 옆에서 잘 수 있어서 그런 것 같아요. 집에서는 두 형제와 함께 자야 하는데, 조는 그게 싫은가 봐요. 어느 날은 이렇게 묻더라고요. '할아버지, 왜 저는 아빠랑 자면 안 돼요? 성경에 나오는 사람들은 다들 아빠랑 자던데요.' 조가 질문을 시작하면 목사님도 감당을 못 해요. 나도 감당이 안 될 정도니까요. 오늘도 잠들기 전에 두 가지 질문을 던졌어요. '짐 할아버지, 내가 내가 아니면, 나는 누구예요? 하느님이 죽으면 무슨 일이 일어나요?' 상상력은 또 어찌나 풍부한지 아주 기발한 생각을 해요. 그럼 애 엄마는 쓸데없는 소리를 한다면서 조를 옷장에 가둬놓죠. 조는 옷장에 앉아서 또 다른 이야기를 지어내고, 제 엄마가 옷장 문을 열어주면 그 이야기를 늘어놓는 거예요. 오늘 밤에도 나한테 이야기를 하나 해줬어요. 묘비처럼 진지하게 말을 시작하더라고요.

'짐 할아버지, 제가 오늘 글렌에서 모험을 했어요.'

'그래, 무슨 모험이냐?'

뭔가 놀라운 이야기일 줄 알고 기대했다가 전혀 엉뚱한 얘기를 듣고 말았죠.

'길거리에서 커다랗고 빨간 입과 무지하게 긴 이빨을 가진 엄청 큰 늑대를 만났어요.'

'글렌 마을에 늑대가 있는 줄 몰랐구나.'

'아, 아주 멀리서 온 늑대예요. 그런데 그 늑대가 저를 잡아먹

으려고 해서 싸웠어요.'

'무서웠겠구나?'

'아뇨, 저는 큰 총을 갖고 있어서 그 늑대를 쏴 죽였어요. 늑대는 죽어서 천국으로 올라가 하느님을 콱 물었어요.'

듣고 나니 참 기가 막히더군요."

다들 벽난로 앞에 모여 앉아 이야기꽃을 피웠다. 짐 선장은 여러 가지 이야기를 들려주었고 마셜 엘리엇은 성악가처럼 멋진 목소리로 옛 스코틀랜드 민요를 불렀다. 짐 선장은 벽장에서 낡은 갈색 바이올린을 꺼내 연주했다. 꽤 괜찮은 솜씨라 일등항해사만 빼고 다들 기분 좋게 감상했다. 일등항해사는 마치 총이라도 맞은 것처럼 소파에서 튀어오르더니 날카롭게 카악 소리를 내면서 계단 위로 달려 올라갔다.

"저 고양이 녀석은 음악을 감상하는 능력을 키우질 못했다니까요. 진득하니 앉아서 듣는 법이 없어요. 글렌 교회에 오르간을 들여놓고 얼마 지나지 않았을 때, 오르간 연주자가 연주를 시작하자마자 엘더 리처즈 영감이 의자에서 벌떡 일어나 교회 밖으로 서둘러 나가버린 적이 있어요. 그 영감을 보니까 이 녀석 생각이 나더라고요. 내가 바이올린을 켜기 시작하면 일등항해사가 신경질을 내며 나가버린 생각이 나서 처음으로 교회에서 웃음을 터뜨릴 뻔했어요."

짐 선장의 연주는 모두를 흥겹게 만들었다. 곧 마셜 엘리엇의 발이 들썩이기 시작했다. 마셜은 젊은 시절 알아주는 춤꾼이었다. 박자에 맞춰 고개를 까딱거리기 시작한 마셜이 손을 내밀자 레슬리도 즉시 화답했다. 두 사람은 벽난로 불이 따뜻하게 켜진

방에서 리듬에 맞춰 우아하게 빙글빙글 돌며 춤을 추었다. 참 멋진 장면이었다. 레슬리도 한껏 흥이 올랐다. 격하고 달콤한 음악이 그녀 안으로 스며들어 마음을 완전히 사로잡은 듯했다. 앤은 그 모습에 매료되어 감탄의 눈길로 레슬리를 바라보았다. 레슬리의 그런 모습은 처음이었다. 레슬리의 내면에 본래 존재하던 풍성한 감정과 색깔, 매력이 자유로이 뿜어져나와 그녀의 달아오른 뺨과 빛나는 눈, 아름다운 춤사위를 타고 흘렀다. 마셜 엘리엇의 긴 턱수염과 머리카락도 그녀의 아름다운 모습을 망쳐놓지는 못했다. 오히려 그녀의 매력을 드높이는 역할을 했다. 마치 푸른 눈에 금발인 딸과 춤을 추는 고대 어느 북쪽 지역의 바이킹 같았다.

"정말 대단했어요! 한창때는 이런 멋진 춤을 종종 봤었죠."

짐 선장은 지친 손으로 바이올린 활을 내려놓으며 말했다. 레슬리는 숨을 몰아쉬며 의자에 털썩 주저앉아 웃었다.

훗날 레슬리는 그날 일을 회상하며 앤에게 이야기했다.

"난 춤추는 게 좋아요. 열여섯 살 이후로 처음 춰보네요. 춤을 추다 보면 음악이 혈관 속으로 수은처럼 흐르는 기분이에요. 그럼 모든 걸 잊고 그저 음악에 맞춰 춤추는 기쁨에만 몰입하게 돼요. 바닥도 벽도 지붕도 없는 것처럼 느껴져요. 마치 별 사이를 떠다니는 기분이에요."

짐 선장은 바이올린을 제자리에 가져다두었다. 지폐 몇 장이 들어 있는 커다란 액자 옆이었다.

짐 선장이 물었다.

"아는 사람 중에서 액자에 그림 대신 지폐를 넣어 벽에 걸 수 있을 만큼 재력이 있는 사람 있습니까? 저 액자에는 10달러 지폐 20장이 들어 있어요. 액자의 유리값도 안 되는 금액이긴 하죠. 예전에 프린스에드워드섬 은행에서 발행한 지폐예요. 은행이 파산하고 나서 그 지폐를 액자에 넣어 벽에 걸어뒀죠. 은행을 절대 믿지 말아야 한다는 사실을 늘 기억하려는 것이기도 하고, 사치스런 백만장자가 된 기분을 느껴보고 싶기도 해서요. 일등항해사, 이놈! 겁먹지 말고 이리 와. 오늘 밤 음악 연주와 춤은 이제 다 끝났어. 한 시간만 더 있으면 올해가 끝나겠군요. 블라이드 부인, 나는 저 만 위로 새해를 맞이하며 떠오르는 해를 일흔여섯 번이나 봤습니다."

옆에서 마셜 엘리엇이 말했다.

"백 번째도 보셔야죠."

짐 선장은 고개를 절레절레 흔들었다.

"아니, 그러고 싶지 않아. 진심이야. 나이가 들면 죽음이 친숙해져. 그렇다고 당장 죽기를 바라는 건 아니지만. 시인 테니슨 경이 죽음에 관해 한 말은 그야말로 진리야. 글렌 마을에 월러스 부인이라는 할머니가 있는데, 평생 온갖 고생을 다 하며 살았어. 사랑하는 사람도 거의 다 잃었지. 그래서인지 언제든 갈 때가 되면 기쁘게 갈 거라고 말하더라고. 눈물 계곡에 오래 머물고 싶지 않다면서. 그런데 이 할머니가 막상 병에 걸리니까 생난리를 피운 거야! 샬럿타운에서 의사들을 불러오고 숙련된 간호사도 불렀어. 그 의사들이 개도 죽일 만큼 엄청난 분량의 약도 가져왔지. 인생은 눈물 계곡일지 모르지만 우는 것마저도 즐기며 살 수 있는 사람들이 있다고 생각해."

그들은 등대의 벽난로 앞에 모여 앉아 그해의 남은 한 시간을 조용히 보냈다. 이윽고 자정이 몇 분 앞으로 다가오자 짐 선장이 일어나 현관문을 열며 말했다.

"자, 이제 새해를 집 안으로 들입시다."

집 바깥에는 맑고 푸른 밤이 펼쳐져 있었다. 반짝이는 리본 같은 달빛이 작은 만을 화관처럼 에워쌌다. 모래톱 안쪽의 항구가 마치 진주를 깔아놓은 듯 찬란하게 빛났다. 풍부한 경험을 가진 짐 선장, 열정적이지만 공허한 중년의 삶을 사는 마셜 엘리엇, 소중한 추억과 아름다운 희망을 간직한 길버트와 앤, 굶주린 과거와 희망 없는 미래를 가진 레슬리. 그들 네 사람은 문 앞에 서서 조용히 기다렸다. 곧이어 벽난로 위 작은 선반 위에 놓인 시계가 열두 시를 알리는 종을 울렸다.

마지막 종소리가 잦아들자 짐 선장은 허리를 굽히며 말했다.

"새해여, 환영합니다! 여러분 모두 최고의 한 해가 되길 바랍니다. 새해에 무슨 일이 일어나든 최고의 선장이 여러분 옆에 대기하고 있다는 사실을 잊지 마세요. 우리는 멋진 항구에 다 같이 입항할 겁니다."

17장

포윈즈의 겨울

새해가 찾아오면서 겨울이 본격적으로 밀어닥쳤다. 앤과 길버트의 작은 집 주변에도 하얀 눈이 잔뜩 쌓였고 창문마다 성에가 끼었다. 항구의 얼음은 날이 갈수록 두껍고 단단해져서 포윈즈 사람들은 겨울마다 그래왔듯이 그 위로 걸어 다니기 시작했다. 정부에서 친절하게도 안전한 길을 표시해두어, 썰매의 유쾌한 종소리가 밤낮으로 울려 퍼졌다. 달 밝은 밤이면 앤은 꿈의 집에 들어앉아 마치 요정의 종소리 같은 그 소리에 귀를 기울였다. 작은 만도 얼어붙어 포윈즈의 등대는 굳이 불을 밝힐 필요가 없어졌다. 그래서 항해가 중단되는 몇 달 동안 짐 선장은 등대에서 할 일이 없었다.

"일등항해사와 나는 봄까지 딱히 할 일이 없어요. 따뜻하고 재미있게 시간을 보내면 그만이죠. 지난번 등대지기는 겨울이면 글렌 마을에 가서 지내곤 했는데 나는 여기 있을 겁니다. 글렌에 가면 일등항해사가 돌아다니다가 쥐약 섞인 음식을 잘못 먹거나 개한테 물릴지도 몰라서요. 등대 불빛도 없고 바다도 얼어붙어서 외롭긴 하겠지만 친구들이 가끔 놀러와 주면 그럭저럭 이 겨울을 잘 지낼 수 있을 겁니다."

짐 선장은 길버트, 앤, 레슬리와 함께 빙상요트를 타고 항구 주변의 얼음 위로 신나게 다녔다. 앤과 레슬리는 기다란 눈신을 신고 들판, 폭풍이 지나간 후의 항구, 글렌 마을 너머 숲을 함께 거닐었다. 산책을 하거나 벽난로 앞에 앉아 이야기를 나눌 때면 둘은 죽이 잘 맞았다. 서로에게 도움을 주기도 했고, 생각을 나누기도 했으며, 우정 어린 침묵을 주고받으면서 삶이 풍성해지는 것을 느꼈다. 하얀 눈으로 뒤덮인 들판 너머 서로의 집을 바라볼 때는 친구가 저곳에 있다는 게 기뻐서 마음이 들뜨기도 했다. 하지만 앤은 자기와 레슬리 사이에 여전히 방해물이 있다는 느낌을 떨칠 수가 없었다. 둘 사이를 가로막은 듯한 감정은 좀처럼 사라지지 않았다.

어느 날 저녁, 짐 선장에게 그런 생각을 털어놓았다.

"어째서 레슬리에게 좀 더 가까이 다가갈 수 없는지 모르겠어요. 저는 레슬리를 무척 좋아하고 동경하거든요. 레슬리를 제 마음 안으로 들이고 저도 레슬리의 마음으로 들어가고 싶어요. 하지만 우리 사이에 놓인 장벽을 넘을 수가 없네요."

짐 선장은 생각에 잠긴 목소리로 대답했다.

"부인은 평생을 행복하게 살아왔어요. 그래서 레슬리의 영혼에 가까이 다가가기 힘들 겁니다. 부인이 장벽이라고 느끼는 건 레슬리가 그동안 겪어온 슬픔과 고통이에요. 그러니 레슬리나 부인의 잘못이 아닙니다. 그 장벽은 어쩔 수 없이 그 자리에 존재하고 둘은 그걸 넘어갈 수 없을 뿐이죠."

"초록지붕집에 가서 살기 전까진 저도 행복한 어린 시절을 보내지는 못했어요."

달빛이 쏟아지는 하얀 눈밭에는 앙상한 나무 그림자가 드리워져 있었다. 앤은 그 고요하고 처연하며 생기 없는 모습을 창문 너머로 조용히 감상하며 말했다.

"그렇겠죠. 하지만 그건 제대로 돌봐줄 사람이 없는 어린아이가 흔히 겪는 불행 정도예요. 엄밀히 따지면 부인은 비극적인 삶을 살아온 게 아닙니다. 하지만 가엾은 레슬리의 삶은 온통 비극으로 얼룩져 있어요. 그래서 레슬리는 부인이 자기가 느끼는 감정을 온전히 공감하거나 이해하지 못할 거라고 여기며 부인과 어느 정도 거리를 둬야겠다고 생각했을 겁니다. 그래야 자기가 상처를 받지 않을 테니까요. 아시겠지만, 우리는 다른 사람이 내 상처를 건드리거나 가까이 오려고 할 때 움츠러들어요. 상처는 몸뿐만 아니라 영혼에도 깊게 새겨집니다. 레슬리의 영혼은 온통 상처투성이일 거예요. 그러니 자꾸만 움츠러드는 게 당연하죠."

"선장님, 그게 전부면 오히려 괜찮아요. 저도 충분히 이해할 수 있거든요. 제가 정말 마음이 아픈 건 가끔 레슬리가 저를 전혀 좋아하지 않는 것처럼 느껴지기 때문이에요. 간혹 그녀의 눈빛에서 적의나 혐오 같은 감정이 보이거든요. 그때마다 얼마나 놀라는지 몰라요. 물론 그 눈빛은 금세 사라지곤 하지만 저는 분명히 봤어요. 그 생각만 하면 마음이 아파요. 누가 날 미워하면 견디기 힘들거든요. 그래서 레슬리와 친하게 지내려고 무진 애를 쓰죠."

"부인은 이미 레슬리와 친해졌어요. 그러니 레슬리가 부인을 싫어할 거라는 어리석은 생각은 하지 말아요. 정말 그렇다면 그녀는 부인과 어울려 다니기는커녕 아무것도 하지 않으려 했을 겁니다. 내가 아는 레슬리 무어는 그렇습니다."

"포윈즈에 온 첫날에 레슬리를 봤어요. 거위 떼를 몰고 언덕에서 내려오고 있더라고요. 그때도 적의에 찬 눈빛으로 저를 쳐다봤어요. 엄청난 미인이라 경탄하며 레슬리를 지켜보던 참이어서 그 눈빛을 확실히 느꼈어요. 눈에 분노가 가득했죠."

"아마 다른 일 때문에 화가 나 있었겠죠. 때마침 그곳을 지나가던 부인이 그 눈빛을 본 것일 테고요. 레슬리는 가끔 부루퉁하게 굴곤 합니다. 참 안됐어요. 레슬리가 어떤 짐을 짊어지고 살아야 하는지 아니까 나무랄 수도 없어요. 어째서 레슬리에게 그런 일이 일어났는지 나도 모르겠네요. 블라이드 선생과 악의 근원에 대해 한참 토론해봤지만 딱히 결론을 내리지는 못했어요. 우리 인생에는 이해할 수 없는 일들이 많이 일어납니다. 부인과 블라이드 선생처럼 원하는 대로 잘 풀리는 경우가 있는 반면에 어떤 이들은 완전히 어그러지기도 해요. 레슬리가 바로 그런 경우죠. 부인은 레슬리처럼 똑똑하고 아름다운 여자는 여왕처럼 살아야 마땅하다고 생각하겠지만 레슬리는 사실상 저 위에 있는 집에 갇혀 살고 있어요. 여자로서 누릴 수 있는 행복은 모조리 빼앗긴 채로 딕 무어나 보살피면서 평생을 살아야 합니다. 레슬리는 스스로 선택했어요. 딕이 떠나기 전 그와 함께 살았던 삶이 아니라 지금의 삶을 말이죠. 나처럼 늙은 선원이 간섭할 일이 아닌 건 알지만 이 말은 꼭 하고 싶네요. 부인은 레슬리를 많이 도와줬어요. 부인이 이곳에 온 뒤로 레슬리가 많이 달라졌거든요. 나이가 들면 그런 게 잘 보입니다. 코닐리어도 레슬리가 확실히 달라졌다고 하더군요. 우리가 의견 일치를 이룬 몇 안 되는 경우죠. 그러니 레슬리가 부인을 싫어할 거라는 말도 안 되는 생각은 하지 말아요."

하지만 앤은 레슬리가 자신에게 기묘한 적개심을 품고 있다는 생각을 완전히 떨쳐낼 수 없었다. 이성이 아닌 본능으로 느끼는 감정이었다. 그런 생각 때문에 레슬리와 우정을 나누는 기쁨이 흐려질 때도 있었다. 레슬리가 가시를 숨기고 있으며 언제든 그 가시로 앤을 찌를 수 있음이 분명해 보였다. 어느 날 앤은 봄이 오면 이 작은 꿈의 집에 무슨 일이 생길지 기대된다고 레슬리에게 말했다가 레슬리의 잔인한 가시에 찔린 듯한 기분을 느꼈다. 레슬리는 독기가 서린 눈으로 앤을 쏘아보며 목멘 소리로 말했다.

"앤은 그것도 갖게 되겠네요."

그러고는 홱 돌아서서 들판 너머 자기 집으로 가버렸다. 앤은 깊은 상처를 받았다. 그 순간만큼은 앞으로 두 번 다시 레슬리를 좋아할 수 없을 것 같은 기분이었다. 하지만 며칠 후 저녁 때 놀러온 레슬리가 너무나 쾌활하고 다정하게 굴면서 솔직하고 재치 있게 이야기하자 그 매력적인 모습에 앤은 다시 마음을 풀었다. 다만 그 후로는 자신이 꿈꾸는 바를 레슬리에게 말하지 않았다. 레슬리도 다시는 그 일을 입에 올리지 않았다.

봄이 건네는 말에 늦겨울이 귀를 기울이는 어느 날 저녁, 레슬리는 황혼을 벗 삼아 수다를 떨려고 앤의 집에 들렀다. 그리고 돌아갈 때 탁자 위에 작고 하얀 상자를 남겨두었다. 레슬리가 가고 나서 상자를 발견한 앤은 궁금해하며 열어보았다. 그 안에는 흰 천으로 만든 아기 옷이 들어 있었다. 섬세한 자수를 놓고 솜씨 좋게 주름 장식을 잡았으며 바늘 한 땀 한 땀에 공을 많이 들인 티가 났다. 목과 소매의 자그마한 레이스 장식은 진짜 발랑시엔레이스•였다. 옷 위에는 "레슬리의 사랑을 담아"라고 쓴 카드가 놓여 있었다.

앤은 혼잣말을 했다.

"이걸 만드느라 시간이 많이 걸렸겠어. 본인이 감당할 수 없을 만큼 재료비도 많이 들었을 텐데. 이렇게 고마울 데가!"

하지만 나중에 만나 고맙다고 인사하자 레슬리가 무뚝뚝하게 말을 끊어서 앤은 이번에도 상처를 받고 말았다.

레슬리 말고도 여러 사람이 꿈의 집에 선물을 보내왔다. 코닐리어는 아무도 원치 않고 환영하지도 않는 여덟째 아기를 위한 옷 만들기를 중단하고, 모두가 기다리고 누구보다 환영받을 첫째 아기를 위한 바느질에 돌입했다. 필리파 블레이크와 다이애나 라이트는 각각 예쁜 아기 옷을 보내왔다. 린드 부인도 몇 벌 보냈는데 하나같이 좋은 재료를 써서 꼼꼼하게 바느질하고 자수와 주름 장식을 더한 귀여운 옷들이었다. 앤도 아기에게 기계

• 프랑스 북부의 발랑시엔에서 17세기에 발달한 실 레이스

로 만든 제품보다는 손으로 만든 옷을 입히기 위해 열심히 바느질을 하면서 행복한 겨울을 보냈다.

짐 선장은 앤의 작은 집을 가장 자주 찾아오고 그만큼 크게 환영받는 손님이었다. 날이 갈수록 앤은 소박한 영혼과 진실한 마음을 가진 이 늙은 뱃사람을 좋아하게 되었다. 그는 바닷바람처럼 신선하고 오래된 연대기처럼 흥미로운 사람이었다. 그의 이야기는 언제 들어도 지겹지 않았다. 짐 선장만의 특이한 표현과 설명은 들을수록 감칠맛이 났다. 그는 굳이 말로 하지 않아도 생각을 표현할 수 있는 재주꾼이었다. 그가 들려주는 이야기 속에는 인간애의 핵심과 뱀의 지혜가 조화롭게 담겨 있었다.

세상 그 무엇도 짐 선장을 분노하게 하거나 우울하게 만들지 못했다. 어느 날 앤이 그 비결을 묻자 짐 선장이 말했다.

"나는 뭐든 즐기면서 합니다. 늘 그렇게 살다 보니까 기분 나쁜 일이 생겨도 즐겁게 넘기죠. 아무리 나쁜 일도 영원히 계속되지는 않는다고 생각하면 금세 기분이 좋아져요. 고질병인 류머티즘이 심해지면 이렇게 중얼거리죠. '이봐! 너도 언젠가는 멈출 수밖에 없을 거다. 어차피 나는 너를 극복하게 돼 있어. 때가 되면 내 영혼이 몸에서 나갈 테니까.'"

어느 날 저녁, 앤은 벽난로 옆에 놓인 짐 선장의 인생 일지를 보았다. 앤은 그걸 보여달라고 조를 필요가 없었다. 그가 먼저 읽어보라며 자랑스럽게 내밀었기 때문이다.

"종손자 조를 위해 쓴 거예요. 내가 마지막 항해를 떠난 뒤 그동안 해온 일과 본 것들이 점점 잊히는 게 싫어서 쓰기 시작했어요. 이렇게 써놓으면 조가 기억하고 있다가 자기 자식들한테 들려줄 겁니다."

수첩에는 그동안 짐 선장이 해온 항해와 모험에 관한 기록이 빼곡하게 적혀 있었다. 앤이 보기에 그 인생 일지는 작가에게 보물이나 다름없는 자료였다. 문장 하나하나가 소중했다. 물론 글 자체로는 문학적 가치가 없었다. 짐 선장은 이야기를 풀어놓는 솜씨가 뛰어났지만 펜과 잉크로 기록한 글은 그 정도로 매력 있지 않았다. 중요한 이야기의 개요만 대략 적어놓았고 심지어 철자와 문법이 틀린 부분도 눈에 띄었다. 하지만 유능한 작가가 나서서 짐 선장이 뚝심 있게 맞선 위험한 상황들, 남자답게 해 낸 일들을 잘 다듬어 용감한 모험으로 풀어낸다면 정말 훌륭한 책이 될 것 같았다. 재미있는 일화도 많고 손에 땀을 쥐게 하는 비극적인 요소도 중간중간에 담겨 있었다. 짐 선장의 인생 일지 는 자기 속에 담긴 웃음과 슬픔, 두려움을 끄집어내줄 재능 있 는 작가의 손길을 기다리는 듯했다.

집으로 돌아가는 길에 앤은 길버트에게 그 얘기를 꺼냈다.

"당신이 직접 써보는 건 어때?"

길버트가 권했지만 앤은 고개를 저었다.

"아니야. 나도 쓰고 싶지만 내 재능으로는 힘에 부쳐. 내가 어 떤 글을 쓸 수 있는지 알잖아. 나는 비현실적이고 요정들이 나 오는 아기자기한 이야기를 써. 힘 있고 유려한 문체를 가진 데 다 심리도 잘 분석하고 유머와 비극에 대한 감각이 타고난 작가 라야 짐 선장님의 인생 일지를 제대로 써낼 수 있을 거야. 그런 재능을 다 가진 작가는 드물어. 폴이 조금 더 나이가 들면 할 수 있을 것 같기는 해. 폴에게 내년 여름에 여기 와서 짐 선장님을 만나보라고 얘기해봐야겠어."

앤은 그길로 편지를 써서 폴에게 보냈다.

폴, 이곳 해변으로 올 수 있겠니? 노라나 황금빛 숙녀, 쌍둥이 선원은 없지만 네게 놀라운 이야기를 들려줄 나이 든 선원 한 분이 계시거든.

얼마 후 폴이 답장을 보내왔다. 2년 동안 외국에서 공부할 계획이라 내년에 방문할 수 없다는 내용이었다.

돌아오면 꼭 포윈즈로 가서 찾아뵐게요, 선생님.

앤은 몹시 안타까웠다.
"짐 선장님은 점점 나이가 드시는데. 그분의 인생 일지를 책으로 써줄 사람이 없으니 어쩌면 좋아."

18장

봄날

3월의 태양이 내리쬐자 땅을 뒤덮고 있던 얼음이 녹으면서 항구 주변이 거뭇거뭇해졌다. 4월이 되자 푸른 바다가 되살아나고 바람을 맞아 하얀 바다 거품이 보이기 시작했다. 포윈즈의 등대도 해가 져서 어스름해질 무렵이면 다시 불을 밝혔다.

등대에 불이 켜진 첫날 저녁 앤이 말했다.

"등대 불빛을 다시 보니까 참 반갑네. 겨우내 저 불빛이 그리웠거든. 등대에 불이 꺼져 있을 땐 북서쪽 하늘이 텅 빈 것처럼 외로워 보였어."

새로이 피어난 황금빛 초목과 어린 잎사귀들이 땅을 부드럽게 뒤덮었다. 글렌 마을 너머 숲에는 에메랄드빛 안개가 부옇게 끼었다. 바다 쪽 골짜기는 안개가 자옥했다. 새벽 무렵이면 요정이 나올 것 같은 분위기였다.

짭짤한 바다 거품을 머금은 활기찬 바람이 끝없이 불어왔다가 출발한 곳으로 돌아갔다. 바다는 아름답고 요염한 여인처럼 환하게 웃고 빛을 발하며 제 몸을 치장하고는 사람들을 유혹했다. 청어 떼가 모여들자 어촌에 생기가 넘쳤다. 항구에는 하얀 돛을 펴고 수로로 향하는 배들이 늘어섰고, 입항하는 배와 출항하는 배들도 활기를 띠었다.

앤이 짐 선장에게 말했다.

"부활의 아침에 제 영혼이 어떤 기분일지 알 것 같아요. 딱 이런 봄날 같겠죠."

"다시 젊은 시절로 돌아가면 시인이 되어야겠어요. 봄이면 어김없이 그런 생각이 드네요. 그럴 때면 60년 전에 존 셀윈 선생님이 암송했던 시들을 한 번씩 읊어보곤 해요. 다른 때는 그런 생각이 안 드는데, 봄만 되면 바위나 들판, 바닷가로 나가서 시를 암송하고 싶은 충동이 일어요."

그날 오후 짐 선장은 정원을 가꿀 때 쓰라며 조개껍데기 한 무더기와 모래언덕에서 산책하다가 찾은 향기로운 풀 한 묶음을 앤에게 가져다주었다.

"요즘은 이쪽 해변에서 이런 풀을 찾기 힘들어요. 어렸을 때는 지천이었는데 지금은 어쩌다 한두 포기밖에 눈에 띄지 않네요. 일부러 찾으려고 들면 보이질 않아요. 산책을 나갔다가 우연히 발견하게 되는 풀이거든요. 공기 중에 향기가 가득해서 발밑을 보면 어김없이 이 풀이 있죠. 난 이 풀에서 나는 달콤한 향기가 참 좋아요. 맡고 있으면 어머니 생각이 나거든요."

"어머님이 이 풀을 좋아하셨어요?"

"글쎄요. 이 풀을 본 적이나 있으신지 모르겠네요. 어머니가 좋아하셨는지는 모르겠지만 어쩐지 이 풀에서는 어머니의 향이 느껴져요. 어머니처럼 너무 젊지도 않고 이런저런 일도 겪었고, 온전하면서 믿을 수 있는 존재 같거든요. 셀윈 부인은 늘 이 풀을 손수건 사이에 넣어두셨어요. 부인도 그렇게 해봐요. 가게에서 파는 향수 냄새는 별로인데 숙녀한테서 풍기는 달콤한 풀 향기는 좋더라고요."

앤은 대합조개 껍데기로 화단을 장식하고 싶은 마음은 없었지만 짐 선장의 성의를 무시할 수 없어서 고맙다고 인사하며 받았다. 그러자 짐 선장은 커다란 우윳빛 조개껍데기로 화단마다 빙 둘러서 장식을 해주었다. 처음에는 내키지 않았는데 막상 해놓은 것을 보니 놀랍게도 마음에 들었다. 마을 잔디밭이나 글렌 마을 어디에서도 그런 장식은 본 적이 없었다. 하지만 이 작은 꿈의 집에 자리한 오래된 바닷가 정원에는 무척 잘 어울렸다.

앤이 진심으로 감탄하며 말했다.

"짐 선장님, 정말 예뻐요!"

"셀윈 부인은 항상 화단 주변을 이 대합조개 껍데기로 장식하셨어요. 꽃도 정말 잘 가꾸셨죠. 그분이 꽃을 바라보면서 손을 대면 쑥쑥 자랐어요. 왜, 그런 재능을 가진 사람들이 있잖아요. 내 생각에는 부인도 그런 것 같아요."

"재능이 있는지는 모르겠지만 저도 정원을 좋아하고 정원 가꾸는 일이 재미있기는 해요. 식물을 심고 가꾸면서 매일 자라나는 새싹을 바라보고 있으면 뭔가를 창조하는 기분이 들거든요. 정원은 꼭 믿음 같아요. 일이 잘되기를 기대하고 바라는 거죠.

시간은 걸리지만요."

"작고 주름진 갈색 씨앗을 보면서 그 안에 무지개가 담겨 있을 수도 있다는 생각을 합니다. 인간 세상이 아닌 곳에도 영혼이 있다는 게 쉬이 믿어지기도 하고요. 씨앗에서 생명이 피어나는 기적을 직접 눈으로 보지 않으면, 아무런 색깔도 냄새도 없는 흙 알갱이처럼 작디작은 씨앗에 생명이 담겨 있다는 사실을 어떻게 믿을 수 있을까요?"

앤은 묵주의 은구슬을 돌리듯 날짜를 차분히 헤아렸다. 이제는 등대나 글렌까지 오랜 시간 걸을 수 없었다. 대신 코닐리어와 짐 선장이 앤의 작은 집에 자주 들렀다. 특히 코닐리어가 다녀가고 나면 앤과 길버트는 그녀가 했던 재미난 말을 곱씹으면서 배가 아프도록 웃었다. 짐 선장과 코닐리어가 어쩌다 함께 찾아온 날에는 들을 이야기가 더 많았다. 두 사람은 툭하면 아웅다웅했는데 주로 코닐리어가 공격하고 짐 선장이 방어하는 식이었다. 한번은 짐 선장이 코닐리어를 너무 짓궂게 놀려서 앤이 말리기도 했다.

회개할 줄 모르는 죄인 짐 선장이 웃으며 말했다.

"아, 코닐리어를 놀리는 게 재미있어서 그래요. 내 인생의 큰 즐거움입니다. 코닐리어의 혀는 돌에도 물집이 잡히게 만들 만큼 독하잖아요. 그러니 부인과 블라이드 선생도 나만큼이나 코닐리어의 얘기를 재미있게 듣는 거겠죠."

어느 날 저녁 짐 선장은 앤에게 줄 산사꽃을 가져왔다. 정원은 촉촉하고 향긋한 봄날 저녁의 향기로 가득했다. 이제 막 떠오른 달이 입을 맞춘 바닷가에는 우윳빛 안개가 펼쳐졌고, 글렌 마을의 하늘에서는 별들이 은빛으로 반짝거렸다. 꿈처럼 아련하고 달콤한 교회 종소리가 항구 곳곳에 울려 퍼졌다. 부드러운 종소리는 어스름 속을 떠다니다가 봄 바다의 부드러운 신음과 뒤섞였다. 짐 선장이 가져온 산사꽃이 그날 저녁의 매력을 한층 북돋아주었다.

앤은 산사꽃에 얼굴을 묻으며 말했다.

"올봄에는 이 꽃을 못 볼 줄 알았어요. 정말 그리웠어요."

"포윈즈 근처에는 산사나무가 없어요. 저 위 글렌 마을 너머 황야에 가야 볼 수 있죠. 오늘 황야에 잠깐 갔다가 부인을 주려고 몇 송이 꺾어 왔습니다. 이제 거의 다 져서 올봄에는 마지막으로 보는 산사꽃일 겁니다."

"선장님은 정말 다정하고 사려 깊은 분이세요. 지금까지 아무도… 길버트조차도…."

앤은 고개를 살짝 흔들며 덧붙였다.

"제가 봄에 피는 산사꽃을 얼마나 그리워하는지 기억해주지 않았거든요."

"다른 볼일도 있어서 겸사겸사 갔다가 가져온 겁니다. 하워드 씨를 송어가 많이 있는 곳으로 안내하러 간 거예요. 가끔 그분이 송어 낚시를 하고 싶어 하시거든요. 한때 내가 그분에게 받았던 친절에 보답하는 길이기도 하고요. 오후 내내 곁에서 말동무를 해드렸어요. 교양 있는 분이 무지렁이 늙은 선원과 얘기하는 걸 참 좋아하세요. 누군가에게 이런저런 이야길 하지 않으면 못 견디는 분인데, 들어주는 사람이 주변에 별로 없거든요. 글렌 마을 사람들은 하워드 씨를 무신론자라 여기면서 멀리하죠.

하지만 내가 알기로 그건 사실이 아닙니다. 무신론자라기보다는 이단자에 가깝죠. 이단자는 사악하지만 흥미로운 사람들이기도 합니다. 한마디로 하느님을 찾을 수 없다고 판단하고 찾는걸 포기한 사람들이에요. 물론 하워드 씨는 엄밀히 말하면 이단자도 아닙니다. 내가 보기에 대부분의 사람들은 하느님에게 이런저런 실수를 하고 살아요. 하워드 씨의 주장에 귀를 기울인다고 해서 내게 해로울 건 없다고 생각해요. 결국 나라는 사람은 내가 옳다고 생각하는 걸 믿으니까요. 그만큼 덜 성가시죠. 어떤 믿음을 갖든 하느님이 선한 분이라는 사실은 변하지 않아요. 하워드 씨는 지나치게 똑똑해서 문제예요. 게다가 똑똑한 사람은 자기 능력에 맞게 살아야 한다고 생각하죠. 무지하고 평범한 사람들이 가는 길을 따라 천국에 가는 게 아니라 본인이 새로운 길을 개척해야 한다는 거예요. 어차피 천국에 갈 분이니 새로운 길이든 어떤 길이든 웃으면서 갈 수 있을 겁니다.”

“하워드 씨는 처음에는 감리교인이었어요.”

코닐리어가 말했다.

감리교인이라면 머지않아 이단자가 될 게 뻔하다는 듯한 말투였다.

그러자 짐 선장이 엄숙하게 말했다.

“코닐리어, 나는 장로교인이 아니었으면 감리교인이 되었을 거라는 생각이 종종 들어.”

“아, 네. 어려하시겠어요. 선장님이 장로교인이 아니면 다른 뭐가 됐든 무슨 상관일까 싶네요. 이단에 대한 얘기가 나왔으니 하는 말인데, 블라이드 선생님, 전에 빌려주신 책을 가져왔어요.

『영적 세계의 자연법칙』*이요. 3분의 1 정도까지 읽다가 말았네요. 난 앞뒤가 맞는 글이나 맞지 않는 글이나 가리지 않고 다 잘 읽는 편인데, 이 책은 이것도 저것도 아니에요."

길버트도 인정했다.

"이단적인 내용이 조금 들어 있다고 평가받는 책입니다. 책을 건네면서 말씀드렸던 것 같은데요."

"아, 이단적인 부분은 상관없어요. 사악함도 견딜 수 있으니까요. 하지만 어리석음은 못 견디겠어요."

코닐리어는 차분하게 말했지만 그 책에서 자연법칙을 다룬 부분이 어리석다고 지적하는 듯한 말투였다.

짐 선장이 생각에 잠긴 목소리로 말했다.

"책 얘기가 나왔으니 이 얘기를 해야겠군요. 드디어 두 주 전에 「미친 사랑」을 다 읽었어요. 자그마치 103장이나 되는 소설이에요. 주인공들이 결혼을 하자마자 끝나더군요. 그걸로 그들을 괴롭히던 온갖 문제가 해결된 거죠. 현실과 다르더라도 소설에서는 그렇게 일이 잘 마무리되니 좋지 않나요?"

코닐리어가 말했다.

"그래서 저는 소설은 안 읽어요. 선장님, 오늘 조르디 러셀의 상태가 어땠는지 들으셨어요?"

"아, 집으로 돌아가는 길에 조르디 러셀을 보러 잠시 들렀어. 그럭저럭 지내고 있더군. 하지만 늘 그렇듯 문제 속에서 혼자 허우적대고 있었지. 대부분의 문젯거리는 스스로 만들어내는

•　영국 작가 헨리 드러먼드(1851-1897)가 쓴 책

거야. 그런다고 일이 더 쉬워지지도 않는데, 참 딱하지."

"조르디 러셀은 지독한 비관주의자예요."

"글쎄, 정확히 말하면 비관주의자는 아니야. 자기한테 맞는 걸 찾지 못한 것뿐이지."

"그게 비관주의자잖아요?"

"아니야. 비관주의자는 자기한테 맞는 걸 찾을 수 있다는 기대조차 없는 사람이야. 조르디는 아직 못 찾은 것뿐이고."

"역시 짐 보이드 선장님은 악마의 장점도 찾아낼 분이세요."

"악마에게 끈기라는 장점이 있다고 말한 할머니 얘기를 들었나 보네. 하지만 코닐리어, 악마는 좋게 말할 부분이 없어."

코닐리어가 진지하게 물었다.

"악마가 존재한다고 믿으세요?"

"코닐리어, 내가 얼마나 신앙이 돈독한지 알면서 그런 걸 물어? 장로교인이 어떻게 악마와 어울려 다니겠나?"

"정말이죠?"

코닐리어가 끈질기게 묻자 짐 선장은 돌연 엄숙하게 말했다.

"예전에 목사님이 '강력하고 사악하며 교활한 악마의 힘이 우주에 작용하고 있다'라고 하셨잖아. 그 말씀은 믿어. 진심이야, 코닐리어. 그 존재를 악귀든 악의 근원이든 악마가 아닌 어떤 이름으로도 부를 수 있겠지. 중요한 건 그게 분명히 있다는 거야. 무신론자와 이단자가 뭐라고 떠들어대도 하느님의 존재를 부정할 수 없듯이 악마도 분명히 존재해. 실제로 활동도 하고 있어. 하지만 코닐리어, 결국 악마는 싸움에서 질 거야."

코닐리어는 희망이 전혀 없다는 투로 말했다.

"물론이죠. 당연히 그래야죠. 악마 얘기가 나와서 말인데, 빌리 부스는 악마에 씐 게 분명해요. 요즘 빌리 부스가 무슨 짓을 했는지 들으셨어요?"

"아니. 무슨 짓을 저질렀는데?"

"머리가 완전히 돌아가지고, 갈색 브로드 천으로 만든 아내의 새 옷을 불에 태워버렸대요. 샬럿타운에서 25달러나 주고 맞춘 옷인데 말이죠. 아내가 그 옷을 처음 입고 교회에 갔는데 남자들이 감탄의 눈초리로 쳐다봐서 그랬다는 거예요. 역시 남자들은 하는 짓이 그 모양이라니까요."

"부스 부인이 예쁘기는 하지. 갈색도 잘 어울리고."

"그게 아내의 새 옷을 주방 화로에 던져넣을 이유가 된다고 생각하세요? 빌리 부스는 질투에 눈이 먼 멍청이예요. 결국 아내의 인생을 비참하게 만들었죠. 부스 부인은 일주일 내내 옷 때문에 울었어요. 아, 나도 앤처럼 글을 잘 쓰면 좋을 텐데. 글을 써서 남자들을 혼내줄 수 있잖아요!"

"부스 집안사람들이 좀 특이하긴 하지. 빌리는 결혼 전까지는 그나마 멀쩡한 편에 속했는데 결혼하고 나서는 괴상한 질투심에 휩싸였어. 빌리의 동생 대니얼은 늘 이상했고."

"대니얼은 며칠마다 한 번 꼴로 성질을 부려대고 수틀리면 침대에서 나오지도 않았잖아요. 대니얼의 부인이 남편의 화가 풀릴 때까지 헛간 일을 혼자 다 해야 했어요. 대니얼이 죽었을 때 사람들은 그 부인에게 위로의 편지를 보냈는데, 마음 같아선 축하의 편지를 보내주고 싶더라니까요. 빌리와 대니얼의 아버지 에이브럼 부스는 지독한 술고래였어요. 자기 부인의 장례식에

서조차 술에 잔뜩 취해서 비틀대며 딸꾹질을 해댔죠. '내가… 술을 그렇게… 많이 마신 것도 아닌데… 기분이… 진짜… 요상하네.' 이딴 식으로 말하더라고요. 그래서 그 노인네가 내 옆으로 가까이 왔을 때 우산으로 등을 쿡 찔러줬어요. 덕분에 그 노인네는 관이 집 밖으로 나갈 때까지 정신을 차리고 있었죠. 조니 부스가 원래 어제 결혼식을 하기로 돼 있었는데, 볼거리에 걸린 바람에 못 했어요. 참 남자답죠?"

"어쩌다 볼거리에 걸린 거지? 불쌍하게 됐네."

"내가 케이트 스턴이었으면 그를 가엾게 여겼을 거예요, 정말이에요. 어쩌다 볼거리에 걸렸는지는 모르겠지만, 결혼식 만찬 준비도 다 되어 있었는데 신랑이 그 모양이라서 괜찮아질 때까지 기다리다가 음식을 죄다 버렸다네요. 그런 낭비가 어디 있어요! 볼거리 같은 건 어렸을 때 앓았어야 되는 거잖아요."

"자, 자, 코닐리어. 지금 그 말은 너무 비합리적이라고 생각하지 않아?"

코닐리어는 대꾸도 하지 않고 수전 베이커를 돌아보았다. 외모는 평범하지만 마음씨는 고운 글렌 마을의 노처녀 수전은 앤의 작은 집에서 몇 주째 집안일을 봐주고 있었다. 그녀는 환자를 돌보러 마을에 잠시 갔다가 돌아온 참이었다.

"맨디 고모는 오늘 밤에 어떠세요?"

코닐리어의 물음에 수전은 한숨부터 쉬었다.

"상태가 안 좋으세요. 아주 많이요. 가엾게도 조만간 천국에 가실 것 같아요!"

"아, 그런가요. 그게 그렇게 안 좋게 볼 일만은 아니에요."

코닐리어가 안타까워하며 말했다.

짐 선장과 길버트는 서로를 쳐다보다가 벌떡 일어나 밖으로 나갔다.

짐 선장은 껄껄 웃다가 말했다.

"가끔 이래요. 저 웃기는 여자들의 대화를 듣고도 웃지 않으면 죄라니까요!"

19장

새벽녘 그리고 해 질 녘

6월로 접어들자, 모래언덕에 분홍색 야생 장미가 흐드러지게 피었고, 글렌 마을은 활짝 핀 사과꽃 향기로 가득했다. 마릴라는 검은색 말총 가방을 들고 앤과 길버트의 집을 찾아왔다. 놋 쇠 못 장식 무늬가 있는 이 가방은 초록지붕집 다락방에 거의 반세기 정도 처박아두었던 것이었다.

이 작은 집에 몇 주 동안 살림을 도와주러 온 수전 베이커는 앤을 '젊은 사모님'이라고 부르며 맹목적으로 떠받들던 터라 처음에는 질투심이 가득한 눈으로 마릴라를 비딱하게 쳐다보았다. 하지만 마릴라가 주방 일에 감 놔라 배 놔라 하지도 않고 수전이 젊은 사모님을 돌볼 때도 참견하지 않자 그제야 마음을 놓았다. 그리고 글렌에 있는 친구들에게 마릴라 커스버트는 겸손하고 괜찮은 노부인이라고 말했다.

맑은 그릇 같은 하늘에 찬란한 붉은 노을이 걸리고, 개똥지빠귀들이 황금빛 황혼 속에서 저녁 별들에게 바치는 환희의 찬가를 부르기 시작한 어느 날 저녁, 꿈의 집이 별안간 분주해졌다. 글렌으로 급하게 전화 연락이 가고 데이브 선생과 하얀 모자를 쓴 간호사가 서둘러 꿈의 집으로 달려왔다. 마릴라는 대합조개 껍데기로 장식된 정원의 화단 사이를 초조하게 오가며 굳은 입술로 조용히 기도했고, 수전은 솜으로 귀를 틀어막고 앞치마를 머리에 뒤집어쓴 채로 주방에 앉아 있었다.

개울 위쪽 집에서 내다보던 레슬리도 작은 집의 창문들이 죄다 환한 것을 보고 좀처럼 잠들지 못했다.

6월의 밤은 짧았지만 마음 졸이며 기다리던 사람들에게는 영원처럼 긴 시간이었다.

"아, 도대체 언제쯤 끝날까?"

마릴라는 초조했지만 간호사와 데이브 선생의 심각한 표정을 보고 더는 아무것도 묻지 않았다. 혹시 앤이…. 하지만 마릴라는 그 생각을 감히 입 밖에 낼 수 없었다.

마릴라의 애타는 눈빛을 읽어낸 수전이 격하게 말했다.

"하느님은 우리가 너무나도 사랑하는 저 어린양을 우리에게서 빼앗아 가실 만큼 잔인한 분이 아닐 거예요."

마릴라는 쉰 목소리로 대꾸했다.

"하느님은 전에도 우리가 사랑했던 사람들을 데려가셨어요."

동이 트고 해가 떠올랐다. 햇빛이 모래톱 위를 떠다니던 안개를 걷어내고 무지개를 만들었다. 작은 집에도 기쁨이 찾아들었다. 앤은 무사했고 엄마의 커다란 눈을 빼닮은 작고 하얀 숙녀가 곁에 누워 있었다. 길버트가 마릴라와 수전에게 소식을 전하러 내려왔다. 길버트는 밤새 앤의 곁을 지키느라 얼굴빛이 파리했고 수척해져 있었다.

마릴라가 몸을 떨며 말했다.

"하느님, 감사합니다."

수전도 자리에서 일어나 귓구멍을 틀어막았던 솜을 빼고는 기운차게 말했다.

"이제 아침 식사를 하셔야죠. 간단한 식사라도 드시는 편이 좋아요. 이 수전이 다 알아서 할 테니 걱정 붙들어 매시라고, 사모님은 아기만 생각하시면 된다고 전해주세요."

길버트는 슬픈 미소를 지으며 물러갔다. 고통의 세례를 받아 얼굴이 백짓장처럼 하얗게 질렸으나 눈빛만은 성스러운 모성의 열정으로 달아오른 앤에게 아기만 생각하라는 말은 굳이 할 필요도 없었다. 이미 앤의 마음속은 아기 생각뿐이었다. 몇 시간 동안 맛본 행복감이 너무나 귀하고 강렬해서 하늘의 천사들이 질투하지 않을까 싶었다.

마릴라가 아기를 보러 들어오자 앤이 나지막하게 말했다.

"꼬마 조이스예요. 길버트와 나는 아기가 딸이면 조이스라고 부르기로 했어요. 좋은 이름이 너무 많아서 고르기 어려웠는데 고심 끝에 조이스로 결정했죠. 줄여서 조이라고 부를 거예요. 조이, 이 아기에게 정말 잘 어울리는 이름이잖아요. 아, 마릴라 아주머니. 전에도 행복하다고 느꼈지만 지금 느끼는 행복감에 비하면 그건 그저 기분 좋은 꿈에 불과했어요. 이게 진짜 행복인 것 같아요."

마릴라가 주의를 주었다.

"앤, 몸이 회복될 때까지는 말을 하지 않는 게 좋단다."

"말을 안 하는 게 제게 얼마나 힘든 일인지 아시잖아요."

앤이 미소 지었다.

앤은 처음에 기진맥진하기도 하고 행복하기도 해서 길버트와 간호사의 표정이 어둡고 마릴라도 슬픈 눈빛이라는 걸 알아채지 못했다. 그러다 바다 안개가 육지로 조금씩 꾸역꾸역 밀려오듯 앤의 가슴속으로 두려움이 스며들었다. 길버트가 왜 더 기뻐하지 않지? 왜 아기에 대한 이야기를 안 하지? 천상의 기쁨을 맛본 뒤로 왜 아기를 다시 내 곁에 놓아주지 않는 걸까? 혹시… 뭔가 잘못되기라도 한 걸까?

앤은 조용히 물었다.

"길버트, 아기는? 괜찮은 거야? 말해줘, 제발."

길버트는 한참이 지나서야 돌아섰다. 그리고 허리를 굽혀 앤의 눈을 내려다보았다. 문밖에서 두려운 마음으로 귀를 세우고 있던 마릴라는 앤의 가련하고 고통에 찬 신음 소리를 듣고 주방으로 도망치듯 내려갔다. 주방에서는 수전이 울고 있었다.

"아, 불쌍한 어린양, 가여워서 어째! 사모님이 잘 견디실 수 있을까요, 커스버트 부인? 저러다 돌아가시기라도 할까 봐 걱정돼요. 그동안 아기를 기다리면서 계획을 세우고 얼마나 행복해하셨는데, 정말 할 수 있는 일이 아무것도 없나요?"

"없을 거예요. 길버트가 희망이 없다고 했어요. 처음부터 저아기는 살 수 없다는 걸 알았다고 하네요."

"정말 예쁜 아기인데."

수전은 흐느껴 울었다.

"저렇게 살결이 뽀얀 아기는 처음 봤어요. 신생아는 대부분 벌겋거나 누렇거든요. 태어난 지 몇 개월 된 아기처럼 커다란 눈도 뜨고 있었어요. 아, 그 자그마한 아기를 어쩌면 좋아! 젊은 사모님도 너무 안됐어요!"

새벽녘에 찾아온 어린 영혼은 모두의 가슴을 무너뜨리고 해질 녘에 떠났다. 친절하지만 낯선 간호사의 손에서 작고 하얀 숙녀를 받아 든 코닐리어는 레슬리가 손수 만든 아름다운 옷을 그 자그마한 몸에 입혔다. 레슬리가 그렇게 해달라고 부탁했다. 코닐리어는 그렇게 차려 입힌 아기를, 가슴이 온통 무너지고 눈물범벅이 된 엄마 곁에 다시 놓아주었다.

코닐리어가 울면서 말했다.

"주님이 주신 아기를 주님이 다시 데려가셨네요. 주님의 이름으로 축복하소서."

그러고는 앤과 길버트, 죽은 아기만 남겨두고 방에서 나갔다.

다음 날, 작고 하얀 아기 조이는 레슬리가 사과꽃으로 장식해 준 벨벳 관에 담겨 항구 너머 교회 묘지로 실려 갔다. 코닐리어와 마릴라는 그동안 사랑을 담아 정성껏 만든 작은 옷들을 치우고, 통통한 팔다리와 솜털이 보송보송한 머리를 가진 아기를 위해 주름과 레이스 장식을 넣어 만든 아기 침대도 치웠다. 꼬마 조이는 그 침대에서 하룻밤도 지내지 못했다. 이제 춥고 좁은 관 속에서 영원히 잠잘 것이다.

코닐리어가 한숨을 푹 쉬었다.

"마음이 참 아프네요. 이 아기를 얼마나 기대하고 있었는지 몰라요. 딸이기를 바라기도 했고요."

"앤의 목숨을 구한 것만으로도 다행이라고 생각해요."

마릴라는 딸처럼 사랑하는 앤이 죽음의 어두운 골짜기를 지나던 지난 몇 시간 동안을 생각하며 몸을 떨었다.

"가여운 어린양! 사모님의 가슴이 얼마나 아플까요."

그때 레슬리가 감정에 북받쳐 한마디 했다.

"저는 앤이 부러워요. 앤이 죽었다고 해도 저는 부러워했을 거예요! 비록 하루 동안이었지만 그래도 엄마였잖아요. 그렇게만 될 수 있다면 저는 목숨이라도 내놓겠어요!"

"그런 말 하는 거 아니에요, 레슬리."

코닐리어가 나무랐다. 품위 있는 마릴라가 레슬리를 몹쓸 사람으로 오해할까 봐 한 말이었다.

앤은 꽤 오랫동안 병석에 누워 있었다. 그 무엇으로도 아픈 가슴을 달랠 수 없었다. 포윈즈에 만발한 꽃과 환한 햇빛도 상심한 앤에게는 오히려 가혹하게만 느껴졌다. 비가 억수같이 내릴 때면 항구 너머의 작은 무덤에 빗방울이 쏟아지는 장면을 머릿속에 떠올렸다. 처마에 바람이 불면 한 번도 들어본 적 없는 아기의 슬픈 목소리가 들려오는 듯했다.

자식 잃은 마음을 보듬어주려는 좋은 뜻으로 찾아온 이들의 상투적인 위로가 앤에게는 도리어 상처였다. 필리파 블레이크의 편지마저 앤의 상처를 가시처럼 찔러댔다. 아기가 태어났다는 것까지만 알고 곧바로 죽었다는 소식은 듣지 못한 필리파는 기쁨으로 가득한 축하의 편지를 써 보냈기 때문이다.

앤은 흐느껴 울며 마릴라에게 말했다.

"우리 아기가 살아 있었으면 이 편지를 받고 행복하게 웃었을 거예요. 필리파가 제게 상처를 주려고 일부러 그런 건 아니지만, 아기가 없으니 이런 편지가 너무 잔인하게 느껴져요. 아, 마릴라 아주머니. 다시는 행복해질 수 없을 것 같아요. 전 온갖 이유로 상처를 받으면서 남은 생을 살겠죠."

"시간이 다 해결해줄 거다."

마릴라는 앤의 고통에 공감하면서 안쓰러운 마음을 표현하고 싶었지만 정작 입으로는 진부한 말밖에 나오지 않았다.

앤이 울분을 터뜨렸다.

"이건 정말 불공평해요. 세상에는 아무도 원하지 않는 집에 태어나 무시당하며 어떤 기회도 잡지 못하고 살아가는 아기들이 있잖아요. 저는 우리 아기를 진심으로 사랑하고 아껴주려 했어요. 가능한 한 모든 기회를 얻도록 도와주려 했는데, 아기가 제 곁을 떠나버렸다니…."

"앤, 모든 게 하느님의 뜻이야."

마릴라는 우주의 신비 앞에서 무력감을 느꼈다. 부당한 고통을 받아야 하는 이유도 알 수 없었다.

"어쩌면 어린 조이에게도 그게 더 나을 수 있어."

"그 말은 수긍 못 하겠어요."

앤은 비통하게 울부짖었다. 마릴라는 충격을 받은 표정이었다. 그런 마릴라를 보며 앤은 격한 목소리로 덧붙였다.

"그럴 거면 하느님은 이 아이를 왜 태어나게 하신 거죠? 죽는 게 차라리 더 나은 일이라면 애초에 사람은 왜 태어나는 거예요? 삶을 쭉 살아가는 게 아니라 태어나자마자 죽는 게 더 낫다는 말은 믿지 못하겠어요. 아기는 사랑하고 사랑받으며 살아야 하잖아요. 삶을 즐기고, 때로는 고통도 받고 해야 할 일을 하면서 성품도 다져가고, 인격을 가꿔가는 게 맞잖아요. 그게 하느님의 뜻이라는 걸 어떻게 아세요? 어쩌면 악마가 하느님의 뜻을 방해하는 것일 수도 있잖아요. 이렇게 손도 제대로 못 써보고 포기해야 하다니, 이건 정말 말이 안 돼요."

"아, 앤. 제발 진정해라."

마릴라는 앤이 이대로 깊고 위험한 감정의 늪을 향해 흘러가 버리는 게 아닐까 진심으로 걱정했다.

"우주의 섭리를 이해하지 못하더라도 믿음을 가져야 해. 그게 최선이었다는 걸 믿어야 한다. 물론 지금은 그렇게 생각하기 힘들겠지. 그래도 길버트를 위해 용기를 내렴. 길버트가 너를 얼마나 걱정하는지 아니? 어서 건강을 회복해야지."

앤은 한숨을 내쉬었다.

"알아요, 제가 이기적으로 굴고 있다는 거. 어느 때보다 길버트를 사랑하고 길버트를 위해 살고 싶어요. 하지만 제 일부가 저 항구의 작은 무덤에 묻혀 있잖아요. 전 사는 게 두려울 정도로 가슴이 아파요."

"앤, 언젠가는 아픔이 무뎌질 날이 올 거다."

"알아요. 그런데 오히려 그런 생각 자체가 제게는 크나큰 아픔을 주는걸요."

"그래, 알아. 다른 일 때문이기는 하지만 나도 그런 기분을 느낀 적이 있으니까. 그래도 우리가 너를 사랑한다는 걸 잊지 마라, 앤. 짐 선장님이 매일 와서 네 안부를 묻고 무어 부인도 계속 집 앞을 서성거려. 코닐리어도 너를 위해 온갖 맛있는 음식을 만들지. 그래서 수전은 기분이 상했어. 자기 요리 솜씨가 코닐리어 못지않다고 생각하거든."

"고마운 수전! 아, 다들 너무나 다정하고 착하고 사랑스러운 사람들이에요. 마릴라 아주머니, 저는 고마운 줄도 모르는 사람인가 봐요. 이 끔찍한 고통이 조금이라도 가시면, 그땐 다시 살아갈 힘이 나겠죠?"

20장

사라진 마거릿

앤은 다시 살아갈 힘을 냈다. 코닐리어의 말을 듣고 미소를 짓기도 했다. 하지만 그 미소에는 전에 없던 무언가가 섞였고, 그무언가는 아마 다시는 사라지지 않을 것 같았다.

앤이 마차를 탈 수 있을 정도로 기운을 회복한 날, 길버트는앤을 마차에 태워 포윈즈곶의 등대로 데려다주었다. 그는 앤을그곳에 두고, 어촌 마을의 환자를 진찰하고자 직접 노를 저어수로를 건너갔다. 항구와 모래언덕으로 기분 좋게 바람이 불어왔고 파도에 하얀 거품을 내면서 해변을 은빛으로 수놓았다.

짐 선장이 말했다.

"블라이드 부인, 이렇게 다시 보니 정말 기분이 좋군요. 어서앉아요. 오늘은 먼지가 좀 많네요. 하지만 아름다운 풍경을 두고 굳이 먼지를 오래 쳐다볼 필요는 없을 거예요."

"먼지는 상관없지만 길버트는 제가 바람을 좀 쐬어야 한대요. 그래서 말인데, 저 아래 바위에 가서 앉아 있고 싶어요."

"같이 있을까요, 아니면 혼자 있고 싶어요?"

"선장님이 같이 계신다면 훨씬 좋겠죠."

앤은 미소를 짓다가 한숨을 쉬었다. 그동안 혼자 있는 걸 꺼렸던 적이 없는데 요즘은 그랬다. 누군가와 함께 있지 않으면 감당하기 어려운 외로움이 몰려왔기 때문이다.

짐 선장은 바위로 내려가며 말했다.

"여긴 바람이 세지 않아서 앉아 있기 좋은 자리예요. 나도 이곳에 자주 와서 앉아 있곤 합니다. 앉아서 멍하니 꿈을 꾸기에 여기만 한 곳이 없죠."

"아, 꿈이라니…."

앤은 또다시 한숨을 푹 쉬었다.

"이제는 꿈을 꿀 수 없어요. 짐 선장님, 이제 두 번 다시 꿈꾸는 일은 없을 거예요."

짐 선장은 생각에 잠긴 목소리로 말했다.

"아뇨, 절대 그렇지 않아요. 부인이 지금 어떤 심정인지 압니다. 그래도 계속 살다 보면 다시 기쁨을 느끼는 날이 올 거예요. 그리고 다시 꿈을 꿀 수 있게 될 겁니다. 선하신 하느님 덕분이죠! 우리가 꿈을 꿀 수 없다면 어떻게 살 수 있을까요. 불멸을 꿈꾸지 않는데 어떻게 하루하루를 버티겠어요? 그리고 그 꿈은 반드시 이루어질 겁니다. 언젠가 꼬마 조이스를 다시 볼 수 있는 날이 올 거예요."

앤은 떨리는 입술로 말했다.

"하지만 그때 조이스는 아기가 아닐 거예요. 아마 롱펠로의 시처럼 '천상의 은총을 입은 아름다운 아가씨'*가 되어 있겠죠. 전 그 아가씨가 낯설기만 할 테고요."

"하느님께서 다 알아서 해주실 겁니다. 나는 그렇게 믿어요."

두 사람은 한동안 말이 없었다. 잠시 후 짐 선장이 작은 소리로 물었다.

"블라이드 부인, 내가 사라진 마거릿에 대한 얘기를 들려드릴까요?"

"네, 해주세요."

앤은 '사라진 마거릿'이 누구인지 몰랐지만 짐 선장의 연애담을 들을 수 있을 것 같아서 고개를 끄덕였다.

"전부터 마거릿에 대한 얘기를 하고 싶었어요. 왜냐면요, 내가 세상을 떠난 후에도 누군가 마거릿을 기억하고 생각해줬으면 하는 바람 때문입니다. 살아 있는 사람들 사이에서 마거릿의 이름이 잊히는 건 견딜 수 없거든요. 지금 그녀를 기억하는 사람은 나밖에 없어요."

짐 선장은 아주 오래전 이야기를 꺼냈다. 50년 전 어느 날, 아버지의 작은 어선에 누워 깜빡 잠이 들었던 마거릿은 수로를 지나 모래톱을 넘어 머나먼 바다로 떠내려가고 말았다. 확실한 사실은 아무도 몰랐고, 다만 그렇게 되었겠거니 짐작만 할 뿐이었다. 어쩌면 여름날 오후 천둥번개와 함께 갑작스레 몰아닥친 시커먼 폭풍 속으로 사라져버렸을 수도 있었다. 50년 전 일이지

* 롱펠로의 시 〈체념〉에서 인용했다.

만 짐 선장에게는 어제처럼 생생한 과거였다.

짐 선장은 서글픈 목소리로 말을 이었다.

"그 일이 있은 후 나는 사랑스럽고 예쁘고 자그마한 그녀의 시체라도 찾으려고 몇 달 동안 해변을 돌아다녔습니다. 하지만 바다는 그녀를 내게 돌려주지 않았어요. 그래도 언젠가는 찾게 될 거라고 믿습니다. 꼭 그렇게 되겠죠. 마거릿은 나를 기다리고 있어요. 마거릿이 어떻게 생겼는지 말해주고 싶지만 말로는 표현을 못 하겠네요. 그저 해 뜰 무렵 모래톱에 떠다니는 고운 은빛 안개를 보면 꼭 마거릿을 보는 것 같아요. 저 뒤쪽 숲의 하얀 자작나무도 마거릿 같죠. 마거릿은 연한 갈색 머리카락에 희고 자그마한 얼굴이 무척 귀여웠어요. 부인처럼 손가락이 길고 가늘었죠. 바닷가에 사는 여자다 보니 피부색이 좀 더 갈색을 띠기는 했지만요. 한밤중에 잠이 깨면 예전처럼 바다가 나를 부르는 소리가 들릴 때가 있는데, 마치 사라진 마거릿이 나를 부르는 것만 같아요. 폭풍이 치고 파도가 울부짖으면 그 속에서 마거릿의 비통한 울음소리가 들립니다. 날씨 좋은 날 파도가 웃으면 그게 또 그녀의 웃음소리 같죠. 사라진 마거릿의 장난꾸러기 같은 귀여운 웃음소리요. 바다는 내게서 마거릿을 빼앗아갔지만 언젠가 그녀를 찾고 말 겁니다. 바다도 우리를 영원히 갈라놓지는 못해요."

"그분에 대해 말씀해주셔서 고마워요. 선장님이 왜 평생 혼자 사셨을까 궁금했거든요."

바다에 빠져 죽은 연인을 50년 동안 그리워하며 홀로 지낸 노인이 말했다.

"다른 사람에게는 마음을 줄 수 없었어요. 사라진 마거릿이 내 마음을 다 가져갔죠. 저 바다로요. 내가 마거릿 얘기만 늘어놓아서 부인의 기분이 상한 건 아닌지 모르겠습니다. 나야 좋았지만요. 이제는 마거릿에 관한 기억 중에 고통스럽던 부분은 다 사라지고 축복 같은 추억만 남았어요. 부인은 마거릿을 영원히 기억해주리라 믿어요. 세월이 흐르고 부인의 집에 자식들이 태어나면, 그 아이들에게도 사라진 마거릿에 대한 얘기를 꼭 들려주겠다고 약속해주세요. 그러면 그녀의 이름이 세상에서 잊히지 않을 테니까요."

21장

장벽은 무너지고

"앤, 여기서 이렇게 당신이랑 같이 앉아 일도 하고 이야기도 나누고 말없이 앉아 있기도 하는 이 시간이 내게 얼마나 소중한지 모를 거예요."

잠깐의 침묵을 깨며 레슬리가 불쑥 말했다.

앤과 레슬리는 꿈의 집 정원을 지나는 작은 개울 둑 푸른 풀밭에 앉아 있었다. 반짝이는 개울물이 고운 노래를 부르며 그들 앞으로 흘러갔다. 자작나무들이 두 사람의 머리 위로 얼룩덜룩한 그림자를 드리우고, 산책로에는 장미꽃이 활짝 피었다. 해가 짧아지면서 공기 중에는 바람의 노랫소리가 차올랐다. 앤의 집 뒤쪽 전나무 숲에 부는 바람, 모래톱의 파도를 스치는 바람, 그리고 하얀 피부의 꼬마 숙녀가 잠들어 있는 교회의 종소리를 타고 흐르는 바람의 노랫소리였다. 앤은 종소리를 들으면 애달픈 생각이 들었지만 그래도 그 소리를 무척 사랑했다.

앤은 레슬리의 말이 무슨 뜻인지 궁금해하며 그녀를 바라보았다. 레슬리는 손에 들고 있던 바느질감까지 내려놓고 그 말을 한 것이다. 평소와 다르게 무언가에 매여 있는 느낌도 없었고, 좀처럼 보기 드문 모습이었다.

"앤이 몹시 괴로워했던 그 끔찍한 밤에, 나는 우리가 다시는 함께 얘기하고 걷고 일할 수 없을 것 같다는 생각을 했어요. 그리고 앤의 우정이 내게 어떤 의미인지, 앤이 내게 어떤 사람인지 깨달았어요. 내가 혐오스러운 짐승 같다는 것도요."

"레슬리, 왜 그래요! 나는 누구든 내 친구를 그런 식으로 욕하는 말을 듣고 싶지 않아요."

"그게 사실이니까 그렇죠. 나라는 사람은요, 혐오스러운 짐승이 맞아요. 꼭 해야 할 얘기가 있어요, 앤. 이 얘기를 들으면 나를 경멸하겠지만 어쩔 수 없어요. 지난겨울과 봄에 나는 당신을 엄청 미워했어요."

"알고 있었어요."

앤이 차분하게 말했다.

"알고 있었다고요?"

"당신 눈에 그런 감정이 담겨 있었거든요."

"그런데도 나를 좋아해주고 내 친구가 된 거네요?"

"당신이 나를 미워하는 것처럼 보일 때가 가끔 있었어요. 다른 때는 나를 사랑한 것 같고요."

"맞아요. 하지만 당신을 미워하는 감정이 늘 마음속에 있었어요. 그게 다른 감정마저 망쳐놓았죠. 그 께름한 감정을 표출

하지 않으려고 애썼지만 가끔은 인식하지 못하고 내버려뒀죠. 그럴 때면 그 감정이 불쑥 올라와서 나를 사로잡는 거예요. 내가 당신을 미워한 건 당신이 너무 부러워서였어요. 때로는 질투가 나서 견딜 수 없었어요. 당신은 작고 예쁜 집에서 사랑을 주고받으며 행복을 누리잖아요. 참 즐거운 꿈을 꾸면서요. 내가 몹시 원했지만 한 번도 가져본 적 없고 가질 수도 없는 것들이죠. 아, 앞으로도 영원히 불가능할 거예요! 그래서 속이 너무 상했어요. 내 삶이 나아질 거라는 희망만 있었어도 그렇게 당신을 질투하지는 않았을 거예요. 하지만 내 인생에 그런 희망은 없어요. 절대로요! 그게 불공평하다고 생각했어요. 속이 부글부글 끓고 마음이 찢어질 듯 아팠죠. 그래서 가끔 당신을 지독하게 미워했어요. 아, 정말 부끄럽네요. 창피해서 죽을 것 같아요. 이 감정은 절대 극복하지 못할 거예요.

그런데 그날 밤, 당신이 죽을지도 모른다는 생각에 겁이 났어요. 만약 당신이 잘못되면 다 내가 못된 생각을 한 탓이니 그 벌을 받게 될 거라고 생각했죠. 하지만 앤, 나는 당신을 미워하면서도 너무나 사랑했어요. 어머니가 돌아가신 뒤로 딕이 키우던 늙은 개를 제외하면 나는 사랑할 대상조차 없었어요. 그게 얼마나 끔찍한지 몰라요. 삶이 지독하게 공허하거든요. 공허함보다 더 무서운 건 없어요. 당신을 너무나도 사랑했는데, 질투라는 지독한 감정이 다 망쳐놨어요."

레슬리는 몸을 부들부들 떨었다. 감정이 격해져 말의 앞뒤도 맞지 않게 횡설수설했다.

앤은 그녀를 달랬다.

"레슬리, 그만해요. 제발요. 난 충분히 이해하니까. 더는 얘기
하지 말아요."

"아니요, 해야 해요. 꼭이요. 그날 당신이 죽지 않고 살 것 같
다는 확신이 들었을 때, 당신 몸이 회복되면 이 얘기를 꼭 해야
겠다고 맹세했어요. 내가 얼마나 형편없는 인간인지를 고백하
지 않고서는 당신을 계속 만나면서 우정을 나눌 수 없을 테니까
요. 하지만 내 이야기를 듣고 당신이 나를 멀리할까 봐 너무 겁
이 났어요."

"레슬리, 걱정 말아요. 그러지 않을 거예요."

"아, 그렇게 말해주니 고마워요. 정말 고마워요, 앤."

고된 일로 거칠어진 레슬리의 갈색 손이 덜덜 떨렸다. 레슬리
는 두 손을 꼭 모아 쥐었다.

"모든 것을 털어놓고 싶어요. 지금부터 얘기할게요. 내가 당
신을 처음 본 건 저녁 무렵 해변에서가 아니었어요."

"알아요. 길버트랑 내가 이 집에 처음 온 날 저녁이었잖아요.
당신은 거위 떼를 몰고 언덕을 내려오고 있었어요. 지금도 생생
하게 기억나요! 당신은 정말 아름다웠어요. 그 후 수주 동안 당
신이 누구인지 궁금했어요."

"나는 당신이 누구인지 알고 있었어요. 새 의사 선생님 부부
가 러셀 할머니의 작은 집에 살러 온다는 얘길 들었거든요. 바
로 그 순간부터 나는 당신을 미워했어요."

"나도 그날 당신 눈에 어린 적개심을 읽었어요. 하지만 설마
했어요. 내가 잘못 봤을 거라고 생각했죠. 왜 그랬던 거예요?"

"당신이 너무 행복해 보였거든요. 아, 이제 당신도 내가 얼마

나 혐오스러운 짐승인지 알 거예요. 단순히 행복해 보인다는 이유로 다른 여자를 미워하잖아요. 그 여자가 내게서 행복을 빼앗아 간 것도 아닌데 말이에요! 그래서 앤의 집을 찾지 않은 거였어요. 포윈즈의 관습대로라면 새로 이사 온 사람들을 방문하는 게 예의였지만, 도저히 갈 수 없었거든요. 그저 우리 집 창문 앞에 우두커니 서서 당신을 지켜보곤 했죠. 당신이랑 당신 남편이 저녁 무렵 정원에 나와 산책하는 모습, 당신이 남편을 맞이하러 포플러나무 길을 달려 내려가는 모습이 보일 때면 속이 쓰렸어요. 마음 한편으로는 당신을 만나러 오고 싶었죠. 내가 이렇게 비참한 처지만 아니었다면 당신을 좋아하게 될 것 같았어요. 내가 평생 가져본 적 없는, 내 또래의 진짜 친한 친구가 될 수도 있겠다는 생각도 했고요. 바닷가에서 우리가 만났던 그날 밤 기억해요? 내가 당신을 미쳤다고 생각할까 봐 걱정했잖아요. 하지만 당신이야말로 나를 미친 여자로 생각했을 것 같네요."

"아뇨, 그건 아닌데, 이해가 안 되기는 했어요. 그때 레슬리는 어느 순간에는 가까이 다가왔다가, 또 어느 순간에는 나를 밀어내곤 했거든요."

"그날 저녁 엄청 우울했어요. 힘든 하루였거든요. 그날따라 딕이 엄청 말을 안 들었어요. 평소에는 착하고 다루기 쉬운 편인데, 그렇지 않은 날도 있어요. 너무 속이 상해서 딕이 잠들자마자 해변으로 달려 내려왔어요. 해변이 내 유일한 피난처거든요. 해변에 앉아서 가엾은 아버지가 스스로 목숨을 끊은 일을 떠올렸어요. 언젠가는 나도 그렇게 되고야 말겠구나 생각하면서요. 아, 마음속이 온통 어두운 생각으로 가득 차 있었어요! 그런데 별안간 당신이 나타나더니 아무런 근심이나 걱정 없는 어린아이처럼 신나게 춤을 추며 만의 가장자리로 오더라고요. 그땐 당신이 지독하게 미웠네요. 그래 놓고 당신의 우정을 갈구했으니⋯. 한 가지 감정에 사로잡혔다가도 어느 순간 다른 감정이 훅 올라오곤 해요. 그날 밤 집으로 돌아가면서 당신이 나를 어떻게 생각했을까 싶어 창피한 마음에 울고 말았어요.

이 집에 올 때마다 늘 그랬어요. 어떤 날은 정말 기분 좋고 즐거운데, 또 어떤 날은 우울한 감정이 올라와서 기분을 망쳤죠. 당신과 이 집의 모든 것이 내게 상처를 줄 때도 있어요. 당신은 내가 가질 수 없는 작고 소중한 것들을 많이 가졌잖아요. 우스꽝스럽겠지만, 당신 집에 있는 도자기 개들한테도 심통이 나서, 곡과 마곡을 양손에 잡고 앙증맞은 까만 코를 서로 콱 부딪치게 하고 싶을 때도 있었어요!

아, 웃는군요, 앤. 하지만 나한테는 재미있는 일이 아니었어요. 이 집에 와서 당신과 길버트가 책과 꽃에 둘러싸여 있는 걸 볼 때면 마음이 불편했어요. 사랑스러운 살림살이, 부부가 나누는 소소한 농담, 서로를 바라보는 눈빛과 오가는 말에서 사랑이 느껴졌거든요. 당신은 의식하지 못하겠지만요. 나는 그런 것들이 전혀 없는 집으로 돌아가야 하는 거예요! 내가 원래부터 남을 시기하고 질투에 불타는 인간으로 태어난 건 아니에요. 어렸을 때는 학교 친구들이 가진 걸 나만 못 가졌어도 별로 신경 쓰지 않았어요. 그런 일로 친구들을 미워한 적도 없고요. 그런데 어른이 되어서는 그런 끔찍한 생각이나 하고⋯."

"레슬리, 자책은 이제 그만해요. 당신은 혐오스럽지도 않고 시기심이 많지도 않아요. 질투에 불타는 사람은 더더욱 아니죠. 하루하루 살아내야 하는 삶이 너무 고단해서 약간 비뚤어진 것뿐이에요. 당신의 본래 성품이 곱지 않았더라면 훨씬 나쁜 생각을 했겠죠. 이렇게 다 털어놓고 영혼의 짐을 내려놓으면 당신이 좀 더 편안해질 것 같아서 듣고 있을 뿐이에요. 레슬리, 이제 됐어요. 더는 자책하지 말아요."

"알았어요. 그만할게요. 앤이 나라는 인간을 있는 그대로 알기를 바랐어요. 사실, 당신이 봄에 품은 희망을 말했을 때가 최악이었어요. 그날 내가 한 행동을 생각하면 앞으로도 스스로를 용서 못 할 것 같아요. 너무 후회가 돼서 울며 참회했어요. 하지만 앤, 아기에게 줄 작은 옷을 만드는 동안에는 당신에 관해 좋고 예쁜 생각만 했어요. 내가 만든 아기 옷이 결국 수의가 될 줄 알고 그랬던 것 같기도 해요."

"레슬리, 그건 너무 비통하고 괴로운 생각이에요. 이제 그런 생각은 그만둬요. 당신이 아기 옷을 만들어서 가져왔을 때 얼마나 고마웠다고요. 당신이 나를 아끼는 마음을 담아 만들어준 옷을 조이스에게 입혀 보냈으니 그걸로 충분해요."

"앤, 이제부터 나는 당신을 언제까지나 사랑할 거예요. 다시는 나쁜 생각도 하지 않을 거고요. 이렇게 다 털어놓고 나니 마음의 짐이 말끔하게 사라진 것 같아요. 기분이 정말 묘하네요. 너무나 생생하고 쓰라린 감정이었거든요. 컴컴한 방의 문을 열고 그 안에 분명히 있는 흉측한 괴물을 보여줬는데, 알고 보니 괴물은 처음부터 없었고 그림자뿐이었던 거죠. 그 그림자마저도 빛이 흘러들어온 덕분에 사라졌고요. 앞으로 우리 사이에 다시는 그림자가 끼어들지 못하게 할 거예요."

"그래요. 그럼 우리는 이제 진짜 친구가 된 거죠? 레슬리, 난 오늘 정말 기뻐요."

"이 얘기를 한다고 해서 나를 오해하지 않았으면 좋겠어요. 당신이 아기를 잃었을 때 나는 너무나 마음이 아팠어요. 만약 내 손을 하나 잘라내서 아기를 구할 수 있었으면 당신을 위해 기꺼이 그렇게 했을 거예요. 그래도 당신의 슬픔 덕분에 우리가 더 가까워질 수 있었던 것 같아요. 당신의 완벽한 행복이 더는 우리 사이에 장애물로 작용하지 않으니까요. 아, 오해하지 말아요. 당신이 완벽하게 행복하지 않아서 기쁘다는 뜻은 절대 아니니까요. 이제는 우리 사이에 존재했던 골 같은 것이 없어져서 좀 더 가까워진 느낌이라는 뜻이에요."

"레슬리, 그런 걱정 안 해도 돼요. 난 오해하지 않아요. 이제 지난 일은 다 묻어버려요. 좋지 않았던 일도 다 잊자고요. 앞으로는 전과 다르게 살면 돼요. 이제 우리는 둘 다 요셉을 아는 자예요. 당신은 지금까지 정말, 아주 잘해왔어요. 그리고 앞으로 당신 삶에도 기쁘고 아름다운 일이 일어날 거예요. 나는 진심으로 그렇게 믿어요."

레슬리는 고개를 저으며 울적하게 말했다.

"아뇨, 희망은 없어요. 딕은 결코 좋아지지 않을 거예요. 기억이 돌아온다고 해도…. 아, 앤. 그렇게 되면 지금보다 상황이 더 안 좋아질 게 분명해요. 행복한 신부인 당신은 아마 이해할 수 없을 거예요. 내가 어쩌다 딕과 결혼하게 됐는지 코닐리어에게 들었나요?"

"네."

"다행이네요. 난 앤이 알고 있길 바랐어요. 내 입으로는 도저히 말할 수 없을 것 같았거든요. 난 열두 살 이후부터 줄곧 고통스럽게 살고 있어요. 어린 시절에는 그럭저럭 행복했는데…. 비록 가난했지만 집안 분위기는 화목했거든요. 아버지는 멋진 분이셨죠. 똑똑하고 다정하고 마음도 잘 통했어요. 아버지와 난 친구처럼 지냈죠. 어머니는 무척 상냥한 분이셨고 무엇보다 엄청 예뻤어요. 내가 어머니를 닮긴 했지만 어머니의 미모에는 한참 못 미쳤으니까요."

"아, 그래요? 코닐리어는 어머니보다 당신이 훨씬 아름답다고 하던데요."

"그분이 잘못 아신 거예요. 아니면 편견 때문에 그렇게 봤을 수도 있죠. 물론 몸매는 내가 더 나아 보일 수 있어요. 어머니는 몸이 작고 가냘팠는데, 고된 노동으로 자세까지 구부정하거든요. 하지만 얼굴은 천사처럼 아름다웠어요. 그래서 난 예배를 드리는 중에도 어머니 얼굴만 쳐다보곤 했죠. 우리 가족이 다 그랬어요. 아버지도, 케네스도."

레슬리의 말은 코닐리어와 상당히 달랐다. 어쩌면 레슬리는 어머니에 대한 사랑 때문에 객관적이지 않을 수도 있었다. 하지만 어쨌든 딸을 딕 무어와 결혼시킨 로즈 웨스트는 한마디로 이기적인 여자였다.

"케네스라는 이름의 남동생이 있었어요. 아, 나는 그 아이를 말로 표현할 수 없을 만큼 사랑했어요. 그런데 끔찍하게 죽고 말았죠. 어쩌다 그렇게 되었는지 알고 있어요?"

"알아요. 다 들었죠."

"앤, 마차 바퀴가 케네스를 깔고 지나갈 때 그 아이의 작은 얼굴을 내가 지켜보고 있었어요. 케네스가 건초 더미에서 떨어질 때 등부터 바닥에 닿았거든요. 앤⋯ 아, 앤⋯ 지금도 그 장면이 눈에 선해요. 동생의 얼굴을 평생 잊지 못할 거예요. 그때의 기억이 머릿속에서 깨끗이 사라지기를 얼마나 바랐는지 몰라요. 하지만 아직도 너무 생생하게 남아 있어요. 아, 하느님!"

"레슬리, 굳이 얘기하지 않아도 돼요. 코닐리어에게 들어서 다 알고 있어요. 자세히 말하려고 하다 보면 영혼에 깊은 상처만 남아요. 생각을 멈추면 잊힐 거예요."

한동안 괴로워하며 어쩔 줄 몰라 하던 레슬리는 잠시 후 가까스로 진정된 듯했다.

"동생 일로 아버지가 건강을 많이 해치셨어요. 몹시 우울해하셨죠. 마음이 무너진 거예요. 그 얘기도 알고 있나요?"

"네, 그럼요."

"아버지가 돌아가시고 나서는 어머니만 의지하며 살았어요. 그래도 마음속에 야망은 남아 있었죠. 교사로 일하면서 돈을 벌어 대학에 진학하고 싶었어요. 최고로 높은 자리까지 올라가는 걸 꿈꿨죠. 아, 이 얘기도 안 할게요. 굳이 할 필요가 없을 것 같아요. 그 후 무슨 일이 일어났는지 알 테니까요. 나는 상심한 어머니가 집에서 쫓겨나게 만들고 싶지 않았어요. 평생 노예처럼 고된 일만 하셨거든요. 물론 내가 버는 돈으로 둘이 먹고살 수는 있었지만 어머니는 살던 집을 떠나고 싶어 하지 않았어요. 신혼 시절을 보낸 집이기도 하고, 아버지를 사랑했던 만큼 어머

니의 추억도 다 그 집에 있었으니까요. 어머니가 돌아가시기 전
마지막 한 해만이라도 행복하게 살게 해드렸으니 내가 한 선택
에 후회는 없어요.

결혼한 순간부터 딕을 미워한 건 아니었어요. 그냥 다른 학교
친구들처럼, 어느 정도 거리를 두고 친한 느낌 정도였죠. 딕이
술을 좋아한다는 건 알고 있었어요. 하지만 사귀는 여자가 있
다는 얘기는 못 들었어요. 그 여자에 대해 알고 있었으면 아무
리 어머니를 위한 일이라 하더라도 딕이랑 결혼하지 않았을 거
예요. 그러다 나중에는 딕을 진심으로 미워하게 됐죠. 어머니는
그걸 모른 채 돌아가셨고요. 그렇게 나는 혼자가 됐어요. 겨우
열일곱 살인데 혼자가 된 거예요. 딕은 네자매호를 타고 멀리
떠나버렸죠. 나는 딕이 집에 돌아오지 않길 바랐어요. 딕은 워
낙 바다를 좋아했기 때문에 그러는 게 그에게도 낫겠다 싶었죠.
그것 말고는 내게 별다른 희망이 없었어요. 나중에 짐 선장님이
딕을 찾아서 집으로 데려왔고, 그 뒤로 지금까지 이렇게 살고
있어요. 앤, 내 얘기를 다 털어놨어요. 내 안에 도사린 가장 추한
모습까지 전부요. 이제 우리 사이의 장벽은 사라진 거예요. 지
금도 여전히 나와 친구로 지내고 싶어요?"

앤은 자작나무 사이로 하늘을 올려다보았다. 하얀 종이 등 같
은 반달이 해 저무는 만을 향해 흘러가고 있었다. 앤은 더없이
따뜻한 표정으로 말했다.

"나는 당신 친구고 당신은 내 친구예요. 그 사실은 언제까지
나 변하지 않아요. 당신 같은 친구는 처음이에요. 사랑스럽고
좋은 친구가 많지만 레슬리 당신은 특별해요. 당신에게는 다른

친구들한테서 보지 못한 무언가가 있어요. 당신의 풍성한 내면이 나를 이끌어줄 것 같아요. 나도 철없던 소녀 시절보다 지금 당신에게 더 많은 것을 줄 수 있을 거예요. 우리는 둘 다 어엿한 여인이면서 영원한 친구예요."

두 사람은 손을 꼭 잡고 눈물이 그렁그렁하게 맺힌 회색 눈과 파란 눈으로 서로를 바라보았다.

22장

해결사 코닐리어

길버트는 적어도 여름까지는 수전에게 집안일을 부탁해야 한다고 고집했다. 하지만 앤은 반대했다.

"길버트, 이 집에서 우리 둘이서만 알콩달콩 살고 싶어. 다른 사람이 함께 있으면 아무래도 불편해. 수전은 좋은 분이지만 그래도 남이잖아. 이젠 나도 집안일을 할 만큼 나아졌어."

"주치의 말 들어. 구두 만드는 사람의 아내는 맨발로 다니고 의사의 아내는 젊은 나이에 죽는다는 속담이 있어. 내 집에서 그런 일이 일어나게 두진 않을 거야. 지금 내 생각 같아서는 수전에게 내년 봄까지 계속 이 집 살림을 맡기고 싶어. 그러니까 당신은 쏙 패인 볼이 다시 차오르도록 건강을 회복하는 데만 신경 써주면 좋겠어."

그때 수전이 불쑥 들어오며 말했다.

"사모님, 무리하지 마세요. 주방 걱정은 말고 편하게 쉬시면 돼요. 이 수전이 다 알아서 합니다. 집에 개를 기르면서 주인이 직접 짖을 필요는 없잖아요. 제가 매일 아침 식사를 챙겨서 위층으로 올려보내 드릴게요."

앤이 웃으며 말했다.

"그렇게까지 하지 않으셔도 돼요. 코닐리어의 말처럼 아프지도 않은 여자가 침대에서 아침을 먹는 건 창피한 짓이에요. 극악무도한 죄를 저지른 남자들에게 발뺌할 핑곗거리를 주는 행위에 불과하죠."

앤의 말에 수전은 콧방귀를 뀌었다.

"아, 코닐리어! 코닐리어 브라이언트가 뭐라고 떠들든 사모님은 귀담아듣지 마세요. 그 여자는 왜 그렇게 남자들 험담을 하고 다니는지 모르겠어요. 저도 그녀처럼 노처녀지만 그런 짓은 하지 않거든요. 저는 남자가 좋아요. 언젠가 기회가 닿으면 결혼할 생각도 있어요. 사모님, 왜 아무도 제게 청혼하지 않을까요? 저는 그게 너무 이상해요. 제가 미인까지는 아니어도 결혼한 부인들만큼은 생겼잖아요. 그런데 지금껏 남자 친구 한 명도 사귀어본 적이 없어요. 이유가 뭐라고 생각하세요?"

앤은 해탈이라도 한 사람처럼 근엄하게 대답했다.

"그건 운명일지도 몰라요."

수전은 고개를 끄덕였다.

"음, 저도 그렇다는 생각을 종종 해요. 그러면 위안이 되더라고요. 전능하신 하느님이 현명하게 정해놓으신 운명이라면 아무도 저를 원하지 않는다고 해도 괜찮아요. 그런데 슬며시 의심이 생길 때도 있어요. 하느님이 아니라 악마가 농간을 부리는 건 아닌가 해서요. 그렇다면 포기할 수 없죠."

하지만 곧 밝은 표정으로 말을 이었다.

"어쩌면 저도 결혼할 기회가 있을지 모르겠어요. 고모가 읊던 시구절이 종종 떠오르곤 해요. '털빛이 우중충한 암거위가 있었네. 하지만 이르든 늦든 언젠가는 정직한 수거위가 다가와 그 암거위를 짝으로 삼으리!' 사모님, 있잖아요. 여자는 땅에 묻힐 때까지 결혼 여부를 장담할 수 없는 것 같아요. 이제 저는 체리 파이를 만들러 가볼게요. 블라이드 선생님이 그걸 좋아하시더라고요. 전 음식을 맛있게 먹을 줄 아는 남자를 위해 요리하는 게 좋아요."

그날 오후 코닐리어가 씩씩거리며 찾아왔다.

"세상이든 악마든 아무래도 상관없는데 인간들 때문에 성가셔서 못 살겠어요. 부인은 언제 봐도 참 침착해 보여요. 음, 체리 파이 굽는 냄새가 나네요? 차 한잔 마시고 가도 괜찮을까요? 올여름에는 체리파이를 한 조각도 못 먹어봤어요. 내 체리를 글렌 마을의 길먼네 아이들이 죄다 훔쳐갔거든요."

거실 한쪽 구석에 앉아 해양 소설을 읽던 짐 선장이 코닐리어를 나무랐다.

"아이고, 코닐리어. 확실한 증거도 없으면서 엄마 없이 자라는 아이들에게 누명을 씌우면 안 되지. 애들 아버지가 정직한 사람은 아니지만, 그렇다고 애들까지 함부로 도둑 취급하면 되겠어? 당신네 집 체리를 따간 건 개똥지빠귀일 거야. 올해 개똥지빠귀들은 살이 아주 통통하게 올랐던데."

"개똥지빠귀 같은 소리 하시네! 하이고, 다리가 둘 달린 개똥지빠귀라고요? 기가 막혀서 원!"

"포윈즈의 개똥지빠귀들 대부분이 다리가 두 개지."

코닐리어는 잠시 짐 선장을 노려보더니 흔들의자에 기대어 앉아 한참 배를 잡고 웃었다.

"그래요, 선장님이 드디어 건수 하나 잡았네요. 이번에는 내가 인정할게요. 아주 좋아 죽지. 체서 고양이처럼 신나게 웃으시는 것 좀 봐요, 앤. 지난주 해 뜰 무렵 내 벚나무에서 본 개똥지빠귀가 햇볕에 그을린 굵은 맨다리에 낡은 바지까지 입었던데, 그게 개똥지빠귀가 맞다면 내가 길먼네 아이들한테 사과해야겠네요. 내가 쫓아 나갔더니 벌써 달아나고 없었어요. 어쩌면 그렇게 빨리 사라졌나 했더니, 짐 선장님 덕분에 이제 알겠어요. 그것들이 날아간 거였네요."

짐 선장은 껄껄 웃었다. 앤이 더 있다가 저녁도 먹고 체리파이도 들고 가기를 권했지만 짐 선장은 그만 가봐야겠다고 하면서 등대로 돌아갔다.

코닐리어가 말했다.

"레슬리한테 하숙인을 들일 생각이 있는지 물어보러 가는 길이에요. 어제 토론토에 사는 데일리 부인한테 편지가 왔어요. 참, 데일리 부인은 2년 전 우리 집에서 잠깐 하숙을 했었어요. 그녀 얘기로는, 여름 동안 자기 친구가 여기 와서 머물고 싶어 한다는 거예요. 오언 포드라는 남자인데 신문기자고, 이 작은 집을 지은 학교 선생의 손자예요. 존 셀윈 선생님의 큰딸이 포드라는 성을 가진 온타리오 남자와 결혼했거든요. 오언 포드

는 그 아들이죠. 조부모가 살았던 곳을 보고 싶어 한대요. 봄에
장티푸스를 호되게 앓았는데 아직 몸이 다 낫질 않았다나 봐요.
의사가 바닷가에서 지내며 요양을 하라고 했대요. 호텔은 싫고
조용한 집에서 머물고 싶어 한다네요. 8월에는 내가 어딜 좀 다
녀와야 해서 우리 집에는 못 데리고 있어요. 킹즈포트에서 열리
는 여성해외선교회 회의에 대표로 참석하게 됐거든요. 레슬리
가 하숙을 치려고 할지 모르겠어요. 그 집이 아니면 근처에 마
땅한 곳이 없는데…. 레슬리가 못 받겠다고 하면 항구 건너편으
로 가보라고 해야죠, 뭐."

"레슬리네 집에 갔다가 다시 오셔서 체리파이를 같이 드세요.
괜찮다면 레슬리랑 딕도 데려오시고요. 킹즈포트에 가신다고
요? 거기서 멋진 시간을 보내시겠네요. 가시는 김에 거기 사는
제 친구한테 편지 좀 전해주시겠어요? 이름이 조너스 블레이크
부인이에요."

코닐리어가 의기양양하게 말했다.

"홀트 부인한테 킹즈포트에 같이 가자고 꾀셔뒀어요. 그 부인
도 좀 쉴 때가 됐거든요. 지금까지 너무 일만 했으니 그러다 죽
겠다 싶어서요. 남편이 코바늘 뜨개질은 기가 막히게 잘하는데
벌이가 영 시원찮아요. 아침 일찍 일어나서 일하러 가는 꼴을
못 본다니까요. 그러면서 낚시하러 갈 때는 일찌감치 일어나요.
참 남자답죠?"

앤은 미소를 지었다. 요즘 앤은 코닐리어가 포윈즈 남자들을
평가할 때 그 말의 상당 부분을 걸러 들어야 한다는 걸 알게 되
었다. 그렇지 않으면 온 세상 남자가 죄다 아내를 노예 부리듯

하며 희생만 강요하는 천하의 난봉꾼이거나 썩어빠진 작자라고 믿어야 할 판이었다. 이를테면 톰 홀트도 앤이 알기로는 다정한 남편이자 사랑받는 아버지요 좋은 이웃이었다. 다소 게으른 편이고 농사일보다는 고기잡이가 적성에 맞으며 수예를 좋아하는 특이한 성향이긴 하지만, 그렇다고 남에게 해를 끼칠 사람은 아니었다. 그의 그런 면을 나쁘게 말하는 사람도 코닐리어뿐이었다. 톰의 아내는 장사 수완이 좋아 바깥일을 부지런히 했고 톰의 가족은 농장에서 나오는 수입으로 편안하게 살았다. 모친의 열정을 고스란히 물려받은 건강한 아들들과 딸들은 다들 자기 몫을 충분히 해냈다. 글렌세인트메리 마을에서 가장 행복한 가정이라고 할 수 있었다.

잠시 뒤 코닐리어는 레슬리의 집에 갔다가 자못 흡족한 표정으로 돌아왔다.

"레슬리가 하숙을 치겠대요. 얘기를 꺼내자마자 바로 하겠다네요. 올가을에 지붕을 수리하려면 돈이 필요한데 어떻게 마련해야 할지 고민이었나 봐요. 셀윈 부부의 손자가 여기로 올 거라는 얘길 들으면 짐 선장님이 얼마나 좋아하실까요! 레슬리는 체리파이를 먹고 싶지만 칠면조들을 잡으러 가야 해서 차를 마시러 올 수 없대요. 그놈들이 또 도망쳐 돌아다니나 봐요. 체리파이 한 조각만 식료품 저장실에 따로 남겨놔 달라고 하네요. 칠면조를 붙잡아 우리에 넣자마자 고양이처럼 재빨리 와서 먹겠다면서요. 레슬리가 옛날처럼 웃으면서 이런 말을 당신한테 전해달라고 했어요. 그런 모습을 보다니, 정말 감개무량하네요. 요즘 레슬리가 많이 변했어요. 소녀 때처럼 웃고 농담도 잘해요. 얘기를 들어보니 이 집에 자주 온다고 하던데요?"

"거의 매일 와요. 안 올 때는 제가 레슬리 집에 가고요. 레슬리가 없으면 저도 뭘 하면서 시간을 보내야 될지 몰랐을 거예요. 길버트가 엄청 바쁘거든요. 집에는 겨우 몇 시간만 머물 뿐이에요. 죽어라 일만 한다니까요. 항구 너머에 사는 분들이 요즘 길버트를 많이 찾으세요."

"자기네 의사한테 만족하고 살 것이지! 하긴 그 동네 의사가 감리교인이니 그 사람들 탓을 할 일도 아니죠. 앨런비 부인의 목숨을 구해준 뒤로 사람들은 블라이드 선생님이 죽은 사람도 살리는 재주가 있는 줄 아나 보네요. 데이브 선생님이 질투하시겠어요. 남자들이 다 그렇잖아요. 데이브 선생님은 블라이드 선생이 너무 최신 치료법에 의존한다고 생각하세요! 나 같으면 이렇게 말할 거예요. '선생님이 앨런비 부인을 치료했으면 아마 목숨을 건지지는 못했겠죠. 묘비에는 하느님께서 흡족해하며 데려가셨다고 새겨질 테고요.' 아, 정말이지 속에 있는 말을 데이브 선생님한테 다 하고 싶다니까요! 그분은 수년 동안 글렌 마을을 좌지우지하셨는데, 요즘은 어쩐지 사람들한테 잊혀가고 있는 것 같아요. 의사 이야기가 나왔으니 말인데, 블라이드 선생님이 가서 딕 무어의 목에 난 종기를 좀 봐주면 좋겠어요. 레슬리가 어떻게 해볼 수 있는 수준이 아니에요. 대체 딕 무어는 어쩌자고 목에다 종기 같은 걸 달고 있는 건지. 안 그래도 자기 때문에 레슬리가 얼마나 고생을 하는데, 그것도 모르고!"

"딕은 제가 마음에 드나 봐요. 강아지처럼 뒤를 졸졸 따라다니고 어쩌다 쳐다보기라도 하면 아이처럼 좋아하면서 웃어요."

"소름 끼치진 않아요?"

"전혀요. 저는 가엾은 딕 무어 씨가 마음에 들어요. 참 딱하면서도 흥미를 끄는 구석이 있어요."

"그 사람이 성질 피우는 걸 못 봐서 그래요. 아마 그런 생각은 쏙 들어갈걸요. 어쨌든 딕을 꺼리지 않는다니 다행이에요. 레슬리한테는 더욱 잘된 일이고요. 하숙인이 오면 레슬리는 할 일이 더 많아질 텐데, 괜찮은 사람이면 좋겠네요. 부인은 그 사람이 마음에 들걸요? 작가라고 하더라고요."

앤은 답답해하며 말했다.

"글쎄요. 왜 다들 작가 둘이 만나면 마음이 잘 맞을 거라고 생각하는지 모르겠어요. 대장장이 둘이 만났을 때 직업이 같다는 이유로 서로에게 끌릴 일은 없다는 걸 알면서 말이에요."

말은 이렇게 했지만 사실 앤은 오언 포드가 도착하는 날을 즐거운 마음으로 기다렸다. 호감형인 젊은 남자면 포윈즈에 꽤나 활력을 불어넣을 것이다. 이 작은 집의 문은 요셉을 아는 자에게 언제나 열려 있었다.

23장

오언 포드의 등장

어느 날 저녁 코닐리어가 앤에게 전화를 걸었다.

"그 작가가 지금 막 도착했대요. 내가 마차를 타고 데려갈 테니까 앤이 레슬리네 집으로 가는 길을 좀 안내해줘요. 그게 위쪽 길로 빙 돌아서 가는 것보다 훨씬 빨라요. 하필 내가 지금 시간이 없네요. 글렌 마을의 리즈네 아기가 뜨거운 물이 담긴 들통에 빠졌다지 뭐예요. 도움이 필요하다며 빨리 와달라고 하니 어쩌겠어요. 나더러 그 아기한테 새 피부라도 붙여주라는 건지, 원. 리즈 부인은 늘 조심성이 없어요. 실수를 저질러놓고는 뒤처리를 남한테 떠넘겨버리죠. 아무튼 길 안내 좀 해줄 수 있죠? 그 사람의 짐 가방은 내일 가져갈 거예요."

"그럴게요. 그런데 그 사람은 어때 보여요?"

"생김새는 내가 데려갔을 때 보면 될 테고, 속은 창조주이신 하느님만 알겠죠. 글렌 사람들이 죄다 수화기를 들고 우리 얘길 엿듣고 있으니 이쯤에서 전화를 끊는 게 좋겠어요."

통화를 마친 뒤 앤은 수전에게 말했다.

"포드 씨의 외모에 흠 잡을 구석이 별로 없나 봐요. 안 그랬으면 다들 듣고 있거나 말거나 투덜거렸을걸요? 그러니까 포드 씨는 꽤 잘생긴 게 분명해요."

수전은 속마음을 있는 그대로 꺼내놓았다.

"저는 잘생긴 남자를 보는 게 좋아요. 간식거리라도 준비할까요? 입에 넣으면 사르르 녹는 딸기파이가 있어요."

"아니에요. 레슬리가 하숙인을 기다리면서 저녁 식사를 준비해뒀을 거예요. 딸기파이는 내 가엾은 남편에게 주도록 하죠. 오늘도 한밤중에야 집에 올 것 같네요. 남겨놨다가 우유랑 같이 주세요."

"알겠습니다, 사모님. 이 수전만 믿으세요. 파이를 낯선 사람이 게걸스레 먹어 치우는 걸 보느니 남편분께 드리는 게 훨씬 낫죠. 그리고 우리 선생님도 아주 잘생기셨어요."

얼마 후 코닐리어가 오언 포드를 데리고 왔다. 앤은 속으로 '참 잘생겼다'라고 생각했다. 키가 크고 어깨가 떡 벌어진 데다 갈색 머리카락은 숱이 많았다. 코와 턱은 깔끔했으며 큼직한 눈은 빛나는 진회색이었다.

나중에 수전이 물었다.

"그분의 귀랑 치아 보셨어요? 남자 머리에 그렇게 보기 좋은 귀가 붙어 있는 건 처음 봤지 뭐예요. 난 남자의 귀를 눈여겨보거든요. 한때는 덮개처럼 생긴 귀를 가진 남자랑 결혼하게 되면 어쩌나 하고 걱정까지 했을 정도였어요. 실은 그런 걱정은 할 필요도 없었지만요. 귀 모양이 어떤 남자든 지금껏 한 명도 차지할 기회가 없었으니까요."

앤은 오언 포드의 귀를 자세히 보지는 못했지만 그가 솔직하고 다정하게 웃을 때 드러난 치아는 보았다. 웃고 있지 않을 때 그의 얼굴은 앤이 소녀 시절 꿈꿨던 모습, 곧 우울하고 속을 알 수 없는 남자 주인공처럼 다소 어둡고 공허한 인상이었다. 하지만 흥이 나서 농담을 건네고 미소를 지으면 얼굴이 밝아졌다. 코닐리어의 말마따나 겉모습은 멀쩡한 남자였다.

오언 포드는 열정과 호기심이 가득 담긴 눈으로 주변을 둘러보며 말했다.

"여기 오게 돼서 무척 기쁩니다, 블라이드 부인. 고향으로 돌아온 것 같은 기분이에요. 아시다시피 여기서 태어나 어린 시절을 보내신 어머니가 예전 집 이야기를 많이 해주셨거든요. 그래서 꼭 여기 살았던 것처럼 이 부근을 잘 압니다. 어머니는 이 집을 지을 때 있었던 일들, 로열윌리엄호를 애타게 기다리던 할아버지 얘기도 해주셨어요. 오래된 집이라 없어졌을 거라고 생각했죠. 안 그랬으면 진즉에 와봤을 겁니다."

앤이 미소 지으며 말했다.

"이렇게 멋진 해변에 지은 집은 아무리 오래돼도 쉽게 없어지지 않아요. 여기는 모든 것들이 언제나 그대로인 것처럼 보이는 곳이거든요. '거의 그대로인 것처럼'이라고 해야 맞겠죠. 존 셀윈 선생님의 집은 예전과 크게 달라지지 않았어요. 지금 활짝 피어 있는 정원의 장미 덤불은 할아버님이신 존 셀윈 선생님이 신부를 위해 직접 심으신 거예요."

"부인의 얘기를 들으니 그 시절의 모습이 눈에 보이는 듯하네요! 괜찮으시면 이곳 구석구석을 둘러보고 싶습니다."

"언제든 와서 둘러보세요. 포윈즈 등대를 지키는 노 선장님이 어렸을 때 존 셀윈 선생님 부부와 아는 사이였다는 건 들으셨죠? 이 집에 처음 왔던 날 선장님은 셀윈 부부 얘기를 해주셨어요. 나더러 이 집에서 살게 된 세 번째 신부라고 하셨어요."

"아뇨, 금시초문입니다. 정말 놀랍네요. 그분을 꼭 만나봐야겠습니다."

"곧 만날 수 있을 거예요. 모두가 짐 선장님과 아주 가까이 지내거든요. 그분도 포드 씨를 무척 만나고 싶어 하실 거예요. 포드 씨의 할머니가 선장님의 추억 속에서 별처럼 빛나고 계시니까요. 그보다 지금은 무어 부인이 당신을 무척 기다리고 있을 거예요. 거기로 가는 지름길을 안내해드릴게요."

앤은 그를 데리고 하얀 데이지꽃이 흐드러지게 핀 들판을 가로질러 개울 위쪽 집으로 향했다. 항구 건너편에서 여러 사람이 부르는 노랫소리가 들려왔다. 마치 바람을 타고 별빛 찬란한 바다를 건너오는 천상의 음악 같았다. 커다란 등대에서 불빛이 반짝거렸다. 오언 포드는 흡족한 얼굴로 주변을 둘러보았다.

"포윈즈가 이런 곳이라니. 어머니가 입이 마르게 칭찬하시긴 했지만 이렇게 아름다운 곳인 줄 몰랐습니다. 찬란한 색감과 풍경을 가진 매력적인 곳이네요! 여기서 지내다 보면 말처럼 튼튼해질 것 같아요. 이곳에서 영감을 받아 캐나다를 배경으로 한 역작을 쓸 수 있을 것 같습니다."

"아직 시작하지 않으셨어요?"

"네, 아직요. 중심을 잡아줄 주제를 정하지 못했어요. 아이디어가 잡힐 듯 말 듯한 곳에 숨어서 애를 태우다가 사라져버리곤 합니다. 이렇게 평화롭고 사랑스러운 곳에 있다 보면 곧 포착할 수 있겠죠. 부인도 글을 쓰신다면서요?"

"아, 저는 아이들이 읽을 만한 가벼운 이야기를 써요. 그나마 결혼한 뒤로는 별로 쓰지도 않았고요. 캐나다가 배경인 위대한 소설 같은 건 쓸 생각도 못 해요. 제 능력 밖이에요."

앤이 웃자 오언 포드도 같이 웃으며 말했다.

"제 능력도 보잘것없습니다. 언젠가 때가 되면 시도는 해보자고 생각하는 거죠. 신문기자로 살다 보면 소설을 쓸 기회가 많지 않아요. 어찌어찌해서 단편소설은 잡지에 꽤 실어봤지만, 시간이 없어서 장편은 아직 쓸 엄두도 못 내고 있었습니다. 이제 석 달간 쉴 수 있으니까 이번에는 꼭 시작해보려고 합니다. 책의 영혼이 될 주제를 포착할 수만 있다면요."

그때 앤의 머릿속에 좋은 생각이 번뜩 스치고 지나갔다. 하지만 레슬리의 집에 거의 다 온 터라 말을 꺼낼 수 없었다. 그들이 마당에 들어섰을 때 레슬리는 옆문을 통해 베란다에 나와 있었다. 오기로 한 손님을 기다리며 어둑한 길을 바라보는 중이었다. 열린 문에서 흘러나오는 따뜻하고 노란 빛 속에 선 레슬리는 싸구려 크림색 면 원피스 차림이었다. 진홍색 허리띠는 평소처럼 허리에 묶었다. 레슬리는 늘 진홍색으로 된 무언가를 몸에 지녔다. 예전에 앤에게 자기는 꽃 한 송이라도 좋으니 몸에 붉은색을 지니고 있어야 마음이 편하다고 고백한 적이 있었다. 앤은 붉은색이 잔뜩 억눌려 있으나 속에서 활활 타오르는 레슬리의 본성을 상징한다고 느꼈다. 레슬리의 원피스는 목 주변이 약간 파였고 소매가 짧았다. 그 아래로 대리석처럼 매끈한 두 팔이 상아색으로 빛났고, 머리카락은 마치 불꽃처럼 타는 듯했다. 집 안에서 흘러나오는 빛을 배경으로 부드러운 어둠 속에 서 있는 레슬리의 몸매가 섬세하게 드러났다. 등 뒤로 보이는 항구 위의 보랏빛 하늘에는 별들이 꽃처럼 피었다.

옆에서 오언이 경탄의 숨을 내쉬었다. 황혼의 빛 아래서도 앤은 그의 얼굴에 드러난 놀라움과 감탄을 포착할 수 있었다.

"저 아름다운 분은 누굽니까?"

"무어 부인이에요. 무척 사랑스러운 분이죠?"

"저, 저렇게 예쁜 여성은 처음 봅니다. 하숙집 여주인이 저렇게 여신처럼 아름다운 분일 줄 누, 누가 예상할 수 있을까요! 바다 같은 보라색 원피스를 입고 자수정 끈으로 머리를 묶었다면 그야말로 바다의 여왕처럼 보일 것 같네요. 저런 분이 하숙을 치신다니!"

그는 넋이 나간 목소리였다.

"여신도 먹고 살아야 하니까요. 그리고 레슬리는 여신이 아니에요. 아주 아름다운 여자지만 우리 같은 인간이죠. 코닐리어 브라이언트에게 무어 부인에 관한 이야기를 들으셨죠?"

"네, 남편분이 정신적으로 문제가 좀 있다고 들었습니다. 하지만 무어 부인에 관해서는 특별히 무어라 말씀을 안 하더군요. 하숙을 치면서 얼마 안 되지만 정직하게 돈을 버는, 부지런한 시골 부인이라고만 생각했어요."

앤은 명랑하게 말했다.

"레슬리가 하는 일이 그거예요. 그다지 재미있는 일은 아니죠. 혹시나 신경이 쓰이더라도 레슬리 앞에서 티는 내지 마세요. 그랬다가는 레슬리가 크게 상처받을 거예요. 딕은 그저 덩치 큰 아기일 뿐이에요. 가끔 사람을 성가시게 만드는 아기요."

"아, 네. 신경 안 쓰겠습니다. 식사 때를 제외하고는 집에 오래 머물 것 같지는 않아요. 어쨌든 참 안타까운 일이네요! 레슬리 씨의 삶이 참 고단하겠어요."

"맞아요. 하지만 레슬리는 동정받는 걸 싫어해요."

옆문으로 들어간 레슬리는 다시 현관문으로 나와 그들을 맞이했다. 그녀는 차갑지만 정중한 태도로 오언 포드에게 인사한 뒤 그를 방으로 안내하면서 지나치게 사무적인 말투로 저녁 식사를 준비해두었다고 말했다. 딕은 오언의 작은 여행 가방을 들고 헤벌쭉 웃으며 계단을 어기적어기적 올라갔다. 오언은 그렇게 버드나무 사이에 있는 낡은 집에서 살게 되었다.

24장

───

짐 선장의 인생 일지

"지금 내 머릿속에 작은 고치만 한 아이디어가 떠올랐는데 이걸 잘 키우면 아름다운 결실을 맺을 것 같아."

집에 도착한 앤이 길버트에게 말했다. 길버트는 앤의 예상보다 일찍 집에 돌아와 수전이 만든 체리파이를 맛있게 먹고 있었다. 수전은 엄격하지만 자애로운 수호천사처럼 뒤에 서서 그 모습을 흐뭇한 얼굴로 바라보고 있었다.

"어떤 아이디어인데?"

"아직은 말 못 해. 실행할 수 있는지 확인하고 나서 말할게."

"당신이 보기에 포드는 어떤 사람 같아?"

"아, 성격이 좋아 보이고 참 잘생겼어."

수전이 얼른 끼어들었다.

"귀가 아주 예쁘더라고요."

"나이는 서른에서 서른다섯 정도로 보여. 소설을 쓸 생각이래. 목소리가 듣기 좋고 미소도 매력적이야. 옷도 잘 입더라. 다만 쉽지 않은 인생을 살아온 것처럼 보였어."

다음 날 아침 오언 포드는 레슬리가 전해달라고 한 쪽지를 들고 앤을 찾아왔다. 세 사람은 해 질 녘을 정원에서 보낸 뒤 길버트가 여름 소풍용으로 준비해둔 작은 배를 타고 달 밝은 항구로 나갔다. 앤과 길버트는 오언이 무척 마음에 들었다. 마치 수년 동안 알고 지낸 사람 같았는데 이는 오언이 요셉을 아는 자라는 징표이기도 했다.

오언이 쪽지를 전해주고 돌아간 뒤 수전이 말했다.

"사모님, 그분은 귀만 잘생긴 게 아니라 두루 멋지네요."

오언은 수전이 만든 딸기 쇼트케이크처럼 맛있는 디저트는 처음 먹어본다고 칭찬하면서 수전의 마음을 사로잡았다.

수전은 저녁 식사 자리를 치우며 생각했다.

'참 멋진 남자야. 저런 사람이 아직 결혼을 안 했다니 희한하네. 원하기만 하면 어떤 여자든 아내로 맞아들일 수 있을 것 같은데. 나처럼 아직 짝을 만나지 못한 건가?'

접시를 모아 설거지를 하면서 수전은 점점 더 낭만적인 상상의 늪으로 빠져들었다.

이틀 후 저녁 무렵 앤은 오언 포드와 함께 포윈즈 등대를 찾았다. 짐 선장을 소개해주러 가는 길이었다. 항구 해변을 끼고 펼쳐진 클로버 들판이 서풍에 일렁이며 하얗게 물들었다. 짐 선장의 등대는 이 마을에서 매우 멋진 일몰을 감상할 수 있는 장소 가운데 하나였다. 짐 선장은 항구 너머에 갔다가 막 돌아온 참이라고 했다.

"헨리 폴락을 만나고 왔어요. 그 친구에게 살날이 얼마 남지 않았다고 말해줘야 했거든요. 그런 얘기를 들으면 헨리가 견디기 힘들 테니 다들 그러지 말라고는 했는데…. 그래도 헨리는 살려는 의지가 엄청 강한 데다 가을에 할 일을 얼마나 많이 계획해놨는지 몰라요! 하지만 헨리의 아내는 남편에게 더는 가망이 없다는 사실을 전해야 하는데, 그런 말을 해줄 사람이 나밖에 없다고 판단했어요. 우리는 둘도 없는 친구거든요. 오랜 세월 함께 회색갈매기호를 타고 항해했죠. 헨리의 집에 가서 침대 옆에 앉아 얘기했습니다. 간단하고 솔직하게요. 어차피 말을 꺼내야 한다면 그렇게 하는 편이 나으니까요. '이봐, 자네 말이야. 이번에 멀리 항해를 떠나게 생겼어.' 자기가 죽을 거라는 생각을 미처 못 하고 있는 사람한테 그런 끔찍한 얘기를 하려니 마음이 아팠습니다. 그런데 하, 얼굴은 쭈글쭈글했지만 눈빛만큼은 여전히 형형한 헨리가 나를 바라보며 말하더군요. '짐 보이드, 내가 모르는 사실이 있으면 에두르지 말고 말해줘. 내 상태는 일주일 전부터 알고 있었어.' 내가 너무 놀라 말을 못 하니까 헨리가 웃으며 말하더군요. '자네가 묘비처럼 암울한 얼굴로 이 방에 들어와 두 손을 가지런히 배에 모아 올리고 푸른곰팡이처럼 케케묵은 소식을 전하는 걸 보니 웃음이 절로 나오는군! 고양이도 웃어댈걸?' 나는 바보처럼 물었습니다. '누구한테 들었어?' 그 친구가 말했죠. '들은 건 아니야. 지난주 화요일 밤 여기 누워 있는데 감이 왔어. 전에는 긴가민가했는데 확실히 느낌이 오더라고. 아내를 생각해서 아무 말 안 한 거야. 에번이 제대로 못 할 것 같으니 헛간이나 튼튼하게 지어놓고 가야 하는데…. 짐, 자네도 마음을 편히 갖게나. 자, 그럼 재미난 얘기나 해줘.' 그렇게 됐습니다. 다들 어떻게 말해야 하나 걱정했는데 헨리는 이미 알고 있었던 겁니다. 자연은 참 희한하죠. 때가 되면 우리가 알아야 할 것을 느낌으로 전해주니 말입니다. 블라이드 부인, 헨리가 낚싯바늘에 코를 꿰었던 이야길 들려드린 적 있나요?"

"아뇨."

"오늘 헨리와 그 얘기를 하면서 웃었습니다. 30년 전에 있었던 일이에요. 헨리하고 나를 포함한 몇몇이 고등어를 잡으러 바다로 나갔죠. 굉장한 날이었어요. 그렇게 엄청난 고등어 떼는 처음 본지라 다들 흥분해서 난리도 아니었죠. 헨리도 신이 나서 분별없이 굴다가 낚싯바늘이 그만 한쪽 코에 걸려버렸어요. 한쪽 끝은 작은 갈고리였고, 다른 쪽 끝은 커다란 납덩어리가 붙어 있는 낚싯바늘에 걸린 거라서 무턱대고 잡아 뽑을 수 없었죠. 그만 포기하고 육지로 돌아가자고 했더니 헨리가 싫다는 겁니다. 상처쯤이야 파상풍에 걸리고 말면 그만인데, 저렇게 엄청난 고등어 떼를 포기하는 건 멍청이나 하는 짓이라면서요. 그러면서 낚시를 계속했죠. 한 번씩 끙끙대면서도 고등어를 엄청나게 잡아들였어요. 마침내 고등어 떼는 지나갔고 우리는 잡은 고기를 배에 한가득 싣고 돌아왔습니다.

난 손톱 줄로 갈고리를 잘라보려고 했어요. 최대한 살살 하는데도 헨리가 어찌나 비명을 질러대던지, 부인도 그 소리를 들어봤어야 합니다. 아니, 안 듣는 게 낫겠네요. 근처에 숙녀들이 없어서 다행이었어요. 헨리가 욕을 잘하는 사람이 아닌데, 그때는 평생 바닷가에 살면서 주워들은 욕이란 욕은 전부 기억에서 끄집어내어 나한테 퍼붓더군요. 결국 헨리는 못 버티겠다고 나가 떨어졌고 나도 더는 못 참을 지경이 되었어요. 그래서 헨리를 데리고 56킬로미터나 떨어진 샬럿타운으로 가 의사에게 상처를 보여줬습니다. 당시만 해도 더 가까운 곳에는 의사가 없었어요. 코에 망할 낚싯바늘을 매단 채로 거기까지 간 거죠. 의사인 크랩 선생은 상처를 보더니 손톱 줄을 가져와서 내가 했던 것과 똑같은 방법으로 갈고리 부분을 줄로 쓱싹쓱싹 갈아서 잘라냈어요. 별로 대단한 방법을 쓰지도 않은 거죠!"

짐 선장은 오랜 친구를 만난 계기로 이런저런 옛 기억을 떠올리며 한껏 추억에 잠긴 모습이었다.

"오래전에 치니퀴 목사님이 알렉산더 매캘리스터의 배를 축성해주신 일을 기억하느냐고 헨리가 오늘 묻더군요. 복음서만큼이나 오래된 이야기죠. 당시 나도 그 자리에 있었습니다. 어느 날 아침 동이 트자마자 헨리와 나는 알렉산더 매캘리스터의 배를 타고 바다로 나갔어요. 배에는 우리 말고도 프랑스 청년 하나가 같이 타고 있었는데, 그 사람은 가톨릭교도였어요. 치니퀴 목사님은 신교로 개종한 분이라서 가톨릭교도들은 배를 축성하는 일을 그분에게 맡기지 않았어요. 그날 우리는 절절 끓는 태양 아래서 정오까지 만에 나가 있었지만 허탕만 치고 돌아와야 했습니다. 우리가 해변에 도착했을 때쯤 치니퀴 목사님은 그만 돌아가야 한다면서 정중하게 말씀하셨어요. '매캘리스터 씨, 미안합니다만 오늘 오후에는 같이 배를 타고 나갈 수 없겠습니다. 대신 축성을 해드리죠. 오늘 오후에 물고기 천 마리를 잡으실 겁니다.' 그날 우리는 물고기 천 마리가 아니라 정확히 999마리를 잡았습니다. 그해 여름 북부 해안을 통틀어서 작은 배가 잡은 최고의 어획량이었죠. 묘하죠? 알렉산더 매캘리스터는 앤드루 피터스에게 물었습니다. '음, 치니쿼 목사를 어떻게 생각해?' 앤드루가 투덜거리며 대답했죠. '글쎄, 저 악마 같은 목사가 축복을 해주려면 다 해줄 것이지 한 마리를 떼어먹었어.' 오늘 헨리와 그 얘기를 하면서 엄청 웃었어요!"

추억을 떠올리던 짐 선장이 잠시 말을 멈추자 앤이 물었다.

"짐 선장님, 포드 씨가 누구인지 아세요? 한번 맞혀보세요."

짐 선장은 고개를 저었다.

"블라이드 부인, 내가 무슨 답을 맞히는 데는 워낙 소질이 없어요. 그래도 아까 등대로 들어가면서 생각했죠. '내가 저 눈을 어디서 봤더라?' 분명히 눈에 익었거든요."

앤이 부드럽게 힌트를 주었다.

"오래전 9월의 아침을 생각해보세요. 어떤 배 한 척이 항구로 들어와요. 오랫동안 기다렸는데 오지 않아서 온 마을 사람을 절망하게 만들었던 로열윌리엄호가 입항하던 날, 선장님이 존 셀윈 선생님의 부인을 처음 만난 그날을 떠올려보세요."

짐 선장이 벌떡 일어서며 소리쳤다.

"퍼시스 셀윈의 눈을 꼭 닮았군요! 나이대가 안 맞으니 그분의 아들은 아닐 테고 그렇다면…."

"손자입니다. 앨리스 셀윈이 제 어머니세요."

짐 선장은 오언 포드에게 다가가 다시 한번 악수를 했다.

"앨리스 셀윈의 아들이라니! 아이고, 어서 오게! 셀윈 선생님 부부의 후손들이 어디 살고 있는지 늘 궁금했어. 이 섬에는 한 명도 없거든. 앨리스… 앨리스는… 지금 블라이드 선생 부부가 사는 작은 집에서 태어난 첫 아기야. 세상 어떤 아기보다 사람들에게 큰 기쁨을 안겨주었지! 내가 앨리스를 백 번쯤은 안고 얼러줬을 거야. 앨리스는 내 무릎에서 걸음마를 했는데 앨리스를 바라보던 그 어머니의 눈빛이 아직도 기억에 생생해. 거의 60년 전의 일이구먼. 모친은 살아 계신가?"

"아뇨, 제가 어렸을 때 돌아가셨어요."

짐 선장은 한숨을 푹 쉬었다.

"아, 내가 여태 살아서 그런 얘기까지 듣고 있으니 뭔가 잘못된 것처럼 느껴지는군. 그래도 자네를 보니 정말 반가워. 잠시지만 다시 젊어진 기분이야. 그게 얼마나 특별한 기분인지 자네는 아직 모르겠지. 여기 있는 블라이드 부인이 요령을 잘 알아서, 나를 위해 종종 그런 얘기를 해주곤 해."

오언 포드가 소위 '진짜 작가'임을 알게 된 짐 선장은 더욱 흥분했다. 그는 마치 대단한 인물인 듯 오언을 우러러보는 눈빛이었다. 짐 선장은 앤이 글을 쓴다는 걸 알고 있었지만 진지하게 받아들이지는 않았다. 그는 여자들이란 사람을 기분 좋게 만드는 존재라고 여겼고, 만약 여자들이 원한다면 그들에게 투표권이든 뭐든 줘야 한다고 생각했다. 하지만 여자가 제대로 된 글을 쓸 수 있다고는 생각하지 않았다.

"「미친 사랑」이라는 소설도 그래요. 여성 작가의 작품인데, 10장이면 다 쓸 내용을 무려 103장에 걸쳐 늘어놓았어요. 어디서 끝내야 할지를 모른다니까요. 그게 문제예요. 좋은 글을 쓰려면 그런 걸 알아야 되는데 말이죠."

"선장님, 포드 씨는 선장님 이야기가 듣고 싶대요. 자기가 유령선이라고 생각한 미친 선장 얘기부터 좀 해주세요."

짐 선장이 들려준 이야기 가운데 최고로 꼽을 만한 이야기였다. 공포와 유머가 적절히 섞인 이 이야기를 앤은 이미 몇 번이나 들었으면서도 오언과 함께 다시 듣는 동안 실컷 웃었고, 한편으로는 두려움에 떨기도 했다. 자기 이야기를 좋아하는 청중을 앞에 둔 짐 선장은 다른 이야기도 줄줄이 해주었다. 배가 증기선에 부딪치고, 말레이시아 해적들이 배에 올라타고, 배에 불이 나고, 정치범이 남아프리카공화국에서 탈출하도록 돕고, 어느 해 가을 막달렌제도에서 좌초되어 겨울 내내 그곳에서 오도 가도 못 하고, 화물선의 우리에서 호랑이가 풀려나고, 데리고 있던 선원이 반란을 일으켜 그를 척박한 섬에 버리고 가는 등 비극적이거나 웃기거나 기괴한 이야기들이었다.

신비로운 바다, 멀고 매혹적인 땅, 즐거운 모험, 웃기는 세상에 관한 이야기들을 앤과 오언은 생생하게 들었다. 오언은 가르랑거리는 일등항해사를 무릎에 앉히고 손으로 머리를 받친 채 이야기에 흠뻑 빠져들었다. 오언의 빛나는 두 눈은 강인하면서도 감정이 듬뿍 담긴 짐 선장의 얼굴에 고정되어 있었다.

마침내 짐 선장이 오늘 이야기는 여기까지라고 선언하자 앤이 물었다.

"선장님, 포드 씨에게 인생 일지를 보여주시겠어요?"

"글쎄요, 그게 뭐 대단한 거라고요."

말은 이렇게 했지만 짐 선장은 보여주고 싶어 안달이 나 있었다. 그러자 오언이 나섰다.

"보이드 선장님, 꼭 보고 싶습니다. 들려주신 이야기의 절반만큼이라도 재미가 있다면 충분히 볼 만한 가치가 있죠."

짐 선장은 머뭇거리는 척하다가 오래된 상자에서 인생 일지를 꺼냈다. 그러고는 오언에게 건네며 무심하게 말했다.

"필체가 엉망이라 알아보기 힘들 거야. 나는 교육도 변변히 못 받았어. 종손자 조를 재미있게 해주려고 끼적인 거라네. 조는 늘 얘기를 해달라고 하지. 어제 내가 배에서 9킬로그램짜리 대구를 꺼내고 있었는데, 조가 와서 따지듯 묻더라고. '할아버지, 대구는 말 못하는 짐승 아니에요?' 내가 평소 '말 못하는 짐승에게 친절하게 대해줘야 한다, 어떤 방식으로든 다치게 하면 안 된다'라고 말했거든. 대구가 말을 못 하기는 하지만 짐승은 아니라는 논리로 빠져나오기는 했는데 조는 마땅찮은 표정이었어. 나도 뭔가 찝찝했고. 어린 녀석들에게는 말조심을 해야 돼. 아주 속까지 꿰뚫어 본다니까."

그러면서 인생 일지를 들여다보는 오언 포드를 곁눈으로 슬쩍 보았다. 오언이 인생 일지에 푹 빠져 있자 짐 선장은 미소를 지으며 찬장 앞으로 가서 차를 준비하기 시작했다. 오언은 금덩어리를 놓고 돌아서기 싫어하는 구두쇠처럼, 인생 일지에서 마지못해 눈을 떼고 차를 한 모금 마신 다음 곧바로 다시 일지에 눈을 고정시켰다.

"필요하면 집에 가져가서 봐도 돼."

짐 선장은 일지가 자신이 세상에서 제일 아끼는 보물은 아니라는 듯 태평하게 말했다.

"나는 내려가서 배를 받침대 위로 좀 더 끌어올려야겠어. 바람이 부네. 오늘 밤에 하늘을 올려다봤나? '하늘이 비늘구름으로 뒤덮이고 말꼬리 구름까지 나타나면 대형 범선은 돛을 줄여라'라는 말이 있다네."

오언 포드는 인생 일지를 집으로 가져가서 봐도 된다는 짐 선장의 제안을 기꺼이 받아들였다. 집으로 가는 길에 앤은 오언에게 사라진 마거릿 이야기를 들려주었다. 그러자 오언이 말했다.

"저 노 선장님은 정말 대단한 분이세요. 엄청난 인생을 살아오셨네요! 우리 같은 사람들이 평생에 걸쳐 겪는 모험보다 저분이 일주일 동안 겪은 모험이 더 많겠어요. 선장님이 하신 얘기가 전부 사실이라고 생각하세요?"

"그럼요. 짐 선장님은 거짓말을 못 하는 분이에요. 여기 사는 분들도 짐 선장님의 이야기는 전부 사실이라고 믿어요. 함께 항해했던 동료들이 그걸 입증해줬지만, 그분들은 대부분 돌아가셨어요. 지금은 프린스에드워드섬에 남은 몇 안 되는 선장 가운데 한 분이죠."

25장

이야기는 책이 되고

다음 날 아침, 잔뜩 흥분한 오언 포드가 앤을 찾아왔다.

"블라이드 부인, 이 일지는 정말 놀랍습니다. 대단한 자료예요. 여기 담긴 내용을 바탕으로 글을 쓰면 올해 최고의 작품이 될 것 같아요. 짐 선장님이 허락해주실까요?"

"그럼요! 선장님도 무척 좋아하실 거예요. 어제저녁에 포드 씨를 등대로 데려가면서 저도 그 생각을 했거든요. 짐 선장님은 그분의 인생을 책으로 만들어줄 사람이 나타나길 바라고 기다리셨어요."

"블라이드 부인, 오늘 저녁에도 저랑 같이 등대로 가주시겠어요? 저도 따로 선장님께 부탁을 드리겠지만, 부인께서 제게 사라진 마거릿에 관한 얘기를 해주었다고 말씀해주셨으면 합니다. 그리고 마거릿 이야기를 바탕으로 제가 낭만적인 사랑 이야

기를 보태서 선장님의 인생 일지를 조화롭게 구성해도 될지 여
쭤봐주시면 좋겠어요."

오언 포드가 집필 계획을 털어놓자 짐 선장은 무척 흥분했다.
오랫동안 가슴에 품어온 꿈이 실현되는 순간이었다. 자기의 '인
생 일지'를 마침내 온 세상이 알게 될 것이다. 사라진 마거릿 이
야기를 책에 넣는 것도 흔쾌히 허락해주었다.

짐 선장은 생각에 잠긴 목소리로 말했다.

"그렇게 되면 마거릿의 이름이 잊히지 않겠지."

앤이 말했다.

"그래서 저도 그 이야기를 책에 넣으면 좋겠다고 했어요."

오언이 기뻐하며 외쳤다.

"저랑 선장님이 함께 작업하는 겁니다. 선장님이 책에 영혼을
넣어주시면 저는 몸을 만드는 거죠. 아, 우리는 정말 멋진 책을
쓸 수 있을 겁니다, 짐 선장님. 바로 시작하시죠."

짐 선장도 신이 나서 말했다.

"존 셀윈 선생님의 손자가 내 이야기를 책으로 쓰다니! 자네
할아버지는 어린 나를 친구처럼 대해주셨어. 우리는 가장 친한
친구였지. 그런 분은 세상에 또 없을 거야. 내가 이렇게 오랫동
안 기다려야 했던 이유를 이제야 알겠네. 적임자가 나타날 때까
지 참고 견뎌야 했던 거야. 오언 자네는 이곳에 속한 사람이야.
이 오래된 북부 해안의 영혼을 갖고 있어. 이 이야기를 글로 쓸
수 있는 사람은 자네뿐이야."

짐 선장은 등대의 거실에 딸린 작은 방을 오언에게 작업실로
내주었다. 오언은 글을 쓰면서 그가 잘 모르는 항해나 바다에

관한 설화 등을 짐 선장에게 언제든 물어볼 수 있을 것이다.

오언은 바로 다음 날부터 집필을 시작했다. 말 그대로 마음과 영혼을 쏟아붓는 작업이었다. 그해 여름 짐 선장은 무척 행복해했다. 그는 오언이 글을 쓰는 작은 방을 마치 신성한 사원처럼 바라보았다. 오언은 짐 선장과 온갖 얘기를 나누며 책 내용에 관해 의논했지만 원고를 보여주지는 않았다.

"책으로 나올 때까지 기다리셔야 합니다. 그래야 제대로 된 글을 보실 수 있으니까요."

오언은 인생 일지라는 보물에 흠뻑 빠져들었고 그 안에 담긴 재료를 한껏 활용해 글을 써나갔다. 사라진 마거릿이 머릿속에서 생생하고 현실적인 인물로 그려질 때까지 상상하고 고민하기를 거듭했다. 오언은 이야기에 완전히 빠져들어 열정적으로 작업을 진행했다. 마침내 초고가 완성되자 앤과 레슬리에게 보여주고 평가를 부탁했다. 책의 마지막 장은 레슬리의 제안대로 수정했고, 훗날 평단은 그 부분이 무척 평화롭고 서정적이라고 호평했다.

앤은 자기의 아이디어가 성공적으로 열매를 맺어가자 무척 흡족해하며 길버트에게 말했다.

"오언 포드 씨를 보면서 그 책을 쓸 적임자라고 느꼈어. 그 사람 얼굴에는 유머와 열정이 담겨 있거든. 표현의 기교까지 갖추면 그 정도 책을 쓸 소양이 되는데 포드 씨가 딱 그랬어. 린드 부인 말처럼, 포드 씨는 그 일을 할 운명이었던 거야."

오언 포드는 아침에 열심히 글을 쓰고 오후에는 블라이드 부부와 함께 소풍을 즐겼다. 짐 선장이 레슬리에게 자유 시간을 주려고 딕을 자주 돌봐준 덕분에 레슬리도 종종 함께 갔다. 그들은 항구로 흘러드는 세 줄기의 아름다운 강까지 작은 배를 타고 올라가곤 했다. 모래언덕에서 딸기를 따고 짐 선장과 대구 낚시를 나가기도 했다. 남자들은 해변의 들판에서 물떼새를, 후미진 만에서 야생 오리를 사냥했다. 저녁이 되면 황금빛 달 아래서 데이지 꽃이 피어 있는 해변의 들판을 산책하거나 꿈의 집 거실에 모여 앉았다. 꿈의 집 창문으로 싸늘한 바닷바람이 흘러 들어오다 보니 유목 장작을 때서 공기를 데워야 했다. 벽난로 앞에 모여 앉은 그들은 행복하고 열정적이며 똑똑한 젊은이답게 온갖 주제로 이야기를 나눴다.

앤에게 속마음을 털어놓은 뒤로 레슬리는 크게 달라졌다. 전처럼 내성적 태도로 냉담하게 굴지 않았고, 비통해하거나 어두운 표정을 짓지도 않았다. 지금의 성숙한 모습에 오래전 빼앗긴 소녀의 발랄함이 더해져 불꽃과 향기를 머금은 꽃으로 활짝 피어났다. 마법 같은 여름의 황혼 속에서 레슬리는 편하게 웃었고 마음껏 재치를 발휘했다.

레슬리가 함께하지 못할 때면 대화에 섬세한 풍미가 빠진 것처럼 느껴져 다들 헛헛해했다. 장밋빛 램프의 불빛이 흠 없는 설화석고 화병을 통과해 은은한 빛을 발하듯, 영혼이 깨어나자 레슬리의 외모는 더욱 아름다워졌다. 레슬리의 매력이 어찌나 찬란한지 앤은 눈이 부실 지경이었다.

오언 포드는 책에서 "마거릿이 사라진 아틀란티스 왕국에 살포시 내려앉았다"라고 묘사했다. 외모는 마거릿의 실제 모습처럼 부드러운 갈색 머리카락에 작고 어린 얼굴의 소녀였지만 성격은 레슬리를 투영해서 나타냈다. 그는 포윈즈 항구에서 평온한 나날을 보내며 줄곧 보아온 레슬리 무어를 모델로 마거릿을 재창조해낸 것이다.

여러 면에서 쉬이 잊지 못할 여름이었다. 그들은 살면서 좀처럼 경험하기 힘들고, 평생 간직할 만한 아름다운 추억을 남겼다. 상쾌한 날씨와 유쾌한 친구들, 온갖 즐거운 일들이 어우러진 완벽한 나날이었다.

"이 멋진 시간이 영원할 수 없다니…."

앤은 조그맣게 한숨을 내쉬었다.

바람에 서늘한 기운이 스며들고 바다의 푸른색이 짙어져 가을이 성큼 다가왔음을 알리는 9월의 어느 날이었다. 그날 저녁 오언 포드는 드디어 원고를 완성했으며 이제 석 달 간의 휴가가 끝나서 돌아가야 한다고 사람들에게 알렸다.

"아직 할 일은 많이 남아 있습니다. 원고를 수정하고 다듬어야 해요. 그래도 주된 작업은 마쳤습니다. 오늘 아침에 드디어 마지막 문장을 써넣었어요. 출판사만 잘 찾으면 내년 여름이나 가을에 책이 나올 겁니다."

오언은 출판사들이 이 원고에 관심을 가질 거라 믿었다. 그는 자기가 대단한 책, 오래도록 명작으로 남을 책을 썼다는 것을 직감했다. 그 책은 그에게 명성과 부를 가져다줄 것이다. 마지막 문장을 써넣은 그는 원고에 머리를 대고 엎드린 채 한참을 앉아 있었다. 드디어 책을 완성했다는 생각 때문만은 아니었다.

26장

오언 포드의 고백

"길버트가 출타 중이라 유감이에요. 글렌 마을의 앨런 라이언스 씨가 큰 사고를 당하셨다지 뭐예요. 아마 오늘 밤늦게야 돌아올 거예요. 포드 씨가 떠나기 전에 아침 일찍 얼굴을 보러 집에 들르겠다고 전해달랬어요. 참 속상하네요. 수전과 함께 포드 씨를 위한 송별회를 열려고 했거든요."

앤은 길버트가 정원 개울 옆에 만들어놓은 통나무 의자에 앉아 말했다. 오언 포드는 청동 기둥처럼 우뚝 솟아 있는 자작나무에 기댄 채 앤 앞에 서 있었다. 그는 어젯밤 잠을 못 잤는지 얼굴이 창백했다. 앤은 의아한 마음이 들었다.

'여름 동안 여기서 지내며 기력을 회복한 게 맞나? 책을 쓰느라 너무 고생을 해서 그런가? 생각해보니 지난 일주일 내내 어딘지 안 좋아 보였어.'

"블라이드 선생이 출타 중이라 차라리 잘됐습니다. 사실 부인과 단둘이 얘기를 좀 하고 싶었어요. 누구에게든 털어놓지 않으면 미쳐버릴 것 같아서요. 이 고민에 정면으로 맞서려고 일주일 내내 애썼는데 헛수고였습니다. 부인은 믿을 만한 분이고 아마 제 이야기를 들으면 이해해주실 거라 생각합니다. 부인 같은 눈을 가진 분들은 대체로 이해심이 깊죠. 그래서 본능적으로 속내를 털어놓게 되나 봅니다."

오언 포드는 잠시 뜸을 들인 뒤 말을 이었다.

"블라이드 부인, 저는 레슬리를 사랑합니다. 진심이에요! 사랑이라는 단어로는 제 마음을 표현하기에 부족할 정도입니다!"

속에 담긴 열정을 억누르느라 그의 목소리가 갈라졌다. 앤은 너무 놀라 창백해진 얼굴로 그를 쳐다보았다. 그는 고개를 돌리고 팔에 얼굴을 묻은 채 온몸을 떨고 있었다. 이런 일은 생각도 못 해봤다! 하지만 어쩌면 자연스러운 수순이었다. 어쩜 이렇게 눈치를 못 챘는지 어처구니가 없었다.

하지만 그런 일은 지금껏 포윈즈에서 일어난 적이 없었다. 다른 곳에서는 사람의 열정이 관습과 법을 무시하는 일도 가끔 일어나지만 여기서는 아니었다. 레슬리는 지난 10년 동안 여름철에 종종 하숙인을 받아왔다. 하지만 이런 일은 한 번도 없었다. 물론 그때는 오언 포드 같은 사람이 하숙인으로 오지 않았고, 레슬리도 이번 여름처럼 유쾌하고 생기 넘치는 모습이 아니라 차갑고 무뚝뚝했기 때문이었을 것이다. 아, 누군가는 이런 일이 일어날 수도 있다는 걸 예상했어야 했다!

코닐리어는 어째서 생각을 못 했을까? 남자 문제에 관한 한 언제나 경종을 울릴 만반의 준비를 갖춘 사람인데…. 앤은 말도 안 되는 줄 알면서 괜히 코닐리어 탓을 해보았다. 그러면서 속을 끓였다. 누구 탓을 하든 이미 일은 벌어지고 말았다. 그렇다면 레슬리는 어떻게 하지? 앤은 레슬리가 제일 걱정되었다.

앤은 나지막하게 물었다.

"레슬리도 알고 있나요, 포드 씨?"

"아뇨. 모를 겁니다. 짐작하지 않았다면요. 제가 레슬리에게 이런 마음을 털어놓을 정도로 경솔한 놈이라고는 생각하지 말아주세요. 저는 레슬리를 사랑할 수밖에 없었을 뿐입니다. 그래서 이미 견딜 수 없을 정도로 비참한 심정입니다."

"레슬리도 포드 씨를 좋아해요?"

그 질문이 입에서 나온 순간 앤은 하지 말았어야 할 질문임을 깨달았다. 오언 포드는 펄쩍 뛰었다.

"아닙니다! 절대로, 당연히 아니에요. 레슬리가 자유로운 상황이었으면 나는 그녀의 마음을 얻으려 노력했을 테고, 어쩌면 그럴 수도 있었겠죠."

'레슬리도 좋아하고 있구나. 그걸 이 사람도 아는 거야.'

앤은 안타까웠지만 단호하게 말했다.

"하지만 포드 씨, 레슬리는 자유롭지 못해요. 그냥 조용히 여길 떠나세요. 레슬리는 자기 삶을 살게 두시고요."

"압니다, 알아요."

오언은 괴로워하며 신음했다. 그는 개울가의 잔디에 앉아 호박색 개울물을 바라보며 침울하게 말했다.

"제가 할 수 있는 일은 아무것도 없겠죠. 그저 관습대로 '안녕히 계세요, 무어 부인. 올여름에 친절히 대해주셔서 감사드립니다'라고 인사하면서 정직하게 하숙비를 지불한 뒤 떠나는 수밖에 없겠죠. 처음 여기로 올 때 만나리라 상상했던 뚱뚱하고 부산스럽고 호기심 많은 무어 부인에게 하듯이요. 아주 간단하죠. 그럼요. 당혹스러울 것도 없고, 그대로 쭉 뻗은 길을 따라 이 세상 끝까지 가버리면 되는 겁니다! 네, 그렇게 할 겁니다. 달리 행동할까 봐 걱정하실 필요는 없어요. 차라리 새빨갛게 달궈진 쟁기날 위를 걷는 게 더 쉽겠지만요."

앤은 고통이 담긴 그의 목소리를 듣고 흠칫했다. 그 상황에서 앤이 할 수 있는 말은 아무것도 없었다. 비난도 충고도 소용없어 보였다. 이 남자의 처절한 고통을 감히 동정할 수 있을까? 그저 함께 안타까워하고 후회할 뿐이었다. 가엾은 레슬리를 생각하면 가슴이 찢어질 듯 아팠다! 레슬리는 이런 일까지 겪지 않아도 이미 충분히 고통스러운 상태가 아닌가?

오언은 격하게 말을 이었다.

"레슬리가 행복하다면 떠나는 게 이토록 힘들지 않을 겁니다. 죽은 것이나 다름없는 삶을 살도록 내버려두고 가려니까 발이 안 떨어집니다! 그게 가장 힘드네요. 레슬리를 행복하게 만들어 줄 수 있다면 목숨이라도 내놓겠는데, 그녀를 도울 방법조차 없어요. 레슬리는 지금처럼 가난하고 비참하게, 아무런 기대도 없이 공허하고 의미 없는 척박한 세월을 살며 늙어갈 수밖에 없겠죠. 그 생각을 하면 미쳐버릴 것 같습니다. 하지만 저는 저대로의 삶을 살아가야겠죠. 레슬리가 고통받는다는 걸 알면서도 다시는 그녀를 볼 수 없다니, 정말 끔찍해요!"

앤은 슬픔에 잠긴 목소리로 말했다.

"힘든 일이에요. 우리는 레슬리의 친구로서 그녀가 얼마나 어렵게 사는지 아니까요."

오언은 거칠게 내뱉었다.

"레슬리는 행복하게 살 자격이 충분합니다. 미모보다 대단한 장점도 많이 가진 사람이에요. 무엇보다 제가 아는 여성 가운데 가장 아름답습니다. 웃음소리는 또 어떻고요! 그 웃음소리가 듣고 싶어서 여름내 그녀를 웃기려고 애썼습니다. 저 앞바다처럼 깊고 푸른 눈동자도 너무나 매력적이에요. 그렇게 푸른 눈동자는 처음 봐요. 머리카락은 눈부신 금발이죠! 블라이드 부인, 혹시 그녀가 머리카락을 풀어 내린 걸 본 적 있습니까?"

"아뇨."

"저는 봤습니다. 하루는 짐 선장님과 낚시를 하려고 등대로 내려갔는데 날씨가 너무 험해서 배를 못 타고 집으로 돌아갔어요. 레슬리는 그날 혼자 있을 줄 알고 머리를 감았습니다. 제가 집에 도착했을 때 그녀는 머리카락을 말리려고 베란다에 서서 햇볕을 쬐고 있었어요. 풀어 내린 머리가 발까지 닿을 정도로 길더군요. 마치 살아 있는 황금 분수를 보는 듯했죠. 나를 보더니 서둘러 집 안으로 들어가는데, 바람에 날린 머리카락이 그녀의 온몸을 휘감았습니다. 구름 속에 떠 있는 다나에* 같았어요. 그때 깨달았습니다. 집 안에서 흘러나온 빛을 받으며 어둠 속에 서 있던 레슬리를 처음 본 순간부터 그녀에게 빠졌던 거예요.

---

* 그리스신화에 나오는 여신으로 아르고스 왕 아크리시오스의 딸이다.

제가 그녀를 간절히 원하며 세월을 흘려보내는 동안, 그녀에 대한 마음 때문에 친구로서 소소한 도움도 주지 못하는 동안, 레슬리는 딕을 어르고 달래며 허리띠를 졸라매고 피폐한 삶을 살아가겠죠. 어젯밤에 해변으로 나가 새벽까지 걸어다니며 생각하고, 생각하고, 또 생각했어요. 어찌 됐든 포윈즈에 온 걸 후회하지는 않습니다. 아무리 견디기 힘든 상황이 됐어도 레슬리를 모른 채 살아가는 것보다는 나을 테니까요. 레슬리를 사랑하면서도 떠나야 하니 가슴이 찢어지는 듯 아프지만 그녀를 사랑하지 않는다는 건 생각도 할 수 없습니다. 전부 정신 나간 소리로 들리겠죠. 이런 지독한 감정은 말로는 다 담아낼 수 없어요. 입밖에 내면 멍청한 소리로 들리게 마련이에요. 원래 이런 감정은 말로 표현하는 게 아니니까요. 오직 느끼고 견뎌내야 하죠. 말로 하면 안 되는 거였지만 그래도 털어놓고 나니 조금은 기분이 나아졌네요. 적어도 내일 아침 쓸데없이 소란 피우지 않고 점잖게 떠날 힘은 생겼습니다. 블라이드 부인, 가끔 제게 편지를 써서 레슬리 소식을 전해주실 수 있을까요?"

"당연히 그래야죠. 아, 떠나신다니 서운하네요. 우리 모두 포드 씨를 그리워할 거예요. 이런 일만 없었으면 다른 해 여름에도 여기 와서 지내실 수 있을 텐데. 혹시라도 시간이 흘러 그 일이 잊히면…."

오언은 단호하게 말했다.

"평생 잊지 못할 겁니다. 그러니 포윈즈에는 못 올 거예요."

침묵과 황혼이 정원을 내리덮었다. 멀리서 파도가 부드럽고 단조롭게 모래톱을 스치는 소리가 들려왔다. 포플러나무 사이로 부는 저녁 바람이 서글프고 기묘하고 오래되었으며 신비로운 주문 같았다. 그들은 오래된 추억 속 깨진 꿈처럼 고운 노란색, 에메랄드색, 옅은 장미색을 띤 서쪽 하늘을 등지고 서 있었다. 그들 앞에는 가늘고 맵시 있는 어린 사시나무가 있었다. 모든 잎사귀와 잔가지가 어둠 속에서 요정처럼 사랑스럽게 바람을 타고 흔들렸다.

오언은 하고 싶은 말을 감춘 사람처럼 사시나무를 가리키며 말했다.

"참 아름답죠?"

앤이 나지막하게 말했다.

"너무 아름다워서 가슴이 아파요. 저렇게 완벽한 것들을 볼 때면 늘 이렇게 가슴이 아프더라고요. 어렸을 때는 그걸 '이상한 통증'이라고 말했죠. 완벽한 것을 보면 어째서 이런 통증을 느낄까요? 완벽 너머는 퇴보뿐임을 깨달았을 때 느끼는 결말의 고통 같은 걸까요?"

오언이 꿈꾸듯 대답했다.

"어쩌면 우리 내면에 갇힌 무한함이 눈에 보이는 완벽으로 표현된 비슷한 무한함을 불러내려 하기 때문일 수도 있어요."

그때 전나무 사이로 난 작은 문으로 들어왔다가 오언의 말끄트머리를 들은 코닐리어가 말했다.

"감기 걸렸나 보네. 잠자리에 들 때 코에 수지를 문지르면 효과가 있어요."

코닐리어는 오언을 좋아했지만 그가 여느 남자들처럼 '허풍'을 떨면 코를 납작하게 해줘야 된다고 생각했다.

코닐리어는 인생의 비극조차도 모퉁이 너머로 돌아가서 보면 희극임을 느끼게 해주는 사람이었다. 긴장하고 있던 앤이 별안 간 웃음을 터뜨렸다. 오언도 미소 지었다. 어떤 감정이나 열정 도 코닐리어 앞에서는 절로 쪼그라든다. 몇 분 전까지 앤은 더 없이 절망적이고 어둡고 고통스러웠는데 지금은 또 웃고 있었 다. 하지만 그날 앤은 밤새 잠을 이루지 못했다.

27장

———

모래톱에서

다음 날 아침, 오언 포드는 포윈즈를 떠났다. 앤은 저녁 때 레슬리를 보러 갔지만 집에 아무도 없었다. 문은 잠겨 있었고 창문으로도 불빛 하나 비치지 않았다. 마치 영혼이 떠나가 텅 비어버린 느낌이었다. 레슬리는 그다음 날에도 앤의 집에 오지 않았다. 이는 좋지 않은 징조였다.

저녁 무렵 길버트가 작은 만에 낚시를 하러 간다고 해서 앤은 길버트와 함께 마차를 타고 등대로 향했다. 길버트가 낚시를 하고 올 동안 짐 선장과 함께 있을 생각이었다. 그런데 가을 저녁의 안개를 뚫고 거대한 빛을 뿌리는 등대에 가보니 오늘은 앨릭 보이드가 그곳을 관리한다고 했다. 아쉽게도 짐 선장은 자리에 없었다.

길버트가 물었다.

"어떻게 할 생각이야? 나랑 같이 갈래?"

"작은 만에는 가고 싶지 않아. 수로까지는 같이 갈게. 당신이 돌아올 때까지 그곳 모래 해변에서 산책을 할 거야. 오늘 같은 날 바위 해변은 너무 미끄럽고 무섭거든."

모래톱에 홀로 남은 앤은 밤의 기괴한 매력에 흠뻑 빠져들었다. 9월치고는 공기가 따뜻했다. 늦은 오후부터 안개가 자욱하게 끼었지만 보름달이 뜨면서 군데군데 엷어졌다. 덕분에 항구와 만, 그 주변의 해변이 아름답고 환상적이며 비현실적인 연한 은빛으로 변했다. 그 안에서는 모든 것이 유령처럼 흐릿한 윤곽으로 보였다.

감자를 실은 조사이아 크로퍼드 선장의 검은 스쿠너선이 블루노스 항구를 향해 수로를 따라 나아갔다. 마치 해도에 표기되지도 않고 도착할 수도 없는 머나먼 땅을 향해 사라져가는 유령선 같았다. 머리 위쪽으로 보이지 않는 곳에서 들려오는 갈매기들의 울음소리는 저주받은 선원들의 영혼이 울부짖는 소리였다. 조그맣게 곡선을 그리며 모래사장을 흘러가는 작은 파도 거품은 바다 동굴에서 몰래 나온 요정들의 흔적이었다. 커다랗고 둥그런 모래언덕은 오래된 북부 신화 속 잠자는 거인이고, 항구 곳곳에서 희미하게 반짝이는 빛은 보는 이의 눈을 현혹하는 요정 나라 해변의 횃불이었다.

안개 속을 거닐며 수많은 상상을 떠올리는 동안 앤은 기분이 좋아졌다. 매혹적인 해변에서 홀로 배회하는 것은 소중하고 낭만적이며 신비로운 경험이었다.

그런데 그곳에 앤만 있었던 것이 아니었다. 저 앞 안개 속에서 무언가가 희미하게 형체를 드러내더니 잔물결이 밀려드는 모래사장을 가로질러 앤 쪽으로 다가왔다.

앤은 놀라 소리쳤다.

"레슬리! 이 밤에 여기서 뭐 해요?"

"그러는 앤은 뭘 하고 있는데요?"

레슬리는 웃으려 했지만 곧 시무룩해졌다. 낯빛이 창백하고 지쳐 보였다. 진홍색 모자를 쓴 그녀의 얼굴과 눈 주변으로 내려온 잔머리가 금반지처럼 반짝거렸다.

"난 길버트를 기다리고 있어요. 저쪽 작은 만에 낚시하러 갔거든요. 그동안 등대에 있으려고 했는데 하필이면 오늘 짐 선장님이 안 계셔서요."

레슬리는 불안하게 흔들리는 목소리로 말했다.

"난 좀 걷고, 걷고, 또 걷고 싶어서 왔어요. 바위 해변 쪽 파도가 너무 높아서 바위 사이에 갇힐 수도 있는지라 여기로 왔어요. 이렇게라도 걷지 않으면 미칠 것 같아서요. 혼자 짐 선장님의 평저선을 타고 노를 저어 수로를 건너왔어요. 여기 온 지 한 시간쯤 돼요. 우리 같이 걸을래요? 아, 앤! 난 지금 가만히 서 있을 수가 없어요."

"레슬리, 무슨 일이에요?"

앤은 이렇게 물었지만 어느 정도 짐작이 갔다.

"말 못 해요. 그러니 묻지 말아요. 아니, 당신이 알아도 상관없어요. 실은 당신이 알았으면 해요. 하지만 말 못 하겠어요. 아무한테도 말 못 해요. 나는 멍청이라서요, 앤. 아, 멍청이로 산다는 건 너무 괴롭네요. 세상에서 이보다 괴로운 게 있을까요."

앤은 씁쓸하게 웃는 레슬리에게 팔을 둘렀다.

"레슬리, 포드 씨를 좋아하는 마음이 생겨서 그래요?"

레슬리는 홱 돌아서서 소리쳤다.

"어떻게 알았어요? 앤, 대체 어떻게 안 거냐고요? 누가 봐도 알 정도로 내 얼굴에 티가 나요? 한눈에 보이나요?"

"아뇨, 그렇지는 않아요. 어떻게 알았는지는 말로 정확하게 설명할 수 없어요. 그냥 그런 느낌이 든 거니까요. 레슬리, 그런 눈으로 보지 좀 말아요."

레슬리는 낮고 사나운 어조로 물었다.

"날 경멸하죠? 부정하고 여자답지 못하다고 생각하나요? 아니면 그냥 바보 같은가요?"

"전부 아니에요. 그러지 말고 인생의 크고 작은 어려움들을 털어놓듯이 나랑 찬찬히 얘기를 나눠봐요. 너무 골똘히 생각하다 보면 자칫 병적으로 예민해질 수 있어요. 당신은 일이 잘못됐을 때 그러는 경향이 있잖아요. 앞으로는 그러지 않겠다고 나한테 약속도 했죠."

"하지만 그 사람을 사랑한다는 게 너무너무 창피해요. 그러면 안 되는 건데…. 내가 누구를 사랑해도 되는 자유로운 입장이 아니잖아요."

"레슬리, 그렇지 않아요. 그건 창피해할 일이 아니에요. 물론 당신이 포드 씨를 좋아하게 된 건 좀 유감이에요. 왜냐하면 그 때문에 당신이 불행해질지도 모르니까요."

레슬리는 계속 걸으며 흥분한 목소리로 말했다.

"조금씩 서서히 좋아한 게 아니에요. 만약 그런 거였으면 그가 느끼는 감정을 알아채자마자 내가 단호하게 막았을 거예요. 전혀 생각도 못 하고 있었는데, 일주일 전 포드 씨가 집필을 끝냈고 곧 떠날 거라고 말한 순간 내 마음을 깨달았어요. 누군가에게 주먹으로 세게 맞은 것처럼 충격을 받았죠. 아무런 대꾸도 하지 않았어요. 할 수가 없었으니까요. 그 사람에게 내가 어떻게 보였을지 모르겠어요. 행여나 얼굴에 감정을 드러냈을까 봐 걱정돼요. 아, 포드 씨가 내 마음을 알아챘다면… 혹시 의심이라도 했다면 나는 부끄러워서 죽을지도 몰라요."

앤은 오언과 대화를 나누며 짐작한 바가 있어 어두운 얼굴로 침묵했다. 속을 털어놓고 위안을 얻은 듯 레슬리는 다시 흥분해서 말을 이어갔다.

"앤, 올여름은 정말 행복했어요. 평생 이렇게 즐거웠던 적이 없었어요. 나는 그게 당신과 나 사이에 장애물이 없어졌기 때문이라고 생각해요. 인생이 이렇게 다시 아름답고 충만해진 건 우리의 우정 때문이라고 믿어요. 물론 부분적으로는 맞지만 그게 전부가 아니었던 거예요. 왜 모든 게 그처럼 달리 느껴졌는지 이제는 알아요. 그는 떠났고 모든 게 끝났어요. 이제 나는 어떻게 살아야 하죠? 오늘 아침에 그 사람이 떠나고 집으로 들어갔는데 심한 고독이 얼굴을 후려치는 것 같았어요."

"시간이 흐르면 괜찮아질 거예요."

평소 친구들의 고통을 민감하게 받아들이는 앤이었기에 유려하고 편한 말로 위로해줄 수 없었다. 슬프고 두려웠을 때 남들이 건넨 듣기 좋은 위로의 말이 되레 큰 상처가 되었던 일을 앤은 똑똑히 기억하고 있었다.

레슬리는 어쩔 줄 몰라 했다.

"아, 시간이 갈수록 괴로워질 것 같아요. 이제 아무런 기대도 없어요. 날마다 아침이 밝아오겠지만 그 사람은 돌아오지 않겠죠. 영원히 안 올 거예요. 아, 그 사람을 두 번 다시 못 볼 거라 생각하니까 커다란 손이 인정사정없이 내 심장을 움켜쥐고 비트는 것 같아요. 오래전에 딱 한 번 사랑을 꿈꿨을 때, 사랑이 아름다울 줄로만 알았어요. 그런데 막상 겪어보니 이렇게 괴로운 것이었네요. 어제 아침에 떠나면서 그 사람은 냉담하고 무심했어요. '무어 부인, 안녕히 계세요.' 이 말을 남기는 그의 얼굴이 얼마나 싸늘했는지 앤은 상상조차 못 할 거예요. 마치 우리가 친구였던 적도 없는 것처럼, 내가 그 사람한테 아무 존재도 아닌 것처럼요. 물론 내가 그에게 의미 있는 사람은 아니겠죠. 그가 내게 마음을 주길 바라는 건 아니지만 그래도 좀 더 다정하게 인사할 수 있지 않았을까요?"

앤은 생각했다.

'아, 길버트가 얼른 오면 좋겠어.'

앤은 레슬리에 대한 연민과 오언의 비밀을 지켜야 한다는 의무감 사이에서 갈등하며 괴로워했다. 앤은 오언이 레슬리에게 차갑게 인사한 이유, 여름내 친하게 지내며 우정을 쌓아놓고는 다정한 작별의 말 한마디 없이 떠난 이유를 알았지만 레슬리에게 말할 수는 없었다.

가엾은 레슬리는 한탄했다.

"앤, 어쩔 수 없었어요. 나도 어쩔 수 없었다고요."

"알아요."

"나를 욕할 건가요?"

"절대 안 해요."

"남편분한테도 말하지 않을 거죠?"

"레슬리! 내가 그런 짓을 할 것 같아요?"

"아, 모르겠어요. 당신은 남편이랑 친구처럼 지내잖아요. 남편한테 감추는 게 없을 것 같아서요."

"내 문제는 아주 작은 것까지도 다 털어놓죠. 하지만 친구의 비밀까지 다 말하지는 않아요."

"블라이드 선생님은 이 일을 모르셨으면 좋겠어요. 앤에게는 기꺼이 털어놓겠지만요. 내가 말하기 부끄러운 짓을 했다면 죄책감을 느꼈을 거예요. 그리고 코닐리어도 몰랐으면 해요. 때로는 그녀의 친절한 갈색 눈이 내 속을 들여다보는 것처럼 느껴지거든요. 아, 이 안개가 걷히지 않으면 좋겠어요. 살아 있는 모든 것들을 피해서 안개 속에 영원히 숨어 있고 싶네요. 이제 어떻게 살아야 할지 모르겠어요. 지난여름은 참 풍요로웠어요. 외로울 틈이 없었죠. 포드 씨가 오기 전에는 두려운 순간들이 있었어요. 당신이랑 블라이드 선생님과 함께 시간을 보내다가 나 혼자 집으로 돌아가는 그 길이 얼마나 쓸쓸하던지. 두 사람은 나란히 걸어가는데 나는 혼자인 거잖아요. 포드 씨가 여기 온 후로는 늘 그와 함께 집으로 돌아갔어요. 당신과 블라이드 선생님처럼 웃고 얘기를 나누면서 걸었어요. 더 이상 외롭지도, 질투가 나지도 않았죠. 그런데 지금은! 아, 그래요. 난 멍청이였어요. 내가 얼마나 어리석은지에 관한 이야기는 그만할게요. 이제 이런 일로 당신을 지루하게 만들지 않을 거예요."

앤은 '이런 밤'에 '이런 기분'인 채로 레슬리 혼자 모래톱에 두고 갈 수가 없었다.

"길버트가 오네요. 우리랑 같이 돌아가요. 우리 배에 세 명이 넉넉하게 탈 수 있으니까, 레슬리가 타고 온 배는 우리 배 뒤에 묶어서 끌고 가면 돼요."

레슬리는 쓸쓸하게 웃었다.

"아, 이젠 혼자 어색하게 남는 생활에 다시 익숙해져야 하겠네요. 앤, 미안해요. 내가 또 혐오스러운 말을 하고 말았어요. 감사해야 하는데…. 정말 고맙게 생각해요. 선량한 두 친구가 나를 기꺼이 끼워주려고 하잖아요. 기분 나쁜 말들은 잊어줘요. 마음이 너무 괴로워서 나도 모르게 내뱉은 말이었어요."

앤과 함께 집으로 돌아온 길버트가 말했다.

"레슬리는 오늘 밤에 너무 말이 없던데? 그 시간에 거기서 혼자 뭘 하고 있었대?"

"좀 피곤한가 봐. 당신도 알잖아. 딕 때문에 힘들었던 날이면 해변에 나가곤 한다는 거."

길버트는 생각에 잠긴 목소리로 말했다.

"레슬리는 포드 같은 남자를 만나서 결혼했어야 하는데. 그랬으면 이상적인 부부가 됐을 것 같지 않아?"

길버트가 그 문제를 계속 생각하다가 레슬리와 오언 사이의 감정까지 알아챌까 봐 걱정된 앤은 날카롭게 쏘아붙였다.

"제발, 중매쟁이 노릇 같은 건 할 생각도 마. 남자가 하기에는 안 어울리는 일이야."

길버트는 앤의 말투에 놀란 듯 둘러댔다.

"뭐야, 앤. 내가 중매쟁이 노릇을 왜 해? 그냥 그러면 어떨까 생각해봤을 뿐이야."

"그런 말도 안 되는 상황은 생각조차 하지 말라고. 시간 낭비일 뿐이니까."

앤은 딱 잘라 말하고는 이렇게 덧붙였다.

"아, 길버트. 다른 사람들도 우리처럼 행복하면 좋겠어."

28장

자질구레한 이야기

"부고란을 읽고 있던 참이었어요."

코닐리어는 이렇게 말하며 『데일리 엔터프라이즈』를 내려놓고 바느질감을 집어 들었다.

11월의 하늘은 잿빛으로 낮게 내려앉아 있었고, 그 아래로 펼쳐진 항구도 거무스름하고 우울한 분위기였다. 축축하게 젖은 낙엽들이 창턱에 들러붙었다. 하지만 앤의 작은 집은 벽난로 안에서 기분 좋게 타오르는 장작불을 비롯해 앤이 기르는 양치식물과 제라늄 덕분에 봄 같은 분위기였다.

"앤, 여기는 늘 여름 같아요"

어느 날 레슬리가 이렇게 말한 적이 있는데 그때 꿈의 집에 모인 손님들 모두 같은 생각이었다.

코닐리어가 말했다.

"요즘 『데일리 엔터프라이즈』에는 부고 기사가 많이 실리네요. 언제나 두세 단은 자리를 차지하는 것 같아요. 요즘은 이걸 읽는 게 유일한 즐거움이라니까요. 창작시도 같이 적혀 있으면 특히 더 꼼꼼하게 보게 돼요. 한 수 읊어줄게요.

그녀는 창조주 곁으로 떠났네.
더 이상 방황하지 않으리.
그녀는 즐거운 우리 집을
늘 기쁜 마음으로 연주하며 노래하곤 했지.

이런데도 이 섬에 시를 쓸 줄 아는 사람이 없다고 말할 수 있을까요! 앤, 좋은 사람들이 세상을 줄줄이 떠나고 있다는 느낌이 들지 않아요? 안타까운 일이에요. 부고가 열 개나 실렸는데 하나같이 성자에다 귀감이 되는 사람들뿐이에요. 남자들까지도요. 피터 스팀슨 노인의 부고 기사도 실렸어요. '수많은 친구들이 모여 때 이른 이별을 애도하며'라고 적혀 있네요. 맙소사, 이 노인은 나이가 팔십이었어요. 지난 30년 동안 그를 아는 사람들은 다들 그가 죽기를 바랐고요. 앤, 우울할 때는 부고란을 읽어봐요. 특히 아는 사람들의 부고 기사요. 유머 감각이 있는 사람이면 웃다가 기분까지 좋아진다니까요. 몇몇 사람들의 부고 기사는 내가 직접 써주고 싶기도 해요. 그런데 '부고'라는 단어는 어감이 좀 흉측하지 않아요? 피터 스팀슨을 생각하면 떠오르는 단어가 딱 '부고'예요. 그 노인의 얼굴을 볼 때마다 '부고'라는 단어가 떠올랐어요. 부고보다 기분 나쁜 단어는 미망인이죠.

내가 노처녀라 다행이지 뭐예요. 적어도 누군가의 '미망인'은 되지 않을 테니까요."

앤은 웃으며 맞장구쳤다.

"기분 나쁜 단어 맞아요. 에이번리의 묘지에도 '누구누구를 추억하며, 고(故) 누구누구의 미망인'이라고 새긴 묘비가 많았어요. 그런 걸 볼 때마다 낡아빠지고 케케묵었다는 생각을 했어요. 죽음과 관련된 단어들은 왜 그리도 기분 나쁜 게 많을까요? 돌아가신 분을 '유해'라고 부르는 관습도 없어졌으면 좋겠어요. 장의사가 장례식 때 '유해를 보실 분들은 이쪽으로 오시기 바랍니다'라고 말할 때마다 섬뜩해서 소름이 돋아요. 곧 식인종 잔치를 보게 될 것 같은 끔찍한 상상이 들거든요"

코닐리어가 차분하게 말했다.

"내가 죽었을 때 사람들이 나를 '세상을 떠난 우리의 자매'라고 부르는 일은 없었으면 좋겠어요. 5년 전에 어떤 순회 전도자가 글렌 마을에 와서 여러 차례 부흥회를 연 적이 있는데 그 사람이 아무한테나 자매니 형제니 하고 불러대서 아주 학을 뗐어요. 처음부터 그 전도자가 싫었던 건 아니에요. 뭐, 물론 속으로 꺼림칙한 느낌은 들었죠. 그런데 역시나였어요. 세상에, 그 사람은 장로교인인 척했던 거예요. 본인 입으로 장로교인이라고 했으면서 실제로는 쭉 감리교인이었던 거죠. 아무한테나 형제자매라니. 그렇게 치면 가족이 어마어마하게 많다는 거잖아요. 그런데 그가 어느 날 저녁 내 손을 꽉 움켜쥐고 애원하듯이 말하는 거예요. '사랑하는 브라이언트 자매님, 당신은 기독교인입니까?' 그래서 난 가만히 그를 훑어보다가 차분하게 대답했죠. '피스크 목사님, 내 유일한 형제는 15년 전에 죽어서 땅에 묻혔어요. 그 후 다른 형제를 들인 적도 없고요. 그리고 목사님이 기저귀 차림으로 바닥을 기어다니던 시절부터 나는 기독교인이었어요.' 그제야 입을 다물더군요. 하지만 앤, 내가 전도자들을 다 싫어하는 건 아니에요. 개중에는 성실하고 좋은 전도자들도 있어요. 좋은 일도 많이 하고 죄인들을 움찔하게 만드는 솜씨도 탁월한 분들이죠. 하지만 이 피스크라는 전도자는 그런 부류가 결코 아니었어요.

어느 날 저녁에는 아주 웃기는 일이 있었죠. 피스크가 설교를 하다 말고 기독교인은 모두 일어서라고 하는 거예요. 나는 일어나지 않았어요. 정말이에요! 그런 건 딱 질색이거든요. 어쨌든, 사람들은 거의 다 일어서더라고요. 그랬더니 이번에는 기독교인이 되고 싶다면 자리에서 일어서래요. 아무도 일어서지 않자 피스크는 목청 높여 찬송가를 부르기 시작했어요. 내 앞에는 가엾은 아이키 베이커가 밀리슨 집안 사람들 자리에 끼어 앉아 있었어요. 열 살밖에 안 된 그 꼬마를 밀리슨네 사람들은 죽어라 부려먹거든요. 피곤에 찌든 그 어린것은 교회든 어디든 엉덩이를 붙이기만 하면 몇 분 만에 곯아떨어졌죠. 그날도 아이키는 부흥회 내내 잤어요. 그 가엾은 아이가 그렇게라도 쉬게 돼서 다행이다 싶었죠. 그런데 피스크가 하늘을 향해 쩌렁쩌렁하게 소리를 질러대고 다른 교인들도 같이 악을 써댄 바람에 아이키가 깜짝 놀라서 눈을 뜬 거예요. 아이키는 늘 그렇듯 찬송가를 부르는가 보다 하고 허둥지둥 일어섰어요. 찬송가를 부를 때는 다들 일어서잖아요. 그러지 않았다가는 부흥회 시간에 잤다고 마리아 밀리슨에게 혼날 게 뻔하니까요. 피스크는 아이키가 혼자 일어선 걸 보더니 노래를 멈추고 소리쳤어요.

'또 한 영혼이 구원받았습니다! 주님께 영광, 할렐루야!'

아이키는 놀라서 눈을 뜨긴 했지만 자기 영혼이 구원을 받든 말든 잠에 취해 하품을 해댔죠. 고된 노동으로 지친 터라 자기 몸 말고는 다른 걸 생각할 겨를도 없는 아이예요.

어느 날 저녁 레슬리가 부흥회에 갔는데 피스크는 곧장 레슬리를 주목했어요. 아, 피스크는 미인들의 영혼을 특별히 더 염려했거든요. 정말이라니까요! 그날 마음이 상한 레슬리는 그 뒤로 다시는 부흥회에 가지 않았어요. 그러자 피스크는 저녁 기도 때마다 주님께서 레슬리의 굳은 마음을 풀어달라고 사람들 앞에서 큰 소리로 기도를 해댔어요. 도저히 참을 수 없더라고요. 고심 끝에 우리 교회에서 목회했던 레빗 목사님을 찾아갔죠. 피스크 목사가 하는 짓을 당장 멈추게 하지 않으면 가만히 있지 않겠다고 했어요. 다음번 부흥회 때 또 피스크 목사가 '아름답지만 회개하지 않는 젊은 여인' 어쩌고 하는 말을 지껄이면 내가 자리에서 일어나 그에게 찬송가 책을 집어던지겠다고 했죠. 진짜 그럴 생각이었어요. 정말이라니까요. 레빗 목사님이 레슬리에 대해 언급하지 못하도록 막았지만, 피스크는 찰리 더글러스까지 나서기 전까지 부흥회를 계속 열었어요.

찰리의 부인 로즈 더글러스는 겨우내 캘리포니아에 가 있었어요. 로즈는 신앙적으로나 정서적으로 가을만 되면 많이 우울해하는데 그게 다 집안 내력이에요. 로즈의 아버지는 자기가 용서받을 수 없는 죄를 저질렀다고 믿고 심하게 괴로워하다가 결국 정신병원에서 돌아가셨거든요. 로즈가 비슷한 증상을 보이자 찰리는 로즈더러 캘리포니아 로스앤젤레스에 있는 언니네 집에 다녀오라고 보내줬죠. 로즈는 상태가 많이 좋아져서 돌아왔어요. 그런데 그때 피스크의 부흥회가 한창이었어요. 글렌 마을에 도착해 미소를 지으며 쾌활하게 기차에서 내린 로즈는 창고 건물의 검은 박공벽에 60센티미터 크기로 큼직하게 적혀 있는 하얀 글자를 봤어요. '당신은 어디로 가십니까? 천국입니까 지옥입니까?' 거기다 그런 글을 쓰게 한 건 피스크의 아이디어였죠. 헨리 해먼드를 시켜서 페인트로 글씨를 쓰게 한 거예요. 로즈는 그 글을 보자마자 비명을 지르며 기절했어요. 사람들이 로즈를 집으로 옮겨왔는데 전보다 증세가 더 나빠졌죠.

참다 못한 찰리 더글러스가 레빗 목사님을 찾아가서는 당장 피스크를 내쫓지 않으면 더글러스 집안사람들 모두 교회를 떠날 거라고 말했죠. 더글러스 집안에서 목사 사례비의 절반을 내주고 있으니 레빗 목사님은 더글러스가 원하는 대로 할 수밖에 없었어요. 그제야 피스크는 마을을 떠났고 우리는 전도자의 입을 바라보지 않고 다시금 성경을 읽으며 천국으로 가는 방법을 깨우치게 됐어요. 피스크가 떠나고 난 뒤 레빗 목사님은 피스크가 원래 감리교도라는 사실을 알아내고 화가 나서 어쩔 줄 몰라 했어요. 정말이에요! 레빗 목사님이 어떤 면에서 좀 부족하기는 해도 건전하고 선량한 장로교인이거든요."

"참, 어제 포드 씨한테 편지가 왔어요. 당신에게 안부 전해달라고 하네요."

코닐리어는 더 들을 필요 없다는 듯 무뚝뚝하게 말했다.

"그 사람의 안부 인사 따윈 듣고 싶지 않아요."

앤은 깜짝 놀랐다.

"왜 그러세요? 포드 씨를 좋아하시는 줄 알았는데요."

"어떤 면에서는 좋게 봤죠. 하지만 레슬리한테 한 짓을 용서할 수 없어요. 가엾은 레슬리가 포드 씨 때문에 가슴앓이를 하고 있잖아요. 안 그래도 힘들게 사는 사람인데…. 그래놓고 그 남자는 토론토에서 예전처럼 즐기며 여기서 경험한 일을 과장스럽게 떠벌릴 거예요. 남자들이 다 그렇죠, 뭐."

"아, 어떻게 아셨어요?"

"어머, 앤. 나도 눈이 있어요. 나는 레슬리를 아기 때부터 봐왔어요. 가을 내내 실연이라도 당한 듯한 눈빛을 하고 다니는데 어떻게 모르겠어요? 금세 감이 오더라고요. 그 작가라는 남자와 관련이 있구나 하고요. 그 남자를 왜 레슬리네로 보냈는지 나 자신을 용서할 수 없어요. 그런 작자일 줄은 꿈에도 몰랐죠, 뭐. 전에 하숙했던 남자들과 같을 줄 알았어요. 분수도 모르고 잘난 척하는 젊은 놈들 말이에요. 레슬리는 그런 남자들을 딱 질색했어요. 그중 하나가 치근거린 적이 있는데 그때 레슬리는 차갑게 거리를 뒀어요. 다시는 쓸데없는 생각을 못 하게 만들었죠. 그래서 이번 같은 일이 일어나리라고는 짐작도 못 했어요."

"제가 레슬리의 비밀을 안다는 걸 절대 내색하면 안 돼요. 티를 냈다가는 레슬리가 상처받을 거예요."

"앤, 걱정하지 마요. 내가 철부지도 아니니까요. 아, 남자들은 하나같이 아무짝에도 쓸모가 없어요! 한 놈은 처음부터 레슬리의 인생을 망쳐놨고, 다른 데서 굴러 들어온 놈은 레슬리를 한

층 더 비참하게 만들어놓았으니 말이죠. 앤, 이 세상은 정말이
지 끔찍하네요."

앤은 꿈꾸듯 시를 인용해 대답을 대신했다.

"세상의 잘못된 일은 하나씩 풀리리니."[*]

코닐리어는 울적하게 말했다.

"남자가 없는 세상이라면 가능하겠죠."

그때 길버트가 들어오며 물었다.

"남자들이 이번에는 또 무슨 짓을 저질렀습니까?"

"나쁜 짓이죠. 못돼먹은 짓! 늘 그래왔잖아요."

"코닐리어, 에덴동산에서 선악과를 먼저 따 먹은 건 아담이
아니라 하와였습니다."

코닐리어는 의기양양하게 받아쳤다.

"하와를 유혹한 뱀은 수컷이었어요."

사람은 한 차례 마음고생을 하고 난 뒤에도 그럭저럭 일상을
살아갈 수 있는 법이다. 레슬리도 그랬다. 꿈의 집에서 친구들
과 즐거운 시간을 보낼 때면 다시 쾌활해진 모습을 보이기도 했
다. 앤은 레슬리가 오언 포드를 그만 잊길 바랐다. 하지만 어쩌
다 그의 이름이 나오면 레슬리의 눈빛에 그리움이 담겼다. 그런
레슬리가 안타까웠던 앤은 오언이 편지로 소식을 전해올 때면
일부러 레슬리가 같이 있는 자리에서 짐 선장이나 길버트에게
말해주곤 했다. 그럴 때마다 레슬리는 얼굴이 빨개지거나 하얗
게 질리는 등 속에 품은 감정을 숨김없이 드러냈다. 하지만 단

• 　테니슨의 시 〈방앗간 집 딸〉에 나온 구절

한 번도 앤에게 오언에 대한 이야기를 하거나 그날 밤 모래톱에서 있었던 일을 꺼내지 않았다.

어느 날 레슬리가 키우던 늙은 개 카를로가 죽었다. 레슬리는 몹시 슬퍼하며 앤에게 말했다.

"카를로는 내 오랜 친구였어요. 원래는 딕의 개였죠. 결혼하기 1년 전쯤부터 길렀대요. 그 후 딕은 카를로를 나한테 맡겨둔 채 네자매호를 타고 항해를 떠났죠.

카를로는 나를 무척 좋아했어요. 어머니가 돌아가시고 나서 몹시 외로웠는데 카를로 덕분에 힘겨운 시간을 버텨낼 수 있었거든요. 행방불명되었던 딕이 돌아온다는 소식을 들었을 때 카를로가 원주인에게 돌아가 나를 거들떠보지도 않을까 봐 걱정했어요. 그런데 예전에는 딕을 무척 따랐던 카를로가 딕한테 데면데면한 거예요. 낯선 사람을 대하듯 물려고 하거나 으르렁댔죠. 솔직히 기쁘더라고요. 누군가의 사랑을 온전히 차지한다는 건 그만큼 기분 좋은 일이니까요. 앤, 그 늙은 개는 내게 정말 큰 위안을 줬어요. 가을부터 몸이 약해져서 오래 못 버티겠구나 생각은 했지만 잘 돌봐주면 겨울은 날 줄 알았는데…. 오늘 아침에도 상태가 괜찮아 보였거든요. 벽난로 앞 깔개에 가만히 엎드려 있더라고요. 그러다 갑자기 일어나더니 나한테 천천히 걸어와서 무릎에 머리를 얹었어요. 그리고 그 크고 부드러운 눈에 사랑을 가득 담아 나를 바라보다가 몸을 부르르 떨고는…. 그렇게 떠났어요. 카를로가 많이 그리울 것 같아요."

"다른 개를 키워보면 어때요? 길버트한테 귀여운 고든 세터 종 개를 크리스마스 선물로 줄 생각이거든요. 그때 당신한테도 한 마리 줄게요."

레슬리는 고개를 저었다.

"지금은 아니에요. 아직은 다른 개를 받아들일 수 없어요. 제대로 사랑을 줄 수 있을 것 같지 않네요. 시간이 좀 흐르면 달라고 말할게요. 호신용으로라도 필요하니까요. 카를로는 어딘지 사람 같은 면이 있었어요. 좋아했던 친구의 빈자리를 너무 빨리 채워버리는 건 도리가 아닌 것 같아요."

앤은 크리스마스 일주일 전에 에이번리로 가서 크리스마스 휴가 기간 내내 머물렀다. 길버트도 곧 뒤따라왔다. 그렇게 배리네와 블라이드네, 라이트네 가족이 초록지붕집에 모여 린드 부인과 마릴라가 정성껏 준비한 만찬을 즐기며 즐겁게 새해를 맞이했다.

포윈즈로 돌아와보니 꿈의 집은 겨울바람에 쓸려가기 직전이었다. 세 번째 겨울 폭풍이 불어와 항구는 온통 눈에 덮였고 사방에 엄청난 눈 무더기가 쌓였다. 하지만 짐 선장이 미리 앤과 길버트의 집 문 앞과 진입로에 쌓인 눈을 삽으로 치웠고 코닐리어는 벽난로의 불을 지펴놓았다.

"앤, 다시 돌아와서 기뻐요! 이처럼 어마어마하게 쌓인 눈을 본 적 있어요? 위층으로 올라가지 않으면 무어네 집이 보이지도 않을 정도예요. 앤이 돌아온 걸 알면 레슬리도 무척 좋아하겠네요. 레슬리의 집이 눈에 거의 파묻힐 뻔했어요. 딕이 삽으로 눈을 치울 줄 알고 그 일을 재미있어 하기에 망정이지. 아, 수전은 내일 도착한대요. 선장님, 어디 가세요?"

"눈 더미를 파헤치면서라도 글렌 마을에 가서 마틴 스트롱이랑 잠시 시간을 보내다 와야겠어. 살날이 얼마 남지 않았는데 몹시 외로워하거든. 그 사람은 친구도 별로 없어. 바쁘게 사느라 친구 사귈 틈도 없었지. 돈은 많이 벌었지만."

코닐리어가 간단하게 정리했다.

"하느님과 맘몬*을 동시에 섬길 수 없으니 후자를 선택한 거잖아요. 그래놓고 이제 와서 맘몬이 좋은 친구가 아니라고 불평하면 안 되죠."

집을 나선 짐 선장은 갑자기 뭔가 생각난 듯 마당에서 돌아서며 말했다.

"블라이드 부인, 포드 씨한테서 편지가 왔어요. 인생 일지를 출판하겠다는 곳이 있대요. 내년 가을에 나온답니다. 드디어 책이 되다니, 기분이 참 좋아요!"

코닐리어는 다정하게 말했다.

"인생 일지 얘기만 나오면 저렇게 흥분하신다니까. 이 세상에 흔해 빠진 게 책인데."

---

* 부(富), 돈, 재물, 소유라는 뜻으로 하느님과 대립되는 우상을 이르는 말

29장

길버트와 앤의 의견 대립

3월 어느 날 저녁, 땅거미가 짙어지자 길버트는 읽고 있던 묵직한 의학서를 내려놓았다. 그러고는 의자 등받이에 기대앉아 생각에 잠긴 눈으로 창밖을 내다보았다. 초봄이었다. 아마도 연중 가장 아름답지 않은 시기일 것이다. 황혼의 빛조차 흠뻑 젖은 채 죽은 것들로 뒤덮인 풍경과 시커멓게 썩은 항구의 얼음을 가리지 못했다. 탁한 잿빛 들판 위를 홀로 날아가는 크고 시커먼 까마귀 외에 생명의 흔적이라고는 찾아볼 수 없었다.

길버트는 그 까마귀에 관해 한가로운 추측을 해보았다. 가정이 있는 수컷 까마귀일까? 까맣고 예쁜 아내 까마귀가 글렌 마을 너머 숲에서 남편을 기다리고 있을까? 아니면 윤기 나는 검은 털을 뽐내며 암컷에게 구애할 생각으로 머릿속이 꽉 찬 총각 까마귀일까? 홀로 나는 까마귀들 가운데 자기가 가장 빠르다고 믿는 냉소적인 독신 까마귀는 아닐까? 어떤 까마귀인지 몰라도 그 짐승은 곧 어둠 속으로 사라졌고 길버트는 따뜻하면서 기분 좋은 실내로 눈을 돌렸다.

깜박이는 벽난로의 불빛이 방 안 구석구석을 밝혔다. 곡과 마곡의 흰색과 초록색 몸뚱이, 깔개에 엎드려 불을 쬐고 있는 고든 세터종 개의 매끈한 갈색 머리, 벽에 걸린 액자, 창턱에 꽃병 가득 꽂아놓은 수선화, 그리고 옆에 바느질감을 두고 무릎에 두 손을 모아 깍지 낀 채로 작은 탁자 옆에 앉아 벽난로를 바라보며 상상에 빠져 있는 앤에게 두루두루 빛을 드리웠다. 앤은 바람이 숭숭 통하는 작은 탑들이 달빛에 물든 구름을 뚫고 올라간 스페인의 성, 귀중한 화물을 싣고 희망봉을 출발해 해 질 녘의 햇살을 받으며 포윈즈 항구로 입항한 거대한 선박을 상상하고 있었다. 상상에 그림자가 드리워져 암울한 두려움이 밀려와도 앤은 밤이든 낮이든 상상을 멈출 수 없었다.

길버트는 이제 자신을 주저 없이 '유부남'이라고 말한다. 하지만 그에게 앤은 여전히 연인이었고, 온전히 '내 사람'이라는 생각은 들지 않았다. 이 마법 같은 집도 어쩌면 실제가 아니라 꿈일지도 몰랐다. 매혹의 힘이 흩어지고 꿈이 흩어져버릴까 봐 두려운 나머지 길버트의 영혼은 여전히 앤 앞에서 조심스러웠다.

그는 천천히 입을 열었다.

"앤, 잠깐 내 얘기 좀 들어줘. 상의할 게 있어."

앤은 벽난로 불빛이 비치는 어둠 너머 길버트를 바라보며 밝은 목소리로 물었다.

"무슨 일인데? 몹시 진지해 보여, 길버트. 나 오늘은 못된 장난 같은 거 안 쳤단 말야. 수전한테 물어봐."

"당신이나 우리에 관한 건 아니고, 딕 무어 이야기야."

앤은 곧장 허리를 세우고 앉았다.

"딕 무어? 대체 그에 관해 나랑 의논할 일이 뭐가 있어?"

"요즘 그에 대해 여러 생각을 하고 있거든. 지난여름 내가 그의 목에 난 커다란 종기를 치료했던 거 기억하지?"

"응, 그랬지."

"그때 머리에 난 상처도 자세히 봤어. 딕은 의학적 관점에서 매우 흥미로운 사례야. 요즘 두개골 천공술의 역사와 적용 사례를 공부하고 있거든. 딕 무어를 좋은 병원으로 데려가 두개골 몇 군데에 구멍을 내는 천공술을 받게 하면 뇌 기능이 정상으로 돌아올 수도 있을 것 같아."

"길버트! 설마 진심은 아니지?"

"진심이야. 이 문제를 레슬리에게 얘기하는 것도 의사로서 내 의무라고 생각해."

앤은 격하게 반대하며 소리쳤다.

"길버트 블라이드, 그런 짓은 할 생각도 마! 길버트, 절대… 그러면 안 돼. 너무 잔인한 짓이야. 그러지 않겠다고 약속해줘."

"앤, 당신이 이렇게 나올 줄 몰랐어. 좀 합리적으로…"

"내가 어떻게 합리적으로 생각할 수 있겠어? 난 못 해. 아니, 난 합리적이야. 비합리적인 건 당신이지. 딕 무어가 제정신을 찾으면 레슬리는 어떻게 될지 한 번이라도 생각해봤어? 레슬리는 지금도 충분히 불행하게 살고 있어. 하지만 딕의 간병인으로 사는 게 아내로 사는 것보다 백배 천배는 나을 거야. 나는 알아.

안다고! 이건 말도 안 돼. 그 집을 들쑤실 생각은 하지도 마. 그냥 이대로 내버려둬."

"앤, 그런 사례에 대해 여러 면에서 거듭 생각해보고 꺼낸 얘기야. 치료 결과가 어떻게 나오든, 의사는 환자의 몸과 마음을 무엇보다 중요하게 생각해야 해. 환자가 건강을 되찾고 온전한 정신을 회복할 희망이 있다면 의사는 최선을 다해 노력할 의무가 있어."

앤은 완강히 반대했다.

"하지만 딕은 당신 환자도 아니잖아. 레슬리가 부탁했다면 당신 생각을 말해주는 게 의사로서 의무를 다하는 것이겠지. 하지만 지금은 당신이 간섭할 권리가 없어."

"아니, 나한테는 이야기할 책임이 충분히 있어. 12년 전에 데이브 할아버지는 딕에게 할 수 있는 치료법이 없다고 레슬리에게 말씀하셨어. 레슬리는 그 말을 믿었겠지."

앤은 의기양양하게 쏘아붙였다.

"그게 사실이니까 그러셨겠지. 설마 데이브 선생님이 당신만큼 몰라서 그러셨을까?"

"거만하고 주제 넘는 말로 들릴 수도 있겠지만 나는 데이브 할아버지와 생각이 달라. 당신도 데이브 할아버지가 소위 '자르고 베어내는 새로운 의술'에 반감을 갖고 계시다는 거 알잖아. 그분은 맹장 수술도 반대하셔."

앤은 태도를 바꿔서 설득하기로 했다.

"난 데이브 할아버지가 옳다고 봐. 당신 같은 현대 의사들은 인간의 피와 살을 이용한 실험을 지나치게 좋아해."

"내가 그런 실험을 두려워했다면 로다 앨런비 씨는 지금 살아 있지 못할 거야. 나는 위험을 감수하며 그분의 목숨을 구했어."

"로다 앨런비 씨 얘기는 지겨우니까 그만해."

길버트에게는 부당한 말이었다. 앨런비 씨의 수술을 성공적으로 마친 뒤 길버트가 그 이야기를 입에 올린 적은 없었다. 사람들이 떠들어대는 것까지 길버트 탓을 한다는 건 억지였다.

길버트는 상처받은 표정이었다.

"앤, 당신이 그렇게 생각하는 줄 몰랐어."

길버트는 무뚝뚝하게 말하고는 일어서서 진료실 문 쪽으로 걸어갔다. 두 사람의 첫 번째 말다툼이 시작되는 순간이었다.

앤은 얼른 쫓아가 길버트를 데려왔다.

"그렇게 화를 내고 가버리면 어떻게 해. 다시 앉아. 아까는 내가 잘못했어. 하지만 당신도 사정을 안다면…."

앤은 얼른 입을 닫았다. 하마터면 레슬리의 비밀을 입 밖에 내놓을 뻔했다. 앤은 어설프게 말을 맺었다.

"그러니까 여자가 어떤 심정인지 안다면 그렇게 말 못 할 거란 얘기야."

"나도 알아. 그 문제를 모든 면에서 생각해봤어. 그리고 딕이 원래대로 회복될 가능성이 있다고 레슬리에게 말해주는 게 의사로서 내 의무라는 결론을 내렸어. 거기까지가 내 의무고, 어떻게 할지 결정하는 건 레슬리의 몫이야."

"하지만 길버트, 당신이 레슬리한테 그런 책임을 지울 권리는 없어. 안 그래도 힘든 사람이야. 게다가 가난하기까지 해. 레슬리가 수술비를 어떻게 감당하겠어?"

길버트는 고집을 꺾지 않았다.

"레슬리가 결정할 일이야."

"딕을 치료할 수 있을 것 같다고 했는데, 확실해?"

"확신은 못 해. 그런 걸 확신할 수 있는 사람은 아무도 없어. 뇌 자체가 손상되었으면 치료할 수 없겠지. 하지만 기억상실 및 제 기능을 못하는 이유가 두개골 함몰로 뇌에 압력이 가해졌기 때문이라면 치료가 가능하다고 봐."

"가능성일 뿐이잖아! 당신이 레슬리한테 이야기해서 레슬리가 수술을 하기로 결정한다고 쳐. 돈이 엄청나게 들어갈 거야. 수술비를 마련하려면 레슬리는 어디서 돈을 빌리거나 얼마 안 되는 재산을 처분해야 돼. 게다가 그렇게 수술했는데 실패하면 딕은 지금 상태 그대로일 거잖아. 레슬리가 빌린 돈을 갚을 수 있을까? 농장을 팔면 레슬리가 앞으로 본인 생계는 물론 쓸모 없이 덩치만 큰 딕을 건사할 수 있겠냐고?"

"그래, 알아. 하지만 레슬리에게 말해주는 게 내 의무야. 의사로서 신념을 저버릴 수는 없어."

"아, 블라이드 집안의 고집이라면 내가 잘 알지. 혼자 결정하지 말고 데이브 할아버지에게 조언을 구하면 어때?"

길버트는 마지못해 말했다.

"이미 말씀드렸어."

"뭐라고 하셔?"

"지금 이대로 두라고 하셨어. 새로운 의술에 대한 반감도 있지만 이 일에 대해서는 당신과 비슷한 생각을 가지고 계신 것 같더라. 레슬리를 위해 그냥 내버려두길 바라서."

앤은 의기양양했다.

"거봐, 팔순을 바라보는 경험 많은 의사의 판단을 따르는 게 좋을 거야. 그분은 온갖 세상사를 겪었고 사람도 많이 살리셨어. 젊은 의사로서 고집을 부리기보다는 산전수전 다 겪은 노의사의 의견을 따르는 게 맞다고 봐."

"그래, 고마워."

"웃지 마. 난 진지하게 하는 말이라고!"

"그래, 나도 정말 진지해. 지금 딕은 레슬리에게 짐만 되고 있어. 만약 치료가 잘돼서 이성적으로 판단할 수 있고 쓸모 있는 사람이 된다면…."

앤은 길버트의 말을 잘랐다.

"그 사람은 멀쩡할 때도 레슬리에게 쓸모라곤 없었어."

"과거의 잘못을 만회할 기회가 주어질지도 모르잖아. 딕의 아내인 레슬리는 모르겠지만 나는 알아. 그러니까 회복될 가능성이 있다는 걸 레슬리한테 말해주는 게 내 의무야. 이건 고심 끝에 내린 결정이라고."

"길버트, 아직 '결정'이라는 말은 하지 마. 다른 사람한테도 조언을 구하는 게 좋겠어. 그래, 짐 선장님! 짐 선장님께 어떻게 생각하시는지 여쭤보자."

"좋아. 하지만 짐 선장님 의견에 따르겠다는 약속은 할 수 없어. 이건 내가 스스로 판단해야 할 문제야. 이 일을 덮고 넘어가면 내 양심은 편치 않을 거야."

"아, 그래. 양심. 데이브 할아버지도 양심이 있는 분 아닌가?"

"맞아. 하지만 데이브 할아버지의 양심은 본인이 알아서 챙기

시면 돼. 이 일이 레슬리와 관련된 게 아니라면, 당신이 모르는 환자의 일이었다면 당신은 분명 내 의견에 동의했을 거야."

"아닐걸?"

앤은 자신이 하는 말을 믿으려 애썼다.

"밤새 논쟁을 한다 해도 나를 설득하진 못해. 코닐리어에게도 어떻게 생각하는지 물어봐."

"앤, 코닐리어까지 끌어들이려는 걸 보니 논리적으로 궁지에 몰렸구나? 코닐리어야 '남자들이 다 그렇지, 뭐'라고 말하면서 불같이 화를 내겠지. 어쨌든 이건 그녀가 해결할 수 있는 일이 아니야. 레슬리 혼자 결정해야 돼."

앤의 눈가에 눈물이 차올랐다.

"레슬리가 어떤 결정을 내릴지 잘 알잖아. 레슬리는 의무감이 강한 사람이야. 이미 상상도 못 할 만큼 힘겨운 문제를 떠안고 있어. 나라면 절대 감당하지 못할 거야."

"오직 옳다는 이유로 옳은 길을 가는 것은 그 결과로 인해 경멸을 받는다고 해도 현명한 처신이다."*

"하다 하다 이제는 시까지 인용해서 설득력 있는 주장처럼 포장하려고 하는군. 역시 남자들이란!"

앤은 콧방귀를 뀌었다. 그러고는 피식 웃음을 터뜨렸다. 방금 한 말은 코닐리어의 메아리가 아닐까 싶을 정도로 똑같았다.

길버트가 진지하게 말했다.

"테니슨의 시구를 권위 있게 받아들이지 않겠다면, 테니슨보

---

* 테니슨의 시 〈오에논〉에서 인용했다.

다 위대하신 분의 말씀은 믿겠지. '너희는 진리를 알게 될 것이며 진리가 너희를 자유롭게 할 것이다.'* 난 이 말씀을 진심으로 믿어. 성경은 물론 모든 문학작품을 통틀어 제일 위대하고 훌륭한 글이야. 진실성에 등급을 매길 수 있다면, 가장 진실한 말이기도 해. 진실임을 알고 진실로 믿는다면 반드시 말해야 하는 게 사람으로서 해야 할 가장 중요한 의무라고 생각해."

앤은 한숨을 쉬었다.

"이 경우에는 진실이 가엾은 레슬리를 자유롭게 해주지 못할 거야. 오히려 더 힘들게 만들겠지. 길버트, 아무리 생각해도 나는 당신이 옳다고 할 수 없어."

• 신약성경(공동번역) 요한복음 8장 32절

30장

레슬리의 결단

글렌 마을과 그 아래 어촌에서 전염성이 강한 독감이 갑작스레 번졌다. 길버트는 앤과 말다툼한 뒤로 2주일 동안 눈코 뜰 새 없이 바빴다. 짐 선장을 만나러 갈 짬도 낼 수 없을 정도였다. 앤은 길버트가 딕 무어를 치료받게 하겠다는 생각을 그만 포기하길 바랐다. 잠자는 개는 계속 자게 돼야 한다는 생각에 딕 얘기를 입 밖에 꺼내지도 않았다. 하지만 앤은 머릿속에서 그 생각을 쉬이 떨칠 수 없었다.

'레슬리가 오언을 좋아한다는 걸 길버트한테 말해야 할까? 길버트는 레슬리 앞에서 아는 티를 내지 않을 테니 그녀의 자존심이 다칠 일은 없을 거야. 길버트도 레슬리와 오언에 대해 알면 딕 무어 문제를 더 이상 들쑤시지 않고 내버려둘지도 몰라. 말을 해야 하나? 어떻게 해야 하지? 아, 말하면 안 돼, 절대로. 약속은 신성한 거야. 내가 뭐라고 레슬리의 비밀을 들춰내겠어. 살면서 이처럼 지독하게 고민해보는 건 처음이야. 봄인데 기분까지 우울해. 이 고민이 모든 걸 망치고 있어.'

어느 날 저녁, 길버트가 앤에게 갑자기 짐 선장을 만나러 가자고 했다. 앤은 가슴이 철렁했지만 어쩔 수 없이 길버트와 함께 집을 나섰다. 보름 동안 따뜻한 햇볕이 내리쬔 덕분에, 길버트가 인상 깊게 본 까마귀가 날아간 황량한 풍경이 기적처럼 바뀌었다. 언덕과 들판은 바짝 말라 갈색이 되었고 온기가 돌았으며 언제든 새싹과 꽃을 피워낼 준비가 되어 있었다. 항구에서는 또다시 웃음이 넘쳐났고 항구에서 시작된 길은 반짝이는 붉은 리본처럼 길게 뻗어나갔다. 모래언덕 아래에는 한 무리의 소년이 고기잡이를 나왔다. 지난여름 무성하게 자란 풀이 황혼의 빛을 받아 불붙은 듯 붉게 물들었다. 모래언덕을 장밋빛으로 뒤덮은 석양은 시커먼 만을 배경으로 시뻘건 불길을 휘날리며 수로와 어촌을 비추었다.

다른 때 같으면 앤의 눈을 즐겁게 해주었을 그림 같은 풍경이었다. 하지만 앤은 등대로 걸어가는 이 길이 즐겁지 않았다. 이는 길버트도 마찬가지였다. 지금 같아서는 앤이 취향과 견해가 일치하는 동반자이자 요셉을 아는 자라는 생각이 들지 않았다. 앤은 고개를 꼿꼿이 들고 신중하게 말하며 길버트의 계획에 대한 반감을 은연중에 드러냈다. 길버트는 블라이드 가문의 고집을 보여주듯 입을 꾹 다물고 들었지만 그의 눈빛에는 깊은 고뇌가 담겨 있었다. 그는 신념에 따라 의사로서 의무를 다할 작정이었다. 하지만 이 일로 인해 앤과 사이가 나빠질 수도 있었다.

불편하고 어색한 분위기에서 함께 걷던 두 사람은 등대에 도착해 안도의 한숨을 내쉬면서도, 그런 이유로 마음이 놓였다는 사실에 기분이 좋지 않았다.

짐 선장은 손질 중이던 어망을 치우고 두 사람을 반갑게 맞이했다. 봄날 저녁 등대의 탐조등 불빛 아래서 짐 선장은 어쩐지 눈에 띄게 늙어 보였다. 머리카락은 더 허옇게 셌고 강인하던 손도 살짝 떨리고 있었다. 하지만 여전히 맑고 흔들림이 없는 푸른 눈은 그 안에 담긴 용감하고 두려움 없는 충직한 영혼을 드러냈다.

짐 선장은 길버트가 여기 온 용건을 말하는 동안 놀란 표정으로 조용히 듣기만 했다. 앤은 짐 선장이 레슬리를 얼마나 아끼는지 알기에 분명 레슬리 편을 들어줄 거라 확신했다. 그렇다고 해서 길버트가 결정을 번복하리라 기대하기도 어려웠다. 이윽고 짐 선장이 안타까워하는 목소리로, 하지만 망설임 없이 길버트의 생각에 동의하자 앤은 놀라고 말았다.

앤은 원망하며 소리쳤다.

"아, 짐 선장님, 그렇게 말씀하실 줄 몰랐어요. 레슬리가 더 힘들게 살지 않기를 바라실 줄 알았는데요."

짐 선장은 고개를 저었다.

"그건 맞아요. 부인이 어떤 마음인지도 알겠습니다. 나도 같은 마음이에요. 하지만 인생을 살면서 감정적으로만 판단을 내리면 안 됩니다. 그랬다가는 인생살이에서 난파를 당하는 일이 잦아져요. 온전한 나침반은 하나뿐입니다. 우리는 그 나침반을 기준으로 삼아 앞으로 나아가야 해요. 바로 옳은 길이라는 나침

반이죠. 나는 블라이드 선생의 생각에 동의합니다. 딕이 나아질 수 있는 기회가 있다면 레슬리에게 이야기해주는 게 맞아요. 그 길을 두고 다른 길로 가서는 안 된다고 봅니다."

앤은 좌절해서 자포자기하며 말했다.

"알겠어요. 그럼 이제 코닐리어가 두 사람을 단단히 꾸짖을 일만 남았네요."

"코닐리어가 우리를 마구 할퀴어대겠죠. 압니다. 여자들은 참 사랑스러워요. 하지만 논리적이지 못할 때가 있어요. 부인은 고등교육을 받은 숙녀이고 코닐리어는 그렇지 않지만, 이런 문제에서는 같은 판단을 내리겠죠. 물론 코닐리어가 좀 더 심할 겁니다. 논리라는 것은 무자비하고 차가운 속성을 갖고 있어요. 자, 차를 끓여 올 테니 마시면서 마음도 가라앉히고 이제부터는 좀 즐거운 얘기를 나눕시다."

짐 선장이 끓여준 차와 여러 주제의 대화 덕분에 앤은 속이 많이 진정되었다. 그래서인지 집으로 돌아가는 길에 길버트의 속을 아까 마음먹은 만큼 날카롭게 긁어대지는 않았다. 도리어 딕에 관한 문제는 아예 입에 올리지도 않고 다른 얘기만 나누면서 다정하게 수다를 떨었다. 길버트는 앤이 마지못해 그를 용서했음을 깨달았다.

앤이 안타까워하며 말했다.

"짐 선장님이 올봄에 몸이 많이 약해지시고 등도 굽으신 것 같아. 겨우내 나이 드신 게 느껴져. 이러다 곧 사라진 마거릿을 만나러 가실까 봐 걱정돼. 그런 생각은 하기도 싫어."

길버트도 같은 생각이었다.

"짐 선장님이 마지막 항해를 떠나버리시면 포윈즈는 전 같지 않을 거야."

다음 날 저녁, 길버트는 개울 위쪽에 위치한 레슬리의 집으로 갔다. 앤은 길버트가 돌아올 때까지 어두운 표정으로 집 안을 서성였다. 마침내 길버트가 집으로 돌아왔다.

"레슬리가 뭐래?"

"별말 없어. 당황한 것 같기는 했어."

"수술을 받도록 하겠대?"

"생각해보고 곧 결정하겠다고 하네."

길버트는 지친 얼굴로 벽난로 앞 안락의자에 털썩 앉았다. 피곤했다. 레슬리에게 그 말을 꺼내기가 쉽지 않았다. 길버트가 말한 내용이 어떤 의미인지 깨달은 레슬리는 눈에 공포가 어렸다. 그 모습을 떠올리자 길버트는 마음이 괴로웠다. 이제 주사위는 던져졌다. 하지만 길버트는 자기가 지혜롭게 판단한 것인지 아직 확신이 서지 않았다.

안타까운 눈으로 길버트를 바라보던 앤은 옆에 앉아 윤기 나는 빨간 머리를 그의 팔에 기댔다.

"길버트, 모질게 말한 거 미안해. 다신 안 그럴게. 나를 빨간 머리라고 부르면서 놀려도 돼. 용서해줘, 길버트."

어떤 결과가 나오더라도 앤은 길버트에게 "그러게 내가 뭐랬어" 같은 말을 하지 않을 것이다. 길버트도 그것을 알았다. 하지만 위안이 되지는 않았다. 의사로서의 의무감을 추상적으로 막연히 생각하는 것과 실제로 행하는 것은 엄연히 다른 문제였다. 특히 충격받은 여자의 눈을 바라보며 그 의무를 실행하는 것은 쉽지 않았다.

앤은 그 후 사흘 동안 레슬리를 보지 않는 편이 낫겠다고 판단했다. 그리고 사흘째 되던 날 저녁, 레슬리가 꿈의 집으로 찾아왔다. 레슬리는 딕을 몬트리올로 데려가 수술을 받도록 하겠다고 길버트에게 말했다.

레슬리의 얼굴에 핏기라곤 없었다. 예전처럼 냉담함의 꺼풀을 뒤집어쓴 모습이었다. 하지만 길버트의 마음을 괴롭게 했던, 충격받아 어쩔 줄 모르는 눈빛이 아니라 차갑고 또렷한 눈빛이었다. 레슬리는 사무적으로 냉정하게 세부적인 문제를 길버트와 의논해나갔다. 이런저런 계획을 세우고 몇 가지 변수도 생각해봐야 했다. 마침내 필요한 정보를 다 얻은 레슬리는 집으로 돌아가기 위해 일어섰다. 앤은 레슬리를 집까지 바래다주고 싶었지만 그녀가 거절했다.

"안 그러는 편이 좋겠어요. 오늘 비가 와서 땅이 질척거리거든요. 그럼 잘 자요."

레슬리가 떠난 뒤 앤은 한숨을 쉬며 길버트에게 말했다.

"난 친구를 잃은 걸까? 수술이 잘돼서 딕 무어가 원래대로 돌아오면 레슬리의 영혼은 내면의 외딴 요새 안으로 숨어버릴 거야. 그럼 다시는 찾을 수 없을지도 몰라."

"레슬리가 딕을 떠날 수도 있겠지."

"아마 그러지 않을 거야, 길버트. 의무감이 엄청 강한 사람이잖아. 예전에 레슬리가 이런 얘기를 해준 적 있어. 자기 할머니인 웨스트 부인이 어떤 일을 맡게 되면 결과가 어떻게 되든 절대 회피해서는 안 된다고 가르쳤대. 내가 보기에는 너무 구식이지만 레슬리는 그 말을 삶의 원칙으로 삼고 있어."

"앤, 그렇게 비꼬아 말하지 마. 실은 당신도 그게 구식이라고 생각하지 않잖아. 당신도 책임감을 신성하게 생각하기는 마찬가지야. 그래, 그 말이 맞아. 책임감을 회피하는 건 현대사회의 폐해이면서 세상을 뒤흔드는 모든 불안과 불만의 원인이기도 하니까."

"말은 참 잘해."

앤은 이렇게 놀렸지만 길버트의 말이 옳다는 것쯤은 알고 있었다. 그러면서도 레슬리 때문에 마음이 아팠다.

일주일 후 코닐리어가 산사태처럼 요란하게 들이닥쳤다. 길버트가 집에 없어서 앤 혼자 그 충격을 감당해야 했다.

코닐리어는 모자를 벗기도 전에 말부터 쏟아냈다.

"앤, 블라이드 선생님이 레슬리한테 딕을 치료할 수 있다고 했다던데, 그래서 레슬리가 딕을 몬트리올로 데려가 수술받게 할 거라던데, 그게 사실이에요?"

앤은 용기를 내어 대답했다.

"예, 사실이에요."

코닐리어는 몹시 흥분했다.

"그건 너무 비인간적이고 잔인하잖아요. 지금껏 블라이드 선생님을 점잖고 좋은 사람이라고 생각했는데, 이런 짓을 할 줄은 생각도 못 했네요."

"딕이 회복될 가능성을 레슬리에게 말해주는 게 의사의 의무라고 생각한 거예요. 저도 남편 생각에 동의했고요."

앤은 길버트의 편을 들며 분명하게 말했다. 하지만 코닐리어는 흥분을 가라앉히지 못했다.

"그럼 안 되죠. 동정심이 있는 사람이라면 절대 해서는 안 되는 짓이잖아요."

"짐 선장님도 같은 생각이세요."

"그 멍청한 할아버지가 뭐라고 했는지는 듣고 싶지도 않아요. 누가 동의하든 말든 내 알 바가 아니에요. 지금까지 괴롭게 살아온 레슬리에게 그 일이 어떤 의미인지를 생각해야죠."

"당연하죠. 하지만 길버트는 의사라면 환자의 몸과 마음을 무엇보다 중요하게 여겨야 한다고 믿어요."

"하여튼 남자들이란! 그리고 당신은 좀 다를 줄 알았는데, 실망했어요, 앤."

분노라기보다는 슬픔에 잠긴 목소리였다. 그러더니 코닐리어는 앤이 길버트를 비난할 때 썼던 논리로 앤을 몰아붙였다. 마찬가지로 앤은 길버트가 썼던 논리를 무기 삼아 용감하게 남편을 방어했다. 한참 설전을 주고받은 끝에 코닐리어는 결국 울먹이는 목소리로 선언했다.

"이건 너무나 사악하고 부끄러운 일이에요. 정말 말도 안 되는 짓이라고요. 아, 불쌍한 레슬리!"

"딕 생각도 조금은 해야 한다고 생각하지 않으세요?"

"딕이라고요? 딕 무어요? 그는 지금도 충분히 행복해요. 예전보다 망나니짓도 덜하고 동네에서 평판도 훨씬 좋아요. 딕은 원래 술고래였어요. 아니, 술이 전부가 아니었죠. 설마 딕을 다시 개망나니로 되돌려서 막 살게 만들려는 거예요?"

동네 사람에게는 적이 되고 집에서는 배신자가 될 딱한 처지의 앤이 말했다.

"달라질 수도 있죠."

"달라지긴요! 턱없는 소리예요. 딕 무어는 술에 취해 싸우다가 머리를 다쳤을 거예요. 그런 꼴이 돼도 싼 인간이라고요. 인과응보라니까요. 하느님이 알아서 벌을 내리셨는데 의사가 훼방을 놓으면 안 된다고 생각해요."

"딕이 어쩌다 다쳤는지는 아무도 몰라요. 어쩌면 술에 취해 싸우다가 다친 게 아니라 강도를 당한 걸 수도 있고요."

"퍽이나 그렇겠네요. 얘기를 들어보니 이미 결정된 일 같은데, 더 떠들어봤자 뭐하겠어요. 쓸데없는 소리 길게 해봤자 내 입만 아프죠. 결정됐으니 따를 수밖에요. 그래도 확정된 건지 확인하고 싶었어요. 이제 나는 레슬리를 위로하고 도와주는 일에나 힘을 써야겠어요. 어쩌면…."

코닐리어는 밝은 표정으로 덧붙였다.

"수술 후에 딕이 그대로일 수도 있잖아요."

31장

진리가 너희를 자유롭게 하리라

결심을 굳힌 레슬리는 특유의 강단으로 일을 빠르게 진행했다. 생사가 걸린 일을 앞두고 가장 먼저 한 일은 집 청소였다. 코닐리어가 기꺼이 도와준 덕분에 개울 위쪽의 회색 집은 먼지 하나 없이 깔끔하게 정리되었다. 코닐리어는 앤에게 하고 싶은 말을 다 했고 길버트와 짐 선장에게도 실컷 퍼부었지만 레슬리에게는 그 일에 관해 한 마디도 하지 않았다. 딕이 수술받기로 한 일을 기정사실로 받아들인 후에는 꼭 필요할 때만 언급했고 평소에는 말조차 꺼내지 않았다. 레슬리도 그 일을 코닐리어와 따로 의논하려 하지 않았다.

레슬리는 아름다운 봄날을 그저 차갑고 조용히 지냈다. 앤의 집에도 거의 방문하지 않았다. 변함없이 예의 바르고 다정했지만, 그 태도는 자기와 앤의 가족 사이에 쌓아올린 얼음 장벽이나 다름없었다. 친밀한 농담과 웃음, 일상의 다정한 대화로도 그 장벽을 넘을 수 없었다. 앤은 상처받지 않기로 했다. 레슬리가 몹시 불안한 상태라는 걸 알았기 때문이다. 그 불안감은 레슬리를 완전히 휘감아 소소한 행복과 즐거움을 느끼지 못하게 만들었다. 큰일이 일어나 어떤 강렬한 감정에 휩싸이면 나머지 감정은 죄다 옆으로 밀려나게 마련이다. 어쩌면 레슬리 무어는 한층 더 끔찍해질지도 모를 미래 앞에서 떨고 있을지도 몰랐다. 그렇지만 처형이라는 끔찍한 고통이 기다리고 있음을 알면서도 묵묵히 정해진 길을 걸어간 순교자들처럼 레슬리는 자신이 선택한 길로 확고하게 나아갔다.

돈 문제는 앤이 걱정했던 것보다 쉽게 해결되었다. 레슬리는 짐 선장한테서 필요한 돈을 빌렸다. 짐 선장은 레슬리가 고집을 부린 탓에 어쩔 수 없이 레슬리의 작은 농장을 담보로 잡았다.

코닐리어가 앤에게 말했다.

"가엾은 레슬리가 한 가지 부담은 덜었네요. 나도 한시름 놓았고요. 딕이 다시 일할 수 있게 되면 이자 정도는 벌어서 갚겠죠. 뜻대로 안 된다고 해도, 짐 선장님이 레슬리가 힘들지 않게 일을 잘 처리해주실 거예요. 예전에 선장님이 나한테 이런 얘길 한 적이 있어요. '코닐리어, 나는 늙어가고 있어. 하지만 마누라도 자식도 없지. 레슬리는 살아 있는 사람이 주는 선물은 받으려 하지 않겠지만 죽은 사람이 주는 선물은 받을 거야.' 그러니 별문제 없을 거예요. 다른 문제들도 잘 해결되길 바라야죠. 빌어먹을 딕이 지난 며칠 동안 얼마나 말썽을 피웠는지 몰라요. 속에 악마가 들어앉은 것 같다니까요. 정말이에요! 어찌나 속을

썩이는지 레슬리랑 내가 일을 제대로 할 수 없었어요. 얼마 전에는 마당에서 오리들을 쫓아다니다가 거의 다 죽였지 뭐예요. 도대체 도움이 안 된다니까요. 물론 어쩌다 쓸모가 있기는 하죠. 물을 긷거나 장작으로 쓸 나무를 구해 올 때도 있으니까. 그런데 이번 주에는 상태가 영 좋질 않았어요. 물을 길어오라고 우물로 보냈다가는 그 밑으로 기어 내려갈 판이었어요. 어찌나 짜증이 나는지 '저 인간이 머리부터 우물로 떨어지면 모든 문제가 말끔하게 해결될 텐데'라는 생각까지 들더라고요."

"맙소사!"

"앤, 그렇게 놀랄 거 없어요. 누구라도 그렇게 생각할 만했으니까요. 몬트리올에 있는 의사들이 딕 무어한테서 이성적인 인간을 끄집어낸다면 그거야말로 경이로운 일일 거예요."

5월 초, 레슬리는 딕을 데리고 몬트리올로 출발했다. 길버트도 일을 돕고 필요한 준비를 해주기 위해 그들과 함께 떠났다. 집으로 돌아온 길버트는 딕을 진찰한 몬트리올의 의사도 딕이 회복될 가능성이 있다는 의견을 내놓더라고 전했다.

코닐리어가 비꼬며 말했다.

"아주 위안이 되네요."

앤은 한숨만 푹 쉬었다. 레슬리는 몬트리올로 떠날 때도 무척 냉담한 모습이었다. 하지만 몬트리올에 가면 편지로 소식을 전하겠다고 약속했다. 길버트가 집으로 돌아오고 열흘 후에 레슬리의 편지가 도착했다. 수술이 잘됐고 딕도 순조롭게 회복되고 있다는 내용이었다.

앤이 길버트에게 물었다.

"'잘됐다는 게 무슨 의미지? 혹시 딕의 기억이 돌아오고 있다는 뜻일까?'"

"그렇지는 않을 거야. 기억에 대한 언급은 따로 없잖아. 의사가 하는 말을 그대로 적은 것 같은데. 수술을 했으니 결과가 나오기는 하겠지만, 딕의 기능이 완전히든 부분적으로든 회복됐는지를 판단하기에는 아직 일러. 기억이 돌아온다고 해도 한꺼번에 돌아올 가능성도 적고…. 기억이 회복된다면 아주 서서히 나아지겠지. 다른 얘기는 없어?"

"응. 이게 다야. 아주 짧아. 가엾은 레슬리는 지금 바작바작 애를 졸이고 있을 거야. 길버트 블라이드, 하고 싶은 말이 정말 많은데 다 안 좋은 소리라서 참을게."

길버트는 슬픈 얼굴로 미소 지었다.

"당신이 안 해도 코닐리어가 실컷 하고 있어. 만날 때마다 날 모질게 닦아세우지. 내가 살인자보다 나을 것도 없고, 데이브 선생님이 나를 여기로 데려와 자리를 물려준 게 유감이래. 항구 너머에 있는 감리교인 의사가 나보다 낫겠다는 말도 했어. 그녀 기준으로는 가장 심한 욕이지."

그러자 수전이 콧방귀를 뀌었다.

"코닐리어 브라이언트도 아프면 데이브 선생님이나 감리교인 의사가 아니라 블라이드 선생님을 찾을걸요. 본인이 아파 죽겠으면 그러고도 남아요. 피곤한 몸으로 가까스로 침대에 누운 선생님을 오밤중에 불러내겠죠. 그래놓고 치료비가 터무니없이 비싸다고 불평을 해댈 테고요. 신경 쓰지 마세요, 선생님. 세상에는 온갖 부류의 사람들이 살고 있으니까요."

한동안 레슬리한테서는 아무런 소식도 없었다. 아름다운 5월은 그렇게 속절없이 흘러갔다. 포윈즈 항구의 해변은 날이 갈수록 푸르러지고 꽃이 피면서 보랏빛으로 물들었다.

5월 말의 어느 날 집으로 돌아온 길버트는 마구간에 나와 있는 수전과 마주쳤다. 그런데 수전이 알 수 없는 말을 했다.

"사모님한테 무슨 일이 있는 것 같아요, 선생님. 오늘 오후 편지를 받은 뒤로는 줄곧 정원에 나와 서성이면서 혼잣말을 하세요. 아직은 몸이 완쾌되지 않았을 텐데. 무슨 일 때문인지 제게 말해주실 생각도 없는 것 같고, 저도 캐묻기가 어렵네요. 하지만 무슨 일이 있는 건 틀림없어요. 저렇게 동요하시면 사모님 건강에 안 좋을 텐데, 정말 걱정이에요."

길버트는 서둘러 정원으로 갔다. 초록지붕집에 무슨 일이 일어난 건가? 하지만 개울 옆의 소박한 통나무 의자에 앉은 앤은 괴로워하는 표정이 아니었다. 그녀의 회색 눈은 초롱초롱했고 두 뺨은 붉게 물들었다.

"무슨 일이야, 앤?"

앤은 기가 막히다는 듯 웃음 지었다.

"아마 말해줘도 못 믿을 거야. 나도 믿기지가 않아. 요전 날 수전이 '햇빛을 쬐고 다시 살아난 파리처럼 멍한 기분이에요'라고 했는데, 지금 내 기분이 그래. 이 편지를 몇 번이나 읽었지만 그때마다 제대로 읽은 게 맞는지 눈을 의심할 정도야. 아, 길버트. 당신 말이 맞았어. 이제 분명히 알겠어. 당신 생각이 틀렸다고 몰아붙인 게 부끄러워. 용서해줄 거지?"

"앤, 횡설수설하지 말고 제대로 말해봐. 레드먼드 대학까지

나온 사람이 왜 이래. 무슨 일이야?"

"못 믿을 거야…. 절대 못 믿을 거야…."

"데이브 할아버지한테 전화해야겠다."

길버트가 집 쪽으로 걸어가려 하자 앤이 말렸다.

"앉아, 길버트. 말해줄게. 아까 편지를 받았어. 그런데 아, 도저히 믿을 수 없을 만큼 놀라운 내용이야. 이런 일이 일어날 줄은 몰랐어. 상상조차 못 했다고!"

길버트는 마지못해 옆에 앉으며 말했다.

"흥분 가라앉히고 침착하게, 생각을 체계적으로 정리해서 말해봐. 누구한테 온 편지야?"

"레슬리야. 그런데, 아, 길버트…."

"레슬리한테 편지가 왔다고? 뭐래? 딕은 어떻게 하고 있대?"

앤은 겨우 진정하고 그에게 편지를 내밀며 대답했다.

"딕은 없어! 우리가 딕 무어라고 생각했던 남자, 포윈즈 사람들이 12년 동안 딕 무어라고 믿어온 남자는 딕의 사촌인 조지 무어였어. 노바스코샤에서 살고 있던 사람인데, 둘이 많이 닮았나 봐. 딕 무어는 13년 전에 쿠바에서 황열병으로 죽었대."

32장

코닐리어의 묘안

"그러니까 딕 무어는 진짜 딕 무어가 아니라 다른 사람이라고 요, 앤? 아까 나한테 전화해서 한 말이 그거 맞아요?"

"맞아요. 정말 놀랍지 않아요?"

"그러게요. 남자들이 하는 짓이 그렇긴 하죠."

코닐리어는 어쩔 줄 몰라 하며 떨리는 손으로 모자를 벗었다. 그녀는 살면서 이렇게 큰 충격을 받아본 적이 없었다.

"전혀 생각도 못 했어요. 전화로 얘기를 들으면서도, 앤의 말을 믿지만, 도저히 받아들일 수 없더라고요. 그러니까 딕 무어는 죽었고, 지금까지 쭉 죽은 사람이었고, 이제 레슬리는 자유라는 거죠?"

"맞아요. 진리가 레슬리를 자유롭게 해줬어요. 길버트는 그 구절이 성경에서 제일 위대하다고 했는데, 그 말이 맞네요."

"자초지종을 털어놔봐요. 전화를 받고 나서부터 도저히 정신을 못 차리겠어요. 정말이에요. 이 코닐리어 브라이언트가 이렇게 당황한 건 처음이에요."

"길게 말할 것도 없어요. 레슬리의 편지가 워낙 짧아서요. 자세한 내용은 적지 않았더라고요. 조지 무어라는 남자는 기억이 돌아와서 자기가 누구인지 알았대요. 조지 얘기로는, 딕이 쿠바에서 황열병에 걸린 바람에 네자매호가 딕을 그곳에 남겨두고 출항했대요. 조지는 딕을 간호하기 위해 쿠바에 남았는데 얼마 안 되어서 딕이 세상을 떠났고요. 조지는 딕이 죽었다는 소식을 여기 직접 와서 전할 생각이었던 터라 레슬리에게 따로 편지를 보내지 않았대요."

"그런데 왜 오지 않은 거죠?"

"그 전에 사고를 당한 것 같아요. 조지 무어는 자기가 무슨 사고를 당했는지, 어쩌다 그렇게 됐는지도 기억 못 하는데, 길버트는 충분히 그럴 수 있다고 하더라고요. 앞으로도 기억 못 할 가능성이 높대요. 딕이 죽고 나서 곧바로 사고를 당한 것 같아요. 레슬리에게 편지가 또 오면 좀 더 자세히 알 수 있겠죠."

"레슬리는 어떻게 할 거래요? 집에는 언제 돌아온대요?"

"조지 무어가 퇴원할 때까지 옆에 있을 거래요. 노바스코샤에 있는 조지 무어의 가족에게 편지를 보내 소식을 알렸대요. 조지의 가족은 나이 차이가 많이 나는 누님 한 분뿐이라네요. 조지가 네자매호를 타고 항해 중일 때는 누님이 살아 있었다는데 그 후 어떻게 됐는지 지금으로서는 알 수 없겠죠. 혹시 딕이 살아 있을 때 조지 무어를 본 적이 있나요?"

"있어요. 이제 생각나네요. 18년 전인가, 조지 무어가 여기 사는 애브너 삼촌을 만나러 왔어요. 그때 조지와 딕의 나이가 열일곱 살이었을 거예요. 사촌지간인데, 아버지들이 형제 사이고 어머니들이 쌍둥이 자매라 조지와 딕의 생김새가 많이 닮았던 게 기억나네요. 물론….'

코닐리어는 피식하며 덧붙였다.

"서로의 빈자리를 채워도 제일 가까운 사람들조차 못 알아챌 정도로 쏙 빼닮은 건 아니었어요. 가까이서 보면 누가 조지고 누가 딕인지 금세 알아볼 수 있었죠. 멀리서 보면 구분하기 쉽지 않았지만요. 사람들이 헷갈려 하니까 두 말썽꾸러기가 재미있어 하면서 장난도 많이 쳤어요. 당시에는 조지 무어가 딕보다 키가 약간 더 컸고 살집이 있었어요. 둘 다 지금처럼 뚱뚱하다고 할 정도는 아니었고 도리어 날씬한 편에 속했죠. 딕의 혈색이 좀 더 좋았고 머리카락 색깔도 밝았어요. 이목구비는 많이 비슷했고요. 특이하게도 한쪽 눈은 파란색이고 다른 쪽 눈은 녹갈색이었어요. 그 외에는 비슷한 점이 없었어요. 조지는 장난을 잘 쳤고 그때부터 술을 좋아하기는 했지만 제법 괜찮은 청년이었어요. 다들 딕보다 조지를 좋아했죠. 조지는 여기서 한 달 정도 살다 갔어요. 레슬리는 조지를 본 적이 없을 거예요. 그때 레슬리는 여덟 살인가 아홉 살이었는데, 내가 기억하기로 항구 너머에 사는 웨스트 할머니 댁에서 그해 겨울을 보냈어요. 짐 선장님도 멀리 항해를 떠나서 이곳에 안 계셨죠. 짐 선장님의 배가 막달렌제도에서 좌초됐던 게 바로 그해 겨울이었어요. 짐 선장님이나 레슬리는 노바스코샤에 딕을 빼닮은 사촌이 있다는 얘기를 못 들어봤을 거예요. 짐 선장님이 딕, 아니 조지를 집으로 데려왔을 때 그를 딕이 아니라고 생각한 사람은 아무도 없었어요. 물론 몸이 비둔해진 걸 보고 다들 딕이 좀 변했다고 생각하긴 했지만, 사고를 당해서 그렇게 됐으려니 하고 별다른 의심은 하지 않았죠. 아까도 말했지만 조지도 처음부터 뚱뚱하지는 않았거든요. 당사자가 제정신이 아니다 보니 우리도 달리 생각해볼 수 없었던 거예요. 다들 깜빡 속은 것도 그리 놀라운 일이 아니죠. 어이가 없기는 해요. 레슬리는 남편도 아닌 남자를 간호하느라 인생의 황금기를 허비했으니까요! 아, 그게 다 망할 남자들 탓이죠! 남자들은 뭐든 제대로 하는 게 없어요. 죄다 터무니없는 짓거리만 해요. 아주 속이 터진다니까요."

"길버트와 짐 선장님도 남자예요. 그 두 사람 덕분에 진실이 드러나게 됐고요."

코닐리어는 마지못해 수긍했다.

"그래요, 그건 인정해요. 블라이드 선생님을 몰아세운 건 미안하게 생각해요. 남자한테 말실수를 해서 이렇게 창피했던 건 난생처음이네요. 블라이드 선생님한테도 이 말을 해야 하나 모르겠어요. 아마 듣고도 그러려니 하겠죠. 어쨌든 주님이 모든 기도에 응답해주지 않으셔서 얼마나 다행인지 모르겠어요. 딕이 수술을 받아도 낫지 않기를 간절히 기도했거든요. 그렇게 대놓고 기도한 건 아니지만, 마음속에 그런 생각이 분명히 있기는 했어요. 하느님은 알아채셨을 거예요."

"하느님께서 그 기도의 본뜻을 아시고 응답해주셨나 봐요. 레슬리의 삶이 더 고달파지지 않기를 바라셨잖아요. 저 역시 수술이 성공하지 않기를 바라는 마음이 있었어요. 생각해보니 정말 부끄럽네요."

"레슬리는 이 일을 어떻게 받아들이고 있어요?"

"편지 내용으로 봐서는 놀라서 어쩔 줄 몰라 하는 것 같았어요. 우리처럼 레슬리도 아직 믿지 않을 거예요. '앤, 이 모든 게 이상한 꿈처럼 느껴져요'라고 편지에 썼던데요. 자기 생각을 표현한 구절은 그게 다예요."

"가여워라! 오랫동안 묶여 있던 쇠사슬에서 벗어난 죄수는 한동안 뭔가 이상하고 허전한 기분을 느낀다잖아요. 그런데 앤, 계속 마음에 걸리는 게 있어요. 오언 포드는 어떻게 해요? 혹시 오언이 레슬리를 좋아한다는 느낌을 받은 적 있어요?"

"있기는 해요."

앤은 그 정도는 말해도 될 것 같다고 판단했다.

"오언이 레슬리를 좋아한다고 생각할 만한 근거는 딱히 없지만 어쩐지 그럴 것 같다는 느낌이 들었어요. 앤, 주님은 내가 중매쟁이가 아니라는 걸 아시고, 나 역시 그런 일에 나서는 걸 경멸해요. 하지만 내가 앤이라면, 오언 포드에게 편지를 써서 이곳에서 일어난 일을 슬쩍 흘릴 거예요. 뭐, 나 같으면 그렇게 하겠다는 얘기예요."

"편지를 쓴다면 이 일을 이야기하기는 할 생각이에요."

앤은 애매하게 답했다. 이 일은 코닐리어와 상의할 만한 문제가 아니었다. 레슬리가 자유의 몸이 되었다는 것을 알았을 때 앤도 코닐리어와 같은 생각을 했다. 하지만 굳이 입 밖에 내고 싶지는 않았다.

"물론 서두를 필요는 없어요. 하지만 딕 무어가 죽은 지 13년이 지났고 레슬리는 그동안 인생을 충분히 허비했어요. 이제 일이 어떻게 될지 두고 봐야죠. 조지 무어는 고향에서 죽은 사람으로 취급받았을 텐데 되살아난 격이 됐으니 이건 또 어쩌면 좋아요? 역시 남자들이란! 조지 무어도 참 안됐어요. 어디에도 설자리가 없게 됐잖아요."

"그래도 아직 젊으니 괜찮겠죠. 완전히 회복되면 자기한테 맞는 곳을 찾아갈 거라고 봐요. 그 사람도 이 상황이 참 난처할 거예요. 가엾어라! 사고 이후의 시간은 지금 그 사람 기억에 없을 테니까요."

33장

돌아온 레슬리

2주 후 레슬리 무어는 수년 동안 고통스러운 시간을 보냈던 낡은 집으로 홀로 돌아왔다. 그리고 6월의 석양 아래 들판을 가로질러 앤의 집으로 내려와, 향기로운 정원에 별안간 유령처럼 모습을 드러냈다.

앤은 깜짝 놀라 소리쳤다.

"레슬리! 어디서 나타난 거예요? 오늘 오는 줄 몰랐네요. 미리 편지로 알려주지 그랬어요. 마중 나갔을 텐데."

"편지를 쓸 수가 없었어요. 펜과 잉크로 써서 알릴 일도 아니었고요. 그냥 조용히 눈에 띄지 않게 돌아오고 싶었어요."

앤은 레슬리를 껴안고 볼에 가볍게 입을 맞췄다. 레슬리도 따뜻하게 화답했다. 레슬리는 안색이 창백하고 피곤해 보였다. 연한 은빛 황혼 사이로 비춰드는 황금빛 별 같은 수선화 화단 옆

잔디밭에 앉으면서 짧게 한숨을 쉬기도 했다.

"레슬리, 혼자 돌아온 거예요?"

"네. 조지 무어의 누나가 몬트리올로 와서 동생을 데려갔어요. 조지는 가엾게도 나랑 헤어지는 걸 무척 슬퍼하더라고요. 원래 기억이 돌아오면서 그동안 나와 지냈던 일은 잊고, 나는 완전히 낯선 사람이나 마찬가지였을 텐데 말이에요. 기억이 돌아오고 처음 며칠 동안 조지는 무척 힘들어하면서 내게 많이 의지했어요. 그는 딕이 죽은 게 어제 일이 아니라는 걸 받아들이려 애썼어요. 무척 힘들었을 거예요. 나는 최선을 다해 그를 도와줬어요. 누나가 오니까 안정을 찾더라고요. 그 사람의 상태로는 불과 며칠 전에 누나를 봤다고 인식할 테니까요."

"참 놀라운 일이에요, 레슬리. 다들 믿지 못하고 있어요."

"나도요. 한 시간 전에 개울 위쪽의 우리 집에 들어갔는데 어쩌면 이 모든 게 꿈일지 모른다는 생각이 들었어요. 오랫동안 그래왔던 것처럼 딕은 여전히 어린애처럼 웃으면서 집에 있을 것 같았죠. 앤, 나는 아직도 멍해요. 기쁘지도 슬프지도 않아요. 아무 감정도 못 느끼겠어요. 그냥 내 인생에서 무언가가 갑자기 찢겨 나가고 그 자리에 끔찍한 구멍만 남은 것 같아요. 내가 갑자기 다른 사람이 됐는데 거기 적응이 안 되는 것 같은 기분이에요. 어쨌든 당신을 다시 보니까 좋네요. 당신은 내 영혼이 표류하지 않게 붙잡아주는 닻 같아요. 아, 앤. 너무 무서워요. 사람들은 이 일을 두고 놀라워하면서 이런저런 질문을 퍼붓겠죠? 온갖 소문을 퍼뜨릴 테고요. 그 생각을 하면 집으로 돌아오고 싶지 않았어요. 기차에서 내렸는데 데이브 선생님이 역에서 기다리고 계시더라고요. 선생님이 나를 집까지 데려다주셨어요. 오래전에 딕을 위해 해줄 수 있는 치료가 없다고 말씀하신 걸 무척 미안해하셨죠. '그때는 솔직히 그렇게 생각했어, 레슬리. 내 견해만 듣지 말고 다른 전문가를 찾아가보라고 말해줬어야 했는데, 그랬다면 그 오랜 세월 그렇게 힘들게 살지 않아도 됐을 텐데, 내 탓이 커. 불쌍한 조지 무어도 오랜 세월을 낭비했잖아.' 나는 자책하지 마시라고 했어요. 데이브 선생님은 본인이 옳다고 생각한 대로 하신 거니까요. 그분은 내게 늘 다정히 대해주셨어요. 이 일로 괴로워하시는 건 원치 않아요."

"딕, 아니 조지는 기억이 완전히 돌아온 거예요?"

"거의요. 아직 세부적인 기억까지는 돌아오지 않았어요. 그래도 매일 조금씩 기억이 돌아온다고 하네요. 딕을 땅에 묻은 날 저녁 산책을 나갔대요. 딕이 갖고 있던 돈과 시계를 몸에 지닌 채로요. 내가 딕에게 보냈던 편지랑 같이 나한테 가져다줄 생각이었던 거예요. 그런데 그날 선원들이 모여 노는 곳으로 가서 술을 마신 것까지는 기억나지만 그다음 일은 전혀 모르겠대요. 그 사람이 자기 이름을 기억해내던 순간을 평생 못 잊을 것 같아요. 그는 의아해하는 눈빛으로 나를 쳐다봤어요. 내가 물었죠. '나를 알아보겠어요, 딕?' 그가 대답했어요. '처음 뵙는 분인데, 누구시죠? 그리고 내 이름은 딕이 아니라 조지 무어인데요. 딕은 어제 황열병으로 죽었어요! 여기가 어딥니까? 나한테 무슨 일이 일어났어요?' 그 얘기를 듣는 순간 난 기절하고 말았죠. 그 뒤로 계속 꿈꾸는 듯한 기분이에요."

"곧 새로운 상황에 적응할 거예요. 당신은 젊고 앞날이 창창

하니 앞으로 멋지게 살면 돼요."

"시간이 좀 지나야 그런 식으로 생각할 수 있을 것 같아요. 지금은 너무 피곤하고 미래를 생각할 정신이 없어요. 나는, 나는요, 앤. 외로워요. 딕이 그립기도 하고요. 이상하죠? 나는 가여운 딕을 좋아했어요. 사실은 딕이 아니고 조지였지만요. 나한테 모든 것을 의지하는 무력한 어린아이 같았죠. 인정하고 싶지도 않고, 부끄럽기도 하지만 사실이에요. 딕이 항해를 떠나기 전까지는 딕을 혐오하고 경멸했어요. 짐 선장님이 딕을 찾아서 집으로 데려온다는 소식을 들었을 때, 딕에 대한 감정도 예전 같으리라고 생각했어요. 그런데 막상 다시 보니까 그렇지 않더라고요. 그 사람이 집에 온 뒤로 내가 느낀 감정은 오직 연민이었어요. 그 연민이 내 마음에 상처를 내고 나를 괴롭게 했죠. 그때는 사고를 당해 딕이 무력해지고 성격이 변해서 그런가 보다 했어요. 그런데 지금 생각해보면 다른 사람이어서 그렇게 느꼈던 것 같아요. 카를로는 알고 있었어요. 분명해요. 카를로가 딕을 모르는 사람처럼 대하는 게 이상하기는 했어요. 개들은 주인에게 충직하잖아요. 카를로는 집으로 돌아온 사람이 자기 주인이 아니라는 걸 알았던 거예요. 다른 사람들은 아무도 몰랐지만요. 나는 이전에 조지 무어를 만난 적이 없었어요. 딕이 노바스코샤에 자기랑 쌍둥이처럼 닮은 사촌이 있다는 말을 얼핏 했던 기억은 나요. 하지만 굳이 기억에 담아두진 않았어요. 별로 중요한 내용이 아니니까요. 집으로 돌아온 사람이 정말 딕이 맞는지도 확인해볼 생각을 안 했어요. 뭔가 달라지긴 했지만 사고 때문에 그러려니 한 거예요.

아, 앤. 블라이드 선생님이 찾아와 딕이 치료를 받으면 나을 수도 있다는 말을 해준 4월의 그날 밤을 아마 평생 못 잊을 거예요. 딕이 멀쩡했을 때 나는 고문을 당하며 끔찍한 우리에 갇혀 사는 죄수였어요. 딕이 어린애가 돼서 돌아온 뒤로는 감옥 문이 열려서 밖으로 나갈 수 있게 됐죠. 여전히 우리에 사슬로 매여 있긴 했지만 그 안에 갇힌 건 아니었어요. 그런데 4월의 그날 밤, 무자비한 손에 붙들려 다시 우리 안으로 끌려들어 가는 기분을 느꼈어요. 전보다 더 끔찍한 고문이 기다리는 듯했죠. 블라이드 선생님을 원망하지는 않았어요. 그분의 말이 옳다는 걸 아니까요. 선생님은 참 좋은 분이에요. 수술비가 걱정되거나 수술 결과가 불확실해서 내키지 않으면 위험을 무릅쓸 필요는 없다고 말씀해주셨어요. 내가 비난받을 일은 전혀 아니라는 말씀도 해주셨고요. 나는 어떤 결정을 내려야 옳은지 알고는 있는데 그 결과를 감당할 자신이 없었어요. 밤새 미친 여자처럼 집 안에서 서성이면서 문제를 직시하도록 나 자신을 설득했어요. 하지만 도저히 자신이 없었어요. 못 하겠다고 생각했죠. 아침이 밝아오자 이를 악물면서 하지 않기로 결심했어요. 그냥 지금처럼 내버려두기로 한 거예요. 사악한 생각이었죠. 만약 그 결심대로 밀고 나갔더라면 지금쯤 나는 사악한 짓에 대한 벌을 받고 있을 거예요.

그날 내내 결심을 바꾸지 않다가 오후에 장을 보러 글렌 마을에 갔어요. 그날따라 딕이 조용히 졸고 있길래 그를 집에 혼자 두고 갔죠. 예상보다 귀가 시간이 조금 늦어졌는데 딕은 내가 보고 싶었나 봐요. 혼자 있으니까 외로웠던 거죠. 그는 집으로 돌아온 내게 마치 어린아이처럼 환한 미소를 지으며 달려왔어요. 그때 나는 무너졌어요. 그 가엾고 텅 빈 얼굴에 핀 천진한 미소를 보니 도저히 견딜 수 없었어요. 아이가 성장하고 발전할 기회를 빼앗은 사람이 된 기분이 들었던 거예요. 결과가 어떻게 되든 이 사람에게 기회를 줘야겠다고 생각했어요. 그래서 앤의 집으로 가 블라이드 선생님한테 내 결심을 말한 거고요.

아, 앤. 몬트리올로 떠나기 전 몇 주 동안 당신은 내가 예전의 혐오스러운 모습으로 돌아갔다고 생각했을 거예요. 그럴 의도는 아니었는데, 당장 해야 할 일 말고 다른 생각은 할 겨를이 없었어요. 나 외에 다른 것들, 다른 사람들은 전부 그림자처럼 느껴졌으니까요."

"이해해요, 레슬리. 이제 고생은 끝났어요. 당신을 붙들어 매고 있던 사슬은 끊어졌고, 가두어놓은 우리도 사라졌어요."

"그래요. 우리는 사라졌죠."

레슬리는 가느다란 갈색 손으로 풀잎을 잡아떼며 멍하니 그 말을 되풀이했다.

"하지만 다른 것도 죄다 없어진 기분이에요. 앤, 모래톱에서 만난 날 밤에 내가 나를 멍청이라고 했던 거 기억해요? 사람이 멍청하면 어리석은 줄 알면서도 굴레에서 빨리 벗어나지 못하잖아요. 어떤 사람들은 평생 멍청이로 살기도 하죠. 멍청이로 사는 건 사슬에 묶인 개만큼이나 한심해요."

"지금은 지치고 당황해서 그런 기분이겠지만 시간이 지나면 달라질 거예요."

앤은 레슬리가 모르는 사실을 알고 있었다. 그렇기에 레슬리에게 괜한 동정심을 내보이고 싶지 않았다.

레슬리는 아름다운 금발을 앤의 무릎에 기대며 말했다.

"당신처럼 좋은 친구가 있어서 다행이에요. 덕분에 인생이 허무하지 않아요. 앤, 어린 소녀에게 하듯 내 머리를 쓰다듬어줘요. 아주 잠시만 나의 엄마가 되어줘요. 그럼 내 완고한 혀가 좀 부드러워질 것 같아요. 바위 해변에서 만난 그날 밤 이후 당신과 당신의 우정이 내게 어떤 의미인지 말해줄게요."

34장

항구에 들어온 꿈의 배

그날 아침, 바람을 품은 황금빛 태양이 빛의 파도 위로 떠오르고, 저녁 별나라에서 여기까지 오느라 지친 황새가 포윈즈 항구의 모래톱 위로 날아갔다. 황새는 별처럼 초롱초롱한 눈을 가진 어린 아기를 날개로 품고 있었다. 기운이 빠진 황새는 주변을 둘러보았다. 목적지에 가까이 온 것 같은데 아직은 뚜렷하게 보이지 않았다. 붉은 사암 절벽 위의 크고 하얀 등대도 괜찮은 자리 같았지만, 사리를 분별할 줄 아는 황새라면 벨벳처럼 부드러운 갓난아기를 그곳에 두고 갈 리가 없었다.

주변에 개울이 흐르고 꽃이 흐드러지게 핀 골짜기 안쪽, 버드나무에 둘러싸인 낡은 회색 집이 적당해 보였다. 하지만 마음이 확 끌리지는 않았다. 그 너머에 있는 진한 초록색 집도 아니었다. 별안간 황새의 얼굴이 확 밝아졌다. 딱 적당한 집이 보였기 때문이다. 나지막하게 속삭이는 커다란 전나무 숲에 둘러싸인 작고 하얀 집이었다. 그 집 주방 굴뚝에서 푸른 연기가 나선형으로 빙글빙글 돌며 흘러나오고 있었다. 아기가 살기에 더할 나위 없어 보였다. 황새는 만족스러운 한숨을 내쉬며 지붕 마룻대에 살며시 내려앉았다.

30분 뒤 길버트가 복도를 달려가서 손님방의 문을 두드렸다. 잠에 취한 대답 소리에 이어 잠시 후 마릴라가 깜짝 놀라 창백해진 얼굴을 방문 밖으로 내밀었다.

"마릴라 아주머니, 어린 신사가 집에 도착했다는 말을 앤이 전해드리라고 했어요. 짐은 많이 가져오지 않았지만 확실히 이 집에 머물 거래요."

마릴라가 망연히 물었다.

"아이고! 설마 분만이 다 끝난 건 아니지, 길버트? 왜 나를 안 불렀어?"

"앤이 아주머니를 깨우지 말라고 했거든요. 2시간 전부터 사람들에게 연락하기 시작했어요. 다행스럽게도 이번에는 '위험한 일'이 없었으니까요."

"그, 그래서 길버트, 아기는 건강해?"

"그럴 것 같아요. 몸무게가 4.5킬로그램이나 나가네요. 소리를 들어보니까 폐에 이상은 없는 것 같았어요. 그런데 간호사가 아기 머리카락이 붉은색이 될 거라고 하자 앤이 엄청 화를 냈어요. 어찌나 웃음이 나던지 배꼽이 빠지는 줄 알았다니까요."

이날은 꿈의 집에서 맞이한 놀라운 하루였다.

마릴라를 본 앤은 창백하지만 기쁜 얼굴로 말했다.

"가장 큰 꿈이 이루어졌어요. 아, 마릴라 아주머니, 이런 날이 오다니 믿을 수가 없어요. 작년 여름에 조이를 떠나보낸 후로 가슴앓이를 했거든요. 그 상처가 다 나은 것 같아요."

"이 아기가 조이의 자리를 대신하겠구나."

"아, 아니에요. 그렇지는 않아요. 이 아기뿐만 아니라 그 누구도 조이의 자리를 대신하지는 못해요. 이 아기는 자기만의 자리가 있어요. 꼬마 신사를 위해 준비된 자리죠. 조이의 자리는 언제나 따로 있고요. 조이가 살아 있었으면 지금쯤 한 살이 넘었겠네요. 작은 발로 아장아장 걸어 다니면서 말도 몇 마디 할 수 있었을 거예요. 그런 모습이 너무도 선명하게 그려져요. 짐 선장님은 훗날 제가 하늘에서 조이를 만났을 때 아이를 낯설어하지 않도록 하느님께서 은혜를 베푸실 거라고 했어요. 그 말이 맞다는 걸 한 해가 지난 지금에야 깨달았어요. 저는 매일매일, 한 주 한 주 조이가 성장하는 모습을 머릿속으로 상상해요. 그러니 매년 어떻게 자랐는지도 알고, 나중에 조이를 다시 만나면 한눈에 알아볼 수 있을 거예요. 조이는 제게 낯선 사람이 아닐 테니까요. 마릴라 아주머니, 이 사랑스러운 발가락 좀 보세요! 이처럼 완벽하게 생겼다니, 정말 이상하지 않나요?"

"완벽하게 생기지 않았으면 그게 더 이상한 일이지."

마릴라는 시원하게 대답했다. 아무런 문제없이 큰일을 치르자 마릴라는 본래 모습으로 돌아왔다.

"아, 저도 알아요. 하지만 몸집만 봐서는 아직 완전한 존재 같지도 않은데, 자그마한 손발톱도 그렇고 손도 완벽하잖아요. 마릴라 아주머니, 우리 아기 손 좀 보세요."

"그러게. 지극히 멀쩡한 손처럼 생겼구나."

"아기가 제 손가락을 붙잡았어요. 저를 알아보는 게 분명해요. 간호사가 데려가면 울더라고요. 아, 마릴라 아주머니. 혹시 아기의 머리카락이 자라면서 붉어질 것 같나요?"

"지금은 머리털이라고 할 게 없어서 무슨 색인지도 모르겠는 걸. 내가 너라면 색이 분명해질 때까지 걱정 안 할 거다."

"머리털이 왜 없어요? 머리를 뒤덮은 고운 솜털이 있잖아요. 어쨌든 간호사가 그랬는데 아기의 눈은 녹갈색이 될 거고, 이마는 길버트를 빼닮았대요."

수전도 거들고 나섰다.

"귀가 아주 잘생겼어요, 사모님. 저는 귀부터 봤어요. 머리카락 색깔은 바뀔 수 있고, 코랑 눈도 크면서 변하니까 지금은 확실히 알 수 없지만 귀 모양은 처음부터 마지막까지 똑같거든요. 언제든 눈에 바로 띄는 위치에 있기도 하고요. 아기 귀 모양 좀 보세요. 예쁜 머리에 딱 알맞은 각도에 있잖아요. 이 아기는 살면서 귀 모양 때문에 창피할 일은 없겠어요, 사모님."

행복한 시간이 흐르는 동안 앤의 몸은 빠르게 회복되었다. 베들레헴의 구유에 누인 아기 예수 앞에서 무릎 꿇은 세 명의 동방박사들처럼, 사람들은 꿈의 집에 찾아와 아기를 보고 감탄했다. 새 삶을 살면서 천천히 자아를 되찾아가고 있던 레슬리는 마치 황금 왕관을 머리에 쓴 아름다운 성모 마리아처럼 아기 주변을 맴돌았다. 코닐리어는 이스라엘의 여느 어머니가 연상될 정도로 아기를 솜씨 좋게 돌봐주었다. 짐 선장은 큼직한 갈색 손으로 아기를 안아 올리고 부드럽게 눈을 맞췄다. 아마도 자기

피를 이어받은 후손이 있었으면 분명 그런 눈빛으로 바라보았을 것이다.

코닐리어가 물었다.

"이름을 뭐라고 지을 거예요?"

길버트가 대답했다.

"앤이 이름을 정해뒀어요."

그러자 앤은 길버트를 짓궂게 바라보며 말했다.

"제임스 매슈예요. 제가 아는 가장 훌륭한 두 신사의 이름을 땄어요. 매슈 아저씨와 짐* 선장님이랍니다. 길버트의 의견은 묻지도 않고 정해버렸어요."

길버트가 미소 지으며 말했다.

"저는 매슈 아저씨가 살아 계실 때도 가까이 지내지는 못했어요. 워낙 수줍음이 많아서 저 같은 남자애들은 인사 한번 드리는 것조차 쉽지 않았거든요. 그리고 하느님이 흙으로 만든 사람들 가운데 짐 선장님이 가장 훌륭한 분이라는 것에 저도 동의해요. 저희가 그분의 이름을 따서 아들의 이름을 지었다고 하니까 짐 선장님이 무척 기뻐하셨어요. 선장님은 본인 이름을 물려줄 후손이 없으시니까요."

코닐리어가 말했다.

"그래요. 제임스 매슈는 세월이 흘러도 한결같은 느낌의 이름이에요. 허세를 부리는 듯한 낭만적인 이름을 붙이지 않아서 다행이네요. 그런 이름으로 살다가 나중에 할아버지가 되면 얼마

• ' 제임스의 약칭

나 창피할까요? 글렌 마을에 사는 윌리엄 드루 부인이 아이 이름을 버티 셰익스피어라고 지었거든요. 듣기에도 진짜 이상하지 않아요? 블라이드 선생님 부부는 너무 고심해서 이름을 고르지 않아 다행이다 싶어요. 어떤 사람들은 애 이름 하나 짓는데 엄청나게 시간을 많이 들이거든요. 스탠리 플랙네 집에 첫아들이 태어났을 때 누구 이름을 따서 아기 이름을 지어야 하는지 말들이 많았어요. 결국 그 불쌍한 아기는 2년 동안 이름도 없이 살았다니까요. 그러다 남동생이 태어나니까 글쎄 첫째를 '큰 아기', 둘째를 '작은 아기'라고 불렀지 뭐예요. 결국 두 할아버지의 이름을 따서 첫째에게 피터, 둘째에게 아이작이라는 이름을 붙이고 같은 날 세례를 받게 했죠. 두 아기는 누가 더 큰 소리로 우느냐를 두고 내기라도 하듯 징글징글하게 울어댔어요. 글렌 마을에 스코틀랜드의 고지대 출신인 맥냅 집안이 사는 거 알죠? 그 집에 아들이 열두 명인데, 맏이와 막내 이름이 똑같이 닐이에요. 한 집안에 큰 닐과 작은 닐이 있는 거죠. 이름을 하도 많이 지어서 적당한 게 다 떨어진 건지…."

앤이 웃으며 말했다.

"어디선가 읽은 적이 있어요. 첫 자식이 시라면 열 번째 자식은 산문이라고. 맥냅 부인에게 열두 번째 아기는 몇 번이고 되풀이해 들은 옛날이야기 정도인가 보네요."

코닐리어는 한숨을 푹 쉬었다.

"대가족이라 그럴 거예요. 나는 맏이였는데 7년 동안 외동으로 자라면서 남자 형제나 여자 형제가 있으면 좋겠다고 간절히 바랐어요. 그렇게 원한다면 기도해보라고 어머니가 말씀하셔서 정말 열심히 기도했죠. 그런데 어느 날 넬리 이모가 오더니 이렇게 말하는 거예요. '코닐리어, 위층 네 엄마 방에 남자 형제가 와 있어. 올라가보렴.' 잔뜩 들떠서 신나게 위층으로 달려갔죠. 플랙 부인이 아기를 들어서 내게 보여줬어요. 그런데 맙소사, 앤. 나는 엄청 실망하고 말았어요. 그동안 나는 나보다 두 살 많은 오빠를 달라고 기도했거든요."

앤은 웃으며 물었다.

"실망감을 극복하는 데 시간이 얼마나 걸렸어요?"

"한동안 하느님께 잔뜩 삐져 있었어요. 아기를 몇 주나 쳐다보지도 않았죠. 아무도 내가 왜 그러는지 이유를 몰랐어요. 말해주지 않았거든요. 그러다 어느 순간부터 아기가 귀엽게 느껴졌어요. 자그마한 두 손을 내 쪽으로 내밀더라고요. 그때부터 동생이 좋아졌어요. 그래도 마음이 완전히 풀린 건 아니었는데, 어느 날 학교 친구가 내 동생을 보려고 놀러 와서는 아기가 나이에 비해 너무 조그맣다는 거예요. 나는 버럭 화를 내며 말했죠. 너는 예쁜 아기를 보고도 못 알아본다고, 내 동생이 세상에서 제일 예쁜 아기라고…. 그 뒤부터 동생 바보가 됐어요. 동생이 세 살이 되기 전에 어머니가 돌아가셔서 동생에게 나는 누나이자 엄마였어요. 가여운 동생은 태어날 때부터 몸이 튼튼하지 못했어요. 스무 살도 채 못 넘기고 세상을 떠났죠. 그때 동생을 살릴 수만 있었으면 나는 무슨 짓이든 했을 거예요."

코닐리어는 한숨을 쉬었다. 길버트는 아래층으로 내려갔고, 지붕창 앞에서 제임스 매슈를 안고 노래를 불러주던 레슬리는 잠든 아기를 침대에 내려놓고 방을 나섰다. 레슬리가 소리를 들지 못할 정도로 멀어진 것을 확인한 코닐리어는 앞으로 몸을 기울이고 음모를 꾸미듯 앤에게 속삭였다.

"앤, 어제 오언 포드 씨한테서 편지가 왔어요. 지금 밴쿠버에 있는데, 한 달 정도 우리 집에 와서 하숙을 해도 되는지 묻더라고요. 그게 무슨 뜻인지 알죠? 이제 우리가 옳은 일을 하는 것이 길 바라야죠."

"우린 아무 상관도 없어요. 그분이 포윈즈로 오고 싶다는데 우리가 막을 수도 없는 거고요."

앤은 재빨리 말했다. 앤은 코닐리어의 속삭임을 들으며 어쩐지 중매쟁이 노릇을 하게 된 것 같아 기분이 좋지 않았지만 어쩔 수 없었다.

"포드 씨가 도착할 때까지 레슬리한테는 아무 말도 하지 마세요. 레슬리가 알면 곧장 여길 떠나버릴지도 몰라요. 안 그래도 가을에는 여길 떠날 생각을 하고 있더라고요. 요전 날에 제게 그런 얘기를 했어요. 몬트리올로 가서 간호사 공부를 하며 열심히 살아볼 거라네요."

코닐리어는 점잖게 말했다.

"그래요, 앤. 다 잘되겠죠. 우리는 우리 할 일을 하고 나머지는 주님께 맡기면 돼요."

35장

포윈즈에 불어닥친 정치 바람

앤이 드디어 몸을 추스르고 아래층으로 내려왔을 때 총선을 앞두고 캐나다 전역에서 선거유세가 한창이었다. 프린스에드워드섬도 예외는 아니었다. 열렬한 보수파인 길버트는 정치 바람에 휩쓸려 여러 지역의 집회에 나가 연설을 했다. 코닐리어는 길버트가 정치에 관여하는 것이 마땅치 않았다.

"데이브 선생님은 안 그러셨는데, 블라이드 선생님은 지금 실수하는 거예요. 정말이라니까요. 점잖은 남자라면 정치에는 휘말리지 않는 게 좋아요."

"그럼 이 나라 정부를 악당들의 손에 맡겨야 하나요?"

앤이 묻자 코닐리어는 곧바로 열변을 토하기 시작했다.

"그렇죠. 보수파 악당에게요. 남자나 정치가나 둘 다 같은 결점을 갖고 있어요. 자유당원들이 보수당원들에 비해 더 지저분하기는 하지만요. 훨씬 추접스럽죠. 하지만 자유당이든 보수당이든 블라이드 선생님은 정치판에 낄 생각도 말아야 해요. 이대로 뒀다가는 선거에 출마하겠다고 나설 거예요. 그러다 보면 한 해의 절반은 오타와에 가서 지낼 테고, 환자 진료는 개나 주게 되는 거죠."

"우리 정치 이야긴 그만해요. 괜히 정신만 사납잖아요. 우리 꼬마 젬(Jem) 좀 보세요. 사실 전 제임스의 약칭인 젬의 철자를 'G'로 시작해야 한다고 생각해요. 그래야 보석(gem)이라는 뜻이 되니까요. 정말 예쁜 아기죠? 팔꿈치에 옴폭 들어간 곳도 좀 보세요. 우리 이 아기를 훌륭한 보수당원으로 키워내자고요."

"좋은 남자로 길러야죠. 좋은 남자는 드물고 귀해요. 물론 이 아기가 자유당원이 되는 꼴은 보고 싶지 않네요. 선거 얘기가 나왔으니 하는 말인데, 우리가 항구 너머에 살지 않는 게 얼마나 다행인지 몰라요. 요즘 그쪽 분위기는 말이 아니에요. 엘리엇 집안, 크로퍼드 집안, 매캘리스터 집안이 죄다 분위기가 험악해져서 누가 건드리기만 하면 싸울 기세예요. 항구 이쪽에는 남자들이 별로 없으니 평화롭고 차분하네요. 짐 선장님은 자유당원이지만 정치 얘기를 통 안 하시는 걸 보면, 본인이 자유당원인 걸 창피해하는 게 분명해요. 내 생각에는 이번 선거에서 보수당이 압도적인 표차로 다시 이길 것 같아요."

하지만 코닐리어의 예상은 보기 좋게 빗나갔다. 선거가 끝난 다음 날 아침, 짐 선장은 앤의 작은 집에 들러 소식을 전해주었다. 정당 정치라는 세균의 전염성이 어찌나 강력한지, 평소 온화했던 짐 선장까지도 선거 때문에 흥분해서 얼굴이 벌겋게 달아오르고 눈에 불을 켠 모습이었다.

"블라이드 부인, 마침내 자유당이 압승을 거뒀습니다. 보수당이 18년이나 이 나라를 짓밟았는데, 드디어 나라를 바로 세울 기회가 온 겁니다."

"선장님이 그렇게 당파성이 강한 말씀을 하시는 건 처음 들어봐요. 정치에는 별로 관심이 없으신 줄 알았는데요."

앤은 이번 선거에 별로 관심이 없었다. 그보다는 그날 아침 젬이 "우가"라고 옹알이한 게 더 중요했다. 주권이나 권력, 왕조의 흥망성쇠, 정권을 잡은 게 자유당이냐 보수당이냐 따위는 젬이 처음 말을 한 기적 같은 일과 비교할 수조차 없었다.

짐 선장은 겸연쩍은 미소를 지으며 말했다.

"오랫동안 쌓여온 감정이 겉으로 드러났나 보군요. 지금까지 나는 온건한 편이라고 생각했는데, 이번에 자유당이 승리를 거뒀다는 소식을 듣고 나서는 내가 얼마나 열렬한 자유당원인지 깨달았어요."

"남편과 제가 보수파라는 건 아시죠?"

"아, 그렇죠. 그게 참 안타까워요. 코닐리어도 보수당원이에요. 글렌 마을에 갔다가 여기로 오는 길에 코닐리어한테 들러서 선거 결과를 알려주고 왔습니다."

"너무 위험한 일을 벌이신 것 같은데요."

"그렇긴 하지만, 너무너무 골려주고 싶더라고요."

"코닐리어는 뭐라고 하던가요?"

"비교적 차분하던데요. 비교적 말이죠. 이렇게 말하더라고요. '주님께서는 개인과 마찬가지로 국가에게도 굴욕의 시련을 주신 거예요. 자유당원들은 수년 동안 춥고 배고픈 시간을 보냈으니 서둘러 몸을 따뜻하게 데우고 실컷 먹어둬요. 그 시간은 오래 못 갈 테니까.' 그래서 내가 말했죠. '아이고, 코닐리어, 주님께서는 캐나다가 아주 오랫동안 굴욕의 시간을 감내해야 할 필요가 있다고 생각하신 것 같아.' 아, 수전. 소식 들었지? 자유당이 선거에서 승리했어."

짐 선장은 주방에서 나오는 수전에게 반가운 소식을 전했다. 수전에게서는 늘 그렇듯 맛있는 냄새가 풍겼다.

"아, 그래요?"

수전은 별반 관심이 없다는 투로 말했다.

"뭐, 자유당이 선거에서 이기든 말든 저는 빵 반죽이 잘 부풀기만 하면 아무런 불만이 없어요. 이번 주가 다 가기 전에 어떤 당이든 비를 내리게 해서 이 집 텃밭이 말라비틀어지지 않게만 해준다면, 저는 그 당에 표를 줄 거예요. 사모님, 잠깐 오셔서 저녁 식사 때 쓸 고기 좀 봐주세요. 제 생각에는 너무 질긴 것 같아서요. 정부뿐만 아니라 우리가 거래하는 정육점도 바꿔야 될 때가 아닌가 싶어요."

일주일 후 어느 날 저녁, 앤은 짐 선장에게 싱싱한 생선을 좀 얻어볼까 해서 등대로 내려갔다. 꼬마 젬과 처음으로 떨어지는 거라 마음이 좋지 않았다. 젬이 울면 어떻게 하지? 수전이 젬을 달래지 못하면 어쩌지? 앤의 걱정을 눈치채기라도 한 듯 수전은 차분하고 침착하게 말했다.

"저도 사모님 못지않게 젬을 곁에서 오래 지켜봤잖아요, 안그래요?"

"그렇죠. 하지만 다른 아기를 돌본 경험은 없잖아요. 난 어렸을 때 쌍둥이를 세 쌍이나 돌본 적이 있거든요. 아이들이 울면 아무렇지 않게 박하잎이나 피마자유를 줘서 달랬죠. 우는 아기를 어쩜 그리 대수롭지 않게 여겼는지 모르겠어요."

"사모님, 걱정 마세요. 젬이 울면 따뜻한 물주머니를 배에 대줄게요."

"너무 뜨거운 물로 하면 안 되는 거 알죠?"

앤은 초조하게 말했다. 아, 정말 젬을 두고 가도 될까?

"사모님, 걱정은 그만하세요. 이 수전은 아기에게 화상이나 입힐 여자가 아니에요. 게다가 젬은 울 생각도 없는 것 같아요."

앤은 겨우 마음을 추스르고 집을 나섰다. 석양의 긴 그림자 사이로 등대까지 걸어 내려가다 보니 점점 기분이 좋아졌다. 등대의 거실로 들어갔는데 짐 선장은 없고 웬 낯선 남자가 있었다. 잘생긴 중년 남자였다. 면도를 깔끔하게 했고, 강인해 보이는 턱이 인상적이었다. 앤이 자리에 앉자 남자는 마치 오랜 지인을 대하듯 스스럼없이 앤에게 말을 건넸다. 남자가 말한 내용이나 말투에 잘못된 점은 없었지만, 앤은 낯선 사람이 너무 친근하게 말을 걸자 기분이 좋지 않았다. 그래서 예의에 어긋나지 않을 정도로만 짧고 차갑게 대꾸했다. 그 남자는 아무렇지 않게 몇 분 더 떠들다가 이만 실례하겠다며 밖으로 나갔다. 그 남자가 재미있다는 듯 눈으로 웃자 앤은 화가 치밀었다.

'대체 누구지?'

어딘지 모르게 익숙한 느낌이 들기는 했지만 아무리 생각해도 처음 보는 남자가 분명했다.

앤은 거실로 들어오는 짐 선장에게 물었다.

"짐 선장님, 방금 나간 저 사람은 누구예요?"

"마셜 엘리엇 말이군요."

"마셜 엘리엇 씨라고요? 어머나, 짐 선장님. 그럴 리 없어요. 아, 목소리는 맞네요. 전혀 못 알아봤어요. 어쩜 좋아! 제가 그분을 모욕했어요. 왜 자신이 누구인지 말을 안 한 거죠? 제가 못 알아본 걸 눈치챘을 텐데 말예요."

"장난이 치고 싶어서 일부러 말을 안 했을 겁니다. 모르는 사람인 줄 알고 차갑게 대했어도 신경 쓰지 말아요. 마셜은 오히려 재미있어 할 테니까요. 드디어 마셜이 면도를 하고 머리도 잘랐어요. 자유당이 승리를 거두었잖아요! 나도 처음에는 마셜을 못 알아봤어요. 선거 다음 날 밤 마셜은 글렌 마을에 있는 카터 플랙의 가게에서 사람들과 모여 앉아 선거 결과를 기다리고 있었어요. 밤 12시쯤 자유당이 승리했다는 전화가 왔죠. 다들 지붕이 들썩이게 환호성을 지르고 난리가 났는데, 마셜은 조용히 일어나 가게 밖으로 나갔어요. 레이먼드 러셀의 가게에 모인 보수당원들은 분위기가 축 가라앉아 있었다더군요. 거기서야 환호성을 올릴 일이 없었겠죠. 아무튼 가게를 나선 마셜은 길을 따라 내려가 오거스터스 팔머의 이발소 옆문으로 갔습니다. 오거스터스는 잠을 자고 있었지만 마셜은 아랑곳 않고 문을 두드려댔죠. 오거스터스가 자다 말고 일어나 아래층으로 내려와서 대체 왜 이렇게 소란이냐고 물어볼 때까지요.

'오거스터스, 당장 이발소 문을 열고 최고로 솜씨를 발휘해봐. 자유당이 승리했으니 아침 해가 뜨기 전에 자유당원의 머리

를 시원하게 다듬어줘야지.'

오거스터스는 왈칵 화를 냈습니다. 자다가 불려나온 탓도 있었지만 사실 그가 보수당원이기도 했거든요. 자정이 넘으면 누구한테든 머리 손질이며 면도를 해주지 않는 게 그의 신조이기도 했고요.

'당장 이발을 해주는 게 좋을 거야. 안 그랬다가는 내 무릎에 자네를 엎어놓고 엉덩이를 때릴 테니까. 자네 어머니도 이제 안 때리는 그 엉덩이 말이야.'

마셜은 그렇게 하고도 남을 사람이라는 걸 오거스터스는 알았습니다. 마셜은 황소처럼 힘이 센데 오거스터스는 그에 비해 체구가 아주 작으니 어쩔 수 없었죠. 오거스터스는 마셜을 안으로 들이고 머리를 다듬기 시작했습니다. '해달라는 대로 해주겠지만 자유당에 대해 한 마디라도 했다가는 자네 목에서 내 면도칼이 무슨 짓을 할지 나도 몰라'라고 말하면서요. 순둥이 오거스터스가 그렇게 살벌한 말을 했다니 믿기지 않죠? 정당 정치가 사람을 그렇게 만든다니까요. 마셜은 입을 닫았고 얌전히 이발만 한 다음 집으로 돌아갔다고 합니다. 위층으로 올라오는 발소리를 들은 늙은 하녀가 마셜인지 심부름꾼 소년인지 확인하려고 침실 문을 빼꼼 열고 복도를 내다봤어요. 그런데 낯선 남자가 손에 촛불을 켜들고 복도를 성큼성큼 걸어오더랍니다. 하녀는 놀라서 비명을 지르며 기절해버렸어요. 의사를 불러온 후에야 깨어났다고 하더군요. 하녀는 그 후로도 며칠 동안 마셜을 볼 때마다 덜덜 떨었다고 하네요."

짐 선장에게는 생선이 없었다. 그해 여름에는 보트를 타고 바다에 나간 적이 거의 없었고, 장시간 등대를 비우지도 않았다. 거의 종일 창문 앞에 앉아 바다 쪽을 바라보면서 하루가 다르게 백발이 되어가는 머리를 손으로 받치고는 오래오래 멍하니 바다를 바라보았다. 그날 밤에도 짐 선장은 앤이 감히 방해할 수 없는 지난날의 추억에 잠겨 조용히 앉아 있었다. 짐 선장은 서쪽 하늘에 뜬 무지개를 손으로 가리키며 말했다.

"블라이드 부인, 참 아름답죠? 오늘 아침 일출을 부인도 봤어야 했는데. 정말 놀라울 정도로 아름다웠어요. 그동안 나는 저 작은 만에서 떠오르는 일출을 수도 없이 봐왔습니다. 전 세계를 돌아다니며 온갖 풍경을 봤지만, 저 작은 만에서 해가 떠오르는 것보다 멋진 광경은 본 적이 없어요. 사람은 죽을 때를 고를 수 없다고 하죠. 위대한 하늘의 선장이 항해 명령을 내리면 우리는 그저 떠나야 하는 겁니다. 그래도 혹시 시간을 고를 수 있다면, 바다 위로 아침 해가 떠오르는 시간에 가고 싶네요. 해가 떠오르는 풍경을 볼 때마다 저 거대한 불덩어리 너머에서 기다리는 세상으로, 지상의 해도에 나와 있지 않은 미지의 바다로 떠나고 싶다는 생각을 했어요. 그곳에서라면 사라진 마거릿을 찾을 수 있지 않을까요?"

짐 선장은 사라진 마거릿 이야기를 앤에게 들려준 이후 자주 입에 담았다. 그녀를 얼마나 사랑했는지 회상할 때마다 목소리가 사뭇 떨렸다. 결코 시들지도, 잊히지도 않을 사랑이었다.

"때가 되면 빠르고 편하게 가고 싶어요. 내가 겁쟁이가 아니라는 건 아시죠? 누가 코앞에서 끔찍하게 죽는 모습을 보면서도 눈 하나 깜짝 안 했죠. 하지만 빨리 죽지도 못하고 뭉그적거리며 고통받는 건 생각만 해도 속이 울렁거리고 끔찍하네요."

"짐 선장님, 제발 우리 곁을 떠난다는 얘기는 하지 마세요."

앤은 목이 메었다. 그녀는 한때 강건했지만 이제는 있는 대로 약해진 노인의 갈색 손을 쓰다듬으며 물었다.

"선장님 없이 우리끼리 어떻게 살아요."

짐 선장은 아름다운 미소를 지었다.

"아주 잘 살 겁니다. 그래도 이 늙은이를 완전히 잊으면 안 됩니다. 그래요, 잊지 않겠죠. 요셉을 아는 자들끼리는 서로를 기억하니까요. 우리가 함께 보낸 시간을 추억하면서 가슴 아플 일은 없을 겁니다. 친구들이 나를 추억할 때 마음 아파하지 않으면 좋겠어요. 언제든 나를 즐겁게 추억해줘요. 기꺼이 그래줄 거라고 믿습니다. 이제 얼마 후면 사라진 마거릿이 나를 부르러 올 거예요. 나는 부름에 대답할 준비가 되어 있습니다. 블라이드 부인, 내가 이 얘기를 꺼낸 건 부탁할 게 있어서예요. 불쌍한 일등항해사 말입니다."

짐 선장은 손을 뻗어 소파 밑에 웅크리고 앉은 큼직하고 따뜻하며 벨벳처럼 부드러운 황금색 털 공을 쿡 찔렀다. 그러자 일등항해사가 가르랑가르랑하면서 용수철처럼 벌떡 일어나더니 허공에 대고 앞발을 뻗었다. 그러고는 다시 몸을 웅크렸다. 부드러우면서도 약간 쉰 소리가 섞인 편안한 울음소리였다.

"내가 마지막 항해를 떠나면 이 녀석은 나를 그리워할 겁니다. 저 불쌍한 녀석이 예전처럼 혼자 남겨져 굶어죽게 될까 봐 걱정이에요. 블라이드 부인, 혹시 나한테 무슨 일이 일어나면 저 녀석을 좀 돌봐주겠어요?"

"당연히 그래야죠."

"그게 쭉 마음에 걸렸는데 이제 됐네요. 꼬마 젬한테는 내가 모아둔 몇 가지 신기한 물건들을 남겨줄 겁니다. 그렇게 조처를 해뒀어요. 블라이드 부인, 그 예쁜 눈으로 눈물을 흘리지 말아요. 아직은 좀 더 버틸 힘이 남아 있어요. 지난겨울에 부인이 시를 읽는 걸 들었습니다. 테니슨의 시였는데, 다시 듣고 싶네요. 지금 암송해줄 수 있을까요?"

바닷바람을 맞으며 앤은 부드럽고 분명한 목소리로 경이로운 백조에 관한 테니슨의 시 〈모래톱을 건너며〉를 암송했다.

암송이 끝나자 짐 선장이 말했다.

"그래요, 블라이드 부인. 바로 그겁니다. 테니슨은 선원도 아니었다면서요. 그런데도 늙은 선원의 마음을 어쩜 그리 절절하게 담아냈을까요? 늙은 선원은 '이별의 슬픔' 따위는 원치 않았고 나도 그렇습니다. 지금의 나도 모든 게 편안하고, 모래톱을 건너가서도 마찬가지일 거예요."

36장

재 대신에 화관을[*]

"앤, 초록지붕집에 무슨 일이 있대?"

앤은 마릴라의 편지를 접으며 대답했다.

"아니, 별다른 건 없어. 제이콥 도널에게 지붕널 공사를 맡겼대. 제이크^{**}는 이제 어엿한 목수가 됐어. 평생 할 일을 찾았나 봐. 제이크의 어머니가 아들을 대학교수로 만들고 싶어 했잖아. 그분이 학교로 찾아와서 내게 항의했던 일 기억해? 제이크를 세인트클레어라고 부르지 않은 것 때문에 난리가 났잖아. 그 일은 절대 못 잊을 거야."

- 구약성경(새번역)의 이사야 61장 3절에 나온 표현으로, 슬픔과 고통 속에서 울부짖는 이에게 위로와 기쁨을 주겠다는 약속이 담겨 있다.
- 제이콥(Jacob)의 별칭

"지금도 제이크를 세인트클레어라고 부르는 사람이 있을까?"

"한 명도 없을걸? 제이크는 대학교수가 될 생각이 전혀 없었어. 이제 제이크의 어머니도 포기했을 거야. 나는 제이크 같은 턱과 입매를 가진 소년은 결국 자기 고집대로 살게 될 거라고 늘 생각했어. 그리고 다이애나가 편지로 알려줬는데, 도라한테 남자 친구가 생겼대. 어린애였던 도라가 벌써 그렇게 컸다니!"

"도라는 열일곱 살이야. 당신이 그 나이 때 어땠는지 생각해 봐. 찰리 슬론이랑 내가 당신에게 푹 빠져 있었잖아."

앤은 조금 서글픈 미소를 지었다.

"길버트, 우리도 나이를 먹는구나. 우리가 어른이 됐다고 생각했을 때 여섯 살이었던 아이가 이제는 다 커서 연인이 생겼어. 도라가 사귀는 남자는 랄프 앤드루스야. 제인의 남동생 말이야. 랄프의 어릴 적 모습이 생각나네. 키가 작고 얼굴은 동그랗고 통통했는데. 머리는 금발이었고. 반에서 늘 꼴찌였어. 지금은 잘생긴 청년이 됐을 거야."

"도라는 결혼을 일찍 할 것 같아. 넷째 샬로타와 비슷한 부류잖아. 더 나은 남자를 만날 기회가 없을 것 같아서 처음 사귄 남자와 바로 결혼해버리는 사람들 말이야."

"글쎄, 도라가 랄프와 결혼한다면 랄프는 자기 형 빌리보다는 적극적이었으면 좋겠다."

그러자 길버트가 웃으며 말했다.

"랄프가 직접 도라에게 청혼을 하길 바란다는 뜻이구나. 앤, 빌리가 만약 제인한테 부탁하지 않고 네게 직접 청혼을 했으면 너는 빌리랑 결혼했을까?"

"그랬을 수도 있지."

앤은 처음 받아본 청혼을 떠올리며 한바탕 웃었다.

"청혼을 받았다는 충격에 정신이 혼미해져서 경솔하고 바보 같은 결정을 해버렸을지도 몰라. 빌리가 다른 사람을 통해 청혼한 게 얼마나 다행이야. 그렇지, 길버트?"

그때 구석 자리에서 책을 읽고 있던 레슬리가 말했다.

"저기, 어제 조지 무어 씨에게서 편지가 왔어요."

"어떻게 지내고 있대요?"

앤은 마치 모르는 사람의 안부를 묻는 것처럼 느껴져서 기분이 이상했다.

"잘 지내기는 하는데 고향이며 친구들이 전부 변해서 적응하기가 힘들대요. 봄에 다시 바다로 나갈 거라네요. 바다로 나가지 않으면 못 견디는 기질인 것 같다고도 했어요. 아, 반가운 소식이 있어요. 네자매호에 승선하기 전에 조지는 고향에서 약혼을 했었대요. 몬트리올에 있을 때는 약혼녀가 있다는 얘기를 못 들었거든요. 그 여자가 자기를 잊고 이미 오래전에 다른 사람과 결혼했을 것 같아서 말을 안 했다는 거예요. 하지만 조지는 여전히 약혼자를 사랑하고 있으니 마음이 괴로웠을 것 같아요. 그런데 고향에 돌아가서 보니까 약혼녀가 여전히 그를 마음에 품고 결혼도 안 하고 있더래요. 그래서 올가을에 그녀와 결혼한다네요. 약혼녀를 데리고 여기로 놀러오라고 답장을 보내야겠어요. 조지도 자기가 아무것도 모르는 채로 수년 동안 살았던 곳에 다시 와보고 싶다고 했거든요."

"정말 낭만적이에요."

앤이 말했다. 낭만에 대한 열정은 좀처럼 식지 않는 듯했다. 그러나 곧 자책 섞인 한숨을 내쉬며 덧붙였다.

"내 고집대로 했으면 조지 무어는 자기가 원래 누구인지 알지도 못하고 무덤 속에서 살아야 했을 거예요. 길버트가 처음에 그 생각을 말했을 때 내가 몹시 반대했거든요! 아, 난 벌을 달게 받을 거예요. 앞으로 길버트가 무슨 소리를 해도 대꾸할 엄두를 못 낼 테니까요! 반박하려고 하면 길버트가 조지 무어의 경우를 들먹이면서 아무 말도 못 하게 할걸요?"

길버트가 놀리듯 말했다.

"당신이 퍽이나 그 정도로 입을 다물겠다! 앤, 나는 당신이 무조건 내 의견에 따르는 건 별로야. 약간의 반대는 삶에 활력소가 되거든. 항구 너머 존 매캘리스터의 아내 같은 여자는 싫어. 남편이 무슨 말을 해도 그녀는 생기 없고 답답한 목소리로 '맞아요, 존'이라는 말밖에 할 줄 모르잖아."

앤과 레슬리는 웃음을 터뜨렸다. 앤의 웃음은 은빛이고 레슬리의 웃음은 금빛이었다. 두 웃음이 어우러져 음악처럼 완벽한 조화를 이루었다.

웃음소리가 잦아들 때쯤 수전이 땅이 꺼져라 한숨을 쉬며 거실로 들어왔다.

길버트가 물었다.

"수전, 무슨 일 있어요?"

앤도 깜짝 놀라서 다그쳤다.

"수전, 혹시 꼬마 젬한테 무슨 일 있는 건 아니죠?"

"사모님, 그런 거 아니니까 진정하세요. 젬한테는 아무 일 없어요. 이번 주 내내 일이 자꾸 어긋난다 싶더라니. 아시다시피 빵을 망쳤고, 선생님 옷 중에 제일 좋은 셔츠를 다림질하다가 태워먹은 데다 큰 접시도 깨뜨렸어요. 설상가상으로 제 동생 마틸다의 다리가 부러졌대요. 저더러 당분간 집에 와서 돌봐달라고 부탁하네요."

앤이 말했다.

"어머, 저런. 어쩌다 그런 일이…."

"어쩔 수 없죠, '인간은 고통 속에서 신음하는 존재'니까요. 꼭 성경에 적혀 있을 것 같은 말인데 로버트 번스라는 시인이 쓴 시 제목이라고 하더라고요. 어차피 인간은 세상을 살다 보면 온갖 문제와 부딪치죠. 그나저나 마틸다를 어떻게 해야 할지 모르겠어요. 가족 중에 다리가 부러진 사람은 여태 없었거든요. 어쩌다 그렇게 됐는지 모르겠지만 동생이니 가서 돌봐줘야 할 것 같아요. 사모님, 혹시 몇 주쯤 휴가를 써도 될까요?"

"그럼요. 수전이 없는 동안은 다른 사람을 불러서 집안일을 맡기면 돼요."

"동생 다리가 어떻게 되든 안 된다고 하시면 가지 않을 거예요. 사모님을 번거롭게 해드리고 싶지는 않거든요. 귀여운 젬도 힘들게 하고 싶지 않고요."

"아니에요. 얼른 동생한테 가보세요. 마을 아가씨를 불러 당분간 집안일을 도와달라고 하면 돼요."

그때 레슬리가 불쑥 말했다.

"앤, 수전이 동생한테 가 있는 동안 내가 이 집에 와서 지내는 건 어때요? 커다란 헛간 같은 집에서 혼자 살려니까 너무 외로워요. 할 일도 거의 없고, 날이 어두워지면 더 외로운 데다, 문을 잠그고 있어도 온 신경이 곤두서거든요. 이틀 전에는 집 밖에서 웬 발자국 소리도 들리더라고요."

앤은 기꺼이 레슬리를 받아주었다. 다음 날부터 레슬리는 꿈의 집에서 지냈다. 코닐리어도 잘됐다고 반겼다.

"이게 다 하느님의 섭리예요. 마틸다 클로의 처지는 딱하지만 어차피 부러질 다리였다면 알맞은 시기에 잘 부러진 거죠. 오언 포드가 포윈즈에서 머무는 동안 레슬리가 이 집에 있게 됐으니 글렌 마을의 말 많은 인간들도 쑥덕거릴 핑계가 없을 거예요. 만약 레슬리가 저 개울 위쪽 집에 혼자 사는데, 오언이 레슬리를 만나러 그 집에 찾아가면 얼마나 말이 많겠어요. 안 그래도 레슬리가 애도 기간도 갖지 않고 있다면서 말 같지도 않은 헛소리들을 하고 있다니까요. 그딴 소리를 지껄이기에 내가 쏘아붙였죠. '조지 무어 때문에 상복을 입으라는 건가요? 조지는 죽은 게 아니니 그를 애도할 게 아니라 부활을 축하해야 마땅하겠네요. 딕 무어 얘기를 하는 거면, 13년 전에 죽은 사람 때문에 이제 와서 상복을 입는다는 게 말이나 돼요?' 루이자 볼드윈은 레슬리가 어째서 그 남자가 자기 남편이 아닐 수도 있다는 의심을 한 번도 안 해봤는지 이상하다고 했어요. 그래서 내가 말했죠. '당신은요? 당신은 옆집에 살면서 딕을 어렸을 때부터 지켜봤을 텐데 돌아온 딕 무어가 다른 사람일 수 있다는 의심을 한 번도 안 했잖아요. 당신 논리대로라면 레슬리보다 당신이 열 배는 더 의심했어야 하는 거 아닌가요?' 하지만 아무리 그래도 사람들의 입은 막을 수 없어요. 오언이 레슬리에게 구애하는 동안 레슬리가 이 집에서 지낼 수 있다니 정말 잘됐어요."

8월의 어느 날 저녁이었다. 레슬리와 앤이 아기를 돌보고 있는데 오언 포드가 앤의 집을 찾아왔다. 그는 열린 거실 문 앞에 선 채로 집 안에서 펼쳐지는 그림 같은 광경에 흠뻑 빠져들었다. 두 여자는 그가 온 것도 모르고 아기와 노느라 여념이 없었다. 바닥에 앉아 아기를 무릎에 올려놓은 레슬리는 허공에 대고 흔들어대는 아기의 통통하고 작은 손을 만지며 행복해했다.

레슬리는 자그마한 손을 잡고 뽀뽀하며 중얼거렸다.

"아, 너는 정말 예쁘고 사랑스러운 아기야."

앤도 의자 팔걸이 아래로 몸을 굽히며 노래하듯 말했다.

"어쩜 이렇게 귀엽죠? 세상에서 가장 예쁜 손일 거예요. 너도 그렇게 생각하지, 아가야? 까꿍!"

꼬마 젬이 태어나기 몇 달 전부터 앤은 육아 서적을 몇 권이나 탐독했는데, 그중『오라클 경의 자녀 돌봄과 교육』이라는 책의 내용에 특히 공감했다. 오라클 경은 부모들에게 유아어°를 절대 쓰지 말라고 호소했다. 아기가 태어나는 순간부터 바른 표현을 써서 말을 걸어야 언어를 습득하는 초기부터 오염되지 않은 말을 배울 수 있다는 게 주된 주장이었다. 오라클 경은 "엄마가 아무 생각 없이 아기를 기르면서 매일 말도 안 되는 표현과 괴상하게 꼬인 발음으로 아기의 민감한 두뇌에 영향을 준다면, 아기가 제대로 된 언어를 배울 수 있을까요? 그런 말을 듣고 자란 아이가 자신의 존재와 가능성, 운명을 제대로 이해할 수 있

° 말을 배우기 시작하는 유아가 쓰거나 어른이 유아를 대할 때 쓰는 말

을까요?"라고 하면서 부모의 각성을 촉구했다.

이 말에 크게 공감한 앤은 무슨 일이 있어도 자식들에게 유아어로 말하지 않겠다고 길버트에게 선언했다. 길버트도 동의했고 그들은 그렇게 하기로 엄숙하게 약속했다. 하지만 꼬마 젬을 품에 안은 순간 앤은 뻔뻔하게도 약속을 저버렸다.

"어쩜 이렇게 쪼그맣고 예쁠까? 오구오구 우리 아기, 우쭈쭈 그랬쪄요?"

앤은 그 후로도 쭉 약속을 어겼다. 길버트가 놀리자 앤은 오라클 경이 잘못 생각한 거라며 자신만만하게 웃었다.

"길버트, 아마도 오라클 경은 자식이 없었을 거야. 그게 아니라면 그런 쓰레기 같은 책은 쓸 엄두도 못 냈을걸? 아기를 대할때는 유아어를 쓸 수밖에 없어. 그건 너무나 자연스러운 현상이거든. 조그맣고 벨벳처럼 부드러운 아기들에게 다 큰 소년 소녀한테나 적합한 말을 하는 건 너무 비인간적인 짓이야. 아기들은 사랑해주고 안아줘야 해. 그러니 온갖 다정하고 예쁜 유아어를 잔뜩 들려주는 건 당연하지. 우리 꼬마 젬도 그럴 거야. 젬의 예쁜 가슴에 축복의 말들을 가득 담아줄 거야."

길버트는 엄마가 아니라 아빠여서인지 오라클 경이 틀렸다는 앤의 주장을 완전히 수긍하지는 못했다.

"하지만 앤, 아무리 아기한테 하는 말이라도 당신은 도가 지나친 것 같아."

"내가 알아서 할 거니까 간섭하지 마. 나는 열한 살도 되기 전에 쌍둥이 세 쌍을 키웠어. 당신과 오라클 경은 냉철한 이론가일 뿐이지. 길버트, 우리 젬 좀 봐! 나를 보면서 웃고 있어. 우리가 무슨 얘길 하는지 아는 거야. 그래, 너도 이 엄마가 하는 말이 다 맞다고 생각하지? 천사 같은 내 새끼. 웅웅 그래."

길버트는 앤과 젬을 품에 안으며 말했다.

"아, 어머니들은 정말! 아이고! 하느님께서 당신을 만드실 때 대체 뭘 만들고 있는지 아셨어야 하는데."

꼬마 젬은 유아어를 듣고 사랑과 포옹을 받으며 꿈의 집 아이로 무럭무럭 자라났다. 레슬리도 앤처럼 그저 젬에게 사랑만 쏟아부었다. 앤과 레슬리는 일을 마치고 길버트가 곁에 없으면 창피한 줄도 모르고 유아어를 쏟아내며 젬에게 흠뻑 빠져들었다. 그러고 있는 두 사람을 오언 포드가 본 것이다.

레슬리가 먼저 오언이 온 것을 알아챘다. 황혼의 빛 속에서 앤은 레슬리의 아름다운 얼굴이 별안간 하얗게 질리는 것을 보았다. 입술과 뺨의 홍조마저도 싹 사라졌다.

오언은 앤 쪽은 처다보지도 않고 레슬리에게 다가갔다.

"레슬리!"

그는 손을 내밀었다. 그가 레슬리의 이름을 부른 것은 그때가 처음이었다. 하지만 레슬리는 냉담한 태도로 그에게 손을 내밀었을 뿐이었다. 그날 저녁 내내 앤과 길버트, 오언이 웃으며 대화를 나누는 동안 레슬리는 아무 말이 없었다. 그리고 오언이 작은 집을 나서기도 전에 레슬리는 이만 실례하겠다며 위층으로 올라갔다. 그러자 그때까지 유쾌하던 오언은 기가 팍 죽어서 실망한 얼굴로 발걸음을 옮겼다.

길버트는 앤을 바라보며 말했다.

"앤, 대체 뭐가 어떻게 돌아가는 거야? 내가 모르는 일이 일어나는 것 같은데? 오늘 우리 집에서 전기가 팍팍 튀는 것 같았어. 레슬리는 비극의 여신처럼 가만히 앉아 있기만 하고, 오언 포드는 겉으로는 농담을 하며 웃고 떠드는데 눈은 줄곧 레슬리만 쳐다보고…. 당신은 계속 흥분을 가라앉히려 애쓰는 모습이었지. 얘기해봐. 남편을 속여가면서 대체 무슨 일을 꾸미는 거야?"

"길버트, 그런 바보 같은 말이 어딨어? 그래. 레슬리가 이상하게 굴기는 했지. 가서 레슬리랑 얘기 좀 하고 올게."

앤이 위층으로 올라가서 보니 레슬리는 지붕창 앞에 앉아 있었다. 그 자그마한 공간은 바다가 들려주는 규칙적이고 요란한 파도 소리로 가득했다. 부연 달빛 아래 두 손을 모으고 조용히 앉은 레슬리는, 아름다웠지만 앤을 나무라는 눈빛이었다.

"앤, 오언 포드 씨가 포윈즈에 온다는 걸 알았어요?"

"네."

레슬리는 감정이 격해져 소리쳤다.

"말을 해줬어야죠! 그랬으면 이 집에 있지 않았을 거예요. 이 집에 있으면서 그 사람을 만나지 않았을 거라고요. 말을 해주지 그랬어요. 이건 너무해요, 앤. 불공평해요!"

레슬리의 입술이 바들바들 떨렸다. 온몸에 감정이 한껏 치밀어오른 모습이었다. 앤은 웃으면서 다가가 레슬리의 원망 가득한 얼굴에 입을 맞췄다.

"레슬리, 당신은 바보예요. 오언 포드가 열정에 불타올라 태평양과 대서양을 가로질러 여기까지 온 게 나 때문일 리가 없잖아요. 갑자기 코닐리어가 너무 보고 싶어서 왔다고 해도 못 믿을 테고요. 레슬리, 이제 비극적으로 살지 말아요. 그러지 않아도 돼요. 그런 건 이제 그만하라고요. 다시는 그렇게 살 필요 없어요. 숫돌에 난 구멍을 통해 세상사를 꿰뚫어 보는 사람들도 있대요. 나는 예언자는 아니지만 이 정도는 예견할 수 있어요. 이제 당신 삶에서 고통은 끝났어요. 앞으로 즐겁고 희망차게 살아갈 일만 남은 거예요. 행복하게 살아요, 레슬리. 기억해요? 그날 금성의 그림자는 당신에게 행운이 찾아올 징조였던 거예요. 올해 레슬리는 금성의 그림자를 보았고, 그렇게 당신은 최고의 선물을 받았어요. 바로 오언 포드와의 사랑이죠. 자, 이제 아무 생각 말고 어서 침대에 누워서 잠을 청해요."

레슬리는 하라는 대로 잠자리에 들었다. 하지만 푹 잤는지는 알 수 없다. 이런 일이 생길 줄은 감히 꿈도 꾸지 못했던 것이다. 지금까지 가여운 레슬리는 너무나도 힘든 삶을 살아왔다. 궁핍하고 괴로운 하루하루를 살다 보니 미래에 좋은 일이 일어날지 모른다는 작은 희망의 말조차 자신에게 해줄 수 없었다. 레슬리는 짧은 여름밤을 밝히며 회전하는 거대한 등대의 빛을 바라보았다. 차츰 부드러워지고 밝아진 눈빛에 젊음의 생기가 차올랐다. 그래서인지 다음 날, 오언 포드가 찾아와 같이 바닷가로 산책을 나가자고 청했을 때 레슬리는 거절하지 않았다.

37장

―――

코닐리어의 깜짝 발표

어느 나른한 오후, 코닐리어가 앤의 작은 집을 찾아왔다. 8월의 바다는 흐릿하고 색이 바랜 푸른빛을 띠었고, 앤의 정원 대문 앞에 피어난 나리꽃은 햇빛을 듬뿍 받아 황금빛 꽃잎을 꼿꼿하게 치켜들었다. 하지만 코닐리어는 물감으로 칠한 듯 푸르른 바다나 햇빛에 목마른 나리꽃에는 눈길도 주지 않았다. 평소 좋아하던 흔들의자에 이상할 정도로 느긋하게 앉아만 있었다. 바느질을 하지도, 이런저런 얘기를 늘어놓지도 않았다. 남자를 자근자근 씹는 말도 하지 않았다. 한마디로 평소의 독기가 싹 빠져 있었다. 원래 낚시를 가려다가 코닐리어의 이야기를 들으려고 집에 남은 길버트는 김이 새버렸다. 코닐리어에게 무슨 일이 생긴 걸까? 의기소침하거나 근심이 있어 보이는 얼굴은 아니었다. 오히려 기뻐서 어쩔 줄 몰라 하는 기색이 엿보였다.

"레슬리는 어디 있어요?"

이렇게 물었지만 딱히 궁금해하는 것 같진 않았다.

앤이 대답했다.

"포드 씨랑 자기네 농장 뒤쪽 숲에 산딸기를 따러 갔어요. 저녁 식사 때나 돼야 돌아올 것 같아요."

길버트가 말했다.

"그 두 사람은 요즘 시계라는 게 있는 줄도 모르는 것 같습니다. 어떻게 된 일인지 도통 모르겠어요. 앞에 계신 두 여성이 뒤에서 조종하는 것 같기는 한데 말이죠. 순종이라는 걸 모르는 제 아내가 말을 안 하네요. 당신이 좀 말해주시겠어요?"

코닐리어는 뭔가 단단히 결심한 표정으로 입을 열었다.

"내가 무슨 말을 하겠어요. 그렇지만 할 이야기가 있기는 해요. 오늘 그 얘기를 하려고 일부러 왔어요. 나 결혼해요."

앤과 길버트는 너무 놀라 말문이 막혔다. 코닐리어가 수로로 가서 물에 빠져 죽을 생각이라고 말했어도 지금보다는 그럴듯하게 들렸을 것이다. 방금 들은 말은 도저히 믿기지 않았다. 잘못 들은 게 분명했다.

코닐리어는 재미있다는 듯 눈을 반짝였다.

"둘 다 당황한 것 같네요?"

갑작스런 발표 뒤에 이어진 어색한 순간이 지나자 코닐리어는 다시 평소 모습으로 돌아와 물었다.

"설마 결혼하기에는 내가 너무 어리고 미숙하다고 생각하는 건 아니겠죠?"

길버트는 정신을 차리려 애쓰면서 말했다.

"좀 충격이네요. 세상에서 제일 멋진 남자가 청혼해도 결혼은 하지 않겠다고 수십 번 말씀하셨잖아요."

"나는 제일 멋진 남자와 결혼하는 게 아니에요. 마셜 엘리엇은 제일 멋진 남자와는 거리가 멀어요."

다시 한번 충격을 받은 앤은 그제야 말문이 터졌다.

"마셜 엘리엇 씨랑 결혼하세요?"

"맞아요. 지난 20년 동안 난 손가락 하나만 까딱해도 그 사람과 얼마든지 결혼할 수 있었어요. 하지만 걸어다니는 건초 더미 같은 남자와 교회에서 결혼식을 올릴 수는 없잖아요?"

"어머, 정말 기쁜 소식이네요. 행복하실 거예요."

앤이 건네는 축하의 말은 영 어색하고 딱딱하게만 들렸다. 그도 그럴 것이 앤은 이런 일이 일어나리라고는 전혀 예상하지 못했기 때문이다. 코닐리어에게 결혼 축하 인사를 건네는 날이 오리라고는 상상도 할 수 없었다.

"고마워요. 그렇게 말해줄 거라 믿었어요. 그래서 친구들 중 가장 먼저 앤에게 소식을 알린 거예요."

왠지 모르게 슬프면서 감상적인 기분이 된 앤이 말했다.

"이제 자주 못 보겠죠?"

코닐리어는 평소처럼 신랄하게 말했다.

"아니, 왜요? 설마 내가 항구 너머로 가서 매캘리스터, 엘리엇, 크로퍼드 가문 사람들이랑 어울려 살 거라고 생각하는 건 아니죠? '주님, 엘리엇 집안의 자만심, 매캘리스터 집안의 자부심, 크로퍼드 집안의 허영심으로부터 우리를 구하소서.' 마셜이 우리 집으로 와서 살 거예요. 하인을 고용해서 일을 시키는 것도 이제 지쳤거든요. 올여름에 짐 헤이스팅스를 고용해서 일을 시켰는데 정말이지 최악이었어요. 그런 사람한테 일을 시키다 보면 누구든 '차라리 결혼해서 남편한테 일을 시키고 말지' 싶은 마음이 들 거예요. 어땠는지 알아요? 어제는 교유기를 망가뜨려서 마당에 크림을 온통 쏟아놨어요. 그래놓고는 걱정도 안 하는 거예요! 바보처럼 웃으면서 땅이 크림을 먹었으니 비옥해지겠다고 하는 거 있죠. 남자들이란! 그래서 나는 뒷마당에 크림을 비료로 주는 습관은 없다고 그랬죠."

"코닐리어, 행복하시길 바라요."

길버트는 진지하게 말했다. 앤이 그만두라는 눈빛으로 쳐다봤지만 그는 코닐리어를 놀리고 싶은 충동을 이기지 못했다.

"하지만 독립적인 삶은 이제 끝이겠네요. 마셜 엘리엇 씨가 고집이 엄청 세잖아요."

"나는 고집 센 남자가 좋아요. 오래전에 에이머스 그랜트가 나를 쫓아다닌 적이 있었는데 그 사람은 줏대라고는 없었어요. 그야말로 팔랑귀였죠. 한번은 죽겠다고 연못에 뛰어들었는데, 이내 마음이 바뀌어서는 헤엄쳐서 기어 나왔어요. 역시 남자답죠? 마셜이라면 끝까지 고집을 피우며 빠져 죽었을 거예요."

그러자 길버트가 말했다.

"마셜 씨는 성질이 꽤 있다고 들었는데요."

"성질이 없으면 엘리엇 집안 핏줄도 아니죠. 성질이 있어서 다행이에요. 그 사람을 화나게 만드는 재미가 있거든요. 그리고 한 번씩 성질을 내는 사람일수록 회개의 길로 이끌기 쉬워요. 화도 안 내고 조용히 있으면서 속으로 곪아가는 사람은 어떻게 해볼 수가 없거든요."

"음, 코닐리어. 마지막으로 하나만 더요. 마셜이 자유당원인
건 아시죠?"

"그러게요. 그건 좀…."

코닐리어는 아쉬워하며 인정했다.

"마셜을 보수파로 만들 수 있을 것 같지는 않아요. 그래도 장
로교인이니 됐어요. 그 정도에서 만족해야죠."

"마셜 씨가 감리교인이라도 결혼하실 생각이에요?"

"아뇨, 그건 불가능해요. 정치는 이 세상에 속하지만 종교는
이승과 저승 모두에 연결되어 있으니까요."

"그런데 결혼을 하면 '미망인'이 될 수도 있어요."

"그건 아닐 거예요. 마셜이 나보다 오래 살 테니까요. 엘리엇
집안 사람들은 수명이 길어요. 브라이언트 집안사람들은 그렇
지 않지만요."

앤이 물었다.

"결혼식은 언제 하실 생각이에요?"

"한 달 안에 하려고 해요. 혹시 감청색 웨딩드레스를 입고 면
사포를 써도 괜찮을까요? 결혼한다면 면사포는 꼭 쓰고 싶었거
든요. 마셜도 그렇게 하라고 하네요. 하여간 남자들은 말을 너
무 쉽게 해요."

"원하는 대로 하셔도 되지 않을까요?"

"남들이랑 너무 다르게 하고 싶지 않아서요."

앤이 보기에 코닐리어는 누구보다 개성이 강한 사람이었다.

"아까도 말했지만 면사포를 꼭 쓰고 싶어요. 하지만 면사포를

쓰려면 하얀색 웨딩드레스를 입어야겠죠? 앤의 생각은 어때요? 당신이 하라는 대로 할게요."

"보통 하얀색 드레스를 입고 면사포를 쓰지만 그건 관습일 뿐이라고 생각해요. 저도 엘리엇 씨와 같은 생각이에요. 신부가 원하는 대로 하는 게 좋다고 봐요."

실내복 차림으로 당당하게 남의 집을 방문한 코닐리어는 고개를 젓더니 안타까운지 한숨을 푹 쉬었다.

길버트가 엄숙하게 말했다.

"코닐리어, 결혼하기로 결심하셨다고 하니 저희 어머니가 결혼 당일 할머니께 전수받은 '남편 관리 비법'을 가르쳐드리고 싶네요. 궁금하신가요?"

코닐리어는 차분하게 말했다.

"마셜 엘리엇을 잘 관리할 자신은 있지만 한번 들어볼게요."

"첫째, 잘 붙잡아라."

"이미 붙잡았어요. 다음은요?"

"둘째, 잘 먹여라."

"파이를 충분히 먹이면 되겠죠. 다음은요?"

"마지막으로, 남편한테서 눈을 떼지 마라."

코닐리어는 단호하게 말했다.

"명심할게요."

38장

———

붉은 장미

그해 8월, 앤의 작은 집 정원은 느지막이 핀 장미들로 온통 붉게 물들었고 귀여운 벌 떼가 꽃송이들 위로 날아다녔다. 꿈의 집 사람들은 그 아름다움을 마음껏 누렸다. 개울 옆 한쪽 구석의 풀밭에서 소풍 나온 기분으로 저녁 식사를 하면서 커다란 밤나방이 부드러운 어둠 속을 헤엄치듯 날아다니기까지 그 자리에 앉아 있곤 했다. 어느 날 저녁, 오언 포드는 정원에 홀로 나와 앉아 있는 레슬리를 보았다. 앤과 길버트는 외출 중이었고 그날 밤 돌아오기로 한 수전은 아직 오지 않았다.

　전나무 우듬지 위로 보이는 북쪽 하늘은 호박색과 연한 초록색으로 물들었다. 8월도 다 가고 9월로 넘어가는 때라 공기가 선선했다. 레슬리는 하얀 원피스에 진홍색 스카프를 둘렀다. 오언은 레슬리와 함께 꽃들이 잔뜩 피어 있는 정원의 오솔길을 말없이 거닐었다. 오언은 휴가가 거의 끝나서 곧 이곳을 떠나야 했다. 걷는 내내 레슬리의 심장이 빠르게 뛰었다. 잠시 뒤에는 이 사랑스러운 정원이 마음속으로 간직하고 있지만 아직 입에 담지 않았던 약속의 말을 주고받을 장소가 되리라는 느낌 때문이었다. 그때 오언이 말했다.

"어떤 날 저녁에 이 정원에서는 유령이 내는 것처럼 묘한 향기가 나요. 어떤 꽃이 내뿜는 것인지는 모르겠는데, 은은하고 경이로울 만큼 달콤한 향기예요. 셀윈 할머니의 영혼이 생전에 사랑하셨던 이 옛집을 잠시 방문하신 게 아닐까 하는 생각이 들기도 해요. 이 작고 오래된 집에는 다정한 영혼들 여럿이 깃들어 있을 것 같거든요."

"여기서 지낸 지 한 달밖에 안 되었지만 내가 평생 살아온 저 집보다 이 집이 훨씬 좋아요."

"사랑으로 짓고 신성해진 집이라 그럴 겁니다. 그런 집들은 거기 사는 사람들에게도 영향을 주죠. 조성된 지 60년도 넘은 이 정원에는 천 가지 희망과 기쁨이 담긴 꽃들이 피어 있어요. 저 꽃들 가운데 어떤 것들은 우리 할머니가 직접 심은 거예요. 돌아가신 지 30년이나 지났는데도 할머니가 심은 꽃들은 여름마다 피어나요. 레슬리, 저 붉은 장미 좀 봐요. 꽃의 여왕이라고 불릴 만하죠!"

"앤은 분홍 장미가 제일 좋다고 하고 블라이드 선생님은 흰 장미를 좋아해요. 하지만 나는 붉은 장미가 좋아요. 내 안의 갈망을 채워주는 것 같거든요."

"이 장미들은 꽤나 늦게 피어요. 다른 꽃들이 지고 난 뒤에야 피거든요. 여름의 온기와 영혼을 머금고 있다가 활짝 피죠."

오언은 반쯤 열린 붉은 꽃봉오리 몇 개를 꺾으며 말했다.

"장미는 사랑의 꽃이에요. 수백 년 동안 세상은 장미를 그렇게 불러왔어요. 분홍 장미는 희망과 기대에 찬 사랑, 하얀 장미는 죽거나 버려진 사랑을 뜻하죠. 붉은 장미는… 아, 레슬리. 붉은 장미가 뭘 의미하는지 알아요?"

레슬리는 나지막하게 대답했다.

"승리한 사랑이요."

"그래요. 마침내 승리한, 완전한 사랑을 뜻해요. 레슬리, 내가 당신을 처음 만난 순간부터 사랑했다는 걸 당신도 알고 있죠? 당신도 나를 사랑하고요. 굳이 물을 필요도 없지만 당신 입으로 직접 듣고 싶네요. 사랑하는 레슬리!"

레슬리는 떨리는 목소리로 조그맣게 답했다. 이윽고 두 사람의 손과 입술이 만났다. 인생 최고의 순간이었다. 오랜 세월 사랑과 기쁨, 슬픔, 영광을 담아낸 정원에서 오언은 승리한 사랑의 상징인 붉은 장미를 레슬리의 빛나는 머리카락에 꽂았다.

얼마 후 앤과 길버트는 짐 선장과 함께 집으로 돌아왔다. 앤은 벽난로에 유목 몇 조각을 넣고 불을 지폈다. 요정의 불꽃 같은 사랑의 불이 따뜻하게 피어났다. 그들은 벽난로 앞에 둘러앉아 한 시간 정도 다정하게 이야기를 나눴다.

"장작불을 바라보고 앉아 있으니 다시 젊어진 것 같군요."

짐 선장이 말하자 오언이 물었다.

"짐 선장님, 혹시 불을 보면서 미래를 읽으실 수 있습니까?"

짐 선장은 애정 가득한 눈으로 그들을 바라보다가 레슬리의

환한 얼굴과 빛나는 눈으로 시선을 돌렸다.

"굳이 불을 보지 않아도 여러분의 미래를 읽을 수 있어요. 모두에게 행복한 앞날이 기다리고 있을 겁니다. 레슬리와 포드 씨, 의사 선생과 블라이드 부인, 꼬마 젬과 아직 태어나지 않은 아이들까지 모두 행복하게 살 거예요. 나름의 어려움과 걱정, 슬픔도 있겠지요. 살다 보면 그런 일이 일어날 수밖에 없어요. 궁전에 살든 작은 꿈의 집에 살든 그런 일을 다 막지는 못해요. 하지만 사랑과 믿음으로 함께 이겨나가면 됩니다. 나침반과 키잡이가 있으면 어떤 폭풍이든 이겨낼 수 있는 것처럼요."

그는 자리에서 일어나 레슬리와 앤의 머리에 손을 얹었다.

"이 선하고 다정한 여인들은 진실하고 충직하며 의지할 만한 사람들입니다. 이들의 남편들은 아내 덕분에 영광을 누릴 것이고, 자식들은 여러분을 복되다고 칭송할 것입니다."

묘하게 엄숙한 분위기였다. 앤과 레슬리는 축복을 받는 기분으로 고개를 숙였다. 길버트도 갑자기 눈시울이 뜨거워져서 손으로 눈가를 훔쳤다. 오언 포드는 환영이라도 본 것처럼 그 상황에 빠져들었다. 한동안 정적이 흘렀다. 감동적이고 잊을 수 없는 순간이 꿈의 집에 또 하나의 추억으로 더해졌다.

"그만 가봐야겠습니다."

짐 선장이 자리에서 일어섰다. 그는 모자를 집어 들고 방 안을 천천히 둘러본 뒤 밖으로 나가며 말했다.

"다들 잘 자요."

평소와 달리 아쉬워하는 목소리로 건네는 작별 인사에 가슴이 저릿해진 앤은 문 앞으로 쫓아 나갔다. 그리고 전나무 사이로 난 자그마한 대문을 빠져나가는 짐 선장에게 말했다.

"또 오세요, 짐 선장님."

"그래요."

짐 선장은 명랑하게 대답했다. 하지만 그날은 짐 선장이 꿈의 집 난로 앞에 앉은 마지막 날이었다.

앤은 집 안으로 들어와 말했다.

"혼자서 아무도 없는 등대로 돌아가는 선장님 생각을 하면 마음이 아파요. 등대에는 선장님을 맞아줄 사람도 없잖아요."

오언이 말했다.

"짐 선장님은 사람들에게 워낙 다정히 대해주셔서 혼자서도 잘 지내실 것 같기는 합니다만, 때로는 외로움을 느끼시겠죠. 오늘 밤 선장님은 예언자 같으셨어요. 마치 주어진 말을 전달하는 것 같았죠. 그럼 저도 이만 가보겠습니다."

앤과 길버트는 조용히 생각에 잠겼다. 오언이 떠나자 정신이 든 앤은 벽난로 옆에 서 있는 레슬리를 꼭 껴안으며 말했다.

"레슬리, 나 눈치챘어요. 정말 기뻐요!"

레슬리는 나지막하게 말했다.

"앤, 행복해지려니까 겁이 나요. 너무 좋아서 현실 같지 않아요. 이런 말을 하는 것조차 두렵네요. 이 꿈의 집에서 또 다른 꿈을 꾸는 것처럼 느껴져요. 이 집을 떠나면 사라져버릴 꿈이요."

"오언이 당신을 데려갈 때까지 이 집에 있으면 되죠. 그때까지 나랑 같이 지내요. 내가 당신을 저 외롭고 서글픈 집으로 돌려보낼 것 같아요?"

"고마워요. 안 그래도 이 집에 있게 해달라고 부탁하려던 참이었어요. 저 집으로 다시 가고 싶지 않았거든요. 예전의 춥고 쓸쓸한 삶으로 돌아가는 것처럼 느껴져서요. 앤, 당신은 정말 좋은 친구예요. 짐 선장님의 말처럼 당신은 선하고 다정하며 진실하고 충직하고 의지할 만한 여인이에요."

앤은 미소를 지었다.

"짐 선장님은 '여인'이 아니라 '여인들'이라고 하셨어요. 우리를 사랑하셔서 장밋빛 색안경을 끼고 보시는 것 같지만요. 어쩌겠어요. 우리가 그분의 기대에 맞춰 살려고 노력해야죠."

"앤, 전에 우리가 해변에서 만났던 날 밤 내가 했던 얘기 기억해요? 그날 나는 내 얼굴이 예쁜 게 싫다고 했잖아요? 그때는 정말 그랬어요. 내가 수수하게 생겼으면 딕이 나랑 결혼하려 하지 않았을 테니까요. 그래서 늘 '내가 예쁘지 않았다면' 하고 생각했어요. 그런데 지금은 예쁘기라도 해서 다행이라는 생각이 들어요. 내가 오언에게 줄 수 있는 게 미모밖에 없잖아요. 그의 예술가적인 영혼이 내 미모를 보고 기뻐하니까요. 적어도 내가 빈손으로 오언에게 가는 건 아니라는 기분이 들어요."

"레슬리, 오언은 당신의 아름다움을 사랑해요. 누구라도 그럴 수밖에 없을 거고요. 하지만 당신이 오언에게 줄 수 있는 게 미모뿐이라는 생각은 틀렸어요. 그다음 말은 오언에게 들어요. 오언도 나랑 생각이 같을 테니까요. 그러니 지금 굳이 길게 말하진 않을게요. 자, 이제 문단속을 합시다. 수전이 오늘 밤에는 돌아올 줄 알았는데 아직이네요."

그때 갑자기 주방 쪽에서 수전이 나타나 거실로 들어왔다.

"사모님, 저 왔어요. 글렌 마을에서 여기까지 걸어오는 데 꽤

멀더라고요. 아유, 아직도 숨이 차요."

"잘 왔어요, 수전. 동생은 좀 어때요?"

"이제 일어나 앉을 수 있어요. 아직 걷지는 못하지만요. 저 없이도 그럭저럭 생활할 수 있을 것 같더라고요. 조카가 휴가라서 집에 오기도 했고요. 그래서 저도 이렇게 돌아왔죠. 마틸다는 다리가 부러졌지 혀가 부러진 게 아니라서 말이 참 많아요. 정말 쉬지도 않고 떠든다니까요. 이렇게 말하긴 그렇지만 동생은 옛날부터 지독한 수다쟁이였죠. 결혼도 형제들 중에 제일 먼저 했어요. 제임스 클로가 딱히 마음에 든 건 아니지만 거절할 이유도 없고 하니 결혼한 거예요. 제임스가 좋은 남자가 아니라는 뜻은 아니고요. 굳이 단점을 찾자면 괴상하게 끙끙 소리를 내면서 식전 감사 기도를 시작하는 습관이 있다는 것 정도니, 그만하면 무난하죠. 하지만 그 소리를 들을 때마다 입맛이 떨어져요. 결혼 얘기가 나왔으니 말인데, 코닐리어 브라이언트가 마셜 엘리엇 씨와 결혼한다는 게 사실인가요?"

"네, 수전. 사실이에요."

"아, 사모님 불공평한 것 같아요. 남자 욕을 한 마디도 안 하는 저는 아직 결혼을 못 했는데, 허구한 날 남자 흉만 보는 코닐리어 브라이언트는 아무렇지 않게 남자를 골라잡아 결혼한다니 말이에요. 정말 이상한 세상이에요."

"수전, 우리가 모르는 또 다른 세상도 있어요."

"그러게요. 그 세상에서는 아무도 결혼을 하지 않겠죠?"

수전은 땅이 꺼져라 한숨을 쉬었다.

39장

모래톱을 건너간 짐 선장

9월 말의 어느 날, 오언 포드가 쓴 책이 드디어 도착했다. 지난 한 달 동안 짐 선장은 거의 매일 글렌 마을의 우체국에 들러 책이 도착했는지 확인하곤 했다. 그날 하필 우체국에 들르지 않았는데 마침 레슬리가 본인과 앤의 책을 가지러 우체국에 갔다가 짐 선장의 책도 같이 가져왔다.

앤은 여학생처럼 흥분해서 말했다.

"이따 저녁때 짐 선장님한테 드리러 가요."

앤과 레슬리는 맑고 신비로운 분위기를 풍기는 저녁 하늘 아래, 붉은 항구 길을 따라서 등대까지 기분 좋게 걸어갔다. 서쪽 언덕 너머, 저녁노을로 가득 차 있을 어느 골짜기로 태양이 넘어가자마자 하얀 등대가 거대한 빛을 쏘기 시작했다.

레슬리가 말했다.

"짐 선장님은 1초도 늦지 않으시네요."

책을 받아든 순간 짐 선장의 얼굴에 나타난 표정을 앤과 레슬리는 평생 잊지 못할 것이다. 그 책은 짐 선장의 과거를 영광스럽게 표현한 작품이었다. 창백하던 짐 선장의 두 뺨이 소년처럼 달아올랐고, 두 눈은 젊은이처럼 열정적으로 타올랐다. 책장을 넘기는 두 손은 파르르 떨리고 있었다.

책 제목은 『짐 선장의 인생록』(*The Life-Book of Captain Jim*)이었다. 속표지에는 오언 포드와 제임스 보이드의 이름이 공저자로 나란히 적혀 있었다. 책 속 화보 자리에는 등대 문 앞에 서서 바다를 바라보는 짐 선장의 사진이 실렸다. 오언 포드가 책을 집필하는 동안 직접 찍은 사진이었다. 짐 선장은 사진을 찍은 것은 알고 있었지만 그 사진이 책에 실릴 줄은 몰랐다.

"생각해봐요. 이 늙은 선원이 책에 버젓이 실렸어요. 살면서 이렇게 뿌듯한 날이 없었네요. 마음껏 자랑하고 싶어요. 오늘 밤에는 한숨도 못 잘 것 같아요. 아침 해가 뜨기 전에 이 책을 다 읽어야겠습니다."

앤이 말했다.

"편하게 책을 읽으시도록 저희는 이만 가볼게요."

책을 받고 경건하게 느껴질 정도로 기뻐하던 짐 선장은 별안간 책을 덮고 옆으로 치웠다.

"아니, 이 늙은이와 차도 같이 안 마시고 가는 건가요? 그럴 순 없죠. 그렇지, 일등항해사? 이 책은 이따가 읽으면 됩니다. 오랜 세월 기다렸는데 잠시를 더 못 기다릴까요. 친구들과 즐겁게 차를 마시고 나서 읽지요."

짐 선장은 주전자에 물을 담아 끓이고 빵과 버터를 준비했다. 그는 흥분한 상태였지만 걸음걸이가 예전처럼 활기차지는 않았다. 움직임이 둔해졌고 자꾸 멈칫거렸다. 하지만 앤과 레슬리는 그를 돕겠다고 나서지 않았다. 혹시라도 그를 언짢게 하고 싶지 않아서였다.

짐 선장은 찬장에서 케이크를 꺼내며 말했다.

"두 사람이 날을 잘 골라서 찾아왔어요. 꼬마 조의 엄마가 오늘 커다란 바구니에 케이크와 파이를 가득 담아 보내줬거든요. 요리를 잘하는 사람들에게 축복이 있기를! 평소에 이런 걸 즐겨 먹는 편은 아니지만, 설탕이며 견과류를 곱게 얹은 이 예쁜 케이크 좀 봐요. 자, 어서 앉아요! 〈올드 랭 사인〉*을 위해 함께 건배합시다."

앤과 레슬리는 기쁜 마음으로 자리에 앉았다. 짐 선장은 이날 특별히 더 맛있게 차를 끓여냈다. 꼬마 조의 엄마가 만든 케이크도 나무랄 데가 없었다. 이렇듯 짐 선장은 초록색과 황금색으로 화려하게 꾸며진 책이 놓인 구석 자리로 눈길 한 번 돌리지 않고 품위 있게 손님들을 대접했다. 하지만 앤과 레슬리가 등대를 나서고 문이 닫히자마자 곧장 다시 책을 펼쳤을 것이다. 그의 인생에 매력을 더하고 현실의 색을 입혀 써낸 이야기를 읽으며 기뻐하는 짐 선장의 모습이 앤과 레슬리의 머릿속에 선명하게 그려졌다.

---

* 우정을 기리는 내용의 스코틀랜드 노래다. 묵은해를 보내고 새해를 맞이하면서 부르는 축가로 널리 알려졌다.

집으로 돌아가는 길에 레슬리가 말했다.

"선장님이 결말 부분을 마음에 들어 하실지 모르겠어요. 내가 오언에게 제안한 내용이거든요."

하지만 그 답은 영영 알 수 없게 되었다. 다음 날 아침 일찍 눈을 떴는데, 길버트가 옷을 다 차려입고는 근심 가득한 얼굴로 앤을 내려다보고 있었다.

앤은 잠이 덜 깬 목소리로 물었다.

"일하러 가?"

"아니. 아무래도 등대에 무슨 일이 생긴 것 같아. 해가 뜨고 한 시간이 지났는데도 등대 조명이 여전히 켜져 있어. 짐 선장님은 일몰 시간에 맞춰 조명을 켜고, 일출 시간에 맞춰 조명을 끄는 걸 늘 자랑스럽게 여기셨잖아."

앤이 놀라서 벌떡 일어나 앉았다. 창문 너머 푸른 새벽 하늘을 배경으로 흐릿하게 빛을 뿜는 등대 조명이 보였다.

앤은 걱정스러운 목소리로 말했다.

"본인 책을 밤새 읽다가 잠이 드셨거나, 책에 푹 빠져서 등대 조명 끄는 걸 깜빡하셨겠지."

길버트는 고개를 저었다.

"아니야. 당신도 알잖아. 그건 짐 선장님답지 않아. 가서 확인하고 올게."

"잠깐만 기다려줘. 나랑 같이 가. 그래, 나도 가봐야겠어. 젬은 한 시간 후에나 일어날 거야. 수전한테도 말해둘게. 짐 선장님이 어디 아프시면 도움이 필요할 테니까."

온갖 섬세한 색깔과 소리로 가득한 아름다운 아침이었다. 반

짝거리는 항구에 바닷물이 드나드는 모습은 마치 소녀의 보조
개 같았다. 하얀 갈매기들이 모래언덕 위로 날아올랐다. 모래톱
너머로는 눈부시게 아름다운 바다가 펼쳐져 있었다. 해변을 따
라 길게 펼쳐진 들판은 이슬이 내려 촉촉했으며 아침 해의 곱고
순수한 빛으로 물들어 있었다. 수로를 따라 휘파람을 불며 춤추
듯 불어온 바람이 아름다운 고요를 한층 더 찬란한 음악으로 바
꾸어놓았다. 하얀 등대가 비추는 불길한 조명등만 아니었다면
앤과 길버트는 이른 아침의 산책이 마냥 즐거웠을 것이다. 하지
만 지금 그들의 발걸음에는 두려움이 배어 있었다.

등대에 도착한 두 사람이 문을 두드렸지만 안에서는 아무런
기척이 없었다. 길버트와 앤은 문을 열고 안으로 들어갔다.

낡은 방에서 정적이 흘렀다. 식탁 위에는 어제저녁 먹고 남은
음식이 놓여 있었다. 구석 자리에 놓인 램프는 여전히 주위를
밝혔다. 일등항해사는 소파 옆으로 네모나게 흘러든 햇빛을 받
으며 자고 있었다.

짐 선장은 마지막 쪽이 펼쳐진 『짐 선장의 인생록』 위에 손을
얹은 채로 소파에 앉아 있었다. 눈을 감은 그의 얼굴은 어느 때
보다도 평화롭고 행복해 보였다. 오랫동안 찾고 있던 것을 마침
내 찾아낸 듯한 모습이었다.

앤이 떨리는 목소리로 물었다.

"주무시는 거야?"

길버트는 소파로 다가가 허리를 굽히고 잠시 짐 선장을 살핀
뒤 일어섰다.

"응. 잠드셨어. 아주 편안하게."

그러고 나서 나지막하게 덧붙였다.

"앤, 짐 선장님은 모래톱을 건너가셨어."

짐 선장이 정확히 몇 시에 세상을 떠났는지는 알 수 없었다. 하지만 앤은 그가 평소 바라던 대로 아침 해가 작은 만 위로 떠오를 때 떠났으리라 믿었다. 그렇게 짐 선장의 영혼은 빛나는 파도를 타고 진주색과 은색으로 물든 일출의 바다를 가로질러, 폭풍과 고요를 넘어, 사라진 마거릿이 기다리는 안식처로 항해를 떠났다.

40장

꿈의 집이여, 안녕!

짐 선장은 항구 너머의 작은 묘지에 묻혔다. 앤의 어린 딸이 잠들어 있는 곳과 가까운 자리였다. 짐 선장의 친척들은 비싸기만 할 뿐 보기에는 흉한 '기념비'를 굳이 무덤 앞에 세워놓았다. 생전에 짐 선장이 봤으면 어이없어하며 너털웃음을 쳤을 만한 기념비였다. 짐 선장의 진짜 기념비는 그를 아는 모든 이들의 마음속에 그리고 여러 대를 이어 계속해서 전해질 책 속에 이미 살아 숨쉬고 있었다.

레슬리는 짐 선장이 자기 책의 엄청난 성공을 보지 못하고 세상을 떠난 것에 대해 무척 아쉬워했다.

"서평을 보셨으면 정말 좋아하셨을 거예요. 온통 칭찬 일색이거든요. 본인의 인생이 담긴 책이 베스트셀러에 오른 걸 보셨어야 했는데…. 아, 그것을 보실 때까지만이라도 살아 계셨더라면 얼마나 좋았을까요!"

앤도 슬펐지만 조금 더 현명하게 생각했다.

"레슬리, 선장님은 그 책이 세상에 나왔다는 사실만으로도 흐뭇해하셨어요. 남들이 어떻게 생각하는지는 선장님에게 그리 중요하지 않았을 거예요. 그뿐만 아니라 선장님은 그 책을 다 읽고 돌아가셨어요. 생의 마지막 날 밤에 가장 큰 행복을 누리셨죠. 평소 바라시던 대로 아침에 빠르고 고통 없이 삶을 마감하셨고요. 책이 잘 팔려서 정말 기뻐요. 포드 씨와 레슬리를 위해서도 정말 잘된 일이잖아요. 짐 선장님도 무척 기뻐하셨을 거예요. 그건 분명해요."

임시 등대지기가 온 덕분에 등대 조명등은 여전히 밤의 불침번 역할을 이어나갔다. 정부가 수많은 지원자들 가운데 이 일에 가장 적합한 사람 혹은 연줄이 닿는 사람을 뽑을 때까지 등대는 그렇게 운영될 것이다.

일등항해사는 앤의 작은 집에서 앤과 길버트, 레슬리의 사랑을 받으며 살게 되었다. 수전은 고양이를 별로 좋아하지 않았지만 그럭저럭 참아주었다.

"짐 선장님 때문에 저 녀석을 봐주는 거예요. 저도 그분을 무척 좋아했거든요. 먹이도 챙겨줄게요. 덫에 잡힌 쥐까지 다 주면 되겠네요. 그 이상은 못 해요. 고양이는 그저 고양이일 뿐 제게 특별한 의미는 될 수 없으니까요. 그리고 고양이가 예쁜 아기 곁에는 가지 못하게 하세요. 고양이가 아기의 숨을 빨아들이면 어떻게 될지 생각만 해도 끔찍해요."

그러자 길버트가 말했다.

"그야말로 '고양이 대참사'*로군요."

"그래요. 실컷 웃으세요, 선생님. 하지만 절대로 웃어넘길 일이 아니에요."

"수전, 고양이가 아기의 숨을 빨아들이는 일은 없어요. 오래된 미신일 뿐이에요."

"미신일 수도 있고 아닐 수도 있죠. 제가 알기로 그런 일이 실제 일어났어요. 우리 형부의 조카며느리가 기르는 고양이 녀석이 그 집 아기의 숨을 빨아들인 바람에 아무 죄 없는 아기가 죽었거든요. 사람들이 발견했을 때는 이미 숨이 끊어진 뒤였어요. 미신이든 아니든, 저 노란 짐승이 젬 근처에 얼쩡거리면 저는 부지깽이로 패버릴 거니까 그렇게들 아세요."

마셜 엘리엇 부부는 초록색 집에서 편안하고 사이좋게 살았다. 크리스마스 날에 오언과 결혼식을 올리기로 한 레슬리는 바느질을 하느라 눈코 뜰 새가 없었다. 앤은 레슬리가 떠나면 어떻게 지내야 할지 걱정이었다.

"모든 게 변해가는구나. 뭐든 딱 좋다 싶으면 어김없이 변화가 일어나버리는걸."

앤이 한숨을 쉬고 있을 때 길버트가 느닷없이 말했다.

"글렌 마을에 있는 모건 씨네 집 있잖아. 그 고풍스러운 저택 알지? 그 집이 매물로 나왔어."

"그래?"

---

* 　　원문은 CAT-astrophe다. '참사'나 '재앙'을 뜻하는 단어 catastrophe의 앞부분 철자 3개가 cat(고양이)인 것에 착안해 말장난을 한 것이다.

앤은 심드렁하게 대꾸했다.

"응. 모건 씨가 돌아가셨으니 부인은 밴쿠버에 있는 자식들과 같이 살려고 하시나 봐. 글렌 같은 작은 마을에서는 그렇게 큰 집을 처분하기가 쉽지 않아서 싸게 내놨지."

"그렇구나. 멋진 집이니까 매수자가 곧 나오겠네."

앤은 젬의 옷에 어떤 수를 놓을지 고민하면서 멍하니 대답했다. 다음 주에는 긴 배냇저고리를 벗기고 짧은 유아복을 입혀야 했다. 그 생각을 하니 벌써부터 울컥했다.

그때 길버트가 조용히 물었다.

"앤, 우리가 그 집을 사는 게 어떨까?"

앤은 바느질하던 옷을 떨어뜨리고 그를 쳐다보았다.

"길버트, 설마 진심은 아니지?"

"진심이야."

앤은 믿기지가 않았다.

"이 사랑스러운 집, 우리 꿈의 집을 떠나자고? 아, 길버트. 그건 도저히 상상할 수도 없어."

"자, 들어봐. 당신이 어떤 기분인지 알아. 나도 마찬가지니까. 하지만 언젠간 이사 가야 된다는 걸 알고 있잖아."

"아, 그래도 이건 너무 빨라. 아직은 아니야."

"하지만 이런 기회가 또 온다는 보장은 없어. 우리가 안 사면 다른 사람이 사겠지. 그런데 글렌에는 우리가 살고 싶은 다른 집이 없고, 집을 지을 만한 땅도 없어. 지금 살고 있는 이 작은 집이 세상 어떤 곳과도 비교할 수 없는 중요한 의미가 있다는 거 나도 알고 인정해. 하지만 너무 외딴곳이라 의사 노릇을 하기가 쉽지 않아. 우리는 이 집에서 잘 살았지만 불편했던 건 사실이야. 비좁기도 하고. 앞으로 몇 년 후면 젬도 자기 방을 갖고 싶어 할 텐데 그럼 더 좁다고 생각될 거야."

"알아, 나도 안다고."

앤의 눈에 눈물이 차올랐다.

"그래, 이 집이 불편한 점이 있다는 건 아는데…. 길버트, 나는 이 집을 사랑해. 풍경도 더없이 아름답잖아."

"짐 선장님도 돌아가셨고, 레슬리도 떠나면 여기서 사는 게 외롭게 느껴질 거야. 모건 저택은 아름다운 집이야. 거기서 살다 보면 그 집도 사랑하게 될 거야. 당신도 늘 그 집이 멋지다고 감탄했잖아."

"아, 그랬지. 그렇지만 이건 너무 갑작스러워서 현기증이 날 것 같아. 10분 전까지만 해도 사랑스러운 이 집을 떠날 생각은 전혀 하지 않고 있었는데…. 봄에 이 집을 어떻게 꾸밀지, 정원에 뭘 심을지 계획하고 있었어. 우리가 이 집을 떠나면 누가 이 집에서 살까? 많이 외진 곳이라서, 무기력하게 방랑하던 가난한 가족이 세를 들어 살기가 쉽겠지? 아마 집을 마구 사용해서 여기저기 망가뜨릴 거야. 생각만 해도 가슴이 아파."

"알아. 하지만 이것저것 따져보다가 이렇게 좋은 기회를 놓칠 수는 없어. 앤, 모건 저택은 모든 면에서 우리한테 잘 맞아. 지금 우리가 가진 돈으로 그 정도 집을 살 기회는 또다시 없을 거야. 오래된 나무들이 자라는 널찍한 잔디밭, 그 뒤로 펼쳐진 멋진 활엽수 숲을 생각해봐. 부지가 5만 제곱미터나 돼. 아이들이 뛰어놀기에 얼마나 좋겠어! 멋진 과수원도 딸려 있어. 당신은 높은 벽돌 담장으로 둘러싸이고 문이 있는 정원을 늘 동경했잖아. 거긴 꼭 동화책에 나오는 정원 같아. 그 집에서도 여기처럼 항구와 모래언덕을 볼 수 있어."

"등대 불빛은 안 보일 텐데."

"다락방에서는 보여. 창문이 등대 쪽으로 나 있거든. 무엇보다 당신은 널찍한 다락방을 좋아하잖아. 그게 그 집의 또 다른 장점이기도 해."

"정원에 개울은 없잖아."

"개울은 없지만 단풍나무 숲을 지나 글렌 연못으로 흘러드는 작은 물줄기는 있어. 글렌 연못은 집에서 멀지 않아. 당신만의 반짝이는 호수를 가졌다고 상상할 수 있을 거야"

"길버트, 그 문제는 나중에 이야기하면 안 될까? 당신 말은 잘 알겠어. 한번 찬찬히 생각해볼게."

"그래. 서두를 필요는 없어. 다만, 어차피 그 집을 살 거라면 겨울이 오기 전에 결정하고 이사하는 게 나을 거야."

길버트는 밖으로 나갔다. 앤은 떨리는 손으로 꼬마 젬의 짧은 옷을 한쪽에 치웠다. 더는 바느질을 할 수 없었다. 눈물이 그렁그렁한 채로 자신이 여왕처럼 행복하게 지배해온 작은 공간을 이리저리 돌아다녔다. 모건 저택은 길버트가 말한 대로였다. 집 안팎이 두루 아름다웠다. 적당히 오래돼서 품위 있고 편안하고 전통적인 면도 있는 동시에 생활에 편리한 최신 시설도 갖추었다. 앤은 늘 그런 집을 동경해왔다. 하지만 동경하는 것과 사랑하는 것은 엄연히 달랐다. 앤은 꿈의 집을 진심으로 사랑했다. 이 집의 모든 것에 마음을 주었다. 그동안 자기가 돌보았고 전에는 여러 여인들이 정성으로 가꿔온 정원, 정원 한쪽 구석을 악당처럼 가로지르는 작은 개울, 전나무 숲 사이에서 삐걱삐걱 소리를 내는 작은 대문, 오래된 붉은 사암 계단, 위풍당당한 양버들나무들, 거실 벽난로 선반에 놓인 작고 특이한 유리 장식장 두 개, 주방의 비딱한 식료품 저장실 문, 위층의 재미있게 생긴 지붕창 두 개, 계단의 조그맣게 튀어나온 부분, 이 모든 것이 앤의 일부였다! 이걸 어떻게 두고 떠날 수 있을까?

그동안 사랑과 기쁨으로 채워온 이 작은 집은 앤의 행복과 슬픔으로 다시금 정화되었다! 여기서 앤은 신혼을 보냈고, 어린 조이스가 짧은 하루를 살다 떠났으며, 꼬마 젬이 태어나 앤은 드디어 엄마가 되었고, 지금은 행복한 엄마 노릇을 하고 있다. 고운 음악 같은 아기의 옹알이 섞인 웃음이 이 집 안 곳곳에 배어 있었다. 여기서 사랑하는 친구들과 벽난로 앞에 앉아 다정한 시간을 보내기도 했다. 기쁨과 슬픔, 태어남과 죽음을 겪으며 이 작은 꿈의 집은 영원히 신성해졌다.

하지만 이제 이 집을 떠나야 했다. 길버트의 제안에 찬성하지는 못했지만 앤도 이제 그만 여길 떠나야 할 때가 왔다는 걸 알고 있었다. 길버트가 일을 하기에도, 가족이 살기에도 이 집은 좁았다. 지금도 의사로서 일을 잘하고 있지만 너무 외진 곳이라 문제가 없지는 않았다. 앤은 이 사랑스러운 집에서 보낼 수 있는 시간이 끝나가고 있음을 알았다. 그 사실을 용감하게 받아들여야 하는데 마음이 너무 아팠다!

앤은 눈물을 흘렸다.

"내 삶에서 무언가가 떨어져나가는 기분이야. 이 집에 선한 사람들이 왔으면 좋겠어. 그게 아니라면 차라리 빈집으로 있든 가. 이 꿈같은 땅의 지형이나 이 집에 깃든 역사, 정체성을 모르는 사람들이 들어와 아무렇게나 짓밟는 것보단 낫겠지. 그런 사람들이 와서 살면 이 집은 금세 엉망진창이 되어버릴 거야. 오래된 집은 신경 써서 돌보지 않으면 곧장 망가지고 말아. 그 사람들이 내 정원도 망쳐놓겠지? 양버들나무도 누더기가 될 거고, 말뚝 울타리도 이빨이 절반쯤 빠진 입처럼 무너지겠네. 지붕도 새서 회반죽이 다 떨어지겠지? 그들은 유리창이 깨지면 베개나 걸레로 막아서 엉망으로 만들어놓을 거야."

사랑스러운 작은 집이 망가져가는 모습을 구체적으로 떠올리다 보니, 이 집이 이미 망가진 것처럼 느껴져 가슴이 찢어질 듯 아팠다. 앤은 계단에 앉아 한참을 울었다. 수전은 집안일을 하다 앤을 보고는 놀라서 물었다.

"사모님, 선생님이랑 싸우셨어요? 싸우셨어도 걱정 마세요. 많은 부부가 싸우고 화해하면서 산다고 들었거든요. 저는 모르는 얘기지만요. 선생님도 미안해하고 계실 거예요. 곧 화해하실 테니 그만 우세요."

"아니에요, 수전, 싸운 게 아니라 길버트가 모건 저택을 구입할 거라고 해서요. 그럼 우리는 이곳을 떠나야 하거든요. 그래서 마음이 너무 아파요."

수전은 앤의 감정을 전혀 이해하지 못했다. 오히려 글렌에 가서 살게 되었으니 잘됐다며 기뻐했다. 안 그래도 수전은 평소이 집이 너무 외떨어져 있다고 불평하곤 했다.

"어머, 사모님, 정말 잘된 일이잖아요. 모건 저택은 크고 멋진 집이에요."

"난 큰 집이 싫어요."

앤이 흐느끼며 말하자 수전이 차분하게 반박했다.

"글쎄요, 자식을 여섯쯤 낳으면 큰 집이 싫다는 소리가 쏙 들어갈걸요? 이 집은 지금 우리끼리 살기에도 비좁아요. 무어 부인이 여기서 같이 살면서 손님방도 따로 없는 상태고, 식료품 저장실은 지금껏 다녀본 집들 중 제일 좁고 불편해요. 어떤 방향으로든 몸을 조금만 돌려도 바로 모퉁이가 나와 버려요. 무엇보다 너무 외져서 풍경밖에는 볼 게 없어요."

앤은 희미하게 미소 지었다.

"수전이 보기에는 그렇겠지만 내게는 안 그래요."

"저는 사모님이 이해가 안 돼요. 제가 많이 못 배운 사람이라 그럴지도 모르겠네요. 블라이드 선생님이 모건 저택을 사신다면 잘못된 선택은 아니라고 봐요. 사모님도 곧 그 집에 정을 붙이실걸요? 글쎄 그 집은 실내에서 물이 나온다고 하더라고요. 식료품 저장실과 벽장도 멋지고, 프린스에드워드섬에서 최고로 좋은 지하실도 갖췄대요. 이 집 지하실은 너무 좁아서 숨이 막힐 지경인 걸 사모님도 잘 아시잖아요."

앤은 쓸쓸하게 말했다.

"수전, 그만 가서 일 보세요. 지하실과 식료품 저장실, 벽장이 집의 전부가 아니에요. 울고 있는 사람한테 공감은 못해줄망정 엉뚱한 이야기만 늘어놓고…."

"글쎄요, 사모님. 저는 이게 울 일인지 모르겠어요. 저 같으면 울기보다는 그냥 일이나 하든지 유쾌하게 넘기든지 할 것 같아요. 자, 이제 그만 우세요. 예쁜 눈 다 망쳐요. 이 집에서 잘 사셨으니 이제 더 좋은 집으로 옮겨가서 살면 되는 거예요."

다른 사람들도 대부분 수전과 같은 생각이었다. 앤의 마음을 알아주고 이해해준 사람은 레슬리뿐이었다. 소식을 들은 레슬리는 같이 엉엉 울어주었다. 두 사람은 실컷 울고 나서 이사 준비를 하기 시작했다.

체념한 앤이 씁쓸해하며 말했다.

"어차피 가야 하니 최대한 빨리 옮기고 짐 정리를 하는 편이 나을 것 같아요."

"새집에서 살다 보면 좋은 추억도 많이 생길 거예요. 그러다 보면 집에 정이 붙을 거고요. 이 집에서처럼 친구들이 그 집에도 놀러갈 테니 행복한 기운으로 가득 차겠죠. 지금은 그저 집일 뿐이지만 세월이 흐르면서 진짜 내 집이 될 거예요."

그다음 주에 앤과 레슬리는 꼬마 젬에게 짧은 옷을 만들어 입히며 또다시 울음을 터뜨렸다. 저녁 무렵, 젬에게 긴 잠옷을 입히던 앤은 비극적인 기분에 휩싸였다.

"다음에는 네가 통으로 된 옷을 입고, 그러다 보면 바지를 입겠구나. 그리고 어느새 어른이 되겠지."

한숨이 절로 나왔다.

수전이 물었다.

"사모님, 설마 젬이 언제까지나 아기로 있길 바라시는 건 아니죠? 이 아기의 순수한 마음을 축복해주세요. 짧은 옷을 입히니 앙증맞은 발이 드러나서 엄청 귀여워요. 다림질을 안 해도 되니까 얼마나 좋아요."

그때 레슬리가 밝은 표정으로 들어와 말했다.

"앤, 방금 오언한테서 편지가 왔어요! 앤이 좋아할 이야기도 있어요. 오언이 이 집을 사서 여름 별장으로 쓰고 싶대요. 앤, 기쁘지 않아요?"

"아, 레슬리. '기쁘다'라는 말로는 다 표현 못 해요! 믿기지 않을 정도로 좋은 소식이에요. 이 사랑스러운 집이 망가지거나 방치돼서 썩어갈 일은 없을 테니 마음이 한결 편안해지네요. 정말 잘됐어요!"

10월의 어느 날 아침, 앤은 작은 집 지붕 아래에서 마지막 밤을 보내고 눈을 떴다. 그날은 정신없이 바빠서 회한에 빠져들 겨를이 없었다. 저녁이 되자 짐이 다 빠져나가 집은 휑해졌다. 둘만 남은 앤과 길버트는 집에 이별을 고했다. 레슬리와 수전, 꼬마 젬은 마지막 가구를 실은 마차를 타고 글렌에 있는 새 집을 향해 이미 출발한 뒤였다. 석양빛이 커튼 없는 창문으로 흘러들었다. 앤이 말했다.

"너무 휑해서 가슴이 아프지 않아? 오늘 밤에 글렌 마을에서 이 집을 떠올리며 향수병을 앓는 게 아닌지 모르겠어."

"앤, 우리 이 집에서 무척 행복했어. 그렇지?"

길버트의 목소리에도 애틋함과 행복함과 애잔함을 비롯해 참 많은 감정이 묻어났다.

앤은 목이 메어 대답할 수 없었다. 길버트가 전나무 대문 옆에서 기다리는 동안 앤은 집 안 구석구석을 돌며 모든 방들과 작별했다. 앤은 이곳을 떠나겠지만 이 오래된 집은 여전히 지붕창으로 바다를 내다보며 이곳에 서 있을 것이다.

가을바람이 애석해하듯 이 집을 빙 돌아 흘러갈 것이고, 회색
비가 지붕을 두드릴 것이며, 바다에서 올라온 하얀 안개가 주위
를 뒤덮을 것이다. 달빛은 존 셀윈 선생과 그의 신부가 걸었던
길을 밝혀줄 것이다. 오래된 항구의 해변에는 마법 같은 이야기
가 떠다니겠지. 바람은 은빛 모래언덕을 유혹하듯 휘몰아치고,
파도는 작은 만에 줄지어 있는 붉은 사암들을 쉼없이 때리며 철
썩거릴 것이다.

앤이 눈물을 흘리며 말했다.

"이제 떠나는구나."

앤은 집 밖으로 나가 문을 닫고 자물쇠로 잠갔다. 앤을 기다
리는 길버트의 얼굴에는 미소가 가득했다. 등대의 조명등이 북
쪽을 비추었다. 지금은 금잔화만 피어 있는 작은 정원이 곧 그
림자 속에 모습을 감추었다.

앤은 신부로 처음 밟고 넘어갔던 낡고 오래된 현관 앞 계단에
무릎을 꿇고 입을 맞추며 말했다.

"안녕, 사랑하는 내 꿈의 집."

과학기술의 발전과 생활의 변화

✱ 에이번리에 전화가 개통되다

빨간 머리 앤 시리즈의 시대적 배경은 19세기 말부터 20세기 초까지다. 이때는 과학기술이 눈부시게 발전해서 하루가 다르게 신문물이 등장하고, 이에 따라 사람들의 생활도 급격히 바뀌던 시기였다. 1874년에 태어나 이러한 변화의 물결을 온몸으로 겪었던 몽고메리는 자기의 경험을 작품 곳곳에 녹여냈다.

앤이 서머사이드 생활을 마치고 초록지붕집에 돌아왔을 때, 에이번리에도 전화가 개통되어 있었다(5권). 앤이 친구들과 함께 설립한 개선협회가 주도해서 전화선을 놓은 것이다. 그 전까지 앤은 편지로 소식을 주고받았으며, 전화에 대한 언급은 앤이 퀸스 전문학교를 다닐 때 하숙방 창으로 보이는 전화선에 대한 묘사(1권)와 응급 상황에서 의사에게 연락하는 장면(4권) 정도였다. 앤과 길버트의 '꿈의 집'에도 전화가 설치되었고(5권), 그 뒤로는 전화로 용건을 전하는 장면이 종종 등장한다. 하지만 제1차 세계대전이 일어나자 전화는 특별한 의미를 띠게 되었다. 불길한 소식을 알리는 수단으로도 쓰였기 때문에, 사람들은 전화벨이 울릴 때마

캐나다 몬트리올의 벨 전화회사 교환소(1890년대 후반)

집에 설치된 전화기로 통화를 하고 있는 여성(1904년)

다 등골이 서늘해져 수화기를 들기 주저했던 것이다(8권).

전화는 말소리를 전파나 전류로 바꾸었다가 다시 말소리로 바꾸어 전달함으로써 서로 떨어져 있는 사람들이 대화할 수 있게 해주는 기계다. 전화를 발명한 사람이 누구인지에 대해서는 여러 의견이 있지만, 자석식 전화기를 만들어 가장 먼저 특허를 받은 사람은 그레이엄 벨(1847-1922)이었다. 벨도 몽고메리의 고조할아버지처럼 스코틀랜드 출신으로, 1870년 캐나다를 거쳐 1871년 미국으로 이주했다. 벨은 1876년에 미국에서 특허를 받았지만 자기 발명품이 먼 거리에서도 통화가 가능한지 실험한 곳은 캐나다 온타리오주의 브랜트퍼드였다. 이후 그는 1877년 '벨 전화회사'를 설립했으며, 이듬해에는 미국 코네티컷주 뉴헤이븐에 첫 전화국을 세우고 사업을 점점 확장해나갔다.

벨 전화회사는 캐나다의 전화선 가설 권한을 가지고 있었다. 하지만 1885년 캐나다 정부가 벨의 특허를 무효로 처리하자 프린스에드워드섬의 전화 사업권은 '프린스에드워드섬 전화회사'로 넘어갔다. 만약 작품에 등장하는 사람들이 실존 인물이었다면, 그들은 3권부터 7권에 이르는 동안 이 회사의 서비스를 이용했을 것이다. 1911년에는 MTT가 섬의 전화 사업권을 인수하는데, 이 시기는 8권에 해당한다.

✱ 사진기의 발전과 컬러 사진의 등장
19세기는 인화된 사진이 등장하고 사진기의 기능과 촬영 기술이 크게 발전했던 시기다. 몽고메리는 사진 촬영이 대중화되기 시작한 1890년대에 교사 월급으로 사진기를 구입할 만큼 사진에 관심이 많았다. 작가로 이름을 날리던 1931년에는 코닥(Kodak)사에서 주최한 사진 경연 대회의 심사위원을 맡기도 했다. 그래서인지 앤 시리즈 곳곳에서 사진이 주요 소재로 등장한다. 앤은 초록지붕집 자기 방에 스테이시 선생님의 사진을 걸어두었고(1권), 앤을 잘 따르는 제자 폴은 아버지에게 생일 선물로 받은 어머니의 사진을 소중히 간직한다(2권). 또한 앤은 서머사이드 학교에서 일할 때 프링글 가문의 단풍나무집에 초대받아 수많은 '은판사진'을 구경하기도 했다(4권).

은판사진은 은으로 만든 아이오딘 가스를 뿜어 빛을 쬔 뒤, 수은 증기 속에서 현상한 것이다. 1826년 프랑스의 조제프 니엡스(1765-1833)가 빛에 반응하는 물질을 이용해서 최초의 사진을 찍은 뒤, 니엡스와 함께 연구를 이어가던 프랑스의 루이 다게르(1787-1851)가 1839년에 발표한 기법이다. 사진은 당시 초상화를 갖고 싶어 했던 중산층에게 큰 인기를 끌었으나 한 번 찍을 때마다 1장씩만 인화할 수 있고 촬영 시간이 무려 20~30분이나 걸린다는 단점이 있었다. 이후 1841년에 한 번의 촬영으로 사진을 여러 장 인화할 수 있는 캘러타이프 기법이 개발되었고, 1851년에는 감광액을 유리판에 칠한 뒤 젖어 있는 상태에서 촬영 및 현상하는 습판사진법이 등장하면서 촬영 시간도 짧아졌다. 1871년에는 사진기 휴대가 간편하고 촬영 작업이 편리한 건판사진법이 나왔다.

곧이어 필름과 휴대용 사진기가 등장하면서 사진의 대중화 시대가 열렸다. 코닥사의 설립자인 조지 이스트먼(1854-1932)이 1884년에 롤필름(roll film)을 선보인 후, 1888년에는 누구나 쉽게 조작할 수 있고 휴대하기도 편한 사진기를 발명한 것이다. 무엇보다 사진을 인화하기 위해 복잡한 장비를 갖출 필요가 없어졌다. 사진을 찍고 나서 코닥사에 현상을 맡기면 되었기 때문이다. 당시 코닥사는 "버튼만 누르세요. 나머지는 우리가 알아서 하겠습니다"라는 광고를 앞세워 시장에 진입했다. 초기에는 사진기를 통째로 코닥사에 보내서 인화해야 했지만, 1900년에는 사용자가 직접 필름을 교체할 수 있는 사진기가 개발되었다.

오늘날까지 남아 있는 19세기 사진은 대부분 흑백사진이다. 검은 빛깔의 짙고 옅음으로 구분하는 흑백사진과는 달리 피사체에 가까운 색채를 드러내는 컬러사진은 촬영뿐만 아니라 매체에 정착해서 보존하기가 어렵기 때문이다. 1849년 프랑스의 에드몽 베크렐(1820-1891)은 컬러사진을 찍는 데 성공했지만 보존하지는 못했다. 1861년에는 영국의 제

8시간에 걸쳐 촬영된 최초의 사진 〈그라의 집 창에서 본 조망〉(1826년경)

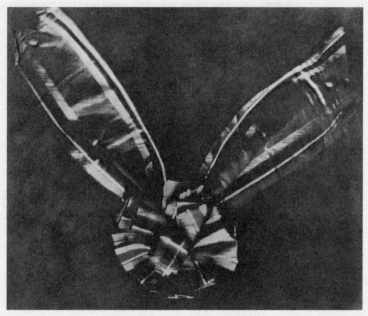

최초의 컬러 사진 〈타탄 리본〉(1861년)

미국 위스콘신주의 한 스튜디오에서 사진 촬영을 하는 모습(1893년)

오토크롬 기법으로 촬영한 미국 작가 마크 트웨인(1908년)

임스 맥스웰(1831-1879)이 빨강, 초록, 파랑 필터로 촬영한 원판을 합성해서 세계 최초의 컬러사진을 만들어냈다. 그러다가 뤼미에르형제가 1903년에 오토그롬 기법을 개발하고 1907년에 상용화하면서 컬러사진을 인화하는 기술이 획기적으로 발전했다. 이는 주황색, 보라색, 초록색으로 염색한 녹말가루를 유리판 위에 뿌리고 감광물질을 바른 뒤 렌즈를 통해서 빛에 노출하는 기법이다. 아마도 제1차 세계대전이 배경인 8권의 등장인물들은 오토크롬 기법으로 촬영한 컬러사진을 접할 기회가 있었을 것이다. 이후 1935년부터 코닥사가 컬러 필름을 생산하면서 컬러사진 대중화의 길을 열었다.

✱ 마차에서 자동차로

보육원에서 나온 앤은 매슈와 함께 마차를 타고 초록지붕집에 온다(1권). 이후로 다른 지역을 오갈 때 마차를 이용하는 장면이 종종 나오다가 8권에 이르면 앤의 막내딸 릴라의 일기에서 자동차가 등장한다. 새 차를 사고 온 가족이 시승하는 장면이다. 이때는 차체의 구조와 제조 공정이 표준화되어 자동차를 대량생산하기 시작하던 시기였다.

오래전부터 인류는 말이나 소의 도움을 받지 않고 스스로 움직이는 탈것을 상상해왔다. 1482년 레오나르도 다빈치(1452-1519)는 태엽 자동차를 구상했고, 1672년 벨기에의 예수회 선교사 페르디난트 페르비스트(1623-1688)는 증기로 움직이는 자동차를 설계했다. 마침내 1769년 프랑스의 니콜라 조제프 퀴뇨(1725-1804)가 증기솥을 단 세계 최초의 증기 자동차를 제작해서 시속 4킬로미터로 달리는 데 성공했다.

1885년에 이르러 내연기관을 통해 차체에 동력을 공급하는 자동차가 발명되었다. 벤츠(Benz)사를 설립한 독일의 카를 벤츠(1844-1929)가 가솔린기관을 장착한 자동차를 선보였으며, 이듬해 특허를 받고 1888년부터 판매하기 시작했다. 흥미로운 사실은 이 차를 타고 처음으로 장거리 운행을 한 사람이 벤츠의 부인이었다는 점이다. 그녀는 두 아이를 데리

캐나다 온타리오주 토론토 시청 앞에 늘어선 자동차(1909년경)

고 친정까지 106킬로미터를 운전함으로써 자동차의 안전성과 유용성을 입증했다. 1897년에는 독일의 루돌프 디젤(1858-1913)이 디젤기관을 발명했다. 이후 디젤기관은 선박이나 트럭에 쓰이다가 1936년이 되어서야 디젤 승용차가 시장에 선을 보였다.

한편 전기자동차는 내연기관을 동력으로 움직이는 자동차보다 먼저 발명되었다. 1881년 프랑스의 귀스타브 트루베(1839-1902)는 납축전지와 전기모터를 단 삼륜차를 타고 파리 시내를 주행했다. 이후 에디슨을 비롯해 여러 사람이 전기자동차를 생산해서 판매했지만 무거운 납축전지를 달아야 하고 충전 시간이 길며 차량 가격까지 비싸다 보니 인기를 얻지는 못했다.

'자동차왕'으로 불리는 헨리 포드(1863-1947)는 1913년 공장에 컨베이어시스템을 도입해서 자동차를 대량생산하기 시작했다. 그 결과 생산성이 획기적으로 향상되어 자동차 가격이 크게 낮아졌으며, 이런 방식은 훗날 다른 산업으로 확대되었다.

흥미롭게도 캐나다에서 최초의 자동차 소유자는 작품의 공간적 배경인 프린스에드워드섬 사람이었다. 이 섬의 러스티코 지역에 살던 조르주 앙투안 벨쿠르 신부는 1866년 미국 뉴저지에서 증기 운반차를 구입했다. 1867년에는 헨리 세스 테일러(1833-1887)가 퀘벡주에서 캐나다 최초로 증기를 이용한 마차를 만들었다. 1904년에는 포드 자동차 캐나다 법인이 온타리오주에 설립되었고, 미국 미시간주 디트로이트가 자동차 산업의 중심지가 되면서 근접 지역인 온타리오주에서도 관련 산업이 성장했다. 1918년부터 1923년 사이에 캐나다는 세계에서 두 번째로 많은 자동차를 생산했으며, 자동차와 부품의 주요 수출국이 되었다.

✱ 앤이 태어난 곳에서 실시된 비행 실험

1903년 12월 17일, 미국의 라이트 형제가 공기보다 무겁고 조종이 가능한 비행기를 타고 인류 최초로 동력 비행에 성공한 뒤 항공 기술이 크게

하늘을 날고 있는 실버 다트

발전했다. 그리고 1909년 2월 23일, 노바스코샤주의 베덱에서 역사적인 사건이 일어났다. 캐나다 최초의 동력 비행기인 실버 다트(Silver Dart)가 하늘을 난 것이다. 노바스코샤는 프린스에드워드섬 건너편 육지로 앤이 태어난 곳이기도 하다.

실버 다트를 제작하는 데 크게 기여한 사람은 최초로 전화기 특허를 받았던 그레이엄 벨이다. 1891년부터 비행기 개발 실험을 시작한 그는 1907년 베덱에서 항공실험협회(AEA)를 결성하고 관련 연구를 후원했다. 이들은 1908년 말까지 150회가 넘게 실험했고 마침내 1909년 얼어붙은 브라도호 위에서 실버 다트를 하늘로 날리는 데 성공했다. 실버 다트는 고도 9미터 상공을 시속 65킬로미터로 800미터 비행한 뒤 무사히 착륙하면서 캐나다 항공산업의 새 역사를 썼다. 실버 다트는 브레이크가 없었고 조작하기가 어려웠다. 몸체는 강판과 대나무 등으로 만들었으며 프로펠러에는 특수 처리한 천을 덮었다. 2009년에는 비행 성공 100주년을 맞아 당시의 실험을 재현하는 행사가 열렸다.

작품에서 비행기는 앤의 아들 셜리와 관련이 깊다. 비행사의 업적에 대한 책을 열심히 읽던 셜리는 18세가 되자 공군에 입대해서 전쟁터로 나간다(8권). 셜리가 참전한 제1차 세계대전은 항공 기술이 획기적으로 발전하는 계기를 마련해주었다. 전쟁 초기에는 비행기가 주로 정찰용으로만 사용되었지만, 이후 기체의 속도가 빨라지고 기관총을 장착하면서 하늘에서도 전투를 하게 되었다. 전쟁이 막바지에 이르렀을 때 군용 비행기는 폭격기, 전투기, 정찰기로 분화되었으며, 전쟁이 끝난 뒤에는 축적된 기술을 토대로 항공운송사업이 발전하기 시작했다.

앞면지 Library and Archives Canada, public domain

382쪽 위: Various photographers for Cassell & Co., public domain | 아래: Miscellaneous Items in High Demand, PPOC, Library of Congress, public domain

385쪽 위: Joseph Nicéphore Niépce, public domain | 아래: James Clerk Maxwell, public domain

386쪽 위: A. H. Wheeler, photographer, Berlin, Wis., public domain | 아래: Alvin Langdon Coburn, public domain

388쪽 public domain

389쪽 Miscellaneous Items in High Demand, PPOC, Library of Congress, public domain

그린이   유보라

대학에서 애니메이션과 만화를 공부했다. 현재 일러스트레이터이자 문구 디자이너로 바쁘게 활동하고 있다. 특히 어릴 적 누군가 찍어 주었던 사진 속 아이처럼 마냥 행복했던 그 순간을 사람들에게 전하고 있다.

옮긴이   오수원

대학과 대학원에서 영어영문학을 공부하고 현재 파주 출판도시에서 동료 번역가들과 '번역인'이라는 작업실을 꾸려 활동하고 있다. 철학, 역사, 예술, 문화 관련 양서를 우리말로 맛깔나게 옮기는 것이 꿈이다. 총 8권에 이르는 빨간 머리 앤 전집을 번역하면서 작가 몽고메리가 펼쳐놓은 인간의 우정과 신의, 자연과 영성에 대한 섬세한 감성, 상실에 대한 쓰라린 통찰을 독자에게 전하려 했다.

빨간 머리 앤 전집 5

앤의 꿈의 집

1판 1쇄 발행 2023년 6월 14일
1판 2쇄 발행 2024년 3월 11일

지은이 루시 모드 몽고메리
그린이 유보라
옮긴이 오수원
발행인 박명곤 **CEO** 박지성 **CFO** 김영은
기획편집1팀 채대광, 김준원, 이승미, 이상지
기획편집2팀 박일귀, 이은빈, 강민형, 이지은
디자인팀 구경표, 구혜민, 임지선
마케팅팀 임우열, 김은지, 이호, 최고은

펴낸곳 (주)현대지성
출판등록 제406-2014-000124호
전화 070-7791-2136 **팩스** 0303-3444-2136
주소 서울시 강서구 마곡중앙6로 40, 장흥빌딩 10층
홈페이지 www.hdjisung.com **이메일** support@hdjisung.com
제작처 영신사

ⓒ 현대지성 2023

"Curious and Creative people make Inspiring Contents"
현대지성은 여러분의 의견 하나하나를 소중히 받고 있습니다.
원고 투고, 오탈자 제보, 제휴 제안은 support@hdjisung.com으로 보내 주세요.

현대지성 홈페이지

이 책을 만든 사람들
편집 김준원 **디자인** 구경표